Stephan Ludwig

ZORN

AUSGELÖSCHT

Thriller

FISCHER Taschenbuch

Aus Verantwortung für die Umwelt hat sich der S. Fischer Verlag zu einer nachhaltigen Buchproduktion verpflichtet. Der bewusste Umgang mit unseren Ressourcen, der Schutz unseres Klimas und der Natur gehören zu unseren obersten Unternehmenszielen.

Gemeinsam mit unseren Partnern und Lieferanten setzen wir uns für eine klimaneutrale Buchproduktion ein, die den Erwerb von Klimazertifikaten zur Kompensation des CO_2-Ausstoßes einschließt.

Weitere Informationen finden Sie unter: www.klimaneutralerverlag.de

MIX
Papier | Fördert gute Waldnutzung
FSC www.fsc.org FSC® C083411

Originalausgabe
Erschienen bei FISCHER Taschenbuch
Frankfurt am Main, Oktober 2022

Redaktion: Volker Jarck

Satz: Fotosatz Amann, Memmingen
Druck und Bindung: CPI books GmbH, Leck
Printed in Germany
ISBN 978-3-596-70714-0

Prolog

Ich heiße Jakob Fender.

Hört sich nett an, oder? Ich kann mich allerdings nicht entsinnen, diesen Namen jemals gehört zu haben. Eigentlich erinnere ich mich an überhaupt nichts. Ich weiß nicht, wer ich bin. Ich weiß nicht, wie ich in dieses Krankenzimmer gekommen bin.

Ich weiß gar nichts.

Klingt nach einer spannenden Geschichte. Ist es wahrscheinlich auch. Keine Ahnung, ob ich ein guter Erzähler bin, ich werd's zumindest versuchen. Wie gesagt, es könnte interessant werden. Zumindest für mich.

Also, noch mal von vorn:

Ich heiße Jakob Fender.

Sagt zumindest die Ärztin. Sie wirkt kompetent, also wird es wohl stimmen. Als sie ins Zimmer kam, hat sie sich als Doktor Carlsson vorgestellt (ein Name, der mir genauso wenig sagt wie mein eigener). Ich scheine sie ziemlich dämlich anzuglotzen, denn sie erklärt, dass ich fünf Tage im Koma gelegen habe. Mein Erinnerungsvermögen wird bestimmt bald wieder einsetzen.

Aha.

Doktor Carlsson ist hübsch. Schlank, zierlich und ziemlich jung. Schwarzes, wahrscheinlich gefärbtes Haar, mit einem weinroten Gummiband im Nacken zu einem kurzen Zopf gebunden (besser kann ich sie nicht beschreiben – was immer ich auch sein mag, Schriftsteller oder etwas in der Art bin ich wohl nicht).

Sie fragt, ob ich Schmerzen habe. Als ich den Kopf schüttele, knistert der gestärkte Bezug des Kopfkissens dicht an meinen

Ohren. Die gummierten Sohlen ihrer weißen Sneakers quietschen auf dem Linoleum; sie kommt näher, beugt sich über das Bett, fixiert mich aus dunklen Augen. Ich rieche ihr Parfüm. Lavendel und frische Orangen.

»Brauchen Sie etwas, Herr Fender?«

Fender. Jakob Fender.

Das bin ich.

Ich sage, dass ich Durst habe. Mit heiserer, belegter Stimme. *Meiner* Stimme. Ich habe sie noch nie gehört.

Durst.

Ein seltsames Wort, doch ich kenne seine Bedeutung. Ich weiß auch, dass das schwarze Ding rechts oben unter der geweißten Decke ein Fernseher ist (Flachbildschirm, neunzehn Zoll). Das Plastikviereck daneben ist eine Steckdose. Das kurze Kabel versorgt den Fernseher mit Strom, zweihundertzwanzig Volt, fünfzig Hertz (mit Technik kenne ich mich offensichtlich aus). Das rhythmische Piepsen rechts neben mir stammt von den Geräten, die meine Herztöne überwachen. Die Glasflasche, die links neben dem Bett an einem Stativ hängt, ist ein Tropf. Über den durchsichtigen Schlauch fließen Medikamente in meinen Körper (welche genau, kann ich nicht sagen, Mediziner bin ich also auch nicht). Ich weiß, dass der Tisch in der Ecke ein Tisch ist. Die Tür ist eine Tür. Das winzige schwarze Ding, das über mir surrend unter der Neonröhre kreist, ist eine Fliege.

Ich weiß noch mehr: Drei mal drei ist neun. Die Hauptstadt von Polen ist Warschau. Der Papst lebt in Rom. Netflix-Abos werden ständig teurer.

Mein Verstand funktioniert.

Warum weiß ich dann nicht, wo ich herkomme? Wer ich bin?

Die Ärztin erkennt meine Verwirrung.

Partielle Amnesie, erklärt sie. Ausgelöst durch die Schläge.

Schläge?

Sie tastet nach meiner Stirn. Erst jetzt bemerke ich den Verband um meinen Kopf. Mein Blick streift ihren Ausschnitt. Brüste, fällt mir ein, werden auch Titten genannt. Oder Möpse. Das widerstrebt mir; ein vulgärer Mensch scheine ich also nicht zu sein. Ich schließe die Augen, doch ich kann nicht verhindern, dass mir das Blut in den Unterleib schießt. Zumindest in dieser Hinsicht scheinen meine Körperfunktionen intakt zu sein.

Peinlich berührt sehe ich zum Fenster.

Die Sonne scheint schräg durch die Jalousien.

Als die Ärztin nach der Decke greift, glaube ich einen furchtbaren Moment, meine Erektion würde zum Vorschein kommen, doch sie streift die Decke nur bis zur Hüfte zurück. Ich hebe den Kopf, folge ihrem prüfenden Blick über meinen Oberkörper: flacher Bauch, kräftiger Brustkorb. Heller Flaum auf bleicher, glatter Haut. Der Körper eines durchtrainierten Mannes.

Mein Körper.

Ich scheine ebenfalls ziemlich jung zu sein.

Doktor Carlsson streicht über die Blutergüsse auf meinen Rippen. Ihre Finger sind kühl. Die Berührung ist sacht, doch ich sauge die Luft scharf zwischen den Zähnen ein.

Gebrochen, sagt sie, ist nichts, aber eine Prellung ist ebenfalls schmerzhaft. Auch mein Schädel ist unversehrt, das Röntgenbild zeigt keine Frakturen. Doch ich habe eine schwere Gehirnerschütterung.

»Sie sind übel verprügelt worden, Herr Fender.«

Meine rechte Hand verschwindet unter dicken Mullbinden. Sie hebt meinen Arm, um den Verband zu wechseln. Mein Kopf sinkt zurück in die Kissen. Die Augen fallen mir zu. Ein stechender Schmerz holt mich zurück in die Realität.

»Gleich vorbei«, beschwichtigt die Ärztin. »Ich muss nur die Nähte prüfen.«

Meine Hand hängt wie ein Fremdkörper am Unterarm, die Farbe erinnert an überreife Pflaumen. Doktor Carlsson bittet mich, die Finger nicht zu bewegen. Ich kann mir nicht vorstellen, dass es überhaupt möglich wäre.

Der Daumen scheint unverletzt. Über die anderen vier Finger zieht sich ein Schnitt auf der Innenseite, als hätte man versucht, sie kurz über dem Handteller abzutrennen. Allem Anschein nach wäre das auch beinahe gelungen, die Wunden sind tief, mit feinen Stichen vernäht.

»Sie haben Glück gehabt, Herr Fender.«

Glück?

Die Wunden, erklärt Doktor Carlsson, heilen gut. Die Sehnen sind teilweise durchtrennt, doch die Knochen noch halbwegs intakt. Die Hand wird nie wieder vollständig funktionieren, zwei Finger werden wohl steif bleiben, aber es hätte wesentlich schlimmer kommen können.

Ich frage, was mit mir passiert ist.

»Das wissen wir nicht.« Sie beginnt, den Verband zu erneuern. »Die Polizei kann Ihnen bestimmt mehr sagen.«

»Die … Polizei?«

»Sie sind fast zu Tode geprügelt worden. Hätte man Sie eine halbe Stunde später in die Notaufnahme gebracht, wären Sie nicht mehr am Leben. Natürlich haben wir die Polizei informiert.«

Wieder sinkt mein Kopf in das Kissen. Der Tropf baumelt über mir am Stativ, die Sonne spiegelt sich auf dem Glas. Mein Blick folgt dem dünnen Schlauch, der unter einem Pflaster in meinem linken Unterarm endet. Egal, welche Medikamente ich bekomme, sie wirken hervorragend. Ohne die Schmerzmittel würde ich mich wohl schreiend auf den gestärkten Laken krümmen.

»Fertig.«

Doktor Carlsson lächelt mir aufmunternd zu. Als ich versuche, ihr Lächeln zu erwidern, spannt die verschorfte Haut auf meinen Wangen. Auch mein Gesicht hat wohl einiges abbekommen.

»Sie werden sich bestimmt bald erinnern.«

Ich nicke.

Die Ärztin verlässt das Zimmer. Ich hebe den rechten Arm, betrachte die frisch verbundene Hand. Es ist irgendwie tröstlich, dieses blau angelaufene, verkrümmte Ding nicht mehr ansehen zu müssen. Die Hand wird nie wieder richtig funktionieren.

Das, fällt mir ein, ist …

Die Tür wird aufgerissen, der blondierte Kopf einer korpulenten Krankenschwester erscheint im Spalt.

»Saft oder Tee?«

»Saft«, erwidere ich prompt. »Orangensaft, wenn Sie haben.«

Während mir das Gewünschte geholt wird, fasse ich zusammen, was ich bisher über mich weiß:

Vor einer knappen Woche wurde ich überfallen und ins Koma geprügelt. Ich bin jung und durchtrainiert. Den Haaren auf Brust und Unterarmen nach zu schließen, bin ich blond. Ich bin weder Arzt noch Schriftsteller. Ich mag keinen Tee. Wenn ich Saft trinke, bevorzuge ich Orangensaft.

Da ist noch etwas.

Ich versuche, die Finger unter dem Verband zu bewegen. Ohne Erfolg. Das ist nicht gut, denn ich brauche diese Hand. Wofür? Keine Ahnung. Ich weiß nur, dass sie wichtig ist. Unverzichtbar.

Das ist alles. Zugegeben, viel ist das nicht.

Mein Name ist Jakob Fender, und ich muss eine Menge herausfinden.

Einiges, fürchte ich, wird mir nicht gefallen.

Eins

»Ach komm, Edgar«, sagte Zorn. »Wir vertragen uns wieder, okay?«

Sein Sohn hockte mit zusammengepressten Lippen auf dem Beifahrersitz. Seit sie die Wohnung verlassen hatten, schwieg er hartnäckig. Es war ein schöner, spätsommerlicher Morgen, doch im Hause Zorn herrschte trübe Stimmung.

»Wir hatten 'ne Abmachung. An die muss man sich auch halten.«

Edgar starrte stumm aus dem Seitenfenster.

Der Start in den Tag war holprig gewesen. Sie hatten verschlafen, und während Frieda hektisch unter die Dusche rannte, hatte Zorn den Frühstückstisch gedeckt, die Aufbackbrötchen in den Ofen getan und festgestellt, dass der Kaffee alle war. Also hatte er Pfefferminztee gekocht und war auf den Balkon gegangen, um seine Morgenzigarette zu rauchen. Kaum hatte er diese angezündet, war Frieda mit klatschnassen Haaren erschienen um zu erklären, dass der *bekloppte Mistföhn* kaputt, Edgar noch immer im Bett und ihre Korallenohrringe verschwunden seien. Nachdem Zorn seinen übermüdeten Sprössling endlich ins Bad bugsiert hatte, wehten ihm dichte Rauchwolken aus der Küche entgegen. Während er fluchend das Fenster aufriss, tauchte Frieda hinter ihm auf, deutete auf den qualmenden Backofen und teilte mit spitzer Stimme mit, auf das Frühstück *(Briketts und lauwarmer Tee, lecker!)* verzichten zu müssen, sie habe um acht einen Termin im Landgericht. Erst als sie aus der Wohnung gestürmt war (ohne Ohrringe, dafür mit nassen Haaren), hatte Zorn die auffällige Stille im Bad registriert: Anstatt sich die Zähne zu putzen, saß Edgar seelenruhig auf dem Klo und spielte auf seiner neuen Nintendo *Animal Crossing.* Zorn gelang es, ruhig zu bleiben, doch seine Bitte, die Konsole beiseite zu legen, wurde ignoriert. Auf die zweite – deutlich lautere – Aufforderung entgegnete Edgar, sein *Inselimage aufpolieren* zu müssen. Als Zorn seinen Sohn an die Abmachung erinnerte (eine Stunde am Tag, nach den Hausaufgaben), konterte dieser, das mit dem Image sei nicht seine, sondern Ögis Idee gewesen, der habe nämlich gesagt, Edgar müsse einen Fisch angeln, bei Eugen gegen einen Spaten eintauschen und einen Baum pflanzen. Die Sache mit dem Fisch sei bereits geschafft, der Rest (Spaten und Baum) im Handumdrehen *(versprochen, Papa!)* erledigt.

Zorn gestand seinem Sohn noch zwei Minuten zu *(keine Sekunde länger!),* rauchte die Zigarette auf dem Balkon zu Ende und fand Edgar danach unverändert auf der Toilette hockend vor. Diesmal ließ er sich auf keine Diskussion ein, selbst Edgars bewährter Hundeblick *(BIIITTE, PAPA!)* und sämtliches Betteln *(Ich hab nur zwei Sterne! Ich brauche drei, sonst kommt K. K. Slider NIEMALS auf meine Insel!)* fruchteten nichts, die Nintendo verschwand im Wäschekorb mit der Drohung, dass sie dort für den Rest der Woche auch bleiben werde, wenn ihr Besitzer seinen kleinen Hintern nicht *SOFORT* vom Klo bewege.

Edgar hatte mürrisch gehorcht, sich kurz über seine eingeschlafenen Beine beschwert und seinen tyrannischen Vater danach mit Missachtung gestraft.

»Hast du dein Frühstück eingepackt?«

Zorn bremste an einer Ampel. Wiederholte die Frage.

»Wenn du's nicht eingepackt hast«, brummte Edgar, »ist's auch nicht im Rucksack.«

Zorn zählte innerlich bis drei. Dann teilte er seinem Sohn mit, dass er das Schulbrot wie immer geschmiert, in die gelbe *Minions*-Büchse getan und auf den Küchentisch gelegt habe. Das Einpacken sei nicht seine, sondern Edgars Aufgabe.

Edgar murmelte etwas.

»Ich hab dich nicht verstanden«, sagte Zorn.

»Die *Minions* sind total out.«

»Dann besorgen wir dir ’ne neue Brot …«

»Ich hasse Salami.«

»Seit wann? Ich dachte …«

»Das Auto hasse ich auch.«

»Echt? Also ich«, log Zorn grinsend, »find’s total cool!«

Vor einem Monat hatte der alte Volvo nach knapp anderthalb Jahrzehnten treuen Dienstes endgültig den Geist aufgegeben. Obwohl Frieda drohte, die *klapprige Rostlaube* nie wieder zu besteigen, hatte Zorn die gebrochene Vorderachse reparieren lassen wollen, doch als auch Malina – Edgars Mutter – erklärte, Zorn könne ihren gemeinsamen Sohn gern auf dem Rücken oder in einer Schubkarre transportieren, nicht aber in diesem lebensgefährlichen Vehikel, musste sich Zorn zähneknirschend geschlagen gegeben. Nach einer zermürbenden Suche im Internet hatte er Frieda die Auswahl überlassen – mit Ausnahme der Marke, wenigstens *die* sollte gleich bleiben. Da saß er nun, in einem schneeweißen Volvo V60 mit weißer Lederausstattung, getönten Scheiben, Sportfelgen, personalisierter Innenbeleuchtung und allerlei Schnickschnack, von dem er nur einen Bruchteil begriff. Damit nicht genug, denn Frieda hatte sich auch um die Zulassung gekümmert. Dass auf dem neuen Kennzeichen ein C und ein Z prangten, war entgegen ihrer heuchlerischen Behauptung alles andere als Zufall, sondern eine weitere Demütigung. Nur armselige Idioten kurvten mit ihren Initialen auf dem Nummernschild durch die Gegend und die Tatsache, dass Claudius Zorn – wie Frieda sehr genau wusste – seinen Vornamen abgrundtief hasste, verdoppelte die Schmach. Immerhin, wenn die Kiste einmal fuhr, war sie dank Automatikgetriebe mit einer Hand relativ einfach zu steuern.

»Grün«, knurrte Edgar.

»Was?«

»Die Ampel.«

»Ach so. Ich … Scheiße.«

»Sagt man nicht.«

Zorn stierte verwirrt auf die Armaturen. »Der Motor ist aus.«

»Du musst Gas geben.«

»Aber ich …«

Hinter ihnen plärrte eine Hupe.

»Einfach nur«, Edgar verdrehte die Augen, »Gas geben.«

Das tat Zorn. Der Volvo schoss vor, Zorns Hinterkopf wurde in die Kopfstütze gepresst. Edgar warf ihm einen genervten Blick zu.

»An der Ampel geht der Motor *immer* aus.«

Sie fuhren über die Hochstraße. Zorn leckte den Schweiß von der Oberlippe und konzentrierte sich auf den dichten Verkehr.

»Weiß ich doch«, versicherte er. »Spart 'ne Menge Sprit.«

»Das Auto ist trotzdem scheiße.«

»Scheiße sagt man …«

»Wenn du das darfst, darf ich's auch.«

Er ist sauer, überlegte Zorn. Und wenn er sauer ist, zieht er's gnadenlos durch. Tja, das hat er von mir.

»Wir können's uns ja beide abgewöhnen«, schlug er vor.

»Was?«

»Scheiße zu sagen.«

»Pff!«, machte Edgar.

Das, dachte Zorn mit einem gewissen Stolz, hat er auch von mir.

Sie überquerten den Fluss und bogen auf die Ausfahrt hinab zur Altstadt. Der Volvo tauchte in den Schatten der Hochstraße und kroch hinter einem Laster durch den morgendlichen Stau.

»Nun komm schon.« Zorn startete einen weiteren Versuch. »Vertragen wir uns, okay? Du kannst später weiterspielen. Jetzt bring ich dich erst mal zur Schule, und danach …«

»Schule«, Edgar blies eine blonde Haarsträhne aus der Stirn, »ist auch scheiße.«

Er versetzte dem blauen Schulrucksack, der vor ihm im Fußraum lag, einen Tritt.

Herrje, dachte Zorn seufzend. Jetzt ist er gerade erst in die zweite Klasse gekommen. Wenn er irgendwann in der Pubertät ist, kann ich mich frisch machen.

Der Verkehr quälte sich unter der Hochstraße voran, die monströsen Betonstelzen zogen wie in Zeitlupe vorbei.

Edgars Frust, das wusste Zorn, würde bald verfliegen. Eigentlich ging er gern in die Schule. Herr Naumann, sein neuer Klassenlehrer, war kaum älter als zwanzig, ein junger Mann mit wachen Augen, dem der Spaß am Unterricht deutlich wichtiger war als der Lehrplan. Edgar mochte ihn, ebenso wie er Naumanns Vorgängerin gemocht hatte. Dass Luna Krupp von einem Tag auf den anderen verschwunden war, hatte ihn schwer getroffen. Zorn hatte es nicht übers Herz gebracht, seinem Sohn die ganze Wahrheit zu sagen; der Prozess war zwar noch nicht abgeschlossen, doch es war klar, dass die junge Frau die nächsten Jahre im Gefängnis verbringen würde. Edgar hatte schon lange nicht mehr nach ihr gefragt, bald würde er sie vergessen. Darum beneidete Zorn seinen Sohn, ihm selbst war dieses Glück nicht vergönnt. Die Albträume (der verlassene Wasserturm, das Seil mit den Sprengsätzen) kehrten immer wieder zurück, auch in zwanzig Jahren noch würde er sich schweißgebadet im Bett wälzen und träumen, dass entweder er oder Schröder in tausend Stücke gesprengt wurden.

Der Stau löste sich auf, der Volvo glitt lautlos durch die Innenstadt.

»Na?« Zorn knuffte Edgar mit dem Ellbogen in die Seite. »Wieder Freunde?«

Der Junge rückte zum Fenster. »Du fährst zu schnell.«

»Wieso?«

»Du darfst nur fünfzig.«

»Weiß ich.«

»Du fährst sechsundfünfzig.«

»Ach.«

Zorn kniff die Augen hinter der Brille zusammen. Sein Blick wanderte über die bunten Displays: Tankanzeige, Klimaanlage, Drehzahlmesser, Uhr. Wo war der verdammte …

»Hier.« Der Gurt straffte sich, Edgar beugte sich vor, wies auf eine blinkende Zahl rechts unten auf der digitalen Karte des Navigationsgerätes.

»Alles klar.« Zorn drosselte das Tempo. »Soll ich Musik anmachen?«

»Nee.«

Edgars Blick sprach Bände: *Kriegst du sowieso nicht hin.*

Womit er richtiglag.

Sie erreichten die Schule, einen dreistöckigen Plattenbau aus DDR-Zeiten. Die Innenräume waren seit einigen Jahren saniert, jetzt hatte man begonnen, die triste Fassade für einen neuen Anstrich einzurüsten.

»Mama holt dich dann ab.« Zorn bremste am Bordstein. »Wir sehen uns übermorgen, okay?«

»Hm.«

Der Junge schnappte den Rucksack, hüpfte aus dem Wagen und wollte sofort los.

»Edgar?«

»Hm?«

»Ich hab dich lieb.«

Edgar beugte sich vor und sah Zorn an.

Wenn er mir jetzt den Stinkefinger zeigt, dachte Zorn, darf ich ihm das nicht durchgehen lassen. Er hat ein Recht, sauer zu sein, aber er muss auch verstehen, dass er …

»Ich dich auch, Papa.«

»Dein Glück. Jetzt aber Abmarsch, du bist spät dran. Und mach die Tür zu, aber …«

RUMMS!

»… nicht so doll«, murmelte Zorn, während Edgar bereits die Treppe hinaufflitzte.

Zorn wartete, bis sein Sohn in der Schule verschwunden war, wendete umständlich und machte sich auf den Weg ins Präsidium.

*

Die Straßen waren eng, rechts und links zugeparkt. Zorn versuchte, das ständige Piepsen irgendwelcher Assistenzsysteme zu ignorieren, bis ihn ein lautes Schrillen zusammenfahren ließ. Die Karte des Navigationssystems verschwand auf dem Display, *SCHRÖDER* war in Großbuchstaben zu lesen. Zorn stabilisierte das Lenkrad mit den Oberschenkeln, drückte wahllos auf verschiedene Knöpfe und Schalter, um den Anruf entgegenzunehmen. Die Scheiben surrten herab, der elektrische Seitenspiegel fuhr ein, der Sitz vibrierte und begann, Zorns Hintern zu massieren, dann dröhnte Schröders Stimme aus den Lautsprechern.

»CHEF? BIST DU SCHON …«

»SCHREI NICHT SO!«, brüllte Zorn. »MIR FALLEN GLEICH DIE OHREN …«

»ICH SCHREIE NICHT. DU MUSST DIE LAUTSTÄRKE HERUNTER …«

»WIE DENN, VERDAMMT???«

Zorn fummelte hektisch an den Knöpfen.

»AM LENKRAD, CHEF.«

Ein durchdringender Piepton gellte, auf einem der Displays blinkte ein rotes Warnlicht. Zorn sah auf, bemerkte, dass er im Begriff war, einen grünen Ford Transit zu rammen, verwechselte in seiner Verzweiflung die Pedale und gab Vollgas. Mit einem Ruck straffte sich der Gurt und presste Zorn in den Sitz, während das Notsystem eine Vollbremsung auslöste und den Volvo stoppte.

»DIE TASTE …«

Zorn hieb mit der Faust auf das Lenkrad. Der Volvo reagierte mit einem ohrenbetäubenden Blöken.

»DAS WAR DIE HUPE, CHEF.«

»ACH! WAS DU NICHT SAGST, SCHRÖDER!«

»WEITER RECHTS. DIE TASTE MIT DEM MINUSZEICHEN.«

Zorns verbliebene Finger flatterten über das Lenkrad.

»Besser?«, erkundigte sich Schröder nach ein paar Sekunden.

Irgendwie musste Zorn den richtigen Schalter erwischt haben, denn jetzt war die Lautstärke erträglich. Der Volvo stand schräg in der Einmündung zum Kreisverkehr um die Kirche am Hasenberg. Zorn stieß eine Verwünschung aus und warf einen hasserfüllten Blick auf die bunten Anzeigen.

»Chef?« Schröder klang besorgt.

Zorn hockte schweißüberströmt hinter dem Steuer. Er fühlte sich wie ein Passagier in einem der alten Katastrophenfilme, der einen Jumbojet im letzten Moment gelandet hat, nachdem der Pilot ohnmächtig geworden ist.

Was man ihm auch deutlich ansah, denn ein älterer, trotz des strahlenden Sonnenscheins in einen dunklen Wollmantel gekleideter Herr beugte sich durch das offene Beifahrerfenster und erkundigte sich mit sonorer Stimme, ob womöglich Hilfe benötigt werde. Als Zorn stumm abwinkte, hob er skeptisch die buschigen Brauen und ging dann davon.

»Alles in Ordnung?«, erkundigte sich Schröder am Telefon.

»Logisch«, ächzte Zorn. »Ich bin … SCHEISSE!«

»Was ist?«

Zorn richtete sich auf, griff nach seinem Hintern.

»Ich verbrenne mir hier gleich den Arsch!«

»Wahrscheinlich hast du die Sitzheizung aufgedreht. Links neben dir, am Türgriff.«

»Ich sehe hier keine …«

»Direkt unter dem Fensterheber.«

»Sag das doch gleich!«

»Vielleicht nimmst du besser die Straßenbahn.«

»Haha, ich lach mich tot, Schröder.«

»War nur eine Idee.«

Zorn startete den Motor. »Ich bin in zehn Minuten da.« *Hoffentlich*, fügte er in Gedanken hinzu.

»Deshalb rufe ich an«, sagte Schröder. »Sei bitte so nett und fahr vorher im Krankenhaus vorbei.«

»Warum?«

»Weil er aufgewacht ist.«

Zwei

»Und Sie können sich wirklich an überhaupt nichts erinnern?«

Der Polizist stellte die Frage jetzt zum dritten Mal.

»Nein«, sagte ich.

»Und ...«

Sein Blick irrte ratlos durch das Krankenzimmer, mehr schien ihm nicht einzufallen. Er hatte sich als Hauptkommissar Zorn vorgestellt, obwohl er nicht wie ein Polizist aussah: verwaschene Jeans, langärmliges Shirt und weiße, knöchelhohe Turnschuhe. Schulterlanges, grau gesträhntes Haar, Dreitagebart, unter dem sich auf der rechten Wange ein feines Narbengeflecht abzeichnete. Er wirkte müde, seine Bewegungen waren langsam, ungelenk, wie die eines schlaksigen Teenagers, obwohl er bestimmt um die fünfzig war.

Dies alles registrierte ich, ohne mir dessen richtig bewusst zu werden. Es war seltsam: über meine Vergangenheit – ganz zu schweigen von der Zukunft – wusste ich nichts, doch die Gegenwart nahm ich problemlos wahr. Natürlich war ich verwirrt (wer wäre das nicht gewesen?), gleichzeitig fühlte ich eine sonderbare Distanz. *Ich* war es, der in diesem Bett lag, umgeben von Schläuchen und blinkenden Monitoren, aber es fühlte sich nicht so an. Vielleicht lag es an den Medikamenten, denn das, was hier geschah, interessierte mich nicht besonders. Als würde ich mir selbst zusehen, einem Fremden, der mich nicht sonderlich interessierte. Ich kam mir vor wie der Zuschauer eines Fernsehspiels.

»Man hat Sie in einem Hinterhof aufgefunden.« Der Kommissar stand am Fußende des Bettes. Er roch nach Schweiß und kaltem Zigarettenrauch. »In der Nähe vom alten Hafen. Das war in der Nacht zum Dienstag vergangener Woche.«

Eine Anwohnerin hatte mich zwischen den Mülltonnen entdeckt. Wie es aussah, hatte ich eine Weile dort gelegen. Ich beschloss, mich später bei der Frau zu bedanken. Falls ich mich dann noch erinnerte.

»Herr, äh …«

Der Polizist zögerte.

»Fender«, half ich. »Jakob Fender.«

Seine Brauen hoben sich hinter der Brille. Offensichtlich glaubte er, mein Erinnerungsvermögen habe wieder eingesetzt. Ich musste ihn enttäuschen. Dies, erklärte ich ihm, sei der Name, der in meinem Ausweis stand. Ich hatte ihn bei mir getragen, als ich in die Notaufnahme eingeliefert wurde.

Mir selbst sagte dieser Name noch immer nichts. Ebenso gut hätte ich Donald Duck heißen können – das behielt ich für mich; Humor schien für den Polizisten ein Fremdwort zu sein.

Er sah frustriert zum Fenster, dann wieder zu mir herab: »Aufgrund der Spurenlage und der Schwere Ihrer Verletzungen ist ein Mordversuch nicht ausgeschlossen.«

Er wartete auf eine Antwort. Ich hatte keine.

»Es gibt keine Zeugen. Wir brauchen eine Täterbeschreibung. Sonst wissen wir nicht, nach wem wir suchen müssen.«

Es klang wie ein Vorwurf. So war's wohl auch gemeint.

»Und Sie wissen überhaupt nichts? Wie Sie dort hingekommen sind? Was Sie vorher gemacht haben?«

Als ich verneinte, kratzte er ratlos das unrasierte Kinn. Die Achseln seines Shirts waren dunkel von Schweiß. Aus dem rechten Ärmel ragte eine lederne Manschette.

Ich betrachtete meine verbundene Hand. Fast hätte ich gefragt, wie es ist, wenn man nur noch eine Hand benutzen kann. Ich verkniff es mir. Der Polizist wollte so schnell wie möglich wieder hier weg und gab sich nicht die geringste Mühe, das zu verbergen. Als Doktor Carlsson erschien und erklärte, ich würde jetzt Ruhe brauchen, war ihm die Erleichterung deutlich anzusehen.

»Sie hören von uns.«

Nachdem er das Zimmer verlassen hatte, schien die Temperatur um einige Grad zu steigen. Doktor Carlsson wechselte meinen Kopfverband, schloss die Jalousien und forderte mich auf, ein paar Stunden zu schlafen. Am Nachmittag würde ich noch einmal Besuch bekommen.

Drei

Zorn schloss die Fahrertür, verriegelte den Volvo (zumindest *das* funktionierte wie gewohnt) und entzündete eine Zigarette. Früher hatte er so dicht wie möglich am Präsidium geparkt, um den Fußweg so kurz wie möglich zu halten. Jetzt stand er in der entferntesten Ecke hinter einem Mannschaftswagen an der Rückseite des Supermarktes. Es war ihm peinlich, mit dieser schneeweißen Protzkiste gesehen zu werden (verchromte Sportfelgen, wozu, um alles in der Welt, brauchte man *Sportfelgen*?).

Er lehnte an der Heckklappe, blies den Rauch in die laue Spätsommerluft und betrachtete die verglaste Fassade des Präsidiums. Knapp hundert Menschen waren hinter den getönten Scheiben damit beschäftigt, für Recht und Ordnung zu sorgen. Schröder, der beste von ihnen, las wahrscheinlich wie immer in einer Akte. Claudius Zorn selbst war nie ein guter Polizist gewesen, und nun, da er die fünfzig überschritten hatte, würde er auch keiner mehr werden. Also ließ er sich Zeit, schlenderte rauchend zwischen den Streifenwagen auf das Präsidium zu, trat die Kippe direkt vor dem Eingang aus und ging hinein, um seinen Beitrag zur Verbrechensbekämpfung zu leisten.

*

Schröder las ausnahmsweise nicht in einer Akte. Er saß auch nicht an seinem Platz. Nur sein Schnaufen war zu hören, und als Zorn um den Schreibtisch ging, fand er Schröder unten auf dem Teppich vor.

»Darf man fragen, was du da machst?«

»Liegestütze«, keuchte Schröder.

»Aha.«

»Bin. Gleich. Fertig.«

Zorn lehnte sich ans Fensterbrett. Nach einer knappen Minute hatte Schröder seine Übungen beendet, richtete sich schwer atmend auf und wischte die Hände an der Cordhose ab.

»Gut für die Durchblutung.«

»Das«, nickte Zorn, »sieht man.«

Schröders rundes Gesicht leuchtete flammend rot, der rasierte Schädel strahlte wie eine Rundumleuchte.

»Fünfzig am Morgen«, er rang noch immer nach Luft, »und fünfzig am Abend. Hält den Körper in Form. Und«, er tippte sich an die schweißnasse Schläfe, »das Denken.«

»Sicher doch.«

Seit Jahrzehnten hielt Zorn sich von sämtlichen sportlichen Aktivitäten fern. Zum einen natürlich aus Trägheit. Zum anderen schwante ihm, dass jeder Versuch im Desaster enden musste; in seiner Jugend hatte er zwar locker hundert Liegestütze geschafft, jetzt allerdings war zweifelhaft, ob er überhaupt in den zweistelligen Bereich kommen würde, und selbst wenn, blieb die Frage, wie beziehungsweise *ob* er danach wieder auf die Füße käme. Nein, es war besser, es gar nicht erst zu versuchen, denn so konnte man sich zumindest einbilden, fit zu sein. Äußerlich traf das durchaus noch zu, auf den ersten Blick jedenfalls. Früher hatte Zorn das T-Shirt immer in den Gürtel gesteckt, jetzt hing es über den Jeans, doch bei näherer Betrachtung war die Wölbung nicht zu übersehen.

Schröder trocknete das Gesicht mit einem Frotteehandtuch, beglückwünschte Zorn zu seiner unfallfreien Fahrt ins Präsidium *(ich hab vom Fenster aus gesehen, wie du eingeparkt hast, hervorragende Leistung)* und erkundigte sich nach dem Besuch im Krankenhaus.

»Er ist wach«, sagte Zorn.

»Deswegen hatte ich dich gebeten, mit ihm zu sprechen.«

»Er erinnert sich nicht.«

»Nicht?«

»Amnesie.«

»Ach je.«

Schröder rieb seufzend den geschorenen Kopf. Als Zorn ihn kennengelernt hatte, trug er die letzten Strähnen noch quer über die Glatze gekämmt. Auch damals war er schon korpulent gewesen, doch es gab Jugendfotos, auf denen ein anderer Schröder zu sehen war: ein stämmiger junger Mann mit rotem, lockigem Haar, strahlend blauen Augen und einem Lächeln, mit dem er wahrscheinlich schon auf die Welt gekommen war. Er war Ringer gewesen, hatte einige Meisterschaften gewonnen, und obwohl er nun einiges mehr wog, hatte er seine Fähigkeiten kaum eingebüßt. Wer ihn nicht kannte, neigte dazu, ihn zu unterschätzen. Meist ließ es Schröder geschehen (es interessierte ihn nicht), doch Zorn hatte mehrfach erlebt, wie der ein oder andere eines äußerst schmerzhaften Besseren belehrt wurde.

Schröder öffnete den obersten Hemdknopf. Der karierte

Stoff unter dem Doppelkinn war durchgeschwitzt, doch er roch nicht nach Schweiß – das tat er nie, irgendwie schien er immer direkt aus der Dusche zu kommen.

»Partiell?«, fragte Schröder.

»Par…*was*?!«

»Teilweise. Bei einer partiellen Amnesie würde er sich demnächst wieder erinnern.«

»So hat's die Ärztin gcsagt.«

»Dann müssen wir also abwarten«, brummte Schröder.

Die letzten Monate waren ruhig verlaufen. Zorn hatte das als angenehm empfunden, doch Schröder hasste den tristen Büroalltag. Als vor einer knappen Woche die Meldung vom Krankenhaus kam, hatte Zorn eine Streife für das übliche Protokoll hinschicken wollen, doch Schröder war selbst hingefahren, um den Schwerverletzten persönlich in Augenschein zu nehmen, und war schnell zu der Vermutung gekommen, dass es sich nicht um eine der üblichen Schlägereien gehandelt haben konnte.

Jakob Fender hatte keine Vorstrafen, in seinem Blut waren weder Alkohol noch Drogen festgestellt worden. Die Schnittwunde an seiner Hand stammte von keinem gewöhnlichen Messer, es musste extrem scharf und ziemlich groß gewesen sein. Und er schien auch nicht der Mensch zu sein, der sich nachts auf irgendwelchen Hinterhöfen herumtrieb. Man hatte seine Arbeitskollegen befragt, von denen er einhellig als kompetent, freundlich und absolut zuverlässig beschrieben worden war.

Das alles waren nur Indizien. Da es keine Zeugen gab, waren sie auf Jakob Fenders Aussage angewiesen, um Schröders Ahnung zu bestätigen.

»Seine Frau will ihn nachher besuchen«, sagte Zorn.

»Gut«, nickte Schröder. »Das wird ihm bestimmt helfen, sich zu erinnern.«

Vier

Sie hieß Mona.

Ich wusste nicht, wie lange sie an meinem Bett gesessen hatte, zwischendurch waren mir immer wieder die Augen zugefallen. Sie hatte mir eine Menge über mich erzählt, und das alles war ziemlich verwirrend:

Genau genommen war sie nicht meine Frau, sondern meine *Ex*frau. Wir lebten seit Jahren getrennt, waren aber noch verheiratet, und zwar aus steuerlichen Gründen, wie sie erzählte. Offensichtlich kannte ich mich mit Finanzen aus.

Ich fragte nicht, warum wir uns getrennt hatten. Das, nahm ich mir vor, würde ich später tun. Dass ich mich irgendwann in diese schlanke, hochgewachsene Frau verliebt haben musste, war kein Wunder. Sie wirkte reserviert, und selbst in meinem benebelten Zustand registrierte ich sofort, wie unwohl sie sich fühlte. Doch ich schien ihr noch immer wichtig zu sein, anders war ihr Besuch nicht zu erklären. Das war … tröstlich. Obwohl sie mir absolut fremd war.

Ich erfuhr noch mehr.

Dass ich mich früher fast ausschließlich von Pizza und Fastfood ernährt hatte und seit zehn Jahren Vegetarier war. Ich trank so gut wie nie Alkohol, verehrte die Beatles, James Blunt und besaß sämtliche CDs, die Udo Lindenberg jemals veröffentlicht hatte. Ich verabscheute deutschen Schlager und mochte Fußball. Meine Lieblingsmannschaft war Borussia Dortmund. Ich achtete beinahe krankhaft auf meinen Körper und ging mindestens zweimal täglich unter die Dusche. So, sagte Mona, sei es jedenfalls früher gewesen. Letzteres zumindest hatte sich offensichtlich nicht geändert, denn der Gedanke, mich seit einer Woche nicht gewaschen zu haben, missfiel mir außerordentlich.

»Danke«, sagte ich und deutete auf den Blumenstrauß in einer Vase auf dem Tisch neben dem Bett. Mona sah mich einen Moment verständnislos an, bis sie schließlich begriff.

»Die sind nicht von mir.«

Sie reichte mir eine bunte Klappkarte mit einem aufgedruckten Plüschteddy und den besten Genesungswünschen meiner Kollegen, die auf der Innenseite unterschrieben hatten: Knut. Alwin. Jan. Doktor Dahlmeyer. Frau Brandis.

Die Namen sagten mir nichts, doch ich erfuhr von Mona, dass ich seit über einem Jahrzehnt als Netzwerkadministrator bei der Sparkasse arbeitete.

»Ich kenne mich mit Computern aus?«

Was das betraf, meinte Mona, war ich ein verdammtes Genie.

Die Ärzte hatten sie gebeten, Fotos mitzubringen. Das erste zeigte einen bärtigen jungen Mann. Ich selbst konnte das nicht sein, ich trug keinen Bart. Außerdem (eines der wenigen Dinge, die ich über mich wusste), war ich blond. Der hier hatte kastanienbraunes, im Nacken zu einem Zopf gebundenes Haar, trug eine Brille und ein ziemlich albernes Nasenpiercing. Das, sagte Mona, war Hagen.

»Dein bester Freund. Er war auch dein Trauzeuge.«

Auf dem nächsten Foto stand ein junges Paar vor dem Portal einer Kirche. Die Braut, groß und schlank, trug ein weißes Kleid und spitzenbesetzte Handschuhe, in das Haar waren Blumen geflochten. Obwohl ihre Schuhe flach waren, überragte sie den Bräutigam um ein paar Zentimeter. Der war in die übliche Tracht mit Anzug und Fliege gekleidet, sein blondes Haar streng gescheitelt, die hellen Augen direkt in die Kamera gerichtet.

Die Braut war Mona.

»Wie lange ist das her?«, fragte ich.

»Knapp fünfzehn Jahre. Wir waren neunzehn.«

Ich betrachtete das weiche, glattrasierte Gesicht des Bräutigams. Die vollen, geschwungenen Lippen. Seinen Arm, den er besitzergreifend um die Hüfte seiner jungen Frau gelegt hatte.

Das war also ich.

Jakob Fender.

Vierunddreißig Jahre alt.

Mona blies eine Haarsträhne aus der Stirn. Das schien sie öfter zu tun, ich musste es hundertfach beobachtet haben. Ich überlegte, wie oft ich die winzige Narbe über ihrer rechten Braue geküsst hatte, die kleinen Leberflecke, die am Hals ein Quadrat bildeten.

Ich horchte in mich hinein. Nichts.

Diese Frau neben dem Bett war mir unbekannt.

Der, der darin lag, ebenfalls.

Wieder sah ich das Foto an. »Du hast dich kaum verändert.«

Das schien ihr unangenehm zu sein, *sehr* unangenehm. Doch es stimmte. Damals hatte sie ihr Haar länger getragen, ihre Gesichtszüge waren weicher, mädchenhaft, doch auch jetzt, fünfzehn Jahre später, würde ihr das Kleid noch problemlos passen. Ein schönes Kleid mit tiefem Ausschnitt, spitzenbesetztem Kragen und einem schmalen, perlenbesetzten Gürtel, unter dem …

Ich betrachtete die Wölbung über dem Bauch.

»Du warst …«

»… schwanger? Ja, im sechsten Monat.«

Und so erfuhr ich noch etwas.

Ich hatte einen Sohn.

Fünf

»Ich danke Ihnen.«

Schröder bat, umgehend informiert zu werden, sobald sich etwas Neues ergäbe, wünschte noch einen angenehmen Abend und beendete das Telefonat. Auf Zorns nicht sonderlich interessierte Nachfrage erklärte er, gerade mit Fenders Ärztin gesprochen zu haben.

»Sein Zustand ist unverändert. Doktor Carlsson meint, bei einer retrograden ...«

»Hä?«

»... Amnesie würde das Erinnerungsvermögen in den ersten vierundzwanzig Stunden wieder einsetzen. Jedenfalls bei den meisten Patienten.«

»Und was ist mit den anderen?«

Zorn griff in eine Tüte Schokolinsen und steckte eine in den Mund. Er mochte keine Süßigkeiten, doch es half, die Zeit bis zur nächsten Zigarette zu überbrücken.

»Manche Menschen erinnern sich nie«, sagte Schröder. »Auslöser kann ein Unfall sein oder ein traumatisches Erlebnis. Alles, was davor geschehen ist, bleibt ausgelöscht. Sie erkennen weder Freunde noch Verwandte, aber im Alltag finden sie sich zurecht. Sie wissen, wie man ein Telefon benutzt, Auto fährt oder ...«

»Warum sagst du das so komisch?«

»Was?«

»Das mit dem«, das Bonbon platzte zwischen Zorns Schneidezähnen, »*Autofahren.*«

Schröder runzelte die Stirn. »Ich weiß nicht, was du meinst, Chef.«

»Du hättest Tausende Beispiele nehmen können«, sagte Zorn kauend. »Kaffee kochen, Blumen gießen oder … sich den Hintern abwischen.«

»Stimmt«, nickte Schröder. »Obwohl ich Letzteres eher nicht …«

»Aber nein. Du kommst mit Autofahren.«

»Warum sollte ich nicht …«

»Weil du rumsticheln willst!«

»Wie kommst du denn auf …«

»Du willst mich ärgern.« Zorn langte wieder in die Tüte. »Ich muss mich nur ein bisschen an die neue Karre gewöhnen, aber ich fahre seit dreißig Jahren Auto! Das *kann* ich!«

Niemand, erwiderte Schröder, würde die *Chuzpe* haben, eine solch unbestreitbare Tatsache ernsthaft in Zweifel zu ziehen.

Zorn warf eine Schokolinse in die Luft. Das Bonbon verfehlte seinen Mund, prallte gegen das Kinn und landete auf seinem Schoß.

»Du hast mir die Freisprechanlage eingerichtet, Schröder. Und gezeigt, wie man die Sitze verstellt. Aber ich hab ganz allein rausgekriegt, wie man telefoniert. Und die Lautstärke kann ich jetzt auch regeln.«

Schröder beglückwünschte Zorn zu dieser außerordentlichen Leistung. »Also«, fuhr er fort, nachdem er versprochen hatte, das Thema Autofahren nur noch in Notfällen zur Sprache zu bringen. »Der autobiographische Teil von Fenders Erinnerungen ist deaktiviert. Emotionale Erfahrungen sind blockiert, das episodische Gedächtnis ebenfalls. Er nimmt seine Umwelt wie jeder andere wahr, kann lesen, Fahrrad fahren …«

»… oder *Auto* …«

»… und besitzt also sämtliche Fähigkeiten, die kein weiteres Nachdenken erfordern. Auch das Neugedächtnis funktioniert. Alles, was nach dem Ereignis passiert, wird abgespeichert.«

»Apropos abspeichern. Darf man fragen, woher *du* das alles weißt? Bist du jetzt unter die …«

»Nein, ich bin *nicht* unter die Hirnchirurgen gegangen, Chef. Einen Teil«, Schröder deutete auf das Festnetztelefon, »hat mir Fenders behandelnde Ärztin gerade erläutert. Einiges habe ich heute Vormittag im Internet gelesen, und den Rest«, er tippte sich an die Stirn, »wusste ich bereits.«

»Aha.«

»Fender hat keine organischen Schäden. Der Hirnscan, sagt die Ärztin, zeigt keine Verletzungen. Nicht nur der Schlag auf den Kopf war der Auslöser, sondern das Erlebnis an sich. Der Überfall hat ihn traumatisiert, die Erinnerung ist nicht verloren, sondern blockiert. Aus Selbstschutz verdrängt.«

Das konnte Claudius Zorn sehr gut nachvollziehen. Er selbst war ein hervorragender Verdränger, denn mit Problemen, die man nicht bemerkte (oder zumindest so tat), musste man sich nicht beschäftigen. Den Vorwurf, ein Ignorant zu sein, nahm er in Kauf, solange sein Leben in halbwegs ruhigen Bahnen verlief.

»Fenders Gehirn ist also intakt«, sagte er. »Organisch jedenfalls.«

»*Sí, señor.*«

»Und wenn er simuliert?«

»Möglich«, stimmte Schröder zu. »Dann bliebe allerdings eine Frage.«

»Und welche?«

»Nach dem *Warum.*«

Sechs

In der Nacht fand ich keinen Schlaf. Ich driftete in eine Art Dämmerzustand, aus dem ich immer wieder hochschreckte. Stundenlang lag ich wach, lauschte dem Piepsen der Monitore, den Schritten der Krankenschwestern auf dem Flur, und als mir das Frühstück gebracht wurde (Weißbrot, Schnittkäse und warmer Tee), fühlte ich mich wie zerschlagen. Doktor Carlsson machte ein paar Tests, ich musste Zahlenreihen wiederholen, europäische Hauptstädte aufsagen und alberne Texte von Karteikarten vorlesen. Die Ärztin war zufrieden, keinerlei kognitive Prozesse waren beeinträchtigt.

»Ihre Nervenstrukturen sind intakt, Herr Fender. Keine Aussetzer.«

Doch, die gab es.

Dazu später mehr.

Ich erzählte von meiner Schlaflosigkeit. Die, erklärte Doktor Carlsson, sei Teil des Krankheitsbildes, ein Schutzmechanismus, der verhindern sollte, dass ich mich durch Träume an den Auslöser der Amnesie erinnerte.

»Sie müssen Geduld haben. Bleiben Sie optimistisch.«

Es gab keine Medikamente, doch viele andere Möglichkeiten: Psychotherapie, Entspannungstechniken, Hypnose. Gespräche mit Menschen, die mich kannten. Das alles würde nach und nach helfen.

»Ihr Körper wehrt sich. Lassen Sie ihm Zeit.«

Ich stimmte ihr zu.

Was blieb mir auch übrig?

Die Verletzungen heilten gut. Der Tropf wurde entfernt; meine Hand, die geprellten Rippen und die Platzwunden würden mir noch einige Zeit zusetzen, gegen die Schmerzen würde ich Tabletten bekommen.

Als Doktor Carlsson das Zimmer verlassen hatte, ging ich auf die Toilette. Bisher hatte ich einen Blick in den Spiegel vermieden. Als ich es tat, war ich weder überrascht noch schockiert, schließlich rechnete ich damit, einen Fremden zu erblicken. Der Mann im Spiegel war eindeutig der, den ich auf dem Hochzeitsfoto gesehen hatte, trotz des geschwollenen, von einem Bluterguss umgebenen Auges, der verschorften Wange und der aufgesprungenen Lippen. Älter geworden war er natürlich auch, nach fünfzehn Jahren hatte sich das blonde Haar deutlich gelichtet, die rötlichen Bartstoppeln waren von den ersten grauen Strähnen durchzogen.

Da stand ich also in dem winzigen Bad, neugierig in den Anblick des Fremden vertieft, und rieb das kratzende Kinn. Ein alter, ziemlich alberner Spruch fiel mir ein:

Ich kenne dich zwar nicht, aber ich …

Ich blinzelte. Der Mann im Spiegel ebenfalls.

Das Wort, es war weg. Einfach verschwunden.

Dieses Ding, mit dem man den Bart abmacht. Ich wusste nicht, wie es hieß.

Ich hatte selbst eins. Akkubetrieben, hellgrüner Plastikgriff. Die Klingen mussten regelmäßig gewechselt werden, als ich sie zuletzt bei Amazon bestellt hatte, war ich wütend gewesen, weil sie sündhaft teuer waren. Daran erinnerte ich mich, auch an das schwarze Ladekabel, das sich ständig verknotete.

Ich umklammerte das Waschbecken. Alles, was ich sah, kannte ich: Toilettenschüssel, Klobürste, Papierspender. Notrufklingel. Haken, daran ein Handtuch. Seifenspender, Steckdose, Lichtschalter.

Ich wusste die Namen. Wusste, wie jedes dieser Dinge funktionierte. Nur dieses verdammte … *Gerät* konnte ich nicht benennen. Es surrte, wenn man es einschaltete. Es war wasserdicht, man konnte es unter der Dusche benutzen.

Wie es hieß, wusste ich nicht.

So viel zum Thema Aussetzer.

Sieben

Schröder stieg vom Rennrad und lehnte es an eine Laterne. Über Nacht war es merklich kühler geworden; nachdem er sein Haus verlassen hatte, war er noch einmal umgekehrt und hatte einen grauen Wollpullunder über das karierte Hemd gestreift. Schröder liebte es, morgens durch den Stadtwald ins Präsidium zu fahren, Regen und Kälte machten ihm nichts aus. Unterwegs hatten seine Gedanken um Jakob Fender gekreist, und als er über die Brücke in Richtung Innenstadt fuhr, hatte er beschlossen, sich den Hinterhof noch einmal anzusehen, in dem der bewusstlose Fender aufgefunden worden war.

Er lockerte den Riemen seines Fahrradhelms und schloss das Rad an. Die mit Kopfstein gepflasterte Straße und der Bürgersteig waren feucht vom morgendlichen Tau. Im Gehen öffnete er die Klettverschlüsse der fingerlosen Handschuhe (ein Weihnachtsgeschenk von Zorn) und streifte sie ab. Seine Schritte hallten in der tunnelartigen Durchfahrt, er erreichte den Hinterhof, nahm den Helm ab und sah sich um.

Der Hof war eng, schattig und feucht, auf drei Seiten begrenzt von den Klinkerfassaden der fünfstöckigen Häuser. Gegenüber dem Durchgang erhob sich eine drei Meter hohe Mauer, auf deren Krone eingemauerte Glasspitzen in der Morgensonne blitzten. Die Luft war modrig und klamm, selbst im

Hochsommer lag der Hof größtenteils im Schatten. Risse überzogen die Mauern, Putz bröckelte ab. Trotzdem war das abgetretene Backsteinpflaster sauber gefegt, die Mülltonnen standen in Reih und Glied, kein Unrat lag umher.

Schröder legte den Helm auf eine Mülltonne und wandte sich nach links zum Eingang des Hinterhauses. Das Milchglas der Tür war in den Ecken gesprungen. *FAHRRÄDER GEHÖREN NICHT IN DEN FLUR!!!*, stand auf einem mit Klebeband befestigten Zettel, darunter ein hingekritzelter Kommentar: *Fick dich.*

Die Wohnungen standen größtenteils leer, nur vier waren vermietet. Keiner der Anwohner, so hatte Kollege Brettschneider berichtet, hatte etwas gehört, auch nicht die Mieter der Vorderhäuser.

Die Sonne schien über die Mauerkrone, tauchte die oberen Stockwerke in goldfarbenes Licht. Der Kampf, überlegte Schröder, musste heftig gewesen sein. Schläge, Schreie, verstärkt durch das Echo der hohen Mauern. Warum hatte niemand etwas …

»Herr Kommissar!«, gellte eine schrille Stimme über den Hof. »Wollen Sie zu mir?« Eine alte Dame steckte den weißhaarigen Kopf durch ein Fenster im dritten Stock. »Ich habe die Klingel gar nicht gehört!«

Nein, wehrte Schröder ab, er wolle sich nur noch einmal umsehen.

»Kann ich Ihnen vielleicht etwas anbieten?«

»Danke, Frau Tröbner! Nicht nötig!«

Die alte Dame hatte Fender gefunden und den Notruf gewählt. Schröder hatte vor ein paar Tagen mit ihr gesprochen, die Befragung der übrigen Hausbewohner hatte er Brettschneider überlassen.

»Ich habe gerade Kaffee gekocht!«

»Leider nicht! Ich muss gleich weiter!«

Viel hatte das Gespräch mit der redseligen Alten nicht gebracht. Sie war seit Jahren verwitwet, hörte nicht mehr gut – was zumindest in ihrem Fall erklärte, warum sie nichts mitbekommen hatte – und nutzte die Gelegenheit, dem gutmütigen Schröder weitschweifig ihre Probleme mit den Nachbarn *(früher hat man sich wenigstens noch gegrüßt!),* ihrem Dackel *(er wird langsam inkontinent, der Herbert)* und der Welt im Allgemeinen *(man kann über Honecker sagen, was man will, Arbeit hatten jedenfalls alle!*) darzulegen.

»Ein Stück Rührkuchen vielleicht?« Frau Tröbner ließ nicht locker. »Der hat Ihnen doch so gut geschmeckt!«

Schröder, dem der staubtrockene Kuchen noch stundenlang schwer im Magen gelegen hatte, lehnte auch dieses Angebot freundlich ab, worauf die alte Dame sichtlich enttäuscht in ihrer Wohnung verschwand.

Erleichtert atmete Schröder auf, schloss einen Moment die Augen und konzentrierte sich. Die Durchfahrt, überlegte er weiter, bildete den einzigen Zugang zum Hof. Entweder …

»Ich hab Ihnen ein Stück eingepackt!«

Frau Tröbner beugte sich aus dem Fenster und wedelte mit einem in Alufolie gewickelten Päckchen. Für ihr Alter war sie erstaunlich flink, innerhalb kürzester Zeit hatte sie nicht nur den Kuchen verpackt, sondern auch den zerschlissenen Morgenmantel gegen eine pinkfarbene, mit Rüschen besetzte Bluse getauscht, eine Perücke übergestülpt und sogar Zeit gefunden, die Lippen mit einem grellroten Lippenstift nachzuziehen.

»Das ist wirklich lieb!«, rief Schröder hinauf. »Aber ich bin …«

Ein Kläffen drang aus der Wohnung.

»… mit dem Fahrrad hier und …«

»Aus, Herbert!«, rief die Alte über die Schulter. »Der Kommissar muss sich konzentrieren!«

Der Hund jaulte auf und verstummte.

»Wie gesagt«, rief Schröder, »ich hab keine Tasche, in der ich den Kuchen …«

»Ich gebe Ihnen eine Tüte!«

Das, gab Schröder resigniert zurück, sei natürlich eine tolle Idee, auf die er eigentlich selbst hätte kommen müssen.

Schritte erklangen im Treppenhaus, die Tür wurde geöffnet. Eine blasse Frau mit schwarz gefärbtem, an der rechten Kopfhälfte bis zur Schläfe geschorenem Haar erschien, bedachte Schröder mit einem ausdruckslosen Blick aus kajalumrandeten Augen und lief eilig davon.

»Guten Morgen, Frau Hecht!«, rief die Alte betont fröhlich herab.

Die junge Frau erwiderte den Gruß, ohne sich umzusehen, und verschwand im Schatten der Durchfahrt.

Schröder ließ den Blick über den Hof schweifen, während sich die alte Dame wortreich über ihre Nachbarin beschwerte, die vor einem Vierteljahr eingezogen war und es bisher nicht für nötig gehalten hatte, sich wenigstens kurz vorzustellen.

»Wenigstens hört sie keine laute Musik! Das ist heutzutage ja …«

»Hier haben Sie ihn gefunden?«

Schröder deutete zwischen zwei Mülltonnen.

»Ja, da lag er!« Frau Tröbner reckte den Hals. »Direkt neben der Papiertonne! Ich hätte es gar nicht mitbekommen, weil nur die Beine zu sehen waren! Die Biotonne war umgekippt, überall lag Dreck! Ich wollte schon weitergehen, doch zum Glück hat Herbert gekläfft und … wie geht es dem armen Mann eigentlich?«

»Er ist noch im Krankenhaus.« Schröder ging vor den Mülltonnen in die Hocke. »Aber er wird wieder gesund.«

Hoffentlich, fügte er im Stillen hinzu und musterte die Stelle, an der Fender gefunden worden war, eingezwängt zwischen einer umgekippten Mülltonne und der Hauswand. Die Blutflecken waren noch zu erkennen, ebenso die Schäden an der Fassade. Die Schläge hatten nicht nur Jakob Fender, sondern auch die Wand getroffen und waren so wuchtig gewesen, dass die Klinker an einigen Stellen geplatzt waren.

Schröder richtete sich auf, zog die Cordhose hoch und öffnete die Deckel der Mülltonnen.

»Wollen Sie nicht doch kurz hinaufkommen, Herr Kommissar?«

Schröder sah in die Papiertonne. Stutzte.

»Ein *klitzekleiner* Kaffee?«, lockte Frau Tröbner. »Sprühsahne habe ich auch …«

»Wann wurde die zuletzt geleert?«

Die Alte dachte einen Moment nach.

»Vor einer guten Woche.«

»Also kurz vor dem Überfall«, murmelte Schröder und zog einen länglichen Gegenstand aus der Tonne.

»Das«, echauffierte sich Frau Tröbner, »gehört nun wirklich nicht in den Papiermüll!«

Schröder gab ihr Recht. Auch er trennte seinen Müll immer äußerst penibel, doch im Moment interessierte ihn etwas anderes. Bisher hatte er nur spekulieren können, mit welcher Waffe Jakob Fenders Finger beinahe komplett abgetrennt worden waren. Ebenso war unklar gewesen, womit man ihn so brutal geschlagen hatte. Letzteres war jetzt geklärt. Schröder hielt es in der Hand.

Einen Baseballschläger.

Acht

Nach einer knappen Stunde war das Wort wieder da.

Rasierer.

Einfach so. Ebenso plötzlich, wie es verschwunden war. Ich wusste nicht, wo es gewesen war. Irgendwo in einem Raum, einem *dunklen* Raum, in dem auch die anderen Dinge eingesperrt waren, aus gutem Grund, wie Doktor Carlsson erklärt hatte: Selbstschutz. Was immer dort auch lauerte, es machte mir Angst.

Jetzt wurde mir etwas anderes klar: Wenn ein Wort, eine Buchstabenfolge *(R.A.S.I.E.R.E.R.)* so einfach wieder auftauchte, konnte dieser Raum nicht sehr fest verschlossen sein. Die Tür war brüchig, konnte sich jederzeit öffnen.

Wann?

Keine Ahnung.

In der nächsten Sekunde vielleicht. Eventuell auch nach Tagen, Monaten oder Jahren. Womöglich nie. Trotzdem, ich musste jederzeit damit rechnen. Beeinflussen konnte ich es nicht.

Auch das machte mir Angst.

Neun

»Der Baseballschläger lag seit dem Überfall in der Mülltonne«, sagte Schröder. »Niemand dürfte ihn danach angefasst haben.«

»Korrigiere mich, wenn ich falschliege«, knurrte Zorn. »Aber heißt die Spurensicherung nicht deshalb Spurensicherung, weil sie Spuren sichert?«

»Richtig.«

»Wie konnten die das Ding übersehen? Sind die zu blöd, in 'ne Papiertonne zu gucken? Oder zu faul? Jemand sollte denen mal richtig Feuer unterm Arsch machen, damit …«

»Kannst du gern tun.« Schröder deutete auf das Regal mit den Aktenordnern. »Du wirst eine Weile suchen müssen, aber ich bin sicher, du findest das richtige Formular. Wenn du's ausgefüllt hast, kannst du die Beschwerde in Umlauf bringen und …«

»Schon gut«, wehrte Zorn ab, ging zum Fenster und goss sich Kaffee ein. »Auch einen?«

»Der Baseballschläger«, Schröder lehnte mit einer Handbewegung den Kaffee ab, »ist im Labor. Das Holz ist abgewischt worden, aber es gibt Blutspuren, die stammen wahrscheinlich von Fender. Und ein paar Fingerabdrücke, vielleicht helfen die uns ja weiter.«

»Es sei denn, der Typ hat Handschuhe getragen.«

»Unwahrscheinlich ist das nicht. Es gibt jedenfalls …«

»Scheiße, ist der *heiß*!«

Zorns Tasse landete mit einem Knall auf dem Schreibtisch.

»Es gibt jedenfalls«, fuhr Schröder unbeirrt fort, »nur einen einzigen Zugang zum Hinterhof. Und zwar die Durchfahrt. Entweder … äh, Chef?«

»Was?«

»Im Waschbecken ist ein Lappen.«

Zorn, der Anstalten gemacht hatte, den übergeschwappten Kaffee mit dem Ärmel des Shirts abzuwischen, stand widerwillig auf.

»Entweder«, sagte Schröder, »Jakob Fender war auf der Flucht und wollte sich im Hof verstecken. Oder man hat ihm dort aufgelauert. Dann ergibt sich die Frage …«

»… was er dort wollte.«

Zorn wischte kurz über den Tisch, zielte, warf den Lappen quer durch das Büro und ballte die verbliebene Hand zu einer triumphierenden Siegerfaust, als der Lappen klatschend im Waschbecken landete.

»Niemand der Anwohner kennt ihn«, sagte Schröder.

»*Behaupten* die alle.« Zorn schob einen Papierstapel beiseite, unter dem eine bräunliche, verschmierte Lache zum Vorschein kam. »Muss ja nicht …«

»Chef?«

Schröder hielt eine durchnässte Akte zwischen Daumen und Zeigefinger in die Höhe und sah Zorn durchdringend an. Dieser stierte durch die dicken Gläser der Lesebrille auf den grauen Pappdeckel, von dessen Rändern der verschüttete Kaffee auf den Schreibtisch tropfte.

»Die ist nicht wichtig«, winkte Zorn ab, nachdem er die verblasste Aufschrift entziffert hatte. »Irgend 'ne Leitlinie über Verhörtechniken, den Kram kann man …«

»Was wichtig ist, bestimme *ich*.«

Murrend langte Zorn über den Schreibtisch, schnappte die Akte und warf sie zwischen Schröders Topfpflanzen auf das Fensterbrett. »Zufrieden, *Chef*?«

Das war Schröder nicht, wie seinem Blick zum Waschbecken mehr als deutlich zu entnehmen war. Also sprang Zorn erneut auf, holte den Lappen und wischte den Schreibtisch ein weiteres Mal ab.

»Fakt ist«, resümierte Schröder währenddessen, »das war kein Zufallstreffen.«

»Wieso? Es könnte ein stinknormaler Raubüberfall …«

»Fender hatte seine Brieftasche dabei, Geld wurde ihm nicht gestohlen.«

»Aber sein Handy ist weg.«

»Vielleicht hatte er's nicht bei sich.«

»*Jeder* hat doch heutzutage ein …«

»Er kann es verloren haben. Vielleicht ist es in seiner Wohnung.«

»Oder man hat's ihm geklaut.«

»Möglich«, stimmte Schröder zu. »Aber wegen eines Handys wird niemand halb totgeprügelt. Und das *war* ein Mordversuch.«

»Wie kannst du da so sicher …«

»Ich *bin* sicher.«

Na gut, dachte Zorn. Wenn Schröder davon überzeugt ist, dann wird's wohl so sein. Ich wäre der Letzte, der eine Diskussion anfangen sollte.

»Die Schläge waren so heftig, dass der Putz von der Mauer abgeplatzt ist. Der Angreifer«, Schröder hob Zorns Tastatur an, damit dieser auch darunter wischen konnte, »wollte Fender nicht nur verletzen, sondern töten. Entweder, er … guck mal, da ist noch ein Fleck.«

»Wo?«

»Neben dem Mousepad.«

»Besser?«

»Hervorragend, Chef.«

Zorn hob wieder den Arm.

»Das«, warnte Schröder, »würde ich lieber nicht noch einmal …«

Der Lappen flog durch die Luft …

»Strike!«, rief Zorn.

… und landete wieder im Waschbecken.

Schröder gab Zorn einen Moment, um den Triumph zu genießen. »Der Angreifer ist davon ausgegangen, dass Fender tot ist«, sagte er dann. »Vielleicht wurde er auch gestört.«

»Er benutzt einen Baseballschläger«, überlegte Zorn, den

Blick noch immer auf das Waschbecken gerichtet. »Aber nicht nur den. Warum braucht er *zwei* Waffen?«

»Gute Frage.«

»*Gracias*, Chef.«

»Es würde helfen, wenn wir wüssten, worum genau es sich bei dieser zweiten Waffe handelt.«

»Jemand könnte sich die Schnittwunde näher ansehen.«

»Ein Rechtsmediziner?«

»Genau«, nickte Zorn.

»Dazu können wir Fender nicht zwingen«, sagte Schröder.

»Aber wir können ihn fragen.«

»Und wenn er ablehnt?«

Zorn hob die Schultern. »Dann haben wir's zumindest versucht.«

Schröder dachte kurz nach.

»Wir werden's ihm anbieten«, entschied er schließlich. »Fender muss sich erinnern. Er braucht jede Information, die ihm helfen kann.«

»Vielleicht will er's ja gar nicht«, überlegte Zorn.

»Was?«

»Sich erinnern.«

Zehn

Ich verzichtete auf das Mittagessen – Spirelli und eine breiähnliche Masse, die von der Schwester als *Bolognese* bezeichnet wurde – und fuhr im Fahrstuhl nach unten, um im Innenhof einen Spaziergang zu machen. Dort lief – nein, *schlich* – ich eine Weile im Zeitlupentempo zwischen Blumenbeeten über einen gekiesten Weg, und als ich mich schließlich auf eine Bank vor einen steinernen Springbrunnen setzte, fühlte ich mich, als hätte ich einen Marathonlauf absolviert. Meine Rippen schmerzten bei jedem Atemzug, das Blut pochte in der verletzten Hand und zwischen den Schläfen.

Doch es tat gut, in der Sonne zu sitzen und dem Plätschern des Wassers zu lauschen. Die Erschöpfung war Folge der Schlaflosigkeit, und die Schmerzen waren erträglich. Es gab keine Anzeichen weiterer Aussetzer, alles, was mich umgab – den Krankenwagen vor der Notaufnahme, die summenden Bienen zwischen den Veilchen, die Kondensstreifen am strahlend blauen Himmel –, konnte ich problemlos einordnen.

Auch Mona erkannte ich sofort. Im Rahmen meiner Möglichkeiten jedenfalls, denn ich erinnerte mich zwar, dass diese schlanke Frau in engen Jeans und hochhackigen Schuhen mich gestern besucht hatte, dass ich mit ihr verheiratet gewesen war, wusste ich nur, weil sie's mir erzählt hatte.

Die Tür mochte brüchig sein, doch sie blieb geschlossen.

Mona fragte, wie es mir gehe (*besser*, erwiderte ich), streifte eine blaue Umhängetasche von der Schulter und nahm neben mir Platz, ohne mich direkt anzusehen.

»Du siehst gut aus.«

Die Lüge sollte mich wohl ein wenig aufrichten – der Mann, den ich im Spiegel gesehen hatte, sah alles andere als *gut* aus.

»Du auch.«

Sie sah nicht nur gut, sondern *verdammt* gut aus. Ich musste ihr dieses Kompliment schon oft gemacht haben, doch diese Zeiten waren offensichtlich vorbei. Sie rückte ein Stück von mir weg und deutete auf die blaue Tasche.

»Da drin sind frische Klamotten.«

Ich brauchte etwas zum Anziehen. Die Sachen, in denen man mich im Hinterhof gefunden hatte, würde ich am nächsten Tag kaum tragen können. Ich hatte auf meine Entlassung bestanden, obwohl Doktor Carlsson mich noch eine Weile zur Beobachtung hierbehalten wollte.

»Die Ärztin hat mir deinen Wohnungsschlüssel gegeben«, sagte Mona. »Ich hab ihr gesagt, dass sie Hagen anrufen soll, aber der war nicht zu erreichen.«

Hagen, mein bester Freund. Ungefähr in meinem Alter. Dunkler Bart. Zopf. Nerdbrille. Nasenpiercing. Sein Foto lag oben auf dem Tisch neben meinem Bett.

»Ich hab nichts weiter angefasst. Nur deine Sachen geholt und ...«

»Danke, Mona.«

Es war seltsam, ihren Namen auszusprechen. Ein Wort, dessen Klang mir vertraut sein musste, doch er erzeugte nicht das geringste Echo.

»Doktor Carlsson meinte, ich soll noch ein paar Fotos mitbringen.« Mona öffnete einen Reißverschluss und griff in die Seitentasche. »Er ... heißt Holm.«

Der Junge auf dem Foto war ein Teenager mit weichen Gesichtszügen und dem ersten Flaum auf der Oberlippe. Das Grübchen am Kinn und die hohen Wangenknochen stammten von seiner Mutter. Das blonde Haar und den vollen Mund hatte er von mir.

Seinem Vater.

Es gab Hunderte Fragen. Ich stellte die erste, die mir einfiel.

»Wie geht's ihm?«

Mona antwortete nicht.

Auch die Augen des Jungen ähnelten denen, die mir am Morgen aus dem Spiegel entgegengeblickt hatten. Doch etwas war seltsam.

Der Blick.

Leer. Abwesend.

Ich wiederholte die Frage.

»Es geht ihm gut«, sagte Mona. »Den Umständen entsprechend.«

Ich wusste, dass unser Sohn ungefähr vierzehn war (das Rechnen hatte ich nicht verlernt). Sein genaues Geburtsdatum kannte ich nicht, ich würde Mona danach fragen müssen. Von Holm würde ich es nicht erfahren.

Er hatte seit seinem siebten Lebensjahr nicht mehr gesprochen.

Elf

»Wie wär's mit dem hier?«

Zorn zog ein Buch aus dem Regal. Edgar warf einen kurzen Blick auf den bunten Einband: »Babykram.«

»Aber …«

»Er hat recht«, stimmte Frieda zu. »Absoluter Babykram.«

Als sie am späten Nachmittag nach Hause gekommen war, hatte sie Zorn und Edgar bei einer der mittlerweile üblichen Diskussionen über den Umgang mit der Nintendo angetroffen und kurzerhand bestimmt, Edgar dürfe die Konsole nicht nur, wie bereits abgesprochen, erst nach den Hausaufgaben benutzen, sondern auch, wenn er zuvor ein paar Seiten gelesen habe. Zu Zorns Erstaunen hatte der Junge widerspruchslos eingewilligt, worauf Frieda entschied, sofort in die Buchhandlung am Markt zu gehen. Als Edgar vorschlug, das Buch online zu bestellen, hatte Zorn seinen Hintergedanken durchschaut (Zeit gewinnen), doch Frieda wischte das Argument mit der Bemerkung beiseite, der Einzelhandel müsse unterstützt werden. Und zwar von jedem.

Tja. Und da waren sie nun.

»Ich dachte, du magst Dinos?« Mit schlecht gespielter Begeisterung betrachtete Zorn den glänzenden Einband. *IM REICH DER RIESENDINOS* war in goldgeprägten Lettern über einem T-Rex mit gefährlich gefletschten Zähnen zu lesen. »Guck mal! Sogar mit Aufklappbildern!«

Edgar verdrehte stumm die Augen.

»Er hat's doch gesagt«, mischte sich Frieda wieder ein. »Babykram!«

Sie nahm Zorn das Buch aus der Hand, hielt es in die Höhe und zeigte über Edgars Kopf hinweg auf einen roten Aufkleber auf der Rückseite: *Für kleine Forscher ab vier Jahren!*

»Wir finden was Besseres.«

Sie bedachte Zorn mit einem kopfschüttelnden Blick *(dein Sohn ist SIEBEN, nicht VIER!)*, schob das Buch wieder ins Regal und verschwand um die Ecke, um sich in der Jugendabteilung umzusehen. Achselzuckend wandte sich Zorn den endlos aneinandergereihten Rücken der Kinderbücher zu, während Edgar zu einem Präsentationstisch mit Computerspielen schielte und sich unauffällig davonstahl. Ein dünner Mann mit schütterem, nach hinten gekämmtem Haar kam herbei und fragte, ob er behilflich sein könne.

»Wir suchen ein Buch«, nickte Zorn.

»Aha.«

Der Verkäufer sah ihn abwartend an.

»Nicht für mich«, fügte Zorn hinzu, als ihm dämmerte, dass seine Antwort wenig hilfreich gewesen war. »Sondern für …«

Er bemerkte Edgars Verschwinden.

»… ihn«, beendete er, nachdem er den verwuschelten Blondschopf seines Sohnes zwischen den pyramidenförmigen Aufstellern entdeckt hatte.

Der Verkäufer – *G. Rose* stand unter dem grünen Logo der Buchhandlung auf einem Anstecker am Hemdkragen – erkundigte sich nach Alter und Interessen des *jungen Mannes*. Ersteres konnte Zorn sofort beantworten, Letzteres fiel ihm schwer.

»Na ja.« Er kratzte sich mit der verbliebenen Hand am Kinn. »Er mag …«

»*Keine* Dinos!«, erscholl Friedas Stimme aus der Jugendbuchabteilung.

»Ich weiß!«, blaffte Zorn.

»Sondern?«, fragte Herr Rose.

»Legos«, fiel Zorn ein. »Er spielt gern mit Legos.«

Das, erwiderte der Verkäufer, sei toll. Allerdings, fügte er hinzu, befände man sich hier in einer Buchhandlung, und deutete durch die verglaste Fensterfront auf die schmucklose Fassade des Kaufhauses auf der gegenüberliegenden Seite des Marktplatzes: »Spielzeug bekommen Sie da drüben.«

»Kein Spielzeug!«, blaffte Zorn. »Wir brauchen ein *Buch*!«

Herr Rose schien erfahren im Umgang mit schwieriger Kundschaft. Anstatt Zorn mit einem der mehr als reichlich vorhandenen Kinderbücher zu bewerfen, bat er freundlich um einen Moment Geduld und verschwand zwischen den Regalen, um eine kleine Auswahl zusammenzustellen.

Ein Johlen klang vom Marktplatz herauf, gefolgt vom schrillen Pfiff einer Trillerpfeife. Zorn hob die Stimme und zitierte Edgar umgehend herbei. Dieser gehorchte und gab ungewohnt schüchtern kund, etwas gefunden zu haben.

»Das sehe ich«, erwiderte Zorn barsch.

Er beugte sich über die eingeschweißte Hülle in Edgars Hand. Das, erklärte der Junge, sei *Mario Kart Deluxe*, das supercoolste Spiel auf der ganzen Welt. Jonas Schneider aus der 2 B habe das auch, sein Papa hatte die Nintendo an den Fernseher angeschlossen, dann könne man gegeneinander Autorennen fahren. »Das geht sogar zu dritt. Ögi kann auch mitspielen und ...«

»Ein Buch ist das nicht, oder?« Zorns Augen verengten sich.

Nein, stimmte Edgar zu, aber dafür *wirklich, wirklich totaaaal cool.* Er hob das Cover und las eifrig von der Rückseite ab: »Fantastische Action auf achtundvierzig Strecken! Rennen fahren ohne Limit! Mit Schlau-Steuerung, da wird man automatisch in der Spur gehalten, Papa! Man kann's auch ...«

»Ich dachte«, unterbrach Zorn, »wir wollten ein ...«

»Und der Junge ist wirklich erst sieben?«

Herr Rose stand mit einem Bücherstapel hinter ihnen.

»Acht.« Edgar warf sich in die Hühnerbrust. »Fast jedenfalls.«

»Genau, *fast*«, sagte Zorn. »Im Moment bist du noch ...«

»Aber in knapp zwei Monaten«, rief Frieda nebenan, »ist er acht!«

»Das weiß ich, verdammt!«, schnappte Zorn.

»Für sein Alter«, sagte der Verkäufer, »liest er wirklich hervorragend.«

Sein erster Vorschlag – *Ronja Räubertochter* – wurde von Zorn barsch abgelehnt *(nichts mit Mädchen!)*, auch den Einwand, dass es sich um Weltliteratur handele, ließ Zorn nicht gelten. Er schickte den Verkäufer erneut auf die Suche, während Edgar feststellte, dass *Ronja Räubertochter* völlig okay sei.

»Ich würde jeden Tag zwei Seiten lesen und danach ...«

»Ja?«

»Da könnte ich ...« Edgar drehte das Computerspiel in den Händen. »Ein bisschen spielen. Wenn du willst«, fügte er mit heuchlerischem Augenaufschlag hinzu, »kannst du ja mitmachen. Und ...«

»Ich habe *nein* gesagt!«

»Guckt mal!« Frieda kam zwischen den Regalen herbei. »Wie wär's mit dem hier?«

»*Harry Potter*?« Zorn schüttelte energisch den Kopf. »Viel zu gefährlich! Und viel zu dick! Außerdem …«

»Zeig mal!«

Edgar schnappte sich das Buch, eine prachtvoll illustrierte Sonderausgabe. Mit leuchtenden Augen blätterte er durch die Seiten und betrachtete die bunten Zeichnungen. Seine Begeisterung war nicht geheuchelt, denn er hatte das Computerspiel achtlos auf einen Bücherstapel gelegt und offensichtlich vergessen.

»Dann«, seufzte Zorn erleichtert, »haben wir's ja geschafft.«

Herr Rose beglückwünschte Frieda zu ihrer Auswahl. Eigentlich war das Buch erst ab zwölf Jahren empfohlen, aber der junge Mann sei ja sehr weit für sein Alter. Zorn platzte beinahe vor Stolz, doch er ließ es sich nicht anmerken und knurrte, ein *fähiger* Buchhändler wäre sicherlich von allein auf die Idee mit Harry Potter gekommen.

Draußen knackte ein Lautsprecher, eine verzerrte Stimme gellte über den Markt. Das Gejohle wurde lauter, Beifall brandete auf, gefolgt von weiteren Pfiffen. Der Buchhändler eilte mit verkniffenen Lippen davon und schloss zwei geöffnete Fenster.

Edgar klemmte das schwere Buch unter den Arm und wollte zur Kasse.

»Sag mal …« Frieda bückte sich nach dem Computerspiel. »Kann man das eigentlich auch zu viert spielen?«

Edgar blieb stehen: »Klar.«

Frieda studierte die bunte Verpackung. »Sieht wirklich cool aus.«

»Ist es auch«, nickte Edgar.

»Er kann sich's ja zum Geburtstag wünschen«, seufzte Zorn. »Oder er spart sein Taschengeld, dann kann er's selbst …«

»Na ja …« Frieda zog die Stirn in Falten. »Was wäre, wenn *ich's* mir kaufe?«

Edgar stieß einen Jubelschrei aus, schlang den freien Arm um Friedas Hüfte und schmiegte sich an sie.

»Ich hab dich lieb, Frieda!«

»Ich dich auch, Ede.«

»Schleimer«, knurrte Zorn. »Alle beide.«

»Und du«, Frieda streckte ihm die Zunge raus, »bist 'ne olle Miesmuschel.«

Edgar kicherte leise.

»Heute Abend«, Frieda gab ihm einen Kuss auf den Kopf, »wird gezockt!«

»Mit Ögi!«

»Aber ohne die Miesmuschel!«

»Wenn ihr zu dritt spielen wollt«, grinste Zorn verschlagen, »braucht ihr auch drei Controller. Er hat aber nur zwei.«

Dann, entschied Frieda, sei es jetzt wirklich Zeit, hinüber ins Kaufhaus zu gehen, schließlich müsse man nicht nur das Abendessen, sondern oben in der Technikabteilung auch das nötige Equipment besorgen.

»Die Controller«, wandte Zorn hämisch ein, »gibt's aber nur im Doppelpack!«

»Dann kaufe ich eben zwei.« Frieda legte Edgar einen Arm um die Schulter und ging mit ihm in Richtung der Kassen. »Vielleicht«, sie beugte sich vertraulich zu dem Jungen hinab, »lassen wir die olle Miesmuschel ja doch mitspielen?«

»Die verliert sowieso«, gluckste Edgar.

»Pff!«, machte die Miesmuschel.

Zwölf

Ich lauschte dem Plätschern des Brunnens, dem Summen der Bienen und Monas Stimme, die von unserem Sohn erzählte. Von Holm, der eine Woche vor seinem siebten Geburtstag plötzlich aufgehört hatte zu reden.

Ich fragte, warum.

»Das weiß niemand.«

Holm war einfach verstummt. Er hatte sich in eine andere Welt zurückgezogen, wo ihn niemand erreichte. Auch nicht die Ärzte. Viele, sehr viele hatten es versucht. Erfolglos.

»Wo ist er jetzt?«, fragte ich.

»Er lebt in einem Heim.«

Ich betrachtete den Jungen auf dem Foto. Das weiche Gesicht, die abwesenden Augen.

»Erkennst du ihn?«

Die Sonne stand tief über den Häusern, die den Innenhof gegenüber begrenzten. Ich schloss die Augen, spürte die Wärme. Den lauen Wind, der über die Blumenbeete streifte.

Ich wartete. Auf eine Regung. Einen Lichtspalt unter der Tür. Irgendwas.

»Nein.«

»Du besuchst ihn. Jeden Samstag.«

Das, sagte Mona, tat ich seit knapp zehn Jahren.

Entfernter Lärm wehte heran. Ich sah nach rechts zur Mauer, darüber ragten die wuchtigen Pfeiler der Hochstraße empor. Hoch oben brauste der Verkehr, weiter hinten blitzten die Türme der Marktkirche in der Sonne. Irgendwo von dort kam der Krach. Es klang wie das verzerrte Bellen eines tollwütigen Hundes. Dazu Gegröle, Pfiffe, wütende Schreie.

»Der Nazi hält seine Rede.« Mona verzog das Gesicht, als hätte sie in eine Zitrone gebissen. »Man wird ihn nicht los. Kuchta ist wie ein Fettfleck, der immer wiederkommt. Er …«

Monas Stimme verschwamm, meine gesunde Hand verkrallte sich im Bademantel. Ich versuchte vergeblich, die verkrampften Finger zu lösen. Als es mir schließlich gelang, war der Frottéstoff schweißnass. Mona sah mich fragend an.

»Alles okay?«

Ich konnte nicht antworten. Meine Zähne waren so fest aufeinandergepresst, dass die Kiefer schmerzten.

»Jakob? Erinnerst du dich?«

Die Frage wirbelte durch meinen Kopf wie eine Roulettekugel. Immer schneller drehte sich das Rad, mir wurde schwindlig, während die Kugel über die Felder hüpfte. Mona wiederholte die Frage, drängender jetzt.

»Ist dir was eingefallen?«

Das Rad wurde langsamer, die Kugel hüpfte klackernd umher …

nein. ja. vielleicht. ich weiß nicht

… und blieb schließlich liegen.

»Ich weiß nicht.«

Ich erklärte ihr, wie sehr ich mir wünschte, es wäre anders.

»Glaub mir, Mona. Es ist die Wahrheit.«

Und das war sie auch, die verdammte Wahrheit. Ich wollte wissen, wer mein Sohn war. Und diese Frau, mit der ich ihn gezeugt hatte.

Das war das eine.

Denn da war noch die Tür. Sie hatte sich eben bewegt. Einen Millimeter nur, jemand *(etwas?)* hatte von innen gekratzt. Was immer es war, es hatte sich wieder ins Dunkel verzogen.

Vorerst.

Dreizehn

Als sie die Buchhandlung verließen, prallten sie unwillkürlich zurück. Zorn legte einen Arm um Friedas Hüfte, gleichzeitig schlossen sich Edgars Finger um seine verbliebene Hand.

Ohrenbetäubender Lärm gellte ihnen entgegen. Die verzerrte Stimme bellte über den Marktplatz, zurückgeworfen von den hohen Mauern der Kirche, der mit Sandstein verkleideten Rathausfassade und der verspiegelten Glasfront des Kaufhauses. Sie stammte von einem spindeldürren Mann, der auf der Ladefläche eines Pritschenwagens stand und geifernde Tiraden in ein Megaphon schrie, unterlegt mit dem Gejohle der Zuschauer. Oben im Laden hatte die Lautstärke auf eine größere Menschenmenge schließen lassen. Diese entpuppte sich nun als zwei etwas verloren wirkende Grüppchen, die sich in gebührendem Abstand vor dem Pritschenwagen drängten: Auf der einen Seite brachten knapp zwei Dutzend junge Leute ihren Unmut mit Trillerpfeifen und Buh-Rufen zum Ausdruck, auf der anderen bekundeten etwa ebenso viele, meist finster dreinblickende Gestalten grölend und klatschend ihren Beifall.

Zorn zog Frieda und Edgar nach links, um hinter dem alten Turm in einem Bogen zum Kaufhaus zu laufen.

Frieda lehnte ab: »Wegen diesem Wichser werde ich keinen Umweg machen!«

Edgar hob den Kopf, verwundert über ihre ungewohnte Wortwahl. Frieda selbst schien sich dessen nicht bewusst zu sein und ging mit zusammengepressten Lippen voraus.

Die Sonne stand tief zwischen den beiden schlanken Türmen der Kirche, hoch oben leuchteten die vergoldeten Spitzen wie gleißende Fixsterne. Der größte Teil des Marktes lag im Schatten des wuchtigen, spätgotischen Bauwerks, ausgenommen ein Streifen vor dem Rathaus gegenüber, vor dessen Eingangsportal der Pritschenwagen mit dem geifernden Mann parkte. Schräg hinter ihm hielt eine schwarz gekleidete Frau mit Schirmmütze ein Plakat in die Höhe *(WIR SIND DAS VOLK)*, ihr Gesicht verschwand größtenteils hinter einer klobigen Sonnenbrille. Auch die stiernackigen Hünen links und rechts vor dem Kleintransporter trugen Schwarz, starrten ausdruckslos durch verspiegelte Sonnenbrillen und wippten mit gespreizten Beinen in ihren Springerstiefeln vor und zurück, während sich über ihre geschorenen Schädel eine hasserfüllte Tirade über den Markt ergoss.

»Papa?«

Edgar sah aus großen Augen zu Zorn auf. Er hatte darauf bestanden, die schwere Tüte mit dem Buch selbst zu tragen, die er jetzt schützend vor der schmalen Brust hielt.

»Ja?«

»Was macht ein Wichser?«

Gute Frage.

Zorn ging vor Edgar in die Hocke, deutete hinüber zu dem wild gestikulierenden Mann mit dem Megaphon. Das spärliche, im Nacken geschorene Haar war wie mit dem Messer gescheitelt, das hagere Gesicht gerötet, die Wangen von Akneflecken übersät. Speichel spritzte aus seinem Mund, der Adamsapfel hüpfte in dem dünnen, vogelähnlichen Hals auf und ab.

»Unsinn reden«, sagte Zorn. »Die Menschen gegeneinander aufhetzen.«

»Ich mag ihn nicht.«

»Ich auch nicht.«

»Er macht mir Angst.«

Zorn nahm Edgar wieder bei der Hand, sie gingen weiter. Der dünne Mann ereiferte sich über korrupte Eliten, Zwangsislamisierung und kriminelle Asylanten, die deutsche Frauen vergewaltigten und auf den Schulhöfen Drogen verkauften. Rechts vor dem Pritschenwagen brandete Beifall auf, Plakate wurden geschwenkt *(BÜRGERMUT STOPPT ASYLANTENFLUT!)*, ein älterer Herr mit schwarz-rot-goldenem Anglerhütchen wedelte mit einer Reichskriegsflagge. Links bliesen die Gegendemonstranten in ihre Trillerpfeifen, einige trugen ebenfalls Transparente *(RASSISTEN SIND ARSCHLÖCHER)*, zwei junge Mädchen mit Palästinensertüchern trommelten auf ihren Bongos.

»Und was ist mit denen?«

Edgar zog an Zorns Hand und blieb stehen. Vor dem alten Glockenturm in der Mitte des Platzes parkte ein halbes Dutzend Mannschaftswagen mit flackerndem Blaulicht, davor stand eine Reihe martialisch aussehender Polizisten in schwarzer Montur.

»Die sind hier, weil sie ihn festnehmen wollen, oder?«

»Nee, Edgar. Das dürfen sie nicht.«

Edgar presste die Tüte an den Bauch.

»Aber du«, sagte er, »kannst ihn verhaften, oder?«

»Würde ich gern«, seufzte Zorn. »Aber ich darf's auch nicht.«

Edgar sah sich ängstlich um. »Kannst du Ögi anrufen, Papa?«

»Warum?«

»Damit er herkommt.«

»Aber er will uns doch sowieso nachher zum Abendessen …«

»Er soll jetzt schon kommen.« Edgar warf einen bangen Blick zu dem Mann mit dem Megaphon. »Dann kann er den …«, er suchte einen Moment nach dem richtigen Wort, »*Wichser* verhaften.«

Wieder ging Zorn vor Edgar in die Hocke.

»Meinst du?«

»Ja«, nickte Edgar ernst. »Ögi kann alles.«

»Wir erzählen's ihm nachher, okay?«

»Okay.«

»Vorher müssen wir noch einkaufen.« Zorn streichelte Edgars Wange. »Wollen wir danach noch ein Eis essen?«

»Nee.« Edgar schluckte. »Ich will nach Hause.«

Es war ein heller, sommerlicher Tag. Sonnenschirme flatterten vor dem italienischen Restaurant, es roch nach frischen Waffeln, gebratenen Würsten und den Blumen, die in den Buden rund um den Glockenturm verkauft wurden. Und doch fühlte auch Zorn sich unwohl. Es war beklemmend, als würde sich die Wutrede aus dem Megaphon zu einer Wolke verdichten, die wie eine düstere, gespenstische Glocke über dem Markt hing. Die Menschen liefen über den Platz, stiegen aus den Straßenbahnen und gingen in die Geschäfte. Kaum jemand blieb stehen, die meisten hasteten mit ihren Einkäufen vorbei. Ab und zu ein Kopfschütteln, ein verständnisloser Blick oder ein entrüstetes Murmeln, bevor sie in den engen Seitengassen verschwanden.

»Warum darf der das?«, fragte Edgar.

»Das erklär ich dir später, ja?«

Edgar war klug genug, das Gekeife zu verstehen. Doch es war schwer, einem sieben… nein, fast *acht*jährigen Jungen zu erklären, dass die Veranstaltung angemeldet war und nicht verboten werden konnte. Zorn verstand es ja selbst nicht.

Sie überquerten die Straßenbahnschienen und liefen auf Frieda zu, die an der Haltestelle wartete. Ein gelb-grün gestreifter VW-Bus mit dem Logo eines Lieferservices kam langsam näher. Der Fahrer, ein bärtiger Mann mit kurzgeschnittenem Haar, bremste, winkte Zorn und Edgar lächelnd vorbei und fuhr wieder an.

Ein Polizist stoppte den Bus, der Mann am Steuer zeigte ein gestempeltes Formular, wurde durchgewinkt und parkte gegenüber dem Pritschenwagen. Während die drei zum Eingang des Kaufhauses gingen, forderte die verzerrte Stimme die Polizisten auf, sich als freie Bürger nicht zu *willenlosen Bütteln der Staatsmacht* degradieren zu lassen, und ging plötzlich in einem dröhnenden Discobeat unter, der aus der geöffneten Heckklappe des VW-Busses dröhnte.

Der Slogan *HELDEN DES GUTEN GESCHMACKS* zog sich in fetten Buchstaben vom Kotflügel bis zum Heck, auf den Türen prangten Aufkleber mit einer stilisierten Salatschüssel auf Rädern. Essen wurde allerdings nicht ausgeliefert, der Laderaum war bis unter das Dach mit einer Beschallungsanlage vollgestopft, die über eine beachtliche Leistung verfügen musste: die Musik – ein fröhlicher Abba-Song – ließ die Fenster des Rathauses vibrieren, doch der Sound war glasklar.

Eine schmale Frau, die das Rentenalter schon vor Jahren erreicht hatte, löste sich aus der kleinen Schar der Gegendemonstranten, stellte sich mit ihrem *OMAS-GEGEN-NAZIS*-Plakat vor den Pritschenwagen, breitete die Arme aus und begann, lächelnd zu tanzen. Direkt über ihr schrie sich der Mann mit dem Megaphon die Seele aus dem dürren Leib in dem vergeblichen Mühen, die Musik zu übertönen. Zwei Punks gesellten sich zu der alten Dame, wirbelten in einem wilden Pogo umher, und obwohl der Song Jahrzehnte vor ihrer Geburt aufgenommen worden war, sangen sie jede Zeile von *Dancing Queen* mit.

Der Fahrer des VW-Busses lehnte mit verschränkten Armen an der Karosse. Er trug schwarze Jeans, ein weißes, bis zu den Ellbogen hochgekrempeltes Hemd, um den Hals schlang sich ein dunkelblauer Seidenschal. Als der Mann mit dem Anglerhut und der Reichskriegsflagge mit drohend erhobener Faust auf ihn zustürmte, wartete er seelenruhig ab. Zwei Polizisten stellten sich dem schäumenden Hütchenträger in den Weg und führten ihn ab. Die letzten Akkorde verklangen, die verzerrte Stimme schrie etwas von Meinungsfreiheit und Bürgerrechten, um im nächsten Moment unter dem Gitarrenlärm eines weiteren Popsongs zu verschwinden.

»COOL!«, schrie Edgar. »MICHAEL JACKSON!«

Ein dumpfer Knall erklang, der Redner schleuderte das Megaphon zu Boden, stieß wutschnaubend die schwarz gekleidete Frau zur Seite, sprang von der Pritsche und verschwand hinter dem Fahrerhaus.

Zorn bemerkte ein Kamerateam, das kurz nach dem gestreiften VW-Bus erschienen sein musste. Der bärtige Fahrer beugte sich in den Laderaum, die Musik wurde leiser, kurz darauf war der Bus von einer Schar Reporter umringt.

»Tja«, sagte Zorn. »So einfach kann's gehen.«

Edgar, dessen Angst schlagartig verschwunden war, übernahm die Initiative und verteilte die Aufgaben. Um Zeit zu sparen, sollte sich Frieda unten in der Feinkostabteilung um das Essen kümmern, Zorn in der dritten Etage die Controller besorgen, danach würden sich alle hier treffen.

»Und du?«, fragte Zorn. »Was machst du?«

Das, erwiderte Edgar, lag ja wohl auf der Hand. Er selbst werde natürlich ebenfalls in die Technikabteilung fahren, allein wäre die *olle Miesmuschel* völlig aufgeschmissen und würde sich anstelle der Controller wahrscheinlich einen Toaster und eine Kaffeemaschine andrehen lassen. Diese Befürchtung war durchaus berechtigt, trotzdem empörte sich die Miesmuschel wider besseres Wissen über die bösartige Unterstellung.

Als die drei eine halbe Stunde später ihre vollgepackten Einkaufstüten über den Markt schleppten, hatte der Spuk sich verzogen. Pritschenwagen und VW-Bus waren verschwunden, der letzte Einsatzwagen brauste mit blinkendem Blaulicht davon. Nur ein zertretenes Plakat vor der Haltestelle und der aus einem Papierkorb herausragende Stiel einer Reichskriegsflagge erinnerten an das, was vor wenigen Minuten passiert war.

Und die beiden Punks, die mit ihren Bierbüchsen auf der Rathaustreppe in den letzten Strahlen der Sonne saßen und den Refrain von *Dancing Queen* sangen.

Vierzehn

Mona ging in die Cafeteria, um etwas zu trinken zu holen. Ich blieb allein auf der Bank, zwischen Blumen und niedrigen Hecken, umgeben von hohen Mauern. Die Sonne war hinter die Dächer gesunken, der Lärm in der Innenstadt verstummt. Nur das eintönige Brausen der Hochstraße drang in den Hof.

Hier fühlte ich mich sicher. Alles, was außerhalb dieser Mauern lag, war vermintes Terrain, *Terra incognita.* Irgendwo da draußen war ich überfallen worden. Irgendwo dort war meine Wohnung mit dem Bett, in dem ich morgen schlafen würde. Die Adresse stand in meinem Ausweis: *Im grünen Winkel 24.* Das klang ganz nett, hätte aber ebenso gut die Anschrift eines Frauengefängnisses oder einer Munitionsfabrik sein können.

All das machte mir Angst. Nein, *Angst* ist übertrieben. Es beunruhigte mich. Doch ewig konnte ich mich hier nicht verstecken.

Monas Schritte knirschten auf dem Kies, sie brachte zwei Pappbecher mit Kaffee. Ihren trank sie mit Milch. Meiner war schwarz, so, wie ich's mochte. Das war mir neu.

Ich trank einen Schluck.

Es schmeckte hervorragend.

Mona war in der Cafeteria von einem Polizisten angesprochen worden. Er wollte zu mir, doch Doktor Carlsson hatte ihn weggeschickt, da ich bereits Besuch hatte.

»Der war heute Morgen schon hier«, sagte ich. »Er heißt …«

Panik stieg in mir auf.

»Zorn«, fiel mir ein. »Hauptkommissar Zorn.«

Gott sei Dank, kein weiterer Aussetzer. Halleluja, preiset den Herrn!

»Nee, ein anderer.« Mona nippte an ihrem Kaffee. »Er sah ziemlich nett aus.«

»Dann«, grinste ich, »war's definitiv nicht der Typ von heute Morgen.«

Mona erwiderte mein Lächeln nicht. »Sein Name ist Schröder. Er fragt, ob sie sich die Wunde an deiner Hand ansehen können. Vielleicht …«

»Nein!«

Mona versteifte sich neben mir. Ich erschrak selbst über den heftigen Klang meiner Stimme. Kaffee lief über meine unverletzte Hand, tropfte auf den Kies. Unbewusst hatte ich die Arme gehoben, als wollte ich mich schützen.

»Nicht jetzt.« Ich holte tief Luft. »Ich muss … erst mal zur Ruhe kommen, ich …«

»Klar.«

Mona fühlte sich fälschlicherweise angesprochen und stand auf.

»Bleib noch ein bisschen«, bat ich und nahm ihre Hand. Sie entzog sich sofort und wischte die Finger in einer unbewussten Geste am Oberschenkel ab. Als wollte sie sich … säubern.

»Ich muss los. Da drin«, sie wies auf die blaue Tasche, »sind noch mehr Fotos. Alle, die ich gefunden hab. Vielleicht …«

»Mona?«

»Ja?«

»Warum haben wir uns damals getrennt?«

Sie sah hoch zum Abendhimmel. Wieder fiel mein Blick auf die vier Leberflecke auf ihrem Hals. Die Schlagader pulsierte unter der Haut, in ihrem Ohrläppchen funkelte ein kleiner, in Silber gefasster Smaragd.

»Wegen Holm?«, fragte ich. »Weil er behindert …«

»Nein.«

»Warum dann?«

Mona schwieg eine Weile. Wir seien einfach zu jung gewesen, erzählte sie schließlich, fast noch Kinder. Kurz nachdem wir uns kennengelernt hatten, war sie schwanger geworden. Die Heirat war eine Schnapsidee gewesen, wir beide hatten schnell erkannt, dass es ein Fehler gewesen war.

»Es hat einfach nicht gepasst. Das Übliche eben.«

Alles, was Mona sagte, klang einleuchtend.

Ich glaubte ihr nicht.

Fünfzehn

»Der Salat«, lobte Schröder, »ist lecker.«

»Ich hab ein paar Himbeeren drangemacht«, sagte Frieda.

»Und Oliven«, ergänzte Zorn.

Dass sie den Kartoffelsalat fertig gekauft, in eine Schüssel gepappt und innerhalb einer Minute zusammengerührt hatten, verschwiegen beide.

»Du kannst ruhig mal kosten«, sagte Zorn zu Edgar.

»Nö.«

Der Kleine zersäbelte sein Nürnberger Würstchen. Außer

einem Klecks Ketchup lehnte er jede Beilage kategorisch ab, ein weiterer Spleen, den er von seinem Vater übernommen hatte.

Durch die geöffnete Balkontür wehte die kühle Abendluft den rauchigen Duft des kleinen Campinggrills herein. Musik tönte vom Flussufer herauf, mischte sich mit dem Klappern des Bestecks und Edgars gelegentlichem Schmatzen.

»Wenn der Mann böse ist«, sagte er zum dritten Mal, »dann müsst ihr ihn verhaften.«

Das Thema ließ ihn nicht los.

»Das dürfen wir nicht«, wiederholte Schröder geduldig.

»Aber er *ist* böse!«, beharrte Edgar kauend.

»Das ist er.«

»Du sagst immer, dass du die Bösen fängst!«

Schröder nickte. »Das ist mein Job.«

»Und du«, Edgar deutete mit dem angebissenen Würstchen auf Frieda, »bringst sie ins Gefängnis. Weil du …«, er überlegte kurz, »Staatsanwältin bist.«

»Stimmt.«

Und ich, dachte Zorn, gucke den beiden zu.

»Warum macht ihr's dann nicht?«, fragte Edgar.

»Er *sagt* böse Dinge«, erklärte Frieda. »Solange er nichts tut, kann man ihn nicht verhaften.«

Edgar biss kopfschüttelnd in sein Würstchen. »Das kapier ich nicht.«

»Jeder Mensch«, mischte sich Schröder ein, »darf sagen, was er denkt. Niemand kann ihm das verbieten. Nur, weil uns das nicht gefällt, dürfen wir ihn nicht ins Gefängnis stecken. Weil wir in einer Demokratie …«

»Ich muss mal!« Edgar flitzte ins Bad.

»Er hat Recht«, seufzte Zorn. »Wieso kann man dieses Arschloch …«

»Björn Kuchta ist clever«, unterbrach Frieda. »Er meldet

seine …«, sie verzog das Gesicht, »*Demonstrationen* ordnungsgemäß an. Und er weiß genau, wie weit er mit seinen Hetzereien gehen kann. Immer kurz vor der Grenze …«

»Klo spülen«, befahl Zorn.

Edgar, der wieder am Tisch stand, zog einen Flunsch und rannte zurück.

»Aber irgendwann krieg ich den dran.« Frieda nippte an ihrem Weinglas. »Irgendwann wird er …«

»Hände waschen!«, rief Zorn in Richtung Badezimmer.

»Mach ich doch!«

Der Wasserhahn plätscherte. Drei Sekunden später saß Edgar wieder auf seinem Stuhl.

»Der Mann mit dem gestreiften Bus«, schwärmte er, »der war total cool!«

»Den kennt so ziemlich jeder hier«, sagte Frieda.

»Echt?«, wunderte sich Zorn. »Ich hab den noch nie gesehen.«

»Aber von ihm gehört.«

Morten van der Graaf lebte seit drei Jahren in der Stadt und hatte einen Lieferdienst für veganes Essen gegründet. Nachdem er mit einem halben Dutzend Angestellten begonnen hatte, waren es jetzt über hundert. Die auffällig gestreiften Autos gehörten mittlerweile zum Stadtbild.

»Ich dachte, das wäre einer von seinen Fahrern«, sagte Zorn.

»Nee«, widersprach Frieda. »Das war er selbst.«

Zorn wäre nie auf den Gedanken gekommen, die Dienste der Firma in Anspruch zu nehmen. In seinen Augen hatte veganes Essen einen ähnlichen Stellenwert wie verseuchtes Grundwasser.

»Van der Graaf sitzt im Wirtschaftsausschuss«, sagte Frieda. »Und er scheint ein ziemlich unkonventioneller Typ zu sein. Er hat sich einfach eine Genehmigung besorgt …«

»… und dann«, strahlte Edgar, »hat er total laute Musik angemacht, Ögi! Michael Jackson! Der Wichser hat gebrüllt, so laut er konnte, aber ...«

»Edgar.« Zorn löffelte sich Senf auf den Teller. »Das ist ein Wort, das wir lieber nicht ...«

»Aber Frieda hat's gesagt!«

»Klar, aber ...«

»Was macht denn ein Wichser?«

»Na ja ...«

Irgendwann würde man mit Edgar darüber reden müssen. Sexualität war ein heikles Thema, besonders für den verklemmten Claudius Zorn. Das Aufklärungsgespräch würde er Malina, Edgars Mutter, überlassen. Jetzt jedenfalls war es eindeutig zu früh.

Edgar sah ihn abwartend an. Schröder nahm sich schmunzelnd ein Würstchen aus der Schüssel. Zorn warf Frieda einen Blick zu:

Du hast's uns eingebrockt, also bade es gefälligst auch aus, Fräulein!

Dazu hatte das Fräulein offensichtlich nicht die geringste Lust.

»Noch ein Bier, Schatz?« Grinsend nahm sie Zorns leere Flasche und stand auf.

»Gerne«, knurrte Zorn. *»Schatz.«*

Frieda verschwand in der Küche.

»Also.« Zorn strich die Tischdecke glatt. »Es ist jedenfalls ein schlimmes Wort. Frieda hat es nur aus Versehen ...«

»Hat sie *nihicht*!«, trällerte Frieda aus der Küche.

Zorn rutschte auf seinem Stuhl hin und her.

»Und warum ist es so schlimm?«, fragte Edgar,

Zorn griff nach einer Gabel. »Weil ...«

»Kann es sein«, Schröder hob schnuppernd den Kopf, »dass gerade irgendwas anbrennt?«

Zorn ließ die Gabel fallen und flitzte auf den Balkon. Rauchschwaden schlugen ihm entgegen, er schnappte die Zange, nahm den Käse vom Grill und legte ihn auf einen Teller. Eine Seite war verbrannt, doch die andere, fand Zorn, war noch halbwegs okay.

»Grillkäse ist fertig!«, rief er betont gut gelaunt und stellte den Teller schwungvoll auf den Tisch.

»Eher sterbe ich«, würgte Edgar hervor.

Frieda kam zurück, gab Zorn die Bierflasche und teilte bedauernd mit, *pappesatt* zu sein. Zorn hielt Schröder den Teller unter die Nase, dieser lehnte dankend ab und erklärte, er wolle lieber noch ein wenig von dem *superleckeren* Salat nehmen.

»Na gut, dann esse ich's allein.«

Zorn biss tapfer in die verkohlte Pampe. Edgar öffnete den Mund, und da Zorn ahnte, dass die leidige Diskussion noch längst nicht erledigt war, wechselte er hastig das Thema.

»Wir müssen die Nintendo noch an den Fernseher anschließen.« Er spülte den klebrigen Brei mit einem Schluck Bier hinunter. »Und die neuen Controller.«

»Das macht Ögi«, entschied Edgar.

»Logisch«, seufzte Zorn. »Wer sonst?«

Edgar warf ihm einen Blick zu.

DU jedenfalls nicht!

»Aber vorher«, Zorn deutete auf das aufgeschlagene Harry-Potter-Buch auf dem Couchtisch, »wird gelesen!«

Die Mahnung war überflüssig. Als sie nach Hause gekommen waren, hatte sich Edgar sofort in die Geschichte vertieft und, während Zorn und Frieda das Essen vorbereiteten, die ersten sechs Seiten verschlungen.

»Also ich bin jetzt auch satt.« Zorn hatte die Hälfte des Käses vertilgt. Er lehnte sich zurück und rieb übertrieben den Bauch. »Wir räumen jetzt ab, und dann …«

»Was ist mit Doktor Leipold?«, unterbrach Edgar.

»Wer ist Doktor …«

»Unser Direktor. Ist der auch ein Wichser?«

»*Was?!*«

»Er hat neulich 'ne Rede gehalten«, sagte Edgar. »Als die neuen Erstklässler eingeschult worden sind.«

»Aber was hat das mit …«

»Er stand auf 'ner Bühne«, zählte Edgar auf. »Er hatte ein Mikro, das war total laut. Man hat ihn kaum verstanden. Aber alle mussten zuhören, obwohl sie's nicht wollten. Genau wie vorhin bei dem Wichser auf dem Markt.«

Ein unterdrücktes Kichern erklang. Es stammte von Frieda, die hinter dem Blumenstrauß in der Tischmitte in Deckung gegangen war, um ihr gerötetes Gesicht zu verbergen.

»Pass mal auf.« Zorn holte tief Luft. »Doktor Leipold ist kein …«

»Aber …«

»Nein, Edgar! Doktor Leipold ist *kein Wichser*!«

Ein Glucksen erklang hinter dem Blumenstrauß. Schröder biss sich auf die Unterlippe und sah aus dem Fenster.

»Verstanden?«, hakte Zorn streng nach.

»Okay«, seufzte Edgar gedehnt. »Doktor Leipold ist kein …«

»Und jetzt«, Zorn stapelte die Teller aufeinander, »räumen wir ab. Du«, wies er Schröder an, »kümmerst dich um den Technikkram, und du«, er wandte sich an Edgar, »liest noch zwei Seiten! Aber vorher wischst du den Tisch ab!«

Edgar, der bereits zum Couchtisch rannte, stoppte in vollem Lauf und bog in die Küche ab.

»Keine Ahnung, was es da zu lachen gibt!«, herrschte Zorn Frieda an, die mit gesenktem Kopf das Besteck einsammelte.

»Ich auch nicht«, versicherte Schröder glucksend.

»Ihr macht's euch einfach! Haut dem Jungen irgendwelchen Schweinskram um die Ohren, und ich muss es dann …«

Edgar kam zurück, stellte sich auf die Zehenspitzen und wischte eifrig den Tisch ab. Frieda trug einen Geschirrstapel in die Küche, während Schröder den Fernseher vorschob und sich an den Kabeln zu schaffen machte.

»Wenn du irgendwas verstellst, kriegst du Ärger, Schröder!«

»Alles klar, Chef!«

»Und pass auf, dass …«

»Papa?«

»Was ist?«

Edgar stand mit dem Lappen in der Hand in der Wohnzimmertür. Auf dem Weg in die Küche war ihm offensichtlich etwas eingefallen. »Was ist mit dem Mann, den wir vorgestern in den Nachrichten gesehen haben?« Er deutete zum Fernseher. »Der die Rede gehalten hat, im äh … Bundestag.«

»Was soll mit dem sein?«

»Das war fast genauso wie auf dem Markt. Ein paar von den Leuten haben ihn ausgebuht, die anderen haben geklatscht. Und gebrüllt hat er auch mal.«

»Das war der ehemalige Verkehrsminister.«

»Aber da hast du dasselbe gesagt wie vorhin.«

»Was denn?«

»Dass er«, Edgar zog die Nase kraus, *»absoluten Schwachsinn labert.«*

»Echt? Hab ich das?«

»Hast du!«, nickte Edgar eifrig.

»Dann«, Zorn kratzte sich am Kinn, »wird's wohl stimmen.«

»Er hatte zwar andere Sachen an, aber seine Haare waren genauso nach hinten gekämmt wie bei dem …«

Edgar knetete den Lappen in den Händen, Wasser tropfte auf die Dielen.

»Ja?«, fragte Zorn.

»Wichser«, murmelte Edgar. Er sah betreten zu Boden in dem Bewusstsein, etwas Falsches gesagt zu haben.

»Komm mal her.«

Zorn setzte sich auf das Sofa, klopfte neben sich auf das Polster. Schröders Kopf steckte noch immer hinter dem Fernseher, Edgar stieg über die braunen Sandalen und nahm neben seinem Vater Platz.

»Wir denken uns einfach ein anderes Wort aus«, schlug Zorn vor.

»Okay.«

»Der Kerl auf dem Markt hat dir Angst gemacht, stimmt's?«

»Ja.«

»Er ist fies und gemein.«

»Ja.«

»Wie nennt man so jemanden?«

Edgar dachte nach. »Blödmann?«

»Meinst du?« Zorn neigte skeptisch den Kopf. »Da finden wir was Besseres, oder?«

»Äh … Arschloch?«, schlug Edgar schüchtern vor.

»Besser«, lobte Zorn. »Viel besser!«

»Unsympath?«, meldete sich Schröder hinter dem Fernseher.

»Du kümmerst dich gefälligst um deine Kabel!«, fuhr Zorn ihn an. Es gab kaum ein Gebiet, in dem er Schröder auch nur ansatzweise das Wasser reichen konnte, doch was Vulgärsprache betraf, war er dem feingeistigen kleinen Mann haushoch überlegen.

»Lass uns mal nachdenken«, sagte Zorn. »Wie wär's mit …«

»Dumme Nazisau.« Frieda lehnte mit verschränkten Armen in der Tür.

»Genau!«, rief Zorn.

»Echt?« Edgars Augen weiteten sich. »*Das* darf man sagen?«

»Yep«, nickte Zorn. »Zu diesem Typen darf man's.«

Schröder rappelte sich schnaufend hoch, strich die Cordhose glatt und verlangte die Spielkonsole, um den Verkabelungsvorgang ordnungsgemäß abzuschließen.

Edgar sah seinen Vater unsicher an.

»Und der Verkehrsminister? Ist der auch …«

»Nein, Edgar. Der Verkehrsminister ist *keine* dumme Nazisau.«

»Dann ist er also ein W…«

»Edgar!«

»Du weißt schon, das andere«, druckste der Kleine. »Das, was wir … nicht mehr sagen wollen.«

Das, erwiderte Zorn nach einigem Nachdenken, sei schwer zu beurteilen bei jemandem, den man nur aus Zeitungsberichten und dem Fernsehen kannte. Es gab also nur wenige Indizien, von denen einige allerdings darauf hinwiesen, dass es zumindest nicht auszuschließen sei.

Sechzehn

Später saß ich auf dem Bett und blätterte durch das Fotoalbum. Ein paar der Bilder stammten aus meiner Kindheit; Mona hatte sie in einer Kiste gefunden, die nach unserer Trennung bei ihr gelandet war.

Es gab ein Klassenfoto, das kurz nach meiner Einschulung aufgenommen worden war. Erst nachdem Mona auf einen blonden Jungen in der zweiten Reihe gezeigt hatte, war mir die Ähnlichkeit mit Holm aufgefallen. Der pausbäckige Junge mit der Hornbrille rechts neben mir war Hagen, schon damals, erfuhr ich, waren wir unzertrennlich gewesen. Ich betrachtete die Gesichter der Kinder, die stämmige Frau am linken Bildrand, die meine Klassenlehrerin gewesen sein musste. Aus ihrem Blick war zu schließen, dass sie ziemlich streng war.

Auf dem nächsten Bild war ich in einem verschwitzten Trikot nach einem Fußballspiel zu sehen. Es folgten ein paar Aufnahmen an der Ostsee, von einem Schulausflug in den Harz und schließlich ein Foto, das bei einem Zoobesuch vor dem Elefantenhaus entstanden war. Ich war ungefähr zehn, hielt ein Eis in der einen Hand, in der anderen einen großen Plüschaffen. Eine blonde Frau in heller Seidenbluse und geblümtem Rock hatte einen Arm um meine Schultern gelegt und lachte in die Kamera.

Sybille, meine Mutter.

Sie sah nett aus.

Mona hatte nicht viel über sie erzählt. Lange hatten sie einander nicht gekannt, kurz nach unserer Hochzeit war meine Mutter bei einem Unfall gestorben.

Ich betrachtete die honigfarbenen, widerspenstigen Locken, die strahlenden Augen, das weiche Gesicht. Diese Frau hatte mich also großgezogen. Und zwar allein; als sie im dritten Monat schwanger war, hatte sich mein Erzeuger klammheimlich davongestohlen und war auf Nimmerwiedersehen verschwunden. Immerhin: Über meinen Vater musste ich mir nicht mehr den Kopf zerbrechen, denn an jemanden, den man nie kennengelernt hat, kann man sich auch nicht erinnern.

Eine Krankenschwester kam, räumte das Tablett mit dem Abendessen in einen Servierwagen und sah mich missbilligend an, schließlich hatte ich Schwarzbrot, Schnittkäse und Gurkensalat kaum angerührt. Sie leierte den morgigen Terminplan herunter – sieben Uhr dreißig Visite, danach Sachen packen, Abschlussgespräch mit Doktor Carlsson, halb zehn im Schwesternzimmer, um die Entlassungspapiere abzuholen –, erinnerte daran, dass in zwanzig Minuten das Licht auszumachen sei *(zum Essen kann ich Sie nicht zwingen, aber die Nachtruhe,*

Herr Fender, wird eingehalten!), und rauschte mit dem klappernden Geschirrwagen davon.

Ich war müde, todmüde. Den Tropf mit den Schmerzmitteln hatte man entfernt, doch ich konnte mir eine Tablette geben lassen. Schlaf, ahnte ich, würde ich allerdings auch in dieser Nacht kaum finden.

Ich sah mir die restlichen Fotos noch einmal an. Sie waren chronologisch geordnet, also beobachtete ich, wie aus dem blonden, mageren Jungen allmählich der Mann wurde, dessen Gesicht ich vor ein paar Stunden im Spiegel gesehen hatte.

Zunächst mit Anzug, Schlips und besticktem Einstecktuch beim Abschlussball der Tanzstunde mit einem hübschen, dunkeläugigen Mädchen an meiner Seite, einer Klassenkameradin, deren Namen Mona nicht gewusst hatte. Dann, etwas verschwommen, Arm in Arm mit meinem besten Freund Hagen vor einem Fußballstadion, beide mit Fanschal und den obligatorischen Bierbüchsen. Auf dem nächsten Bild als Student, der in einem ausgeleierten Wollpullover auf den Stufen vor der Uni saß und in einen Döner biss. Zum Schluss mit streng gescheiteltem Haar vor einer Bankfiliale, in seriösem Wollmantel, gebügelter Hose und mit einer Umhängetasche über der Schulter.

Alles auf dem Bild konnte ich zuordnen: Rechts ein Papierkorb (für den Müll). Daneben eine Parkuhr (teuer, aber immer noch billiger als ein Strafzettel). Das weiße Auto am rechten Bildrand war ein Opel Corsa (der Form des Kühlergrills nach zu schließen Mitte der neunziger Jahre gebaut). Auch das rote Leuchtschild mit dem weißen Schriftzug über dem Eingang kannte ich, selbst die alberne Melodie eines alten Fernsehspots (*Wenn's um Geld geht: SPARKASSE!)* hatte ich noch im Ohr. Ich wusste, dass sich in der Umhängetasche (*meiner* Umhängetasche) ein Laptop befand, ein Macbook, wie dem in das Leder geprägten Logo mit dem angebissenen Apfel zu entnehmen war.

In der Hand hielt ich einen Blumenstrauß. Ich nahm also an, dass das Foto an meinem ersten Arbeitstag aufgenommen worden war. Wie es hinter den gläsernen Schiebetüren aussah und was genau ich dort tat, blieb mir verborgen.

Ich arbeitete als Netzwerkadministrator. Das hatte Mona gesagt, es gab keinen Grund, daran zu zweifeln. Ebenso gut hätte ich Pilot sein können, Archäologe oder Friseur. Selbst wenn Mona behauptet hätte, ich wäre Pizzabote, hätte ich das akzeptieren müssen. Ich hätte es also deutlich schlimmer treffen können, überlegte ich. Schlecht zu verdienen schien ich jedenfalls nicht. Der Mantel, den ich auf dem Foto trug, sah nicht ganz billig aus.

Schritte hasteten auf dem Flur vorbei. Es gab keinerlei Grund, die burschikose Schwester weiter zu erzürnen, also schloss ich das Album, löschte das Licht, legte mich aufs Bett und ging die Bilder in Gedanken noch einmal durch.

Zwei Dinge fielen mir ein.

Zum einen das Foto meines Sohnes: das war kein Schnappschuss, sondern eine professionelle Aufnahme, ein Porträt, wahrscheinlich für einen Ausweis oder seine Krankenakte. Auf den anderen Bildern tauchte Holm nicht auf, auch Mona – mit Ausnahme des Hochzeitsfotos – nicht. Wir waren eine Familie gewesen. Eine glückliche Familie, zumindest für eine kurze Zeit.

Warum gab es davon keine Fotos?

Ich nahm mir vor, Mona danach zu fragen. Womöglich, überlegte ich, besaß ich ja selbst welche? Mein Handy fiel mir ein. Dort waren bestimmt einige Fotos gespeichert, und vielleicht würde ich es morgen finden. Die Vorstellung, in ein paar Stunden in einer unbekannten Wohnung zu stehen und nach den Bildern fremder Menschen zu suchen, war bizarr.

Ich schob den Gedanken beiseite und konzentrierte mich auf die zweite Sache, die mir aufgefallen war.

Ich hatte mir mehr als ein Dutzend Fotos angesehen: Einige zeigten mich allein, auf den meisten waren andere Menschen abgebildet. Sybille, meine Mutter. Hagen, mein Freund. Meine Klassenkameraden. Das hübsche Mädchen vom Abschlussball. Meine Kommilitonen.

Alle lachten. Oder lächelten zumindest.

Und ich?

Es ist schwer zu beschreiben, wie dieses Gesicht (*mein* Gesicht) auf mich wirkte.

Ernst? Mürrisch? Verschlossen? Abweisend? Ängstlich?

Ja und nein. Nichts von alldem. Und doch von allem ein bisschen.

Fakt ist, was ich *nicht* sah.

Kein Lachen. Kein Lächeln.

Auf keinem einzelnen Bild.

Siebzehn

»Du hattest einfach einen schlechten Tag«, sagte Schröder.

»Jaja«, sagte Zorn.

»Das passiert jedem.«

»Jaja.«

Zorn starrte auf seinen Monitor.

»Übung macht den ...«

»... Meister. Schon klar, Schröder.«

Zorn tippte etwas auf seiner Tastatur, die Augen hinter den dicken Gläsern der Lesebrille konzentriert auf den Bildschirm gerichtet.

»Chef?«

»Was ist?«

Schröder faltete die Hände über einer Akte. »Ich will hier ja nicht den Besserwisser spielen …«

»Machst du doch immer.«

»… aber wäre es nicht sinnvoll«, er deutete über den Schreibtisch auf Zorns Monitor, »den Computer einzuschalten, bevor man ihn benutzt?«

Zorn langte schweigend nach unten und drückte den Startknopf. Der gemeinsame Zockerabend war ein Debakel gewesen, doch nach einer schlaflosen Nacht hatte er sich fest vorgenommen, sich seinen Frust im Büro nicht anmerken zu lassen. Dies erwies sich vom ersten Moment an als äußerst schwierig, denn Schröders mitfühlende Worte brachten Zorn zunehmend in Rage. Also täuschte er vor, an seinem Rechner zu arbeiten. Von seinem Platz gegenüber sah Schröder nur die Rückseite des Flachbildschirms; dass ihm das fehlende Rattern der altersschwachen Festplatte auffallen würde, hatte der übermüdete Zorn nicht bedacht.

»Du wirst dich schon noch reinfuchsen«, tröstete Schröder.

»Jaja.«

Reinfuchsen?

Du kleiner Angeber, dachte Zorn. Quatsch nicht so geschwollen!

Zuletzt hatte er diese Formulierung vor über dreißig Jahren aus dem Munde Doktor Reimanns, seines Lateinlehrers, gehört. Kein Mensch redete mehr einen solch antiquierten Mist. Außer Schröder natürlich.

»Manchmal«, fuhr Schröder fort, »dauert es eben ein bisschen. Aber irgendwann …«

»Jaja!«

»… platzt der Knoten, Chef.«

Das Spiel hatte Zorn vom ersten Moment an fasziniert. Man

wählte eine Figur, mit der man auf verschiedenen fahrbaren Untersätzen über Rennstrecken wie *Marios Piste, Shy Guys Wasserfälle* oder das *Wuhu-Bergland* um die Wette raste.

Von Beginn an war Zorn als Zwölfter und damit Letzter ins Ziel gekommen. Zunächst hatte ihn das nicht weiter gestört, schließlich landeten Edgar, Frieda und Schröder ebenfalls im hinteren Bereich. Mit der Zeit hatten sich die drei immer weiter vorgekämpft und schließlich die Podestplätze untereinander ausgemacht, während Zorn unverändert das Schlusslicht geblieben war.

»Sieh mal.« Schröder ließ nicht locker. »Mit dem neuen Volvo hattest du anfangs auch Probleme. Und jetzt?«

»Was«, knurrte Zorn, »soll jetzt sein?«

»Jetzt«, strahlte Schröder, »kommst du doch prima zurecht! Du kannst die elektrischen Spiegel verstellen, das Telefon leiser stellen, sogar hupen kannst du!«

»Hupen«, zischte Zorn, »konnte ich schon vorher!«

Das, stimmte Schröder zu, sei unbestreitbar. Ebenso klar sei allerdings auch, dass Zorn erkennbare Fortschritte gemacht habe und mittlerweile in der Lage sei, den Volvo unfallfrei durch den Verkehr zu manövrieren. »Und wenn du das geschafft hast, schaffst du das andere auch. Irgendwann«, fügte Schröder nach einer kleinen Pause lächelnd hinzu.

Zorn hatte alles versucht. Die Spielcharaktere ausgetauscht, sämtliche fahrbaren Untersätze wie *Yoshi-Bike* oder *Sauseschuh* probiert und die Bereifung gewechselt. Als nichts davon half, hatte er sich mit seiner Behinderung herausgeredet, schließlich konnte er den Controller nur mit einer Hand benutzen. Schröder änderte die Einstellungen, so dass er, Frieda und Edgar ebenfalls einhändig spielten, mit dem Ergebnis, dass Zorn in den nächsten beiden Runden den Abstand zum Vorletzten ein wenig verringern konnte, um danach noch weiter zurückzufallen.

»Du weißt doch«, stichelte Schröder weiter. »Mühsam nährt sich das …«

Das letzte Wort *(Eichhörnchen)* ging in einem heftigen Knall unter, mit dem Zorn eine Schublade seines Schreibtisches schloss.

O ja, *Mühe* hatte er sich gegeben. Und wie. So lange, bis Frieda irgendwann vorsichtig anmerkte, dass Edgar eigentlich seit einer Dreiviertelstunde im Bett liegen müsse, worauf Zorn sie angeblafft hatte, *dem Jungen gefälligst auch mal ein bisschen Spaß zu gönnen*. Sein Ehrgeiz war geweckt, und auch wenn Frieda, Edgar und Schröder schon längst im Ziel waren und zunehmend gelangweilt über die nächste Rennstrecke diskutierten, während er selbst noch immer durch das Käseland zuckelte, kämpfte Zorn verbissen weiter, bis Edgar schließlich den Controller beiseitelegte, auf die Toilette schlurfte, nach einer Weile zurückkehrte und gähnend verkündete, er sei hundemüde. Zorn, der gerade die letzte Runde begonnen hatte und zum vierten Mal von einem Steinblock zerquetscht worden war, hatte eine abschließende Revanche gefordert. Bei der es natürlich nicht geblieben war. Erst als Frieda energisch einschritt und den Fernseher ausschaltete, hatte Zorn sich geschlagen gegeben. Vorerst.

Zorns Bildschirm flackerte auf, er öffnete das Mailprogramm. Nicht etwa in Erwartung wichtiger Nachrichten, sondern um das Thema zu beenden. Doch Schröder bohrte weiter in der Wunde: »Geduld ist ein Baum, dessen Wurzeln bitter sind. Aber je bitterer die Wurzel, desto süßer die …«

»Schröder!«

»… Frucht.«

Zorns Zeigefinger bohrte sich in die stickige Büroluft. »Keine Wortspiele!«

»Das war kein …«

»Schluss jetzt!«

Schröder schickte sich an, den nicht unerheblichen Unterschied zwischen Wortspielen und Sprichwörtern zu erläutern, doch Zorn ließ es nicht dazu kommen. Ein einziges Wort noch, drohte er, eine winzige Silbe nur, und er, Hauptkommissar Claudius Zorn, werde umgehend in den Fahrstuhl steigen, ins Erdgeschoss fahren, seine Dienstwaffe aus dem Tresor holen und seinem *werten Herrn Vorgesetzten den kahlen Schädel zu Brei schießen*.

Schröder schürzte beleidigt die Lippen und versicherte, einfach nur helfen zu wollen. »Ein bisschen Aufmunterung wird doch wohl noch …«

»Das«, unterbrach Zorn, »klären wir bei mir zu Hause!«

Und zwar vor dem Fernseher, fügte er hinzu, wo man die Sache nicht mit Worten, sondern den Controllern zu Ende bringen werde.

Zorn schnappte die Lederjacke und stolzierte zur Tür, um auf dem Parkplatz die dringend benötigte Zigarette zu rauchen. Er griff nach der Klinke, wandte sich noch einmal um.

»Die Schlacht«, verkündete er theatralisch, »habe ich verloren. Doch der Krieg«, er senkte drohend die Stimme, »hat gerade erst begonnen.«

Achtzehn

»Würden Sie hier noch unterschreiben?«

Die junge Frau hinter der Rezeption schob ein Formular über den Tresen und teilte mir mit, ich müsse bestätigen, auf eigene Verantwortung entlassen zu werden. Sie deutete auf eine

Linie in der rechten unteren Ecke und reichte mir einen Kugelschreiber. Ohne nachzudenken, griff ich zu und kritzelte etwas auf das Papier.

J. FENDER

Ich betrachtete den schwungvollen Bogen unter dem J, das F, dessen oberer Strich ein elegantes Dach über der Signatur bildete. Die Unterschrift glich der, die ich in meinem Ausweis gesehen hatte.

Hunderte, wenn nicht Tausende Male hatte ich diesen Namen unter irgendwelche Formulare geschrieben: Mietverträge, Arbeitsverträge, Rechnungen, Kreditanträge, Fahrerlaubnis, Heiratsurkunde; ich hatte es so oft getan, dass es mir in Fleisch und Blut übergegangen war.

Die Rezeptionistin reichte mir eine Klarsichthülle mit Papieren durch den Spalt unter der Plexiglasscheibe: ein Rezept für das Schlafmittel und die Schmerztabletten, außerdem eine Überweisung zu einem Psychologen und zur Physiotherapie. Während sie meine weiteren Termine aufzählte – in drei Tagen zum Hausarzt, um den Verband wechseln zu lassen, kommende Woche bei Doktor Carlsson –, nickte ich in der Hoffnung, dies an den richtigen Stellen zu tun.

Um mich her herrschte Hochbetrieb. Menschen strömten durch die gläserne Drehtür, Ärzte hasteten mit wehenden Kitteln umher, alte Menschen in zerschlissenen Bademänteln schoben ihre Rollatoren vorbei. All dies registrierte ich nur am Rande, denn nach einer weiteren schlaflosen Nacht (der zweiten? Oder war's die dritte?) stand ich wie im Nebel. Bis weit nach Mitternacht hatte ich in meinem Bett gelegen und an die Decke gestarrt, danach war ich ins Schwesternzimmer geschlichen und hatte um ein Schlafmittel gebeten. Geholfen hatten die Tabletten nicht, stundenlang hatte ich mich hin und her gewälzt, und als das Frühstück gebracht wurde, fühlte ich mich wie zerschlagen. Wie in Trance hatte ich mich angezogen. Das dunkelblaue, kurzärmelige Hemd und die graue Leinenhose, die Mona gebracht hatte, passten perfekt – logisch, schließlich waren es meine. Das letzte Gespräch mit Doktor Carlsson hatte ich wie einen verschwommenen Traum erlebt, ihre mahnenden Worte *(Ihre Entlassung erfolgt gegen meinen ärztlichen Rat!)* waren kaum zu mir durchgedrungen.

Ich verstaute die Klarsichthülle in der Umhängetasche. Abgesehen von dem Fotoalbum, einem kleinen Schlüsselbund und einer schmalen, ledernen Brieftasche war diese jetzt leer. Mehr hatte ich nicht bei mir gehabt. Außer meinem Ausweis hatte ich noch eine EC-Karte und knapp siebzig Euro in Bar in der Brieftasche gefunden. Wer immer mir auch aufgelauert haben mochte: mein Geld hatte ihn nicht interessiert.

»Ist etwas unklar?«

Die junge Frau sah mich fragend durch die Plexiglasscheibe an. Ich registrierte die Schlange hinter mir, wahrscheinlich stand ich schon eine Weile wie ein Schlafwandler vor der Rezeption.

Ich schüttelte den Kopf. »Danke, alles okay. Könnten Sie mir vielleicht ein …«

Plötzlich wurde mir schwarz vor Augen. Ich schwankte, hielt mich mit der gesunden Hand an der Rezeption fest. Mein Herz raste, das Blut rauschte in meinem Kopf.

»Ja? Was könnte ich?« Die Stimme der Rezeptionistin klang weit entfernt.

»Ich brauche ein … ein …«

Wie hießen diese verdammten Dinger? Diese beigefarbenen Autos, mit denen man sich durch die Stadt kutschieren ließ? Man rief eine Nummer an, um eines zu bestellen, es gab auch Orte, wo sie zu finden waren. Am Bahnhof zum Beispiel. Auf dem Vorplatz reihten sich Dutzende, während die Fahrer rauchend an der Motorhaube lehnten und auf Kundschaft warteten.

»Herr Fender?«

Es gelang mir, erst die Augen zu öffnen, danach den Mund.

»Schon gut, hat sich erledigt.«

Selbst ein Lächeln brachte ich zustande. Hoffte ich zumindest.

Ich lief durch die Halle. Als ich durch die Drehtür ins Freie trat, holte ich gierig Luft wie ein Ertrinkender, der im letzten Moment die Wasseroberfläche erreicht.

Blinzelnd sah ich mich um.

Das, wonach ich gesucht hatte, stand nur wenige Meter entfernt auf dem Parkplatz gegenüber neben einem Fahrradständer in der Sonne. Auch das Wort, dieses verfluchte, schlagartig verschwundene Wort war plötzlich wieder da. Nicht etwa, weil es mir einfiel. Das Schild mit den vier Buchstaben auf dem Dach war nicht zu übersehen.

TAXI

Ich stieg ein. Nannte die Adresse, die in meinem Ausweis stand.

»Schöne Gegend«, sagte der Fahrer.

Das, fand ich, klang irgendwie tröstlich.

Neunzehn

»Krass«, knurrte Zorn. »Jetzt hat's dieser Wichser sogar auf die Titelseite geschafft. Ich meine …«, er bemerkte Schröders missbilligenden Blick, »die, äh … *dumme Nazisau*«, und reichte ihm die Zeitung über den Schreibtisch.

Die Stimmung im Büro hatte sich merklich entspannt. Der Vormittag war sonnig und warm, Zorn hatte nicht nur eine, sondern drei Zigaretten geraucht und dann festgestellt, dass die Schachtel leer war. Also war er über den Parkplatz zum Supermarkt gegangen, hatte eine neue Packung gekauft und beim Bäcker eine Zeitung, ein belegtes Brötchen und nach kurzem Nachdenken für Schröder ein halbes Pfund Haferkekse erstanden. Dieser hatte die Tüte bereits zur Hälfte geleert; ein Zeichen, dass Zorns stummes Versöhnungsangebot akzeptiert worden war.

Schröder beugte sich über die Zeitung. *NAZI-HETZER ENDLICH ZUM SCHWEIGEN GEBRACHT!,* stand in fetten Lettern über einem Foto, das offensichtlich von einem Gebäudedach gegenüber dem Rathaus aufgenommen worden war: der Pritschenwagen mit dem schreienden Redner, links seine Anhänger, auf der anderen Seite die Gegner, dazwischen die bulligen Gestalten der Polizisten. Aus der Vogelperspektive wirkten die Menschen verloren, wie zufällig aus einer der Seitengassen auf den Markt gespült.

Unter dem Foto war ein Porträt des bärtigen Mannes abgedruckt, der den gestreiften VW-Bus auf den Markt gesteuert hatte. Schröder überflog die Bildunterschrift – *… der Held, der den Hetzer als Erster in die Schranken wies* – und schürzte die Lippen.

»Morten van der Graaf«, las er halblaut vor, »hat in wenigen Minuten mehr erreicht als die gesamte Stadtverwaltung in den letzten Wochen.«

In dem Artikel wurde van der Graaf als tatkräftiger Macher gelobt, dem es gelungen sei, innerhalb kürzester Zeit ein florierendes Unternehmen zu formen, dessen Philosophie Nachhaltigkeit vor Profit stellte und, beflügelt durch van der Graafs innovatives, unkonventionelles Auftreten, bereits bundesweit expandierte.

»Unkonventionell?«, hakte Zorn nach.

»So steht's hier.«

»Warum? Weil er keinen Schlips trägt?«

Zorn lief um den Schreibtisch und beugte sich neben Schröder über die Zeitung. Auf dem Markt hatte der drahtige, schlanke Mann deutlich jünger gewirkt, jetzt, auf dem Foto, zeigten die Krähenfüße um die dunklen Augen, die grauen Strähnen im akkurat über den Schläfen gestutzten Haar und dem ebenso sorgfältig geschnittenen Vollbart, dass van der Graaf die vierzig wohl bereits überschritten hatte.

»Der könnte als Model auftreten«, mäkelte Zorn. »In einem von diesen Hochglanzkatalogen für den …«, er hob die Stimme, »*gepflegten Herrn über vierzig*. Und dieser Seidenschal ist nicht unkonventionell, sondern einfach nur albern.«

»Es geht nicht um Kleidung.« Schröder zupfte am karierten Hemdkragen.

»Das sagt der Richtige.«

»Sondern um das, was man *tut*.«

Zorn stieß schnaubend die Luft aus. Insgeheim musste er Schröder recht geben, van der Graaf hatte tatsächlich etwas erreicht. Abgesehen von einem Häuflein unverdrossener Protestler hatte sich kaum jemand offen gewehrt, die Menschen hatten schnellstmöglich das Weite gesucht. Auch Zorn. Der Grund, nämlich Edgar das unsägliche Geschrei so weit wie möglich zu ersparen, war einleuchtend, doch bei längerem Grübeln hätte Zorn sich eingestehen müssen, dass es womöglich eine Ausrede war. Also dachte er lieber nicht weiter darüber nach.

»Björn Kuchta wurde mit seinen eigenen Waffen geschlagen«, sagte Schröder. »Lärm gegen Lärm.«

»Michael Jackson gegen Joseph Goebbels.«

Schröder biss in einen Haferkeks.

»Stell dir mal vor«, sagte Zorn, »er hätte fünfzig Jahre früher gelebt.«

»Wer?«

»Michael Jackson. Der hätte Goebbels bei seiner Rede im Sportpalast in Grund und Boden gesungen und vielleicht sogar den …«

Nein, unterbrach Schröder kauend, den Zweiten Weltkrieg hätte auch Michael Jackson wohl kaum verhindern können.

»Wer weiß?«, sinnierte Zorn. »Wenn er …«

Schröder beendete die Diskussion mit dem Hinweis, dass es hier nicht um einen längst verstorbenen Popsänger gehe, sondern um einen Unternehmer, der durch Zivilcourage einiges bewegt habe.

»Zivilcourage?« Zorn zog die Stirn in Falten. »Könnte auch was anderes gewesen sein.«

»Und was?«

»Zum Beispiel 'ne simple PR-Aktion.«

Zorn tippte auf das Foto. Van der Graaf stand mit verschränkten Armen vor dem gestreiften Bus. Das Logo mit der rollenden Salatschüssel auf der Motorhaube war nicht zu übersehen.

»Kaum war er auf dem Markt, sind die Reporter aufgetaucht«, sagte Zorn. »Klingt nach 'nem abgekarteten Spiel.«

»Oder«, Schröder blies ein paar Krümel von der Zeitung, »nach Zufall.«

»Ach komm. An den Weihnachtsmann glaubst du doch auch nicht.«

»Selbst, wenn er die Presse vorher informiert hat, war's für einen guten Zweck.«

Schröders Festnetztelefon schrillte. Während er mit dem Anrufer sprach, las Zorn einen Artikel über die letzte Sitzung des Stadtrats, in der heftig über den Abriss der Hochstraße und eine autofreie Innenstadt debattiert worden war.

Schröder beendete das Telefonat und berichtete vom Gespräch mit Jakob Fenders behandelnder Ärztin. Dieser sei entlassen worden und brauche vor allem Ruhe. »Sie bittet um Geduld, bis sich sein Zustand gebessert hat.«

»Das hat sie dir gestern auch schon erzählt«, murrte Zorn. »Und du hast dich einfach abwimmeln lassen. Wie lange sollen wir dem noch hinterherlatschen?«

»Es geht um seine Gesundheit. Und wenn die Ärzte sagen, dass er …«

»Es geht darum, ein *schweres Verbrechen* aufzuklären«, unterbrach Zorn gestelzt. »Wir bitten ihn nur, dass sich jemand die Schnittwunde ansieht.«

»Und seine Fingerabdrücke, die brauchen wir auch.«

»Das ist in einer Minute erledigt. Davon wird er wohl kaum wieder ins Koma fallen.«

Der Baseballschläger war mit einem Lappen gereinigt worden, trotzdem hatte man die Abdrücke von zwei Personen sichergestellt, keine war registriert. Es war logisch, dass es sich um den Angreifer und Jakob Fender handelte, der sich gegen die Schläge gewehrt hatte. Sie brauchten Fenders Abdrücke, um sie von denen des Angreifers abgrenzen zu können.

Zorn faltete die Zeitung und betrachtete noch einmal das Foto auf der Titelseite: Kuchtas dürre Gestalt auf dem Pritschenwagen, das Gesicht halb hinter dem Megaphon verborgen, schräg hinter ihm die blasse Frau mit der Sonnenbrille und dem Basecap.

»Vielleicht irre ich mich ja.« Zorn rückte die Lesebrille auf der Nase zurecht. »Schließlich gibt's von den Dingern 'ne Menge, und nur weil Fender damit angegriffen wurde, heißt das noch lange nicht …«

»Ich kann dir nicht folgen, Chef.«

»Diese Typen hier.«

»Welche?«

Zorn hob die Zeitung und deutete auf die beiden martialischen Glatzköpfe, die breitbeinig vor dem Pritschenwagen in den tiefstehenden Strahlen der Sonne standen.

»Was ist mit denen?« Schröder erhob sich halb aus dem Sessel, beugte sich über seinen Monitor und musterte das Foto.

»Glatze, Springerstiefel, schwarze Klamotten. So, wie's sich für 'nen ordentlichen Neonazi gehört«, sagte Zorn. »Da fehlt allerdings was. Wahrscheinlich hatten sie's ganz in der Nähe versteckt, in der Öffentlichkeit dürfen sie ja keine sichtbaren Waffen tragen.«

»Du meinst …«

»… Baseballschläger«, nickte Zorn. »Genau.«

Zwanzig

Die Wohnung gefiel mir: geräumige, lichtdurchflutete Zimmer, abgeschliffene Dielenböden, hohe Decken. Der Besitzer – also ich – hatte Geschmack, die Einrichtung war edel, aber nicht protzig. Am Hungertuch schien er *(ich)* nicht zu nagen, der 50-Zoll-Fernseher an der Wand über dem Sideboard aus poliertem Nussbaum musste ein kleines Vermögen gekostet haben, ebenso die Bang-&-Olufsen-Anlage, der große iMac auf dem Schreibtisch mit den verchromten Beinen und die italienische Espressomaschine in der Küche.

Der Taxifahrer hatte recht gehabt, die Gegend *war* schön; eine schmucke Wohnanlage im Grünen, in den Jahren nach der Wende auf den Porphyrfelsen hoch oben über dem Fluss errichtet. Vier fünfstöckige Häuser bildeten ein Quadrat um eine gepflegte Innenanlage, meine Wohnung lag im Dachgeschoss des südlichen Gebäudes. Vom Balkon bot sich ein herrlicher Anblick über die Baumwipfel des angrenzenden Parks hinab zu den Dächern der Altstadt, den Kirchen und den Kühltürmen des Kraftwerks am Horizont.

Ja, es gefiel mir. *Alles* gefiel mir. Die deckenhohen Fenster, die Designermöbel, auch der Geruch nach Leder, Apfelsine und frischer Wäsche. Nichts davon löste etwas in mir aus. Die Tür blieb verschlossen, doch ich fühlte mich wohl. Das, fand ich, war besser als nichts.

Ich lief durch die Zimmer. Weder Bilder noch Fotos an den geweißten Wänden, mit Ausnahme einer gerahmten Schwarz-Weiß-Fotografie von Helmut Newton über dem breiten Sofa im Wohnzimmer, die eine nackte Frau in hochhackigen Pumps am Fenster eines Wolkenkratzers vor der nächtlichen Kulisse New Yorks zeigte.

Das Doppelbett im Schlafzimmer war gemacht, Decken und Kissen glattgestrichen, doch es schien, als würde das Bett nur von einer Person genutzt. Auch im Kleiderschrank herrschte strikte Ordnung: links hingen ein paar in Schutzfolie verpackte Anzüge an ihren Bügeln, rechts stapelten sich akkurat gefaltete T-Shirts und ein halbes Dutzend Jeans in den Fächern, alle in Grau, Schwarz oder Braun. In meiner Freizeit bevorzugte ich wohl eher gedeckte Farben.

Nirgendwo Anzeichen von Schmutz. Die schwarze Marmorplatte in der Küche glänzte wie neu, kein schmutziges Geschirr in der Spüle, nicht einmal eine benutzte Kaffeetasse. Im Flur ein ähnliches Bild: an der Garderobe eine Regenjacke, zwei Wollmäntel und ein Regenschirm, darunter reihten sich Joggingschuhe, mehrere Paar Sneaker (Freizeit) und ein halbes Dutzend polierter Halbschuhe aus schwarzem und braunem Leder (Arbeit).

Alles wirkte ein wenig steril, unpersönlich. Der Mann, der hier lebte, war ein Pedant, ein Reinlichkeitsfanatiker.

Na und?

Andere erstickten im Müll. Jakob Fender legte eben Wert auf Ordnung.

Vier Türen gingen vom Flur ab. Neben der Küche befand sich ein schmales Zimmer mit einem kleinen Fitnessstudio. In der Ecke stand ein Laufband, ein Boxsack hing von der Decke. An den Wänden Klimmzugstangen, eine Sprossenwand und Regale mit Hanteln und Gewichten in allen erdenklichen Formen.

Dieser Raum unterschied sich vom Rest der Wohnung. Auch hier kein Staubkörnchen, doch im Gegensatz zum anderen Mobiliar waren die Geräte zerkratzt, die Farbe nach jahrelangem Gebrauch abgegriffen. Auch der Geruch war anders, eine Mischung aus scharfen Reinigungsmitteln und saurem Schweiß.

Die letzte Tür führte ins Bad. Auch hier herrschte geradezu militärische Ordnung. Das Waschbecken glänzte, die Armaturen strahlten. Auf einem verchromten Hocker zwei Badetücher, exakt auf Kante gefaltet, die Duschmatte genau parallel zu den dunklen Marmorfliesen ausgerichtet. Wie in den anderen Zimmern keinerlei Hinweise auf eine zweite Person. Neben der elektrischen Zahnbürste stand kein weiterer Aufsatz, der Bademantel aus sandfarbenem Frottee war der einzige. Auf der Ablage unter dem Spiegel weder Schminkzeug noch Parfümflaschen, auch der …

Fuck!

Ich starrte auf das grüne Plastikding neben dem Seifenspender. Mein Magen hob sich, im nächsten Moment war es vorbei.

Rasierer.

Beim ersten Mal war mir das Wort erst nach Stunden eingefallen, jetzt hatte es kaum eine Sekunde gedauert. Es war trotzdem beängstigend. Längst nicht so schlimm wie am Morgen, als ich wie ein sabbernder Idiot an der Rezeption gestanden hatte und nicht in der Lage gewesen war, mir ein

Taxi

zu bestellen.

Taxi! Merk dir das! TAXI!

Die Aussetzer, hatte Doktor Carlsson gesagt, seien in meinem Zustand normal und würden irgendwann verschwinden. Und wenn nicht?

Ich griff nach dem Rasierwasser, schraubte die rotbraune Flasche auf und roch. Ich kannte den Namen *(Fahrenheit)*, sogar den Preis (knapp fünfzig Euro) und musste das Rasierwasser schon lange benutzen, die Flasche war zu zwei Dritteln geleert. Der Duft nach Limonen, Veilchen und Leder war vertraut, doch er rief nichts in mir wach. Er war einfach nur *da*. Wie die Sonne, die durch die Wohnzimmerfenster bis in den Flur strahlte, die wogenden Baumkronen unter dem Balkon oder das Kindergeschrei, das aus dem Park heraufdrang.

Als ich mich aufrichtete, fiel mein Blick auf das Gespenst, das mir aus dem Spiegel entgegensah. Bleich, hohlwangig, mit dunklen Ringen unter den Augen, eines noch immer geschwollen.

Hallo Jakob.

Ich nickte meinem Spiegelbild zu.

Nett, dich kennenzulernen.

Das Gespenst hob die verschorften Mundwinkel, erwiderte mein Lächeln.

Jetzt muss ich nur noch rausfinden, wer du bist.

Und zwar schnell. Je länger es dauerte, desto unwahrscheinlicher würde mein Erinnerungsvermögen wieder einsetzen.

Ich lief ins Wohnzimmer. Die Türschwelle knackte, ich blieb stehen.

War da etwas?

Nein. Knarrendes Holz, mehr nicht.

Ich atmete tief ein, presste die gesunde Hand auf die schmerzenden Rippen und sah mich um.

Hier lebte ich also. Allein, umgeben von Designermöbeln und teurem technischen Schnickschnack. Jakob Fender, ein Pedant (okay, ein *stilvoller* Pedant), ein Bankangestellter, der brav seinen Job erfüllte und sich nach Feierabend in einem Fitnessraum verausgabte.

Das klang nach einem eintönigen, spießigen Leben.

Vielleicht, überlegte ich, war es ja gar nicht schlimm. Vielleicht gab es einfach nichts, das wichtig genug war, sich daran zu erinnern?

Außer Mona.

Und Holm, meinen Sohn.

Das war nicht alles. Sicherlich, meine Frau – *Ex*frau – und unser Sohn waren wichtig, doch sie brachten mich nicht in Gefahr.

Etwas anderes bedrohte mich.

Nur was?

Einundzwanzig

»Vielleicht versuch ich's mal mit dem anderen Fahrer«, sagte Zorn.

Edgar nickte. »Klar.«

Sie hockten im Schneidersitz mit ihren Controllern vor dem Fernseher. Das dritte Rennen war gerade beendet, Zorn kam nach wie vor als Schlusslicht ins Ziel. Doch er hatte eine Erklärung parat. Wieder einmal.

»Knochen-Bowser«, verkündete er und steuerte den Cursor

durch das Auswahlmenü, »ist viel besser. Und andere Reifen brauche ich auch.«

Am späten Vormittag hatte Malina, Edgars Mutter, angerufen und gefragt, ob Zorn seinen Sohn kurzfristig aus der Schule abholen könne. Edgar übernachtete drei-, manchmal viermal pro Woche bei seinem Vater, einen festen Plan gab es nicht, also hatte Zorn wie immer sofort zugestimmt.

»Wo ist Mama eigentlich?«, fragte er.

»Die geht nachher mit Rufus ins Theater«, sagte Edgar. »Also, Mama, die geht. Rufus rollt.«

»Du sollst keine Witze über …«

»Der ist nicht von mir, sondern von Rufus.«

Rufus, seit Jahren vom Hals abwärts gelähmt, trug sein Schicksal mittlerweile mit bewundernswertem Humor. Er liebte Edgar wie seinen eigenen Sohn, ein weiterer Grund, warum der kauzige Zorn den ehemaligen Kinderarzt ins Herz geschlossen hatte.

»Diesmal nehm ich den Hyrule-Gleiter«, sagte er. »Gegen den hast du keine Chance.«

»Wenn du meinst …«

»Wirst schon sehen, Freundchen.«

Zorns gute Laune war nur gespielt. Die Erkenntnis, dass seine Idee mit dem Baseballschläger alles andere als revolutionär gewesen war, hatte seine Stimmung erheblich gedämpft. Schröder hatte ihn zwar für diese *kombinatorische Glanzleistung* gelobt, aber Zorn erkannte schnell, dass ein Baseballschläger zwar zur Grundausstattung eines gewissenhaften Neonazis gehörte – der Knüppel allerdings, mit dem Jakob Fender attackiert worden war, konnte auch von jedem anderen benutzt worden sein.

»Welche Strecke?«, fragte er. »Den Wasserpark?«

»Von mir aus.«

Die folgenden anderthalb Stunden kämpfte Zorn verbissen. Edgar, dessen Vorsprung sich stetig vergrößerte, spornte ihn zunächst an *(toll, Papa! Du bist fast Vorletzter!)*, verlor dann allmählich die Lust. Dies änderte sich, als Frieda nach Hause kam, die beiden lieferten sich ein paar spannende Duelle, dann rief Frieda zum Abendessen. Zorn verschlang hastig seine Nudeln, doch als er – noch immer kauend – aufsprang und eine letzte Entscheidungsschlacht forderte, lehnte Edgar mit der Begründung ab, in seinem Harry-Potter-Buch lesen zu wollen. Die Sticheleien seines Vaters *(du hast doch bloß Schiss zu verlieren!)* quittierte er mit einem Achselzucken, so dass Zorn sich schließlich murrend geschlagen gab (dann spiele ich eben alleine!). Das, schaltete sich Frieda ein, könne er gern tun, als erwachsener Mann, Hauptkommissar und verantwortungsbewusster Vater sei Claudius Zorn natürlich sein eigener Herr, und fügte mit einem Blick auf den Esstisch lächelnd hinzu, dass das Geschirr sich nicht von allein abräume *(du bist doch so lieb, Schatz?)*.

Claudius Zorn gehorchte natürlich, erledigte seine Pflichten im Haushalt und brachte Edgar ins Bett. Später saß er mit Frieda plaudernd auf dem Balkon, und als sie dann ebenfalls im Bett lagen, lauschte er geduldig ihren regelmäßiger werdenden Atemzügen. Erst als sie leise zu schnarchen begann, schlich er auf Zehenspitzen ins Wohnzimmer und startete die Konsole.

Der Krieg war noch lange nicht vorbei.

Zweiundzwanzig

Ich durchsuchte die Schränke, Schubladen und Regale. Ich fand Ordner mit Kontoauszügen, Rechnungen und Kreditverträgen. Ich fand Werbebroschüren für Kraftsportgeräte, Reiseprospekte und einen Abovertrag für eine Fitnesszeitung *(Men's Health),* deren Ausgaben sich auf dem Sideboard unter dem Fernseher stapelten. Ich fand weder Autoschlüssel noch Fahrzeugpapiere, stattdessen eine Jahreskarte für den öffentlichen Nahverkehr. Ein Handy fand ich nicht, doch ich fand ein paar Bildbände (van Gogh, Vermeer und Kandinsky), Biographien (Steve Jobs, Henry Ford, Kurt Cobain) und diverse Ratgeber. Ich fand dicke Sachbücher, einen historischen Atlas und ein in Leder gebundenes Buch über chinesische Militärstrategie. Ich fand eine umfangreiche, von James Blunt, Johnny Cash und Miles Davis bis zu Frank Zappa streng alphabetisch geordnete CD-Sammlung. Monas Behauptung, ich sei Udo-Lindenberg-Fan, erwies sich als richtig, denn diese CDs befanden sich in einem Extraregal und waren im Gegensatz zu den anderen chronologisch geordnet.

Ich fand also eine Menge.

Und doch war es nichts.

Denn was ich *nicht* fand, war etwas, das mir den Besitzer all dieser Dinge nähergebracht hätte – abgesehen von der Erkenntnis, dass er kein Auto besaß und über einen breiten Musikgeschmack verfügte.

Keine Briefe. Kein einziges Foto.

Weder von Jakob Fender noch von seiner Frau. Auch nicht von seinem Sohn.

Mona und ich hatten uns geliebt. Für eine kurze Zeit nur,

doch wir hatten zusammen gefeiert, bestimmt waren wir auch verreist. Wir waren ein junges, glückliches Paar gewesen, es *musste* Erinnerungen geben. Liebesbriefe, Schnappschüsse, kleine Geschenke. Dinge, die jeder Mensch aufbewahrt.

Jakob Fender hatte es nicht getan.

Draußen wurde es dunkel. Irgendwo begann ein Klavier zu klimpern, in einer der unteren Etagen übte jemand den Anfang von *Pour Adeline*. Ich schloss die Balkontür, schaltete das Licht ein und stellte fest, dass ich den ganzen Tag noch nichts gegessen hatte.

Der Kühlschrank bot keine Überraschungen. Wie überall herrschte geradezu aseptische Sauberkeit. Das Wenige, das ich fand, stammte aus einem Biomarkt: zwei Flaschen Orangensaft, eine Packung Milch, deren Haltbarkeitsdatum vor zwei Tagen abgelaufen war, außerdem fettarmer Joghurt, Frischkäse, ein Dutzend in Reih und Glied ausgerichteter Glasflaschen mit Smoothies und im Tiefkühlfach eine Tüte gefrorene Himbeeren.

Ich schloss den Kühlschrank und setzte mich an den Küchentisch. In einer Obstschale lagen Äpfel, eine Pampelmuse und Bananen, die nach über einer Woche bereits fleckig waren. Auf einem Mahagonibrett über der Spüle standen Schachteln mit Haferflocken und Müsli, daneben Gläser mit Vitaminpillen.

Auch in diesem Punkt behielt Mona recht, Jakob Fender achtete sehr genau auf seine Ernährung. Mein Magen war leer, Hunger hatte ich trotzdem nicht.

Das Blut pochte in der verletzten Hand. Am Morgen (war es tatsächlich erst ein paar Stunden her?) hatte Doktor Carlsson die Wunde gesäubert, die Nähte geprüft und den Verband gewechselt. Die Heilung verlief weiterhin gut, doch mit der Reha, hatte sie erklärt, würde ich frühestens in zwei Wochen beginnen können. Vorsichtig versuchte ich, die Finger zu bewegen.

Augenblicklich schoss der Schmerz bis hoch in den Ellbogen, also ließ ich es sein.

Die Digitaluhr über dem Backofen stand auf elf Minuten nach neun. Ich sollte die Schmerztabletten in einem Abstand von vier Stunden nehmen, die nächste also in neunundvierzig Minuten. Bei Bedarf, hatte Doktor Carlsson gesagt, könne ich die Abstände verkürzen, doch ich war fest entschlossen, mich daran zu halten.

Als ich zurück ins Wohnzimmer ging, ließ mich das Knarren der Diele erneut innehalten. Es war, als würde mich ein Windhauch streifen, längst nicht so heftig wie gestern, als ich auf der Bank hinter dem Krankenhaus gesessen und Mona diesen Namen

KUCHTA

genannt hatte, dessen verzerrte Stimme vom Marktplatz herüberdrang. Das war kein Windhauch gewesen, sondern eine Orkanböe, deren Wucht die Tür aufgerissen hatte und wieder zufallen ließ, so schnell, dass keine Chance blieb, einen Blick in den dunklen Raum zu werfen. Es war kein Gefühl, sondern eine körperliche Erfahrung gewesen, als wäre ein Knallkörper in meinem Kopf explodiert, den Bruchteil einer Sekunde nur, doch meine Ohren hatten noch eine Weile geklingelt.

Ich starrte auf die Diele.

Erst die Aussetzer.

RASIERER. TAXI.

Jetzt diese … wie nannte man das? Flashbacks?

Ausgelöst durch einen Namen und ein Geräusch.

Es war verwirrend. Schlimmer war, dass ich es nicht steuern konnte.

Ich nahm einen der Ordner, setzte mich auf das Sofa und studierte die Kontoauszüge. Neben den üblichen Kosten für Strom, Gas, Krankenkasse und so weiter wurden mehrere Kreditraten und ein Dauerauftrag von knapp tausend Euro an einen Pflegeverein unter dem Verwendungszweck *Beitrag Holm Fender* abgebucht. Mein Gehalt war üppiger, als ich erwartet hatte, doch das waren die Ausgaben auch; viel konnte nach meiner Schätzung nicht übrig bleiben.

Ich blätterte durch die Kreditverträge. Den ersten hatte ich abgeschlossen, um den Wohnungskauf zu finanzieren, was erklärte, warum keine Miete abgebucht wurde. Der Vertrag war vor über zehn Jahren unterschrieben worden, trotzdem hatte sich die Signatur des Kreditnehmers – schwungvoller Bogen unter dem J, der obere Strich des F dachförmig über den Nachnamen gezogen – nicht verändert. Sie war identisch mit der, die ich am Morgen unter das Entlassungsformular gekritzelt hatte.

Die anderen Kredite waren deutlich kleiner und dienten zur Finanzierung des handgefertigten Ledersofas, auf dem ich saß, der Küchenmöbel und des iMac.

Als ich aufstand, um den Rechner zu starten, erklang ein gedämpftes Klingeln im Flur. Ein weiteres Geräusch, das etwas in mir auslöste, doch im Gegensatz zu der knarrenden Diele konnte ich es augenblicklich zuordnen, folgte dem vertrauten Signalton zur Garderobe und holte das Handy aus der Innentasche einer grauen Windjacke.

Ich selbst mochte zwar keine Ahnung haben, wer ich war, doch ungeachtet meiner ramponierten Visage erkannte das iPhone seinen Besitzer sofort, die Gesichtserkennung reagierte und auf dem Display erschien der Name des Anrufers: HAGEN.

Jetzt nicht. Später.

Das Gespräch war wichtig, doch ich musste mich darauf vorbereiten. Als ich zurück ins Wohnzimmer lief, machte ich instinktiv einen großen Schritt über die knarrende Schwelle und ging zum Arbeitsplatz in der Ecke hinter dem Sofa. Das Klingeln verstummte, der Akku war leer. Ich beschloss, mich später darum zu kümmern, und startete den Rechner.

Jakob Fender lebte in einer klinischen Umgebung, nichts davon half mir weiter. Doch er verbrachte eine Menge Zeit am Computer, nicht nur bei der Arbeit, sondern auch hier. Mein Kopf mochte zwar leer sein wie eine hohle Nuss, aber die Festplatte war voll. Ich musste nur ein bisschen suchen.

Der Bildschirm wurde hell, ein Fenster ploppte auf.

PASSWORT EINGEBEN

Meine Finger schwebten einen Moment über der Tastatur. Dann sank ich auflachend zurück.

Der Mann, den ich suchte, war Profi. Er wusste, wie man seinen Computer schützt, es war sein Job. Jemand wie er benutzte ein Passwort aus einer komplizierten Folge von Buchstaben, Sonderzeichen und Zahlen. Selbst ein geistig Gesunder würde es nicht erraten, wie sollte es dann jemandem gelingen, der die simpelsten Dinge vergaß und nicht einmal wusste, wie man einen dämlichen Rasierer nannte?

Du bist ein verdammtes Genie, hatte Mona gesagt.

Früher vielleicht. Im Moment war ich ein verwirrter, orientierungsloser Trottel, der einer weiteren schlaflosen Nacht entgegendämmerte. Ich schloss das Handy ans Ladegerät an. Ein Piepsen teilte mit, dass der Anrufer eine Nachricht hinterlassen hatte.

Jetzt nicht.

Ich stemmte mich hoch, ignorierte die knarrende Schwelle und ging in die Küche. Auf der Digitaluhr am Backofen war es sechs Minuten vor zehn. Eine Weile stand ich einfach nur da, starrte auf die flimmernde Anzeige, und erst als die Zahlen auf die volle Stunde sprangen, nahm ich das Schmerzmittel und nach kurzem Zögern auch eine Schlaftablette.

Ich warf einen Blick ins Schlafzimmer, entschied mich gegen

das Bett (sinnlos) und wankte wieder in die Küche. Die nächsten drei Stunden saß ich am Tisch, stierte auf die Uhr und wartete, dass die Schmerzen zurückkamen. Zunächst meldete sich die Hand, dann die geprellten Rippen, später gesellte sich der Kopf hinzu. Ich lauschte in mich hinein und erkannte, dass alles zusammenhing. Während das Pochen zwischen den Schläfen vom Rhythmus meiner Herzschläge bestimmt wurde, folgten die stechenden Rippen den Atemzügen, unterlegt vom vibrierenden Brennen der verletzten Hand. Die Schmerzen ergänzten sich, kommunizierten, und während sie an der einen Stelle abklangen, schwollen sie an der anderen an, vereinten sich in misstönenden Akkorden zu einer kakophonischen Symphonie, aufgeführt vom schlechtesten Orchester der Menschheit.

Das alles war heftig. Doch ich wartete geduldig, bis die Uhr über dem Ofen exakt zwei Uhr morgens zeigte, erst dann nahm ich die nächste Tablette.

O ja, Jakob Fender war ein Spießer, der brav seine Eigentumswohnung abzahlte und jeden Morgen sein Müsli löffelte.

Doch da war mehr.

Jeder andere hätte versucht, den Schmerz zu betäuben. Mit weiteren Tabletten, Alkohol oder Drogen. Jakob Fender kam nicht einmal auf den Gedanken.

Mit Schmerzen konnte er umgehen.

Dreiundzwanzig

Drei Stunden nach Mitternacht zogen Wolken auf, Regen fiel auf die schlafende Stadt. Natürlich schliefen nicht alle; während die meisten in ihren Betten lagen, erfüllten andere ihre Pflicht.

Da waren Polizisten, die in ihren Streifenwagen Kaffee aus Pappbechern tranken und pappige Brötchen kauten. Straßenbahnfahrer steuerten ihre leeren Gefährte durch die verlassenen Straßen. Nachtpförtner saßen in ihren Kabinen, lösten Kreuzworträtsel und lauschten den Schlagern eines Dudelsenders. In den Krankenhäusern eilten die Schwestern über die Flure, Paketboten beluden ihre Transporter.

Es gab auch einige, die aus anderen Gründen wach waren, wie zum Beispiel die beiden jungen Männer, die betrunken über die Flusspromenade stolperten, und der Obdachlose, den ein Wachmann zum dritten Mal von einer Bank auf dem Bahnhofsvorplatz verscheuchte. Da war der sechzehnjährige Junge, der müde zurück in die Südstadt schlurfte, nachdem er zwei Stunden lang vergeblich versucht hatte, die Hintertür eines Drogeriemarktes aufzubrechen, die blutende Frau mit dem Säugling, weinend an der Tür des Frauenhauses klingelnd, und der weißhaarige Alte aus dem Pflegeheim, der mit wehendem Bademantel orientierungslos über die Brücke an der alten Burg irrte.

Was sich hinter den Mauern der Häuser abspielte, blieb der Außenwelt verborgen. Ehepaare schliefen miteinander, stritten oder schlugen sich. Einsame Kinder weinten in ihre Kissen, die Alten, Kranken und Traurigen standen an ihren Fenstern und starrten in die Nacht, während der Regen in Schlieren über die Scheiben rann.

Der Mann, der hoch oben auf den Porphyrfelsen in der Küche seiner Eigentumswohnung saß und aus geröteten Augen auf das Display einer Digitaluhr am Backofen stierte, war also nicht der Einzige. Auch einen Kilometer flussaufwärts, in der vierten Etage eines aufwendig sanierten Mietshauses aus der Gründerzeit, war noch jemand wach. Die Balkontür wurde aufgerissen, ein schlanker, hochgewachsener Mann stieß einen unterdrückten Fluch aus und warf einen kleinen Gegenstand über das Geländer. Dem fahlen Flimmern, das hinter ihm aus dem Wohnzimmer drang, war zu entnehmen, dass er entweder vor dem Fernseher oder einem Computerspiel gesessen hatte. Letzteres war der Fall, denn das, was in hohem Bogen vom Balkon segelte und mit einem Glucksen auf Nimmerwiedersehen im brackigen Fluss verschwand, entpuppte sich bei näherem Hinsehen als beinahe neuwertiger Controller einer Nintendo.

Im Osten verkündete ein blasser Lichtstreifen am Horizont das nahende Ende der Nacht. Der sechzehnjährige, nach dem missglückten Einbruchsversuch müde nach Hause schleichende Junge hatte den Kreisverkehr unter der Hochstraße erreicht. Der Rucksack mit dem nutzlosen Brecheisen baumelte an seiner Schulter, der schwarze Kapuzenpullover war vom Regen durchweicht.

Er strich das nasse Haar aus der Stirn, blieb stehen und starrte verdutzt auf seine blutende Hand. Lange hatte er sich vergeblich bemüht, das schwere Eisengitter auszuhebeln, seine Muskeln schmerzten noch immer, doch verletzt hatte er sich dabei nicht.

Ein Dröhnen erklang, über ihm donnerte ein schwerer LKW in Richtung Neustadt. Sein Blick wanderte an einem der tonnenschweren Betonpfeiler nach oben. Obwohl er unter der Hochstraße stand, regnete es noch immer. Blinzelnd wischte er das Gesicht ab und starrte erbleichend in die Höhe.

Die Gestalt schien zehn Meter über ihm zu schweben, wie ein Springer, der sich in einem Film kopfüber in die Tiefe stürzt und mitten im Flug einfriert, weil das Bild angehalten wird. Erst als der Junge ein paar Schritte zurücktrat, erkannte er das um die Fußknöchel geschlungene Seil, das weiter oben am rostigen Begrenzungsgitter der zweispurigen Fahrbahn verknotet war.

Es war ein Mann. Mit gestreckten Armen hing er wie im perfekten Kopfsprung am Seil, drehte sich hoch oben im Schatten der mächtigen Pfeiler langsam um die eigene Achse. Er war nackt.

Und er war tot. Das Blut, das der erfolglose Einbrecher zuerst an seinen Fingern bemerkt hatte, verschmierte nun auch sein schmales, pickliges Gesicht. Doch es war nicht sein eigenes Blut.

Die Kehle des Toten war bis zum Halswirbel durchschnitten, der Kopf beinahe vollständig abgetrennt. Das Herz hatte längst aufgehört zu schlagen, aber das Blut folgte der Schwerkraft in einem stetigen, nur langsam versiegenden Fluss, denn als die ersten Streifenwagen vierzehn Minuten später mit heulenden Sirenen heranrasten, fielen die Tropfen noch immer herab, färbten das Regenwasser, wurden davongespült und verschwanden gurgelnd in einem Gullydeckel.

Vierundzwanzig

… ich wollte einfach nur hören, ob's dir besser geht. Melde dich, wenn du was brauchst. Mach's gut, Jacky. Ich bin immer für dich da, das weißt du.

Der Mann, der mir auf die Mailbox gesprochen hatte, klang nett. Seine Stimme sagte mir ebenso wenig wie das Gesicht auf dem Foto.

Jacky.

So hatte er mich genannt. Hagen, mein bester Freund, der mehr über mich wissen musste als jeder andere – ausgenommen Mona vielleicht.

Die Luft war stickig. Ich stemmte mich aus dem Küchenstuhl, kippte das Fenster an und machte mir einen Espresso. Ging wieder zum Tisch, schlürfte den heißen Kaffee und versuchte, einen klaren Gedanken zu fassen.

Ich bin immer für dich da, das weißt du.

Es lag auf der Hand, mit Hagen zu sprechen, doch ich zögerte noch immer. Zum einen aus Scham, einem Wildfremden einzugestehen, dass ich zwar wusste, wie meine Espressomaschine funktionierte – jeder Handgriff war automatisch geschehen, ebenso hatte ich gewusst, wo das Kaffeepulver und das Geschirr standen –, andererseits aber keine Ahnung hatte, wann und wie dieses verchromte Monster in diese *(meine)* Küche gekommen war. Die Furcht, ausgelacht zu werden, war allerdings nicht ausschlaggebend. Da war ein anderes, stärkeres Gefühl. Eine diffuse Ahnung, dass ich nichts überstürzen durfte. Etwas rollte auf mich zu. Was immer es war, ich musste mich darauf vorbereiten. Einen Schritt nach dem anderen tun. Wenn nicht, würde ich unter die Räder kommen.

Die Gardine bauschte sich vor dem Fenster. Feuchte Nachtluft wehte herein, mischte sich mit dem Kaffeeduft und dem sauren Geruch meines Atems. Es war noch dunkel, doch in den Baumkronen zwitscherten die ersten Vögel. Regen prasselte auf die Blätter, irgendwo in der Ferne jaulte eine Sirene.

Ich nahm das Handy, scrollte durch die Kontakte. Viele waren es nicht. Die meisten mussten dienstlich sein *(Sekretariat Dr. Dahlmeyer, Gehlberg Havariedienst, Büro Peters)*, bei anderen hatte ich eine Vermutung (*M* deutete auf Mona, unter *Heim* war bestimmt die Nummer meines Sohnes abgespeichert). Den Rest konnte ich nicht zuordnen, wahrscheinlich Arbeitskollegen. Unter den Frauen *(Vera B, Sina, Frau Brandis)* gab es womöglich einige, mit denen ich privat verbunden war. Unwahrscheinlich war das nicht, Jakob Fender war ein ansehnlicher

Kerl, er verdiente gut und wenn er in Form war, konnte er wohl locker den *Iron Man* absolvieren. Vorausgesetzt, sein Gesicht war nicht zu Brei geschlagen.

Meine Vermutung, ich würde auf dem Handy gespeicherte Fotos finden, erwies sich als falsch. Es gab keine. Auch keine weiteren Apps. Das Mailprogramm war nicht aktiviert. Entweder Jakob Fender kommunizierte hauptsächlich über seinen Computer. Oder …

Nun ja. Eine andere Erklärung hatte ich nicht.

Es gab ein paar Kurzmitteilungen, die ich mit Hagen gewechselt hatte. Nichtssagende, knappe Nachrichten *(bin gleich da)*, die letzte hatte er vor über drei Wochen geschickt *(komme 5 min später)*.

Ich tippte eine Nachricht ein *(mir gehts gut, melde mich)* und ging durch das Wohnzimmer auf den Balkon. Eine Windböe wehte mir den Regen ins Gesicht, ich fröstelte, doch die Erfrischung tat gut. Im Osten rötete sich der Horizont, ich spürte eine dumpfe Erleichterung und fragte mich im nächsten Moment nach dem Grund. Wahrscheinlich, weil ich die Nacht überstanden hatte.

Ich sah über die Baumkronen hinunter zur Stadt und überlegte, wie oft ich dieses Bild schon genossen hatte: ein Lichtermeer, durchzogen von den Linien der Straßen, deren Laternen sich im flirrenden Gewirr wie Perlen an einer Schnur reihten. Die Häuser duckten sich unter den schlanken Kirchtürmen, über den vom Regen glänzenden Dächern verblassten die Sterne. Im Zentrum der Markt mit der mächtigen Kirche, strahlend im Lichtkranz der Scheinwerfer. Weiter hinten zuckte der Widerschein flackernder Blaulichter über den Dächern.

Fröstelnd hob ich die Schultern.

Und jetzt?

Ich brauchte einen Plan. Dazu gehörte ein klarer Kopf. Wenn überhaupt, hatte der Kaffee nur kurz geholfen. Ich ging ins Bad und kippte das Schlafmittel in die Toilette. Das Zeug war nutzlos, vernebelte nur die Gedanken. Die Schmerztabletten behielt ich, beschloss aber, die Dosis zu halbieren.

Ich ging unter die Dusche. Der Hebel der Mischbatterie war auf kalt gestellt. Zunächst ließ ich warmes Wasser laufen, wusch mich, so gut es mit der verbundenen Hand möglich war. Danach schob ich den Hebel zurück und ließ das eiskalte Wasser über meinen Körper strömen, so wie es Jakob Fender bei seiner letzten Dusche getan hatte. Lange, sehr lange stand ich so da, unter einem eisigen, wie ein Hagelsturm niederprasselnden Regen. Es machte mir nichts aus.

Auch als ich den verspiegelten Badeschrank öffnete, lernte ich etwas dazu. Jakob Fender pflegte nicht nur seine Wohnung, sondern auch seinen Körper. Dutzende Fläschchen, Dosen und Tuben reihten sich aneinander, mit Handcremes, Bodylotions, Gesichtswassern, Shampoos und verschiedenen Anti-Aging-Salben. Ich benutzte nicht alle, auf den Massagestift gegen Augenringe zum Beispiel verzichtete ich – es war sinnlos, das Kühlgel auf die Blutergüsse zu schmieren. Nachdem ich mich vorsichtig rasiert hatte, stellte ich fest, dass mein Spiegelbild dem Foto in meinem Ausweis mehr und mehr ähnelte.

Ich betastete meinen sehnigen Brustkorb, spannte den Bizeps. Die Muskeln strafften sich wie Seile unter der Haut. Jakob Fender hatte sehr viel Zeit nebenan in dem schmalen Zimmer mit seinen Geräten verbracht.

Als ich ins Wohnzimmer kam, fühlte ich mich besser. Draußen hing die Morgendämmerung über der Stadt. Der Regen war in ein Nieseln übergegangen, Nebel trieb über den Dächern. Wieder heulte eine entfernte Sirene, ein Hubschrauber donnerte im Tiefflug über die Innenstadt auf den Markt zu, drehte ab und ging hinter den Türmen in einen Sinkflug über. Ein Verkehrsunfall, wahrscheinlich auf der Hochstraße.

Ich schloss die Balkontür.

Fünfundzwanzig

»DAS ARSCHLOCH SOLL SICH VERPISSEN!«

Zorn schrie vergeblich gegen den Rotorenlärm an. Er stand unter den mächtigen Pfeilern und starrte durch den Spalt zwischen den Fahrspuren nach oben, wo der Helikopter im gleißenden Licht der Laternen über der Hochstraße schwebte. Gischt wirbelte herab, wehte ihm das nasse Haar aus dem rot angelaufenen Gesicht. Die Planen, die als Sichtschutz gespannt werden sollten, blähten sich, mobile Scheinwerfer stürzten um. Dreck und Papierfetzen wirbelten umher, Uniformmützen flogen davon. Die Polizisten hatten gerade begonnen, den Tatort zu sichern und versuchten verzweifelt, gegen das Chaos anzukämpfen.

»VERDAMMT NOCHMAL! WELCHER IDIOT …«

Zorns Gebrüll erstickte im Rattern der Rotoren. Seine Wohnung war nur ein paar hundert Meter entfernt, er war zu Fuß hergelaufen und kurz nach den Einsatzkräften eingetroffen. Schröder war nirgends zu entdecken gewesen, also hatte Zorn als ranghöchster Beamter das Kommando übernehmen müssen. Hatte es zumindest versucht, denn im nächsten Moment war dieses stählerne Monster aufgetaucht.

Einem jungen Uniformierten wurde die Rolle mit dem Absperrband aus den Händen gerissen, ein anderer ruderte wild mit den Armen, um den Piloten zum Abdrehen zu bewegen.

Das Gegenteil war der Fall, der Helikopter sank tiefer, offenbar in der Absicht, oben auf der Fahrbahn in Richtung Neustadt zu landen.

Die Leiche schwang im Sog der Rotoren am Seil, prallte gegen einen Querträger, der hoch oben auf den mächtigen Stützpfeilern unter der Fahrbahn verankert war, drehte sich um die eigene Achse, erst langsam, dann immer schneller werdend wie ein wirbelnder Hochseilartist.

Zorn rannte geduckt zum nächststehenden Polizisten und brüllte dem Pechvogel ins Ohr, dass man hier an einem Tatort und nicht im Vietnamkrieg sei. Der Beamte, ein korpulenter, schnauzbärtiger Mann um die fünfzig, verstand kein Wort und machte Anstalten, im Windschutz eine Betonpfeilers in Deckung zu gehen, doch der tobende Hauptkommissar packte seinen Arm und schrie, er solle gefälligst sofort etwas unternehmen, ansonsten werde es hier bald eine zweite Leiche geben, und zwar den Vollpfosten in *diesem verschissenen Hubschrauber*, den er, Hauptkommissar Zorn, eigenhändig abballern werde, »WENN DIESER AUSHILFSRAMBO NICHT AUGENBLICKLICH …«

Die Motoren heulten auf. Der Helikopter gewann an Höhe, verschwand über den Lichtkegeln der Laternen, drehte plötzlich ab und knatterte mit flirrenden Rotoren davon.

»Geht doch!«, knurrte Zorn den Schnauzbärtigen an. »Dass man hier immer erst laut werden …«

Der Uniformierte wandte sich kopfschüttelnd ab, klaubte seine Mütze aus dem Rinnstein und lief zu einem Streifenwagen. Zorn erkundigte sich lautstark, ob jemand den *Heini von der Rechtsmedizin* schon aus dem Bett geholt habe, erkannte eine kleine Gestalt, die telefonierend neben einem der Stützpfeiler stand, und atmete erleichtert auf.

Schröders Gesicht verschwand bis zur Nasenspitze unter der

Kapuze eines gelben, deutlich zu großen Friesennerzes. Er sah aus wie ein Comiczwerg in einem alten Disneyfilm, ein Eindruck, der durch die olivgrünen Gummistiefel und die sich über den Schäften bauschende Cordhose noch verstärkt wurde.

»Na?«, schnaubte Zorn. »Ausgeschlafen? Schön, dass du …«

Schröder brachte ihn mit einer Handbewegung zum Schweigen, beendete das Telefonat und teilte mit, dass mit dem Notruf auch der Rettungsdienst alarmiert worden war.

»Der braucht keinen Notarzt!« Zorn deutete in die Höhe. »Sondern ’nen Bestatter!«

Das, erwiderte Schröder, habe man in der Einsatzzentrale nicht wissen können.

»*Jetzt* wissen sie's«, sagte er und verstaute das Handy in der Tasche des Regenmantels. »Wie du siehst, haben sie sofort reagiert.«

Während der überforderte Zorn hilflos gegen das Chaos anschrie, hatte Schröder das Problem mit einem kurzen Telefonat gelöst. Eine Erkenntnis, die nicht unbedingt dazu beitrug, Zorns Stimmung zu heben.

»Wo hast du dich eigentlich die ganze Zeit …«

Schröder wies darauf hin, dass die Strecke von seinem Haus am Stadtwald eine Verzögerung von knapp fünf Minuten durchaus erkläre. »Ich nehme an, du hast alles absperren lassen?«

Er übernahm das Kommando. Wurde auch Zeit.

»Klar.«

Das war Zorns erste Anweisung gewesen. Ein Streifenwagen stand einen halben Kilometer östlich oben an der Ampel vor dem alten Kongresszentrum und sperrte die Hochstraße in Richtung Neustadt. Vier weitere verteilten sich unten auf den Zufahrten um den Kreisverkehr.

»Was ist mit der …«

Schröder verstummte. Ein Dröhnen näherte sich aus Richtung der Neustadt, wurde lauter, dann donnerte ein Sattelschlepper knapp zwanzig Meter über ihnen vorbei und raste auf die Altstadt zu. Die Pfütze auf der maroden Fahrbahn musste beachtlich sein, denn unter den mächtigen Reifen spritzte eine regelrechte Flutwelle gegen das Geländer der Gegenfahrbahn, ergoss sich in einem schmutzigen Schwall über die Leiche und weiter hinab auf den Parkplatz.

»Hoppla«, stellte Zorn lapidar fest.

Er sah aus, als hätte er in voller Montur eine ausgiebige Dusche genommen. Das Haar klebte in Strähnen am Kopf, Jacke und Jeans waren pitschnass. Schlieren rannen über Gesicht, Brillengläser und die vernarbte Wange, doch seine Miene blieb unbewegt.

»Ja, Schröder?«, erkundigte er sich höflich. »Du wolltest was fragen?«

Auch Schröder war nicht verschont geblieben. Wasser troff von Kapuze, Ärmeln und Saum des gelben Regenmantels auf die Stiefel, doch abgesehen von den Aufschlägen der Cordhose war er darunter trocken.

Er sah in Erwartung eines weiteren Tobsuchtsanfalls zu Zorn auf, doch diese Stufe hatte Claudius Zorn bereits hinter sich gelassen. Äußerlich schien er ruhig, regelrecht gut gelaunt, aber das war nur die Ruhe vor dem Sturm. Der letzten Stufe. Dem Nervenzusammenbruch.

»Du meinst die Gegenspur, stimmt's?«, erkundigte sich Zorn.

Fluchend rannten die durchnässten Beamten umher. Stiefel platschten durch schlammige Pfützen, der Fotograf der Spurensicherung hob seine tropfende Kamera und schrie, er habe das *sauteure Scheißding* erst letzte Woche gekauft.

»Die hab ich natürlich auch absperren lassen, Schröder. Ich bin ja nicht blöd.«

Die Leiche pendelte zehn Meter über ihren Köpfen. Schmutzige Schlieren bedeckten die bleiche, glänzende Haut, strömten den nackten Körper entlang über die Arme und tröpfelten von den Fingerspitzen in die Tiefe, wo sie klatschend auf der Schulter von Zorns Lederjacke zerplatzten.

»Huch!«

Zorn sah auf, bemerkte, dass er direkt unter der Leiche stand, und trat mit einem übertrieben großen Schritt beiseite. Wasser gurgelte in den Turnschuhen.

»Hab ich wirklich«, versicherte er, legte den Kopf in den Nacken und hob die Stimme. »Kollege Kandinsky? Die Gegenspur ist auch abgesperrt, stimmt's?«

Ein Uniformierter beugte sich oben über das Geländer und bestätigte, dass die Anweisung des Hauptkommissars korrekt ausgeführt worden sei, er habe den Kollegen eben über Funk kontaktiert. Wachtmeister Bergmann stehe mit dem Streifenwagen auf der Kreuzung neben dem Einkaufszentrum in der Neustadt, ab da sei die Hochstraße Richtung Innenstadt gesperrt. Für das Auftauchen des Schwerlasters habe er auf die Schnelle keine Erklärung, fügte er hinzu, wies darauf hin, dass sein Name Kand*owsky*, nicht Kandinsky sei, und verschwand hinter dem Geländer.

Schröder öffnete den Mund, doch Zorn hielt ihn mit einem Lächeln

lass mal, ich kläre das schon

zurück, sah wieder nach oben und bat den Kollegen Kand*owsky* um einen weiteren, klitzekleinen Moment. Erneut zeichnete sich der Kopf des Polizisten vor dem bleigrauen Himmel ab, Zorn formte mit der Hand einen Trichter, bedankte sich höflich und verkündete, eine Theorie über das Erscheinen des Schwerlasters zu haben. »Das ist jetzt keine Kritik! Ich bin sicher, Kollege Bergfeld …«

»Berg*mann*!«

»… passt auf wie ein Luchs!«

Der Polizist lehnte sich über das Geländer. Regenwasser floss vom Schirm seiner Mütze in die Tiefe. Zorns Stimme, heiser durch das Gebrülle, drohte zu versagen. Er räusperte sich und wiederholte krächzend, niemanden kritisieren zu wollen, es handele sich hier nur um einen verkehrstechnischen Hinweis auf den Autobahnzubringer, der an der Rennbahn auf die Hochstraße münde, und zwar mehr als einen Kilometer stadteinwärts *hinter* der Absperrung, was zumindest nicht ausschloss, dass der Schwerlaster diesen Weg genommen habe.

Während Schröder sich in einen Streifenwagen beugte und über Funk anwies, die Sperre zu verlegen, stand der bis auf die Haut durchnässte Claudius Zorn unter der Hochstraße und schrie, die These sei womöglich ein wenig weit hergeholt, doch die Vermutung, dem Schwerlaster würden noch weitere Fahrzeuge von der Autobahn über die Hochstraße folgen, sei nicht ganz von der Hand zu weisen. Es wäre also nett, wenn der Kollege seinen Streifenwagen ein paar hundert Meter Richtung Innenstadt steuern und die Hochstraße nicht *vor*, sondern *hinter* der Auffahrt an der Rennbahn sperren würde, am besten demnächst, der Berufsverkehr setze zwar frühestens in anderthalb Stunden ein, doch man könne nie wissen.

»Wie gesagt«, brüllte Zorn, »das ist keine Kritik! War *mein* Fehler, Kollege! Ich hab die Absperrung gefordert, aber nicht gesagt, *wo*! Konnte niemand ahnen!« Er wischte die verschmierte Brille ab, bemerkte, dass der Uniformierte oben am Geländer verschwunden war, ließ sich jedoch nicht beirren. »Sorry! Ich hab Mist gebaut! Kommt nicht wieder …«

»Schon gut, Chef.«

Schröder reichte ihm einen dampfenden Pappbecher. Zorn spitzte die Lippen, der Becher entglitt seinen klammen Fingern und fiel zu Boden, worauf der Kaffee sich in einem Schwall über seine Schuhe ergoss.

»Scheiß drauf«, grinste Zorn kläglich. »Nasser geht's sowieso nicht.«

»Alles ist okay.«

»Nichts ist okay, Schröder.«

Als Zorn den Kopf schüttelte, stob eine Tröpfchenwolke aus dem verklebten Haar, lief über das Gesicht und hinterließ helle Furchen auf der von Schlamm verkrusteten Haut.

»Du hast das gar nicht so schlecht gemacht, Chef.«

»Ich hab's versucht, Schröder. Wirklich.« Zorn öffnete den Reißverschluss der Lederjacke und langte in die Innentasche nach seinen Zigaretten. »Und wenn dieser dämliche Hubschrauber nicht gekommen wär, dann … na toll.«

Er betrachtete die trübe, vom Tabak gefärbte Brühe, die aus den Überresten der durchweichten Schachtel tropfte.

Schröder räusperte sich. »Vielleicht wäre ja jetzt der …«

»Nein, Schröder, jetzt ist definitiv *nicht* der richtige Zeitpunkt, mit dem Rauchen aufzuhören.«

Nach und nach waren in den Mietshäusern die Lichter angegangen. Verschlafene Menschen reckten die zerzausten Köpfe aus den Fenstern, vor den Absperrbändern sammelten sich die Schaulustigen. Schröder vergewisserte sich, dass der Tote hoch oben zwischen den Pfeilern den Blicken der Neugierigen verborgen war, winkte einen Uniformierten heran, bat, an der Haltestelle schräg gegenüber eine weitere Sichtschutzwand aufzustellen, und wandte sich wieder an Zorn.

»Ist dir kalt?«

»Wie kommst du denn darauf?«

»Du klapperst mit den Zähnen.«

»Echt?« Zorn wischte mit dem Jackenärmel über die tropfende Nase. »Liegt vielleicht daran, dass ich friere.«

Ein Schauer durchlief ihn, er verschränkte die Arme vor der Jacke und trat zitternd von einem Bein aufs andere.

»Du solltest dich umziehen, Chef.«

»Gute Idee. Du hast ja hier …«

»… alles im Griff, genau.«

»Dann sehen wir uns nachher im Büro.«

»Ich werde hier noch eine Weile zu tun haben. Du könntest dich schon um die Identifizierung kümmern. Vielleicht brauchen wir einen Gebissabdruck oder …«

»Nee, Schröder.«

Schröder schob die Kapuze aus der Stirn. »Was heißt … *nee*?«

»Nee heißt nee.«

»Das ist mir bewusst. Würdest du's trotzdem ein wenig erläutern?«

»Klar.« Ein Schmatzen drang aus den Schuhen, als Zorn das Gewicht auf das andere Bein verlagerte. »Ich *könnte* mich um die Identifizierung kümmern.«

»Aber?«

»Das wäre Quatsch.«

»Weil …?«

Ein Wassertropfen glitzerte an Zorns Nasenspitze.

»Weil …«

»Ja?«

»Ganz einfach.« Zorn deutete hinauf zur Leiche. »Ich kenne den Kerl.«

Sechsundzwanzig

Ich legte eine alte Udo-Lindenberg-CD ein. Die Lieder waren Jahrzehnte vor meiner Geburt aufgenommen worden, doch ich kannte die Texte, und wenn ich nicht so erschöpft gewesen wäre, hätte ich jede Zeile von *Nichts haut einen Seemann um* oder *Andrea Doria* mitsingen können. Von allein war ich wohl kaum auf diesen alten Kram gekommen, jemand musste mich darauf gebracht haben. Dass ich die Musik mochte, war verständlich, auch nach knapp einem halben Jahrhundert klang *Cello*, als wäre es erst gestern eingesungen worden. Das Lied berührte mich, doch weder die Melodie noch der Text *(getrampt oder mit dem Moped, oder schwarz mit der Bahn)* verbanden sich mit einer Erinnerung, obwohl ich den Song verdammt oft – wahrscheinlich auch mit Mona – gehört haben musste.

Als ich vom Sofa aufstand, wurde mir schwarz vor Augen. Ich sank zurück in die Lederpolster, vergrub das Gesicht in den Händen und wartete. Der zweite Versuch gelang, ich schleppte mich in die Küche. Hunger hatte ich noch immer nicht, doch ich musste etwas essen. Also kippte ich einen der Joghurtbecher in den Mixer, griff wahllos in die Obstschale und fügte die Pampelmuse und zwei Bananen hinzu. Es gelang mir, die Hälfte der Masse herunterzuwürgen, doch eine halbe Minute später kniete ich keuchend vor der Toilette und kotzte mir die Seele aus dem Leib. Das war zum Glück schnell erledigt, und obwohl sich die geprellten Rippen wie schartige Messer in meine Lungenflügel zu bohren schienen, säuberte ich umgehend und äußerst penibel das Klo. Als ich den Wischeimer leerte, wurde mir wieder schwindlig, ich taumelte gegen das Waschbecken, griff haltsuchend nach dem Spiegel. Wie lange ich dort stand, kann ich nicht sagen, irgendwann jedenfalls wurde das Bild wieder klar, ich richtete mich auf und bemerkte den Abdruck meines Daumens auf dem Spiegelglas. Unnötig zu erwähnen, dass der Spiegel erst kürzlich geputzt worden war, doch als ich mich näherte und schräg über das Glas sah, entdeckte ich weitere, ältere Fingerabdrücke, die Jakob Fender an den Rändern hinterlassen hatte. Einen Unterschied konnte ich natürlich nicht feststellen, war aber sicher, dass sie mit meinen identisch waren.

Mein Handy meldete sich im Wohnzimmer. Ich ließ mir Zeit, denn ich hatte nicht vor, den Anruf entgegenzunehmen. Die Nummer *(Kropp)* war in meinen Kontakten gespeichert, es handelte sich um eine Arbeitskollegin, denn als ich die Mailbox abhörte, wünschte mir die Frau *alles erdenklich Gute,* ich solle mich nach *diesem furchtbaren Vorfall* erst einmal in Ruhe auskurieren: *Das gesamte Team denkt an dich, auch Doktor Dahlmeyer lässt herzlich grüßen. Wir alle vermissen dich, aber lass dir Zeit. Hauptsache, du wirst wieder gesund. Wegen der neuen Computer für die Kreditabteilung musst du dir keine Sorgen machen, Alwin springt für dich ein.*

Im Hintergrund hörte ich Stimmengewirr und Tastaturklappern, wahrscheinlich saß sie in einem Großraumbüro. Als Frau Kropp mir zum Abschied noch einmal alles Gute wünschte, bebte ihre Stimme ein wenig. Offensichtlich mochte sie mich.

Ich scrollte noch einmal durch die Kontakte. Als ich das *M* las, spielte ich mit dem Gedanken, Mona anzurufen; ich war ziemlich sicher, sie unter diesem Buchstaben abgespeichert zu haben. Nach kurzem Zögern entschied ich mich dagegen. Ich hatte keine Ahnung, was ich ihr sagen sollte.

Der Regen prasselte gegen die Fenster. Über der Altstadt rissen die Wolken einen Moment auf. Die Sonne war höher gestiegen, spiegelte sich kurz auf den nassen Dächern, blitzte auf den Kirchtürmen und tauchte die Hochstraße in gleißendes Licht.

Beide Spuren waren wie leergefegt, nur über dem Kreisverkehr drängten sich Polizeiwagen mit blinkenden Blaulichtern.

Auf dem Weg zur Küche drohten die Beine unter mir nachzugeben. Ich nahm eine Packung Cornflakes, kippte einen Teil des Inhalts auf den Tisch und konzentrierte mich eine Zeitlang darauf, exakt sechzig Cornflakes zu einer schnurgeraden Linie zu reihen. Die folgende Stunde verbrachte ich ähnlich wie die vergangene Nacht, starrte auf die Uhr über dem Backofen und jedes Mal, wenn eine Minute vergangen war, kämpfte ich die Übelkeit nieder, steckte eines der Cornflakes in den Mund und schluckte erst, nachdem ich es sorgfältig zerkaut hatte.

Dass ich meinen Verstand nicht mehr nutzen konnte, musste ich akzeptieren, es gab nichts dagegen zu tun. Aber ich konnte verhindern, dass auch mein Körper versagte. Im Moment mochte ich zwar ein orientierungslos durch den Nebel treibendes Wrack sein, doch dieses Wrack musste gefüttert werden, denn sonst ging es unter.

Ich vertilgte den letzten Cornflake, wischte den Tisch ab, nahm wieder Platz und konzentrierte mich auf die verletzte Hand. Den Versuch, einen der Finger zu bewegen, brach ich schnell ab. Nicht wegen der höllischen Schmerzen, sondern aus Sorge, die Wunde könnte unter dem Verband wieder aufreißen.

Diese Hand ist wichtig.

Einer meiner ersten Gedanken, nachdem ich aufgewacht war. Die sich daraus ergebende Frage *(warum?)* konnte ich noch immer nicht beantworten.

Es hing mit der Tür in meinem Kopf zusammen. Wenn ich sie öffnete, würde ich es erfahren. Was auch immer mich in der Dunkelheit erwartete, als Wrack durfte ich ihm nicht gegenübertreten.

Sie müssen Geduld haben, hatte Doktor Carlsson gesagt.

Viel Zeit, fürchtete ich, blieb mir nicht. Entweder ich erinnerte mich und öffnete die Tür selbst. Oder wenn nicht, würde es trotzdem unweigerlich geschehen, denn über kurz oder lang würde dieses … *Ding* sie von innen aufbrechen, über mich herfallen und Jakob Fender – wer immer dieser Mensch auch sein mochte – in Stücke reißen.

Siebenundzwanzig

»Mit den Spuren sieht's schlecht aus«, schnaufte Schröder, schälte sich aus dem tropfenden Regenmantel und hängte ihn an die Garderobe. »Bei diesem Wetter können wir nur hoffen, dass …«

»Ich muss doch sehr bitten!« Zorn deutete kopfschüttelnd auf die nassen Flecken auf dem Teppich. »Die gute Auslegware!«

»Wir lassen das Seil untersuchen.« Schröder streifte die Gummistiefel mit den Hacken ab und steuerte breitbeinig auf den schmalen Spind neben dem Waschbecken zu. »Der Knoten erscheint mir nicht besonders auffällig, aber vielleicht …«

»Schröder!«

»… finden wir raus …«

»Machst du das …«

»… wo das Seil gekauft wurde.«

»… zu Hause auch so?«

Schröder stoppte kurz, bedachte die Abdrücke seiner durchweichten Socken mit einem achselzuckenden Blick und öffnete den Gürtel der Cordhose, die unterhalb der Knie ebenfalls völlig durchnässt war. »Fingerabdrücke werden wir wohl kaum finden«, seufzte er und zog die Hose aus. »Der Täter hat bestimmt Handschuhe …«

»Sind das Motten?«

»Wo?«

»Auf deinem Schlüpfer.«

»Schmetterlinge.« Schröder hängte die Hose über die Schranktür und holte eine neue heraus, die von der anderen – abgesehen davon, dass sie trocken war – nicht zu unterscheiden war. »Unterhalb der Hochstraße werden wir wohl kaum etwas finden, da ist alles regelrecht überschwemmt.«

»Und oben?«, fragte Zorn. »Wo er festgebunden war?«

Er hatte geduscht, trockene Sachen angezogen und sich nach einer kurzen Diskussion mit Frieda sogar zum ersten Mal im Leben die Haare geföhnt. Als er Edgar zur Schule fuhr, hatte er mit einer Erkältung gerechnet und auf dem Weg ins Präsidium tatsächlich mehrmals niesen müssen. Jetzt, zwei Stunden später, zeigten sich keinerlei Symptome einer womöglich tödlichen Erkrankung, was Claudius Zorn natürlich auf seine außergewöhnlich robuste Konstitution zurückführte.

»Das Geländer wird noch untersucht.« Schröder glättete das karierte Hemd über dem Kugelbauch, stopfte es in den Hosenbund und sank in seinen Stuhl. »Aber auch da bin ich skeptisch.«

Zorn kratzte sich an der Schläfe. Seine Finger waren noch weiß, verquollen und fischig, als hätte er stundenlang in der Badewanne gesessen. »Und die Fahrbahn?«

»Eine einzige, riesige Pfütze.« Schröder lehnte sich ächzend zurück und langte nach unten. »Blutspuren gibt's natürlich, eine Menge sogar. Die stammen garantiert vom Opfer. Was den Tathergang betrifft, würde ich … Du hast nicht zufällig ein Paar Wechselstrümpfe dabei?«

Schröder hob die Arme, in jeder Hand baumelte eine tropfende Socke. Zorn betrachtete die Muster – gelbe Sternchen auf türkisfarbenem Grund –, wühlte eine Weile in seinen Schubladen und teilte dann bedauernd mit, seine Söckchen irgendwo verlegt zu haben. Sein Angebot, als Alternative eines seiner Brillenputztücher zu verwenden, lehnte Schröder dankend ab und hängte die Strümpfe zum Trocknen über die Heizung.

Zorn schnalzte mit der Zunge. »Wir haben zwar 'nen Mordfall«, sagte er auf Schröders fragenden Blick, »aber nur weil wir Stress haben, muss hier doch nicht der Schlendrian einkehren, oder?«

»Was meinst du mit … *Schlendrian*?«

»Zuerst der Teppich.« Zorn sah Schröder vorwurfsvoll an. »Es ist zwar nicht deiner, aber ich finde, auch öffentliches Eigentum kann man pfleglich behandeln. Deine Gummistiefel hast du auch einfach in die Ecke geknallt.«

»Aber …«

»Was ist mit dem Schrank?« Zorn wies mit dem Kinn auf Schröders offenen Spind. »Siehst du die Tür? Das ist vielleicht neu für dich, aber die kann man nicht nur aufmachen, sondern auch *schließen*!«

»Moment mal!«, verteidigte sich Schröder. »*Ich* bin es, der hier immer aufräumt! Erst gestern hab ich deinen Kaffeebecher abgewaschen, und wenn ich nicht immer die Blumen gießen würde, dann …«

»Genau, die Blumen!« Zorns Blick streifte Schröders Topfpflanzen auf dem Fensterbrett, wanderte ein Stück nach unten, verdüsterte sich und verweilte auf den Strümpfen über der Heizung. »Machst du das öfter?«

»*Was* mache ich öfter?«

»Deine Stinkesocken einfach so …«

»Das sind keine …«

»Hast du mal an die … Ausdünstungen gedacht?« Zorn rümpfte die Nase. »Kein Wunder, dass die arme Begonie …«

»Alpenveilchen!«

»… so mickrig ist.«

»Ich weiß ja nicht, wie du das handhabst.« Schröders Augen wurden schmal. »*Ich* jedenfalls ziehe täglich frische Söckchen an! Unterwäsche übrigens auch!«

»Ach! Dann ist das nicht dein einziger Schlüpfer?«

»Natürlich nicht!«

»Gibt's da noch mehr Muster?« Zorn beugte sich neugierig vor. »Außer den Hummeln?«

»Schmetterlinge!«

»Hast du auch Heuschrecken?«

»Nein!«

»Tausendfüßler?«

Instinktiv hielt Schröder die Hand schützend vor den Schritt. »Das geht niemanden was an!«

»Termiten? Oder Libellen?«

Zorn, angestachelt durch Schröders sichtlich zunehmenden Unmut, riet noch eine Weile weiter, bemerkte die pochende Schlagader an Schröders Hals und versicherte eilig, ausschließlich aus modischen Gründen gefragt zu haben. »Falls ich deine Intimsphäre verletzt haben sollte, dann …«

»Schon gut«, winkte Schröder ab. »Du bist eben ein bisschen unausgeglichen.«

»Findest du?«

Es geschah selten, dass Schröder Zorns Sticheleien mit gleicher Münze heimzahlte. Doch es war wieder einmal Zeit für einen kleinen Dämpfer.

»Weil du unterfordert bist«, begann er. »Die Schuld liegt natürlich bei mir, schließlich gebe ich dir kaum Gelegenheit, dein Können zu zeigen. Wie heute Morgen zum Beispiel, als du das Opfer identifiziert hast.«

»Liegt wahrscheinlich an der neuen Brille. Vielleicht … na ja, vielleicht kriegt man auch irgendwann 'nen Blick dafür.«

Zorn war sichtlich stolz, den Toten als Erster identifiziert zu haben. Normalerweise hätte Schröder ihn in diesem Glauben gelassen. Diesmal nicht.

»Stimmt«, nickte er, »jahrelange Erfahrung schärft den kriminalistischen Instinkt.«

Zorn errötete ein wenig.

»Allerdings warst du nicht der Einzige«, fuhr Schröder betont beiläufig fort. »Es gab noch jemanden. Oder waren's zwei?« Er sah nachdenklich zur Decke. »Eigentlich«, stellte er schließlich fest, »war's das gesamte Team. Das ist auch kein Wunder, es gibt in dieser Stadt wohl kaum jemanden, der diesen Neonazi *nicht* kennt.«

Das, tröstete Schröder den erbleichenden Zorn, sei keine Kritik an dessen unzweifelhaft vorhandenen Fähigkeiten, die dieser bestimmt bald wieder beweisen könne.

»Björn Kuchta war garantiert nicht unsere letzte Leiche. Vielleicht haben wir ja Glück, und die nächste ist besonders knifflig zu identifizieren, zum Beispiel nach einem schweren Verkehrsunfall, oder es handelt sich um ein Brandopfer.«

Schröder hob feierlich die Stimme.

»Hiermit erkläre ich offiziell, dir bei der nächsten Leiche den Vortritt zu lassen, damit du sie als Erster in Augenschein nehmen kannst.«

Das, ergänzte Schröder scheinheilig, verspreche er nicht nur als Vorgesetzter, sondern auch als langjähriger Freund eines erfahrenen, mit allen Wassern gewaschenen Spürhundes, der sicherlich kaum erwarten könne, sein kriminalistisches Können unter Beweis zu stellen.

Achtundzwanzig

Gegen Mittag klarte der Himmel auf. Die Schmerzen rasten durch meinen Körper, ich hatte die letzte Dosis übersprungen. Trotzdem wartete ich über zwei Stunden und erst, als es exakt vierzehn Uhr war, nahm ich eine Tablette. Danach aß ich eine halbe Banane, spülte sie mit klarem Wasser herunter, schluckte ein paar von den Vitaminpillen und ging auf den Balkon in der Hoffnung, alles im Magen zu behalten.

Ich schloss die Augen, lauschte dem Rauschen der Bäume, atmete den würzigen, regenschweren Duft und wartete auf den Brechreiz.

Eine raue Stimme drang herauf und wollte wissen, ob jemand *besoffen gegen 'ne Schranktür gerannt* sei. Ich blickte hinunter zum Innenhof, wo ein beleibter Mann mit Strohhut und blauer Latzhose mit einem Lappen beschäftigt war, einen regennassen schwarzen Audi zu putzen. Die Frage war an mich gerichtet, denn er sah direkt zu mir auf.

»Junge, du siehst aus wie 'n Zombie!«

Seine Stimme hallte zwischen den geweißten Fassaden. Dem Grinsen entnahm ich, dass wir befreundet waren, dem flapsigen Tonfall nach zu schließen nicht nur flüchtig. Andererseits wusste er nicht, was mir passiert war, also vermutete ich eine Beziehung unter jovialen Nachbarn. Bestimmt hatten wir oft hinter der gestutzten Hecke auf den Bänken neben dem gemauerten Grill gesessen, Bier getrunken und über den letzten Spieltag der Bundesliga geredet.

»Sag mal …«

Das Lächeln verschwand, das feiste Gesicht verdüsterte sich. Auch aus der Entfernung mehrerer Stockwerke schien mein

Anblick bei näherer Betrachtung Anlass zur Sorge zu geben. Der Dicke – ich weiß, keine schöne Bezeichnung, doch ich hatte nun einmal keinen Namen – legte den Lappen auf die glänzende Motorhaube, kam watschelnd näher, schob den Strohhut in den Nacken und sah zu mir auf.

»Alles in Ordnung, Jacky?«

Jacky.

Der Nächste, der mich so nannte.

Mein Magen hob sich. Schweiß brach mir aus, denn er stand direkt unter mir. Der Mann schien mich wirklich zu mögen, doch dies, war zu befürchten, würde sich ändern, nachdem sich mein Mageninhalt (halbe Banane, etwas Leitungswasser und nicht zu vergessen zwei Vitaminpillen) über sein Gesicht ergossen hatte.

Ich schluckte, zwang mich zu einem Lächeln, rief hinab, dass es mir gut gehe *(hab einfach nur Pech gehabt!),* versicherte, den Rest irgendwann in Ruhe zu erzählen, stolperte wieder in die Wohnung und bekam meinen rebellierenden Magen nach kurzem, aber heftigem Kampf wieder unter Kontrolle.

Die folgenden zwanzig Minuten verbrachte ich unter der eiskalten Dusche. Als ich mich abtrocknete, brannte meine gerötete Haut wie Feuer, doch ich fühlte mich besser.

Ein Luftzug ließ mich frösteln, ich hatte die Balkontür offen gelassen. Ich lief in den Flur, stoppte auf der Schwelle zum Wohnzimmer. In den letzten Stunden hatte ich nicht mehr auf die knarrende Diele geachtet, mein streikender Körper hatte mich abgelenkt.

Ich trat auf die Diele. Lauschte dem Knarren. Dem fernen Echo, weit hinten in den Tiefen meines Verstandes. Wartete auf eine Reaktion.

Nichts.

Dieses Geräusch hatte eine Bedeutung. Ein Schlüssel, mit

dem sich die Tür womöglich öffnen ließ. Also versuchte ich es weiter. Trat auf die Diele. Lauschte. Wartete.

Noch einmal. Wieder und wieder.

Ohne Erfolg.

Es gab Menschen, die sich niemals erinnerten. Sie funktionierten weiter, ohne zu wissen, wer sie früher gewesen waren. Auch damit, hatte Doktor Carlsson gesagt, müsse ich rechnen. Doch ich könne es auch als Chance verstehen, das alte Leben hinter mir zu lassen und ein neues zu beginnen.

Das klang tröstlich. Mir selbst allerdings blieb diese Chance verwehrt. Ich wusste so gut wie nichts über Jakob Fender, aber er war nicht ohne Grund überfallen und beinahe getötet worden. Er konnte zwar versuchen, ein neues Leben anzufangen. Doch sein altes würde ihn immer einholen.

Neunundzwanzig

»Das ist nicht sonderlich viel«, sagte Frieda.

»Stimmt«, gab Schröder zu, der seinen vorläufigen Bericht soeben beendet hatte. »Die Spurenlage ist ziemlich dünn. Trotzdem können wir den Tathergang relativ einfach rekonstruieren.«

Frieda war im Büro, um sich als Vertreterin der Staatsanwaltschaft über den Ermittlungsstand zu informieren. Zorn hatte ihr einen Stuhl an die Stirnseite des Schreibtischs gestellt und Schröder wie immer das Feld überlassen.

»Der Rechtsmediziner hat den Todeszeitpunkt ziemlich genau angesetzt«, sagte dieser. »Weniger als zwanzig Minuten vor dem Auffinden der Leiche.«

»Knappes Zeitfenster.«

Frieda spielte mit ihrer Halskette. Der Nagellack passte perfekt zu dem weinroten Blazer und der gleichfarbigen Hose. Am Morgen, erinnerte sich Zorn, hatte sie lange vor dem Kleiderschrank gestanden, bis sie sich für die cremefarbene Bluse mit dem Rüschenkragen entschieden hatte.

»Kuchta war nackt, gefesselt und geknebelt«, fuhr Schröder fort. »In diesem Zustand kann ihn der Mörder nur mit einem Auto zur Hochstraße verfrachtet haben.«

»Und dort«, überlegte Frieda, »hat er ihm die Kehle durchgeschnitten, das Seil befestigt, die Leiche über das Geländer geworfen und …«

Ihr Blick streifte die Heizung unter dem Fensterbrett, sie stutzte irritiert.

»Das sind *seine*«, warf Zorn ein. »Nicht meine.«

»Was?«, fragte Schröder.

»Socken.« Zorn sah Frieda an. »Ich sage ihm ständig, dass er sein Zeug wegräumen soll. Aber man redet sich hier ja den Mund fusselig. Der feine Herr hat's nicht nötig, für Ordnung zu sorgen. Alleine die Scheiben«, er sah zum Fenster, verkniff die Augen gegen die tiefstehende Sonne, »keine Ahnung, wann die zuletzt geputzt worden …«

»Ich weiß, wie ordnungsliebend du bist, Schatz«, unterbrach Frieda und wandte sich wieder an Schröder. »Der Mörder ist … Sag mal«, sie bedachte Zorn mit einem stirnrunzelnden Blick. »Die Socke, die ich gestern Abend in der Küche neben dem Mülleimer gefunden habe … gehört die dann auch Schröder?«

»Welche Farbe hatte sie denn?«, mischte sich Schröder ein.

»Schwer zu sagen«, entgegnete Frieda. »Die war völlig verstaubt.«

»Ach!« Schröders Gesicht hellte sich auf. »Dann war's bestimmt eins von meinen Tennissöckchen! Das hab ich schon ewig gesucht!«

»Pff!«, machte Zorn.

Schröder strahlte ihn über den Schreibtisch hinweg an, formte mit den Lippen ein paar lautlose Silben …

ich hab dich auch lieb

…und wurde wieder dienstlich.

»Der Mörder ist also von oben über die Hochstraße …«

»Und warum«, unterbrach Zorn trotzig, »soll er nicht von unten gekommen sein?«

Das, lobte Schröder, sei ein wichtiger Gedanke, der nur von einem erfahrenen Kriminalisten stammen könne. Abgesehen vom zeitlichen Ablauf allerdings hätte der Mörder in diesem Falle diverse Hilfsmittel benötigt, und da es keinerlei Indizien für den Einsatz einer Klappleiter oder Hebebühne gab, könne man diese Möglichkeit mit an Sicherheit grenzender Wahrscheinlichkeit ausschließen. »Der Mord hat kaum länger als eine Minute gedauert. Trotzdem finden wir vielleicht einen Zeugen.«

»Na dann viel Spaß beim Suchen«, blaffte Zorn. »Um die Zeit haben so ziemlich alle gepennt. Und es gab so gut wie keinen Verkehr.«

»Genau.«

»Was … *genau*?«

»Wir werden die Zufahrtswege überprüfen. Sämtliche Strecken, die der Mörder zum Tatort gefahren sein kann.«

»Der Zeitraum war eng«, ergänzte Frieda. »Und da die Straßen leer waren, hat womöglich jemand ein Auto beobachtet.«

Dreißig

Ich schlich das Treppenhaus hinunter zum Briefkasten in der Hoffnung, niemandem zu begegnen. Dies geschah tatsächlich nicht, auch der kleine Schlüssel am Bund passte wie vermutet. Als die Wohnungstür wieder hinter mir ins Schloss fiel, fühlte ich mich, als hätte ich einen Achttausender bestiegen.

Der *Bitte-keine-Werbung*-Aufkleber an Jakob Fenders Briefkasten war ignoriert worden. Ich fand den Katalog eines Herrenausstatters, Wurfsendungen eines Getränkemarktes und eines veganen Lieferdienstes, der sich *HELDEN DES GUTEN GESCHMACKS* nannte. Der Name kam mir bekannt vor – wahrscheinlich, weil ich ihn absolut dämlich fand. Außerdem fand ich einen Zettel, auf dem die anstehende Stromablesung angekündigt wurde, und eine Einladung der Hausverwaltung zur Eigentümerversammlung im nächsten Monat.

Das war alles.

Die Luft war stickig, aufgeheizt von der untergehenden Sonne. Ich kippte die Balkontür an, bemerkte die dünne Staubschicht auf dem Bildschirm des iMacs und sprang sofort auf, holte einen Lappen und war erst zufrieden, als auch das letzte Körnchen beseitigt war.

Ich starrte auf den schwarz glänzenden Monitor, bis mir die Augen tränten. Die Antworten, die ich dort zu finden hoffte, waren unerreichbar. Auch hier stand ich vor einer verschlossenen Tür. Auch hier fehlte der Schlüssel.

Ich nahm das Handy. Es war nur ein Vorwand, aber ein halbwegs triftiger Grund für den Anruf. Meine Vermutung war richtig, das *M* stand für Mona.

»Hallo?«

Sie klang gereizt, wusste offensichtlich nicht, wer sie anrief. Ich meldete mich und als ich fragte, warum sie meine Nummer nicht abgespeichert habe, lachte sie auf und erwiderte, dass es dafür keinen Anlass gab. Wir hatten seit Jahren kaum miteinander gesprochen.

»Wie geht's dir?«

»Besser.«

Sie schwieg, wartete auf den Grund meines Anrufs. Doch der hatte sich erledigt. Jemanden, mit dem ich jahrelang wenig Kontakt hatte, nach dem Passwort meines Computers zu fragen, war sinnlos, geradezu lachhaft.

Ich suchte nach Worten. Die Wahrheit *(ich wollte nur deine Stimme hören)* konnte ich nicht sagen, Smalltalk *(ein Glück, dass dieses Mistwetter vorbei ist)* war ebenso peinlich.

Die Pause dehnte sich zu einer angespannten, vibrierenden Stille. Zum Glück fiel mir unser Sohn ein.

»Du sagtest, dass ich Holm öfter besuche.«

»Jeden Samstag.«

»Gibst du mir die Adresse?«

Das tat sie, wünschte mir alles Gute und verabschiedete sich.

»Wenn du irgendwas …«

»Ich hab gelogen, Mona.«

»Wie meinst du das?«

»Es geht mir beschissen.«

Warum ich's tat, weiß ich bis heute nicht. Ich tat's einfach, erzählte von meiner Angst, der Schlaflosigkeit und dem Phantom, diesem Jakob Fender, der ich irgendwann einmal gewesen sein musste. All das sprudelte aus mir heraus. Ich redete mit einer Fremden, doch es gab niemand anderen.

»Ich sehe diesen Typen im Spiegel, putze ihm die Zähne, schlafe in seinem Bett und kotze in seine Toilette. Ich komme einfach nicht weiter.«

»Ich hab dir alles erzählt.«

Wirklich?

»Wo bist du?«

»In seiner … nein, *meiner* Wohnung«, verbesserte ich mich mit einem freudlosen Lachen. »Ich sitze vor dem Computer. Aber ich habe kein Passwort.«

»Es wird dir irgendwann einfallen.«

»Und wenn nicht?«

»Du musst das alleine schaffen.« Ihre Stimme bekam einen kühlen, metallischen Unterton. »Wenn du's nicht weißt, weiß es niemand. Ich muss jetzt Schluss …«

»Mona?«

»Ja?«

»Waren wir … glücklich?«

»Nein!« Sie rang nach Luft, es klang wie ein Schluchzen. »Doch«, sagte sie nach einer Weile. »Aber nur kurz.«

Einunddreißig

»Tja«, seufzte Zorn. »Wir wissen zwar, *wie's* abgelaufen ist. Fragt sich nur noch, *wer's* getan hat.«

»Es gibt bestimmt einige, die ein Motiv hätten«, sagte Frieda.

Sie saßen eng nebeneinander auf dem Balkon, der so winzig war, dass er kaum Platz für die zweisitzige, aus Korb geflochtene Bank, den kleinen Tisch und den Campinggrill bot.

»Wahrscheinlich die halbe Stadt.« Zorn lehnte sich schwerfällig zurück, hob die Beine und legte die Hacken auf das Geländer. »Alleine schon wegen der Lärmbelästigung dürften … *aua*!«

»Kuchta liegt ausgeblutet und mit durchschnittener Kehle in der Pathologie«, knurrte Frieda, die ihm einen Stoß in die Rippen versetzt hatte. »Also verkneif dir gefälligst deine Witze.«

Zorn rieb die schmerzende Seite und murmelte eine Entschuldigung. Feuchte, nach Schlamm und faulendem Holz riechende Luft wehte vom Fluss herauf. Hinter den Bäumen am anderen Ufer glühte der Horizont in den letzten Strahlen der untergegangenen Sonne.

»Tut's doll weh, Schatz?«

»Geht so.« Zorn zog an seiner Zigarette. »Ich bin einfach nur hundemüde.«

Er sah zwischen den gespreizten Beinen durch die Geländerstreben hinunter zum Fluss. Nachdem er den Controller vom Balkon geworfen hatte, konnte er – wenn überhaupt – nur ein paar Minuten geschlafen haben, bis ihn der Anruf aus der Zentrale zur Hochstraße zitierte.

»So was Ähnliches hatten wir schon mal«, sagte Frieda.

»Du meinst den Sauer?«

»Yep.«

»Wie lange ist das jetzt her?«

»Zehn Jahre, würde ich sagen.«

»Krass. So lange kennen wir uns schon?«

Die Leiche von Friedas Vorgänger hatte kopfüber zwischen den Türmen der Marktkirche an einem Seil gehangen und war erst entdeckt worden, als der Knoten sich löste und der Tote zerschmettert auf dem Pflaster lag. Nach dem Anblick der Leiche hatte es Zorn mit Mühe und Not geschafft, um die Ecke zu rennen, wo er sich in einer Nische auf den Sockel einer verwitterten Heiligenfigur erbrochen hatte. Wenig später war Frieda als Sauers Nachfolgerin in sein Leben getreten und …

»Was ist?« Sie sah ihn an.

»Ach, nichts.«

»Du guckst, als hättest du ein Gespenst … *untersteh dich, Claudius*!«

Zorn, der im Begriff gewesen war, die bis zum Filter heruntergebrannte Zigarette über das Geländer zu schnipsen, drückte die Kippe im Aschenbecher aus. Friedas Blick – nicht zu vergessen ihr Tonfall – weckten unschöne Erinnerungen an ihre gemeinsamen Anfänge. Mit einem Schlag war sein ruhiges, beschauliches Leben beendet gewesen, als frischgebackene Staatsanwältin hatte sie ihm die Hölle heiß gemacht, wo sie nur konnte. Dass sie mit Zorns ostentativ zur Schau gestellter Lethargie nicht umgehen konnte, hatte Zorn als Abneigung interpretiert und diese seinem Naturell entsprechend nach Kräften erwidert.

»Frieda?«

»Ja?«

»Ich …« Zorn wedelte eine Mücke beiseite. »Ich war damals ein ziemliches Arschloch, oder?«

»Das warst du. Und was für eins.«

Der Himmel verblasste hinter den Baumwipfeln zu einem rosafarbenen Streifen. In den Betonburgen der Neustadt flimmerten die Lichter wie ferne Sternbilder.

»Und wieso hast du dich dann …«

»Warum ich mich mit dir eingelassen hab? Du weißt doch, wie hartnäckig ich sein kann.«

»O ja«, seufzte Zorn. »Niemand wüsste das besser als ich.«

»Ich hab dein Potenzial erkannt. Du brauchtest damals jemanden, der dich ein bisschen … anstupst.«

»*Damals?* Das machst du ständig, Frieda.«

»Ab und zu ist halt eine kleine Auffrischung nötig.« Sie schmiegte sich an ihn. »Und falls du glaubst, dass es irgendwann aufhört, dann …«

»Ja?«

»… solltest du's ganz schnell wieder vergessen.«

Zweiunddreißig

Im Moment bin ich nicht erreichbar. Sie können mir eine –

Ich legte auf, knipste die Wagenfeld-Lampe auf dem Sideboard an und ließ mich auf das Sofa fallen. Mona konnte *(wollte?)* mir nicht mehr helfen. Ich hatte weder Geschwister noch Eltern. Dass einer der Arbeitskollegen meiner Erinnerung auf die Sprünge helfen würde, war zu bezweifeln. Die Nachricht auf meiner Mailbox *(auch Doktor Dahlmeyer lässt herzlich grüßen)* ließ auf ein zwar nettes, aber eher unpersönliches Betriebsklima schließen. Also blieb nur noch dieser Hagen. Nach langem Zögern hatte ich's nun vergeblich versucht. Er würde meine Nummer sehen und sich melden.

Du musst das alleine schaffen, hatte Mona gesagt.

Ich nahm das Handy, googelte meinen Namen. Ein Jakob Fender – ein neunzehnjähriger Hobbyfußballer – lebte in der Schweiz, auf einen weiteren stieß ich im Impressum einer britischen Künstleragentur. Ich selbst wurde eher nebenbei auf der Teamseite der Sparkassenfiliale erwähnt. Kein Foto, kein Lebenslauf. Auch die Suche in den sozialen Medien war vergeblich, Facebook oder Instagram interessierten Jakob Fender offensichtlich nicht.

Und jetzt?

Ich brauchte einen Denkanstoß, einen Impuls. Etwas Konkreteres als eine knarrende Diele oder *(KUCHTA)* einen Namen. Bei näherem Nachdenken war es nicht einmal ein Name, denn ich verband ihn mit keiner Person. Es war nur ein Wort, dessen Klang mich kurz aufgeschreckt hatte.

Allein kam ich jedenfalls nicht weiter. Ich löschte das Licht, tastete mich zurück zum Sofa. Streckte mich aus und schob ein

Kissen unter den Kopf. Das Leder roch vertraut. Blasses Mondlicht schien durch die Balkontür, auch das schimmernde Trapez auf den lackierten Dielen hatte ich schon oft gesehen. Es war nicht das erste Mal, dass Jakob Fender im Dunkeln auf seinem Sofa lag.

Wie gestern drang aus einer der unteren Etagen das Klimpern eines Klaviers. Ich überlegte hinunterzugehen, um darum zu bitten, man möge das Fenster schließen. Womöglich hatte das Jakob Fender schon einmal getan, höflich natürlich, schließlich schien er gute Manieren zu haben. Außerdem konnte ich die Gelegenheit für einen unverbindlichen Plausch unter Nachbarn nutzen.

Guten Tag, wir wohnen ja schon lange unter einem Dach. Bestimmt habe ich Ihnen schon mal eine Tasse Mehl geborgt oder so, könnten Sie mir jetzt auch einen kleinen Gefallen tun? Ich bin nämlich beinahe totgeprügelt worden und glaube, dass derjenige, der mich ermorden wollte, es wieder versuchen wird. Leider habe ich keine Ahnung, warum, und erst recht nicht, wer das sein könnte. Hätten Sie vielleicht einen Tipp?

Ich wusste nicht, wie der Klavierspieler reagieren würde, schließlich kannte ich ihn nicht. Klar war nur, dass alles Üben vergeblich war, denn es handelte sich zweifelsfrei um einen hoffnungslosen, dilettantischen Stümper. In diesem Punkt war ich mir absolut sicher. Doch was nützte mir dieses Wissen?

Nichts.

Dreiunddreißig

»Das ist nicht dein Ernst, Schröder!«

»Dir auch einen wunderschönen guten Morgen. Hast du gut …«

»Verdammt nochmal!« Zorn knallte die Bürotür mit der Hacke zu. »Du hattest gesagt …«

»… dass es ein bisschen Arbeit gibt«, nickte Schröder. »Deshalb …«

»Das ist kein … *bisschen*!«

Vier Rollwagen standen in Reih und Glied vor dem Schreibtisch, jeder auf drei Ebenen bis zum Bersten mit dicken Ordnern vollgestopft.

»Deshalb«, begann Schröder noch einmal, »habe ich dich angerufen, als du auf dem Weg warst.« Offensichtlich war er schon eine geraume Zeit im Büro, der Ordner, der vor ihm lag, war zur Hälfte durchgeblättert. »Ich wollte dich vorbereiten, schließlich weiß ich, dass du dieser Form der Ermittlungsarbeit mit einer gewissen Aversion …«

»Hä?«

»… gegenüberstehst.«

Zorn musterte die Rollwagen mit einem hasserfüllten Blick. »Was ist das?«

»Akten.«

»Ach nee!«

»Björn Kuchta wurde vom Verfassungsschutz beobachtet. Und da wir jede Information brauchen, habe ich um Amtshilfe gebeten.«

Zorn zwängte sich zum Schreibtisch. Es gelang ihm nur unter

Aufbietung aller Kräfte, den Rollwagen keinen Tritt zu versetzen.

»Ich weiß, du bist ein Mann der Tat«, sagte Schröder sanft. »Ein Naturbursche, der bei Wind und Wetter mit vorgehaltener Pistole auf Verbrecherjagd …«

»Verarschen kann ich mich selbst!«

Wenn es etwas gab, das Claudius Zorn mehr hasste als das stupide Wälzen dicker Ermittlungsakten, war es seine Dienstwaffe.

»Neulich hast du gesagt, du wärst mein Freund.« Zorn verlegte sich aufs Betteln und versuchte, Edgars Hundeblick aufzusetzen. »Und mein Chef bist du auch. Könnte nicht Brettschneider …«

»Kollege Brettschneider«, lächelte Schröder, »ist mit der Zeugensuche beschäftigt. Bisher ohne nennenswerte Ergebnisse, aber er hat ja gerade erst angefangen. Da müssen noch Hunderte Befragungen durchgeführt werden. Er braucht jeden fähigen Mann, und wenn du sein Team verstärken willst …«

»Schon gut.« Seufzend beugte sich Zorn zu den Rollwagen. »Und wonach«, er ließ den Arm sinken, »suchen wir eigentlich?«

»Nach Hinweisen.«

»Aha.«

Schröder, der wieder mit seinem Ordner beschäftigt war, hob den Kopf. »Björn Kuchta war ziemlich bekannt.«

»*Berüchtigt*, würde ich sagen.«

»Seine Leiche wurde zur Schau gestellt, die Öffentlichkeit sollte davon erfahren. Das war ein Zeichen, als Abschreckung. Eine Botschaft.«

»An wen?«

»Genau das ist die Frage.« Schröder wies mit dem Doppelkinn auf die Akten. »Wenn wir Glück haben, steht's da drin.«

»Das sind Tausende Seiten. Wenn's reicht.«

»Na dann«, strahlte Schröder, »an die Arbeit, Chef!«

Zorn langte, ohne hinzusehen, nach dem nächststehenden Rollwagen, stieß eine Verwünschung aus, als ihm der schwere Ordner um ein Haar entglitt, und schlug ihn auf.

»Na dann ... *so ein Mist*!« Er klopfte die nicht vorhandenen Brusttaschen seines Depeche-Mode-T-Shirts ab. »Jetzt hab ich doch tatsächlich meine Lesebrille zu Hause ...«

»In deiner Schublade«, murmelte Schröder, längst wieder über seine Akte gebeugt. »Rechts, die zweite von oben.«

Zorn zog die Schublade so heftig auf, dass er sie beinahe aus den Schienen gerissen hätte, kramte die Brille heraus und knurrte etwas.

»Wie meinen?« Schröder sah auf. »Ich hab dich nicht ...«

»*GRACIAS!*«

»Gern geschehen«, schmunzelte Schröder und blätterte um. »Man hilft, wo man kann.«

Vierunddreißig

»HALT'S MAUL!«

Mein Wutschrei galt der Diele. Nun, *Schrei* ist wahrscheinlich ein wenig übertrieben. Es war wohl eher ein Keuchen, das nicht viel lauter als das enervierende Knarren gewesen sein dürfte.

Wer im Begriff ist, den Verstand zu verlieren, ist naturgemäß kaum in der Lage, darüber zu berichten. In meinem Fall kam erschwerend hinzu, dass man mir den Verstand bereits in einem Hinterhof aus dem Schädel geprügelt hatte. Dieser Widerspruch – was man nicht besitzt, kann schwerlich abhandenkommen – trug nicht dazu bei, meinen Zustand zu verbessern.

Ich kann also nur vermuten, wie ich die Nacht verbrachte. Nachdem ich mich eine Weile schlaflos auf dem Sofa gewälzt hatte, bin ich wahrscheinlich stundenlang wie in Trance von Zimmer zu Zimmer gewankt. Es war bereits heller Tag, als ich auf der Schwelle zum Wohnzimmer zu mir kam, die Augen hasserfüllt auf die Diele gerichtet, deren Knarren irgendwann durch den Nebel gedrungen war und mich aus dem Dämmer gerissen hatte.

Ich war so erschöpft, dass ich kaum einen Fuß vor den anderen brachte. Trotzdem taumelte ich ins Bad und zwang mich unter die Dusche. Danach stand ich am Waschbecken vor meinem Spiegelbild, betastete die abklingenden Schwellungen und Blutergüsse und beobachtete, wie der Unbekannte jeder meiner Bewegungen exakt folgte.

Du musst das alleine schaffen.

Der Gedanke kam aus dem Nichts, wie ein in der Dunkelheit aufflammendes Streichholz. Ob es mir helfen würde, war unklar, doch schaden konnte es jedenfalls nicht. Im selben Moment flackerte ein weiteres Streichholz, denn ich wusste auch, wo Jakob Fender es aufbewahrte, und als ich in die Küche lief, fand ich sofort, was ich suchte.

Fünfunddreißig

»Björn Kuchta hatte ein regelrechtes Netzwerk aufgebaut«, sagte Schröder. »Es gab Kontakte zu rechten Verlegern, Reichsbürgern, zur NPD und Dutzenden Neonazi-Gruppen. Er ist ständig herumgereist, war aber trotzdem immer unter Beobachtung.« Schröder schloss den ersten Ordner mit einem Knall. »Das war ihm natürlich bewusst. Und er war clever genug, sich nie bei einer konkreten Straftat erwischen zu lassen.«

»Das würde ich bestreiten«, sagte Zorn.

»Warum?«

»Kuchta war vor zwei Monaten in Dortmund.«

»Das ist kein Verbrechen.«

»Da hat er eine seiner Hetzreden gehalten.« Zorn, der gerade den Observierungsbericht eines V-Mannes überflog, sah kurz auf. »Vor einem Asylantenheim.«

»Das hat er ständig getan.«

»Danach hat er mit einem Typen der …«, Zorn las aus dem Bericht vor, *»Freien Kameradschaft Westfalen im Bahnhofsviertel zu Abend gegessen.«*

»Auch das ist kein …«

»In einer *Sushi-Bar*!«

Zorn verzog angeekelt das Gesicht.

»Das gibt's doch nicht!«, rief Schröder empört. »*Das* hat der V-Mann beobachtet? Und er ist nicht eingeschritten?«

»Nee.«

»Hat er den Bericht unterschrieben?«

»Sein Name ist geschwärzt.«

»Wir kriegen den trotzdem«, versprach Schröder. »Der gehört aus dem Verkehr gezogen, er hätte ein furchtbares Verbrechen verhindern können. Um den kümmern wir uns sofort, wenn wir Kuchtas Mörder geschnappt haben.« Er hievte den nächsten Ordner auf seinen Schreibtisch. »Dauert bestimmt nicht mehr lange.«

*

»Kuchtas Telefonate sind in den letzten Monaten abgehört worden.« Schröder blätterte durch die eng beschriebenen Seiten. »Auch das war ihm bestimmt bewusst, in den Gesprächsprotokollen stehen nur belanglose Dinge. Wahrscheinlich hat er zusätzlich ein Kryptohandy benutzt.«

»Ach«, murmelte Zorn. »Jetzt wird mir alles klar.«

Schröder hob den Blick und bemerkte, dass Zorn nicht in seine Akte, sondern aus schmalen Augen auf den Monitor seines Rechners stierte.

»*Was* wird dir klar?«

»Warum ich immer verloren hab.« Zorn richtete den Armstumpf auf den verstaubten Bildschirm. »Ich hatte die falschen Reifen. Meine waren zu groß, mit den kleineren ist man viel schneller und …«

»Kann es sein«, Schröder faltete die Hände über seinem Ordner, »dass du gerade auf einer Internetseite mit Tipps für ein Wettrennen in einem Nintendospiel bist?«

»Ja, und meine Figur war auch zu leicht. *Schwerere Fahrer*«, las Zorn vom Bildschirm ab, »*beschleunigen zwar langsamer, sind aber insgesamt viel schneller.*«

»Was du nicht sagst.«

»Und wenn man das mit einem leichten Gefährt kombiniert, zum Beispiel dem …«, Zorn beugte sich vor, »*Bärchen-Boliden*, dann …«

»Chef?«

»Was ist?«

»Wir wollen ein Verbrechen aufklären, richtig?«

»Klar, aber …«

»Es stimmt, wir müssen schnell sein. Aber willst du tatsächlich an Gewicht zunehmen und den Mörder in einem *Bärchen-Boliden* jagen?«

»Sehr witzig, Schröder.«

»Oder finden sich auf dieser Internetseite womöglich versteckte Hinweise auf einen ermordeten Neonazi? Nicht? Dann«, Schröder klopfte mit dem Knöchel auf seinen Ordner, »würde ich höflich darum ersuchen, dich wieder deiner Aufgabe zu widmen.«

»Nö.«

»Ach!«

»Es ist jetzt«, Zorn las die Uhrzeit in der Menüzeile ab, »acht Minuten nach neun. Von neun bis halb zehn hab ich Frühstückspause, das sind noch …«, es dauerte einen Moment, bis er die komplizierte Rechenaufgabe gelöst hatte, »zweiundzwanzig Minuten. Die stehen mir zu, um mich zu erholen. Du kannst mich natürlich zwingen, aber die Zeiten der Ausbeutung sind vorbei. Versuch's nur, aber dann gibt's Ärger. Nicht nur mit mir, sondern auch mit der Gewerkschaft. Und mit denen solltest du dich besser nicht anlegen.« Zorn ließ eine bedrohliche Pause einfließen. »*Chef.*«

*

Kurz vor Mittag klappte Schröder den Deckel des vierten Ordners zu. Zorn, der gerade mit dem zweiten begonnen hatte, rutschte nervös auf seinem Stuhl hin und her. Das lag an mangelndem Nikotin, denn als er eine halbe Stunde zuvor zum Rauchen hinunter zum Parkplatz gehen wollte, hatte Schröder mit honigsüßer Stimme um etwas Geduld gebeten. Die Frühstückspause sei leider vorbei, doch Zorn könne seine in exakt vierundsiebzig Minuten anstehende Mittagspause gern zur weiteren Ruinierung seiner Gesundheit nutzen.

»Kuchta war ständig in Schlägereien mit allen möglichen linken Gruppierungen verwickelt«, sagte Schröder. »Das könnte …«

»Nee«, winkte Zorn ab. »Die verkloppen sich, aber ich hab noch nie gehört, dass sie sich gegenseitig die Kehlen durchschneiden und irgendwo aufhängen. Du etwa?«

Schröder verneinte, langte nach den Rollwagen und vertiefte sich in den nächsten Ordner. »Er war ein paarmal in Holland«, sagte er nach einer Weile. »Auch dort ist er observiert worden. Es gab den Verdacht, er hätte Kontakte zu einem kolumbianischen Drogenkartell.«

»Oha.« Zorn schnalzte mit der Zunge. »Der Herr hatte viele Talente.«

»Danach ist man ihm über die Autobahn bis nach Tschechien gefolgt, auf einem Parkplatz in der Nähe von Prag wurde er bei einer vermeintlichen Geldübergabe beobachtet. Als er an der Grenze aufgehalten wurde, ist nichts gefunden worden. Weder Bargeld noch Drogen.«

»Aber es gab den Verdacht?«

»Yes.«

»Das würde passen.« Zorn schob die Lesebrille in die Stirn und massierte mit Daumen und Zeigefinger die Nasenwurzel. »Könnte durchaus sein, dass Kuchta sein Taschengeld aufbessern wollte. Für 'nen neuen Baseballschläger oder so.«

»Bitte, Chef.«

»Diese Drogentypen sind jedenfalls nicht zimperlich. Wenn die sich gegenseitig umbringen, machen sie's ähnlich wie mit Kuchta. Damit alle sehen, was für harte Hunde sie sind. Vielleicht hat Kuchta sie ja beschissen. Dann wäre das Auto, mit dem er vor dem Mord zur Hochstraße gebracht wurde, viel leichter zu finden. Wir sollten Brettschneider informieren.«

Insgesamt fand Schröder das Gedankenspiel schlüssig. Doch Zorns Vorschlag, sich bei der Suche nach dem Tatfahrzeug auf einen Wagen mit kolumbianischem Kennzeichen zu konzentrieren, lehnte er ab.

Sechsunddreißig

War wohl doch keine gute Idee. Alles dreht sich. Verdammtes Kettenkarussell im Kopf. Und wie das stinkt! Muss … nee, muss doch nicht kotzen. Aber ich brauche frische Luft. Sollte die Balkontür aufmachen und … krass! Als würde ich auf hoher See über ein Schiff torkeln! Muss die Hände ausstrecken, sonst kippe ich hier … Achtung, der Tisch! Pass auf, die Lampe …

FUCK!

Das Glas ist im Arsch. Wagenfeld, von neunzehndreiundzwanzig. Hab ich vor zwei Jahren bei eBay ersteigert. Konnte den Typen noch runterhandeln, der wollte erst … Vorsicht … NICHT IN DIE SCHERBEN TRETEN!

Geht doch. Und jetzt weiter zur Balkontür, aber langsam! Aufmachen. Gut so. Frische Luft. Endlich. Krass, die Bäume da unten! Sieht aus wie das Meer. Wie grüne Wellen, haha! Mona würde jetzt fragen, was daran so lustig ist, aber … ACHTUNG!

Gut am Geländer festhalten, Jakob! Sonst fliegst du kopfüber … Komisch, es stinkt immer noch. Warum … ach, kein Wunder, ich hab das Ding noch in der Hand. Ich sollte … nein, einfach runterschmeißen kann ich's nicht. Dennis würde sich mörderisch aufregen, der passt auf wie 'n Schießhund, dass niemand die Rabatten verdreckt. Obwohl die Wohnung gar nicht ihm gehört, er hat sie von seinem Schwager gemietet. Trotzdem muss hier alles immer schön sauber sein. Genau wie sein Audi, den putzt er auch immer. Wie gestern, als er gefragt hat, ob alles okay ist mit mir. Da hab ich …

HAHA!

Ich hätte ihm fast auf den Strohhut gekotzt! Wie war das eben? Dennis als Schießhund? Ich darf nicht so laut lachen. Trotzdem, allein die Vorstellung. Ein Schießhund mit Bierbauch und Latzhose! Das ist echt …

HAHAHA!

Okay, ich sollte lieber reingehen. Langsam, ja? Tür zu. Den Riegel auch, weil sonst die Mücken …

HAHAHAHA!

Was ist an Mücken so lustig? Keine Ahnung, es IST lustig! Ich könnte mich totlachen, ich … Scheiße, ich sollte mich hinlegen. Aber nicht aufs Sofa. Wenn ich DOCH kotzen muss, krieg ich das nie wieder raus. Echtes Büffelleder, da …

HAHAHAHAHA!

Was soll ich schon auskotzen, wenn ich nichts im Magen hab? Wo nichts drin ist, kann auch nichts …

Sei nicht albern, Jakob. Jetzt ab in die Federn.

Hat Mama immer gesagt. Später hat sie neben dem beleuchteten Globus an meinem Bett gesessen und ein Schlaflied gesungen: »Manchmal wird der Mann im Mond für seinen treuen Dienst …«

Aber erst, wenn ich Zähne geputzt hatte. Das lasse ich heute ausfallen. Kein Umweg ins Bad, sondern direkt ins Schlafzimmer.

Auf geht's. Immer ruhig. Einen Fuß vor den anderen. Achte auf die Scherben. Gut so. Aufpassen, der Tisch! Drei Schritte zur Schwelle. Geschafft. Jaja, die dämliche Diele nervt. Du solltest die Schrauben austauschen oder wenigstens anziehen lassen. Nein, das geht nicht. Du musst das selbst machen, weil …

HUCH!

Nicht gegen die Garderobe laufen! Und hör auf zu kichern! Nach links! So ist's richtig, halt dich an der Wand fest. Die übernächste Tür. Nein, die nicht, da geht's in den Kraftraum. Noch ein Stück. So, geschafft. Siehst du? Da ist das Bett. Schön weich, oder? Und jetzt …

Hallo mein Liebling.

Mama, da bist du ja!

Ich bin nicht mehr wütend auf dich.

Aber warum solltest du …

Träum schön, Jakob.

Das geht nicht, ich kann nicht einschlafen! Aber das muss ich, weil ich sonst sterbe. Schön, dass du mich zudeckst.

Schlaf jetzt.

Streichelst du mich noch ein bisschen?

Siebenunddreißig

»Es gab Dutzende Anzeigen gegen Kuchta«, sagte Schröder. »Wegen Volksverhetzung, Beamtenbeleidigung und Bedrohung. Außerdem Ermittlungen wegen Schutzgelderpressung und illegalen Drogenhandels. Nicht zu vergessen die diversen Verfahren wegen Körperverletzung, unerlaubten Waffenbesitzes und Holocaustleugnung. Einige wurden eingestellt, andere waren noch nicht abgeschlossen.«

»Ein richtiger Tausendsassa.«

»Was treibt so einen Menschen an?«

»Kann ich dir sagen.« Zorn wedelte mit der verbliebenen Hand vor dem Gesicht. »Der hatte nicht mehr alle Nadeln an der Tanne.«

»So einfach ist das nicht«, seufzte Schröder. »Er wollte Aufmerksamkeit. Je mehr Menschen ihn hassten, desto stärker fühlte er sich bestätigt.«

»Sag ich doch. Nicht mehr alle Nadeln …«

»Aber wo soll man anfangen zu suchen?« Schröder sank in

die Lehne, verschränkte die Finger im Nacken und ließ die Gelenke knacken. »Kuchta hatte unzählige Feinde.«

»Nicht zu vergessen der Verfassungsschutz.« Zorn warf einen vielsagenden Blick auf die Rollwagen, die sich unter dem Gewicht der Ordner bogen. »Er hat denen ganz schön viel Stress gemacht. Vielleicht hatte jemand einfach keinen Bock mehr und hat kurzen Prozess …«

»Sehr witzig, Chef.«

Papierrascheln erklang hinter Zorns Monitor. Schröder atmete scharf aus, als wollte er sich selbst motivieren, und blätterte weiter in einem Ordner mit Überwachungsfotos.

»Hab ich mir's doch gedacht.« Zorn stieß einen Pfiff aus. »Unser Pizzabote ist tatsächlich nicht so selbstlos, wie alle denken.«

»Wer?«

»Van der Graaf.«

»Der Mann betreibt den größten Lieferservice in Mitteldeutschland. Das ist kein Pizzabote, sondern ein ziemlich erfolgreicher …«

»Die Aktion mit der Musikanlage auf dem Markt war genau geplant.«

»Natürlich. Er brauchte eine Genehmigung.«

»Danach haben alle von ihm gesprochen.«

»Auch das ist kein Wunder, schließlich hat er Kuchta zum Schweigen gebracht.«

»Das war 'ne PR-Aktion.«

»Wieso sollte das …«

»Weil van der Graaf sich jetzt als Bürgermeister bewirbt.«

»Ach. *Das* hat der Verfassungsschutz ermittelt?«

»Angeblich wollte er gar nicht.« Wieder raschelte Papier *»Erst auf Drängen der Bürgerschaft«*, las Zorn vor, *»hat Morten van der Graaf sich nun endlich bereit erklärt, für dieses wichtige*

Amt zu kandidieren. Man kann davon ausgehen, dass diese Nachricht von großen Teilen der städtischen Bevölkerung mit Zustimmung aufgenommen wird, zumal …«

»Ich fasse es nicht!« Schröder hatte sich halb aus seinem Bürostuhl erhoben und starrte über den Rand seines Monitors auf Zorns Lektüre, die dieser hinter seinem Bildschirm versteckt hatte. »Du liest … *Zeitung*?«

»Klar!«, gab Zorn bockig zurück. »Willst du wissen, warum?«

»Unbedingt! *Chef!*«

»Mir steht genau eine Dreiviertelstunde Mittagspause zu! Aber die durfte ich nicht pünktlich antreten …«

»… weil du ja unbedingt über kolumbianische Autokennzeichen diskutieren musstest!«

»… und da meine Pause zu kurz war, darf ich den Rest nachholen. Ich hab mitgestoppt, das waren genau drei Minuten. Und was ich da mache, ist meine Sache.«

Schröder kam langsam um den Schreibtisch. Zorn ahnte, was er vorhatte, und legte die Unterarme schützend auf die Zeitung. Sein Handy vibrierte, und als er den Anruf entgegennahm, nutzte Schröder die Gelegenheit, langte blitzschnell zu, zerknüllte die Zeitung und warf sie in den Papierkorb.

*

»Papa?«

»Edgar?«

»Ich hab das Harry-Potter-Buch fertig.«

»Cool.«

»Können wir …«

»Klar, wir besorgen den zweiten Teil.«

»Bist du wütend, Papa?«

»Nee, wieso?«

»Weil du so schnaufst. Das machst du immer, wenn du wütend …«

»Ich arbeite, Edgar.«

»Wo ist Ögi?«

»Der sitzt mir gegenüber.«

»Ist der auch wütend?«

»Warte mal kurz.« Zorn schirmte das Telefon mit der Hand ab und sah Schröder fragend an. »Edgar will wissen, ob du wütend bist.«

»Nicht wütend, sondern enttäuscht«, knurrte Schröder. »Und zwar von seinem Vater, weil der …«

»Ögi ist genervt«, säuselte Zorn in sein Handy. »Ich glaube, er ist ein bisschen unterzuckert.«

Schröder konzentrierte sich wieder auf die Observierungsfotos, die Kuchta auf verschiedenen Demonstrationen und Protestmärschen zeigten, umgeben von Reichskriegsflaggen und finster blickenden Gestalten.

»Nein, Edgar«, sagte Zorn gegenüber. »Du musst dir keine Sorgen machen. Ich schmiere ihm nachher ein Honigbrötchen, da geht's ihm sofort besser.«

Auf fast allen Bildern war Björn Kuchta in Begleitung seiner Entourage zu sehen: Zwei bullige Glatzköpfe, die wohl als eine Art Leibwächter fungierten, und eine blasse, schwarz gekleidete Frau, deren Gesicht zumeist hinter einer übergroßen Sonnenbrille und einem Basecap verschwand.

»Ich soll dir von Edgar ausrichten, dass du den Verbrecher bestimmt bald fangen wirst«, flötete Zorn. »Und dass er dich lieb hat.«

»Ich hab ihn auch lieb«, murmelte Schröder abwesend.

Auf der nächsten Seite waren die Personalien von Kuchtas Begleitung verzeichnet. Schröder las zunächst die Namen der Glatzköpfe, danach den der blassen Frau und stutzte.

»Wir sehen uns am Wochenende«, sagte Zorn ins Telefon. »Wenn schönes Wetter ist, können wir baden gehen.«

Schröder blätterte weiter zu einigen Nahaufnahmen der jungen Frau, die offensichtlich mit einem Teleobjektiv gemacht worden waren.

»Klar, Ögi kommt auch mit, Edgar. Bis dahin hat er sich bestimmt wieder eingekriegt. Wenn's regnet, können wir auch …«

»Ich kenne diese Frau.«

Schröder hatte sich aufgerichtet.

»Oh!«, grinste Zorn, das Handy noch immer am Ohr. »Ögi hat jemanden kennengelernt, Edgar! Vielleicht bringt er sie ja mit, dann können wir …«

»Wir müssen los«, sagte Schröder. »Sofort.«

Achtunddreißig

Ich weiche zurück. Stolpere. Pralle gegen die Mülltonnen, drehe mich im Fallen und lande auf der Seite. Der Baseballschläger saust herab, verfehlt mich um ein paar Zentimeter. Weitere Schläge prasseln auf mich ein. Ich krümme mich, ziehe die Beine an. Er zieht mich an den Haaren nach oben, stellt sich breitbeinig hinter mich. Seine Armbeuge presst sich gegen meine Kehle. Ein Kichern.

Du hättest dich nicht mit mir anlegen sollen, Jacky.

Er keucht mir direkt ins Ohr. Ich rieche Schweiß und herbes Parfüm. Zimt, Zitrone und Leder. Bartstoppeln kitzeln meine Wange. Ich wehre mich stumm. Selbst wenn ich schreien wollte, es ginge nicht. Sein Unterarm schnürt mir die Luft ab. Ich ramme den Ellbogen nach hinten in seinen Magen. Der Druck auf meine Kehle lässt nach. Ich will nach unten wegtauchen, doch er hat damit gerechnet. Der Baseballschläger landet polternd auf dem Pflaster. Finger krallen sich in meine Haare, mein Kopf wird nach hinten gezerrt. Eine blitzschnelle Bewegung, Metall funkelt direkt vor meinen Augen. Instinktiv reiße ich einen Arm hoch, um meinen Hals zu schützen. Der Schmerz zischt wie ein Stromschlag von den Fingern durch meinen Körper. Ich weiß, dass ich sterben werde, doch ich denke an meine Hand. Die Hand ist wichtig, ich –

Neununddreißig

»Ich störe nur ungern«, sagte Schröder. »Wir wissen, dass Sie Ruhe brauchen, aber ich habe ein paar dringende Fragen.«

Jakob Fender stand in der halb geöffneten Wohnungstür. Es hatte eine Weile gedauert, bis er auf Schröders Klingeln reagierte. Seine Augen waren gerötet, das Haar zerzaust. Er blinzelte, nickte dann, deutete einladend nach innen und ging voraus.

»Falls ich Sie geweckt haben sollte …«

»Kein Problem.«

Fenders Stimme klang belegt. Schröder folgte ihm durch den Flur in die Küche, warf im Vorbeigehen einen Blick in die Zimmer und taxierte sein Umfeld: Helle, lichtdurchflutete Räume. Geschmackvolle Einrichtung, überwiegend aus Chrom und Edelhölzern. Akribische, geradezu peinliche Sauberkeit, wodurch die Scherben der umgestürzten Designerlampe im Wohnzimmer und das zerwühlte Bett im Zimmer gegenüber noch mehr auffielen. Auch der süßliche, charakteristische Geruch entging Schröder nicht.

In der Küche bot sich ein ähnliches Bild, diesmal gestört durch eine Reihe Cornflakes, die auf dem polierten Küchentisch eine schnurgerade Linie bildeten.

»Ich habe Schwierigkeiten mit dem Essen«, entschuldigte sich Fender, wischte die Cornflakes mit der gesunden Hand in eine Porzellanschüssel und sank erschöpft auf einen Stuhl. Schröder lehnte seine Aktentasche an ein Tischbein und nahm gegenüber Platz.

»Geht es Ihnen besser?«

»Die Verletzungen heilen«, nickte Fender müde. »Psychisch gesehen kann ich nur hoffen.«

»Sie erinnern sich nicht?«

Fender hob traurig die Schultern. »Ich muss geduldig sein.«

Er rieb das verquollene Gesicht. Schweiß glänzte auf seiner Stirn, färbte die Achseln des zerknitterten Hemdes. Der Traum, aus dem Schröder ihn geweckt hatte, schien alles andere als angenehm gewesen zu sein.

»Ich war vor drei Tagen im Krankenhaus«, begann Schröder. »Ich habe mit Ihrer Ärztin gesprochen. Mit Ihrer Frau …«

»*Ex*frau.«

»… ebenfalls.«

»Mona hat erzählt, dass Sie zu mir wollten. Es ging um meine Fingerabdrücke.«

»Sie sind mit einem Baseballschläger angegriffen worden.«

Fender spannte sich. Ein wenig nur, doch Schröder entging es nicht.

»Wir brauchen Ihre Abdrücke, um die des Angreifers identifizieren zu können«, sagte er. »Aber dazu kommen wir später. Ich würde Ihnen gern ein paar …«

»Kann ich Ihnen etwas anbieten?«

Fender hatte Angst. Angst vor dem, was er von Schröder erfahren würde. Da es sich nicht vermeiden ließ, wollte er's wenigstens so lange wie möglich hinauszögern.

»Einen Kaffee vielleicht?« Er wies auf die Espressomaschine. »Ich habe zwar keine Ahnung, woher ich das Ding habe, aber ich weiß genau, wie es funktioniert. Bei meinem Mac ist es ähnlich.« Er sah durch den Flur zum Wohnzimmer. »Den könnte ich problemlos bedienen. Allerdings fehlt mir das Passwort, und das«, er tippte sich an die Schläfe, »ist zwar auch irgendwo hier drin, aber ich finde es nicht.«

Schröder bemerkte die Untertasse mit dem ausgedrückten Joint neben der Spüle. Fender, der seinem Blick gefolgt war, räusperte sich.

»Ich habe versucht, meine Erinnerungen ... nun ja, etwas aufzufrischen. Falls das ...«

»Für Drogendelikte bin ich nicht zuständig«, lächelte Schröder. »Ich arbeite bei der Mordkommission.«

»Sie glauben, dass man mich ermorden wollte?«

»Sie nicht?«

Fender holte tief Luft. Das Hemd spannte über der sehnigen Brust.

»Doch«, murmelte er. »Ich weiß nur nicht, warum.«

»Ich bin hier, um mit Ihnen über ein anderes Verbrechen zu reden. Den Mord an der Hochstraße.«

»Welchen Mord?«

»Gestern Morgen. Sie haben bestimmt davon gehört.«

»Ich habe die Blaulichter gesehen und dachte, es wäre ein Verkehrsunfall.« Fender schüttelte den Kopf. »Doktor Carlsson meinte, ich solle mich nicht ablenken lassen. Also habe ich mich hier eingeschlossen und versucht, mich zu konzentrieren. Ich habe weder den Fernseher eingeschaltet noch die Nachrichten im ...«

Fender stockte.

»Ich habe den Fernseher nicht eingeschaltet.« Er sprach mit sich selbst. »Und das andere …«, seine Zunge fuhr über die trockenen Lippen, »auch nicht.« Er sah Schröder hilflos an, deutete zum Fenster. »Sie wissen schon, das Ding auf dem Fensterbrett. Ich komme gerade nicht auf den …«

»Sie meinen das Radio.«

»Genau!« Fender lachte schrill auf. »Entschuldigung, kleiner Aussetzer. Das geht angeblich vorbei, aber im Moment«, er drehte den Zeigefinger vor der Stirn, »sind hier noch einige Schrauben locker.«

»Der Tote heißt Björn Kuchta«, sagte Schröder. »Ein bekannter Neonazi, der – alles in Ordnung?«

Fenders Finger umkrallten die Tischkante. Sämtliche Farbe wich aus seinem Gesicht, im Gegenzug erflammten die Blutergüsse auf der wachsbleichen Haut.

»Herr Fender?«

»Kuchta«, murmelte Fender.

»Kennen Sie ihn?«

»Ich … keine Ahnung.«

Fender sah Schröder ratlos an. Seine Verwirrung war nicht gespielt.

»Herr Kommissar, ich würde mich jetzt gern …«

»Eine Minute noch. Wir sind gleich fertig.«

Schröder hob die abgewetzte Aktentasche auf seinen Schoß, kramte einen Umschlag hervor und schob ein Überwachungsfoto der Verfassungsschützer über den Tisch. Im Innenhof, wo Fender verprügelt worden war, hatte Schröder sich vom Geschwätz der alten Dame ablenken lassen. Die blasse Frau, die zwischendurch aus dem Hinterhaus kam, hatte er nur flüchtig gesehen, doch trotz der Sonnenbrille auf den Observierungsfotos erkannt.

»Kennen Sie diese Frau?«

Fender beugte sich über das Foto.

»Nie gesehen.«

»Paula Hecht. Sagt Ihnen das was?«

»Glauben Sie mir«, Fender schüttelte ratlos den Kopf, »ich wäre schon froh, wenn mir mein eigener Name etwas sagen würde.«

Vierzig

»Paula Hecht?«

»Wer will das wissen?«

»Gestatten, Himmler!« Zorn knallte die Hacken zusammen. »Heinrich Himmler!«

Die blasse Frau sah ihn durch den Türspalt ausdruckslos an.

»Ich komme im Auftrag der Ortsgruppe Wildeck-Obersuhl!« Zorns Stimme schnarrte durch das Treppenhaus. »Als stellvertretender Schriftführer bekunde ich hiermit unsere Betroffenheit über den Verlust des Kameraden Kuchta und soll ausrichten, dass unsere Ortsgruppe unverbrüchlich an eurer Seite steht im Kampf gegen den Monopolkapitalismus imperialistischer Prägung! Weder Behördenwillkür noch staatliche Büttel werden uns … Moment, ich bin noch nicht fertig!«

Die Frau wollte die Tür schließen.

»Unser Kampf geht weiter!« Zorn schob einen Fuß in den Spalt. »Gemeinsam werden wir der Krake des internationalen Finanzsystems die Tentakel aus dem Gesicht, äh …«, er verhaspelte sich, »schneiden! Wir werden die Marionetten des imperialistischen …«

»Verpiss dich, Bulle.«

»Aber …« Zorn riss scheinbar entsetzt die Augen auf. »Erkennt man das so schnell?« Er senkte bekümmert den Blick. »Ich bin nämlich neu, das ist mein erster verdeckter Einsatz. Ich konnte mich kaum vorbereiten und hatte nicht mal Zeit, mir ein ordentliches Hitlerbärtchen wachsen zu lassen. Ach je, ich hab geahnt, dass das nix wird«, murmelte er und hob traurig den Arm mit der fehlenden Hand. »Ich kann ja nicht mal richtig grüßen.«

Erneut machte Paula Hecht Anstalten, die Tür zuzuknallen. Zorn kam ihr mit einem Schritt auf die Schwelle zuvor. »Darf ich trotzdem reinkommen?«

»Und wenn ich nein sage?«

»Werden Sie nicht«, strahlte Zorn. »Weil ich in spätestens einer Stunde wieder hier wäre. Mit einem Durchsuchungsbefehl und ein paar Typen vom SEK. Könnten Sie denen dann sagen, dass meine Tarnung ein bisschen länger gehalten hat?« Er schlug betrübt die Augen nieder. »Wenn die erfahren, dass ich sofort aufgeflogen bin, lande ich nämlich wieder in der Poststelle.«

*

Die Wohnung war klein. Zorn hatte mit den üblichen Devotionalien gerechnet, doch er sah sich getäuscht. Die Einrichtung erinnerte eher an eine Studentenbude; anstelle einer Reichskriegsflagge hing ein Picasso-Plakat über dem Ikea-Sofa, auf der gedrechselten Stele in der Ecke zwischen den Zimmerpalmen stand keine martialische Goebbels-Büste, sondern eine Lavalampe. Abgesehen von einem halbvollen Aschenbecher auf dem Couchtisch war das Wohnzimmer aufgeräumt.

»Sie haben geübt?« Zorn deutete auf eine Gitarre, die an der

Stirnseite des Sofas lehnte. »Was denn? Das Horst-Wessel-Lied?«

»Was wollen Sie?«

»Das wissen Sie nicht?«

Paula Hecht lehnte sich ans Fensterbrett und verschränkte die Arme vor der schmalen Brust. Soweit Zorn es beurteilen konnte, trug sie kaum Schminke, abgesehen von den kajalumrandeten Augen und dem dunklen Lippenstift. Die bleiche Haut schien sie von Natur aus zu haben, was den Kontrast zu dem rabenschwarzen, über dem rechten Ohr bis zur Schläfe geschorenen Haar noch verstärkte.

»Ich dachte, Sie hätten früher mit uns gerechnet«, sagte Zorn. »Tja, der Verfassungsschutz ist auch nicht mehr das, was er mal war. Die haben ewig gebraucht, bis sie uns …«

»Björn.«

»Genau«, seufzte Zorn. »Der Björn. Um den geht's.«

Paula Hecht griff nach einem Lederetui und entzündete eine Zigarette.

»Sie wissen ja, wie der Björn gestorben ist. Jetzt fragen wir uns …«

»Rauchen verboten.«

Zorn, der automatisch ebenfalls eine Zigarette in den Mundwinkel geschoben hatte, steckte das Feuerzeug wieder ein. »Der Björn wurde ermordet.«

»Ich weiß.«

»Wir suchen seinen Mörder.«

»Viel Spaß.«

»Und Sie haben …«

»… keine Ahnung.«

»Auch keine Vermutung?«

»Nein.«

»Vielleicht einen Tipp? Ein Ausländer vielleicht? Oder ein

Echsenmensch?«, überlegte Zorn laut. »Ein arbeitsloser Flüchtling? Das wäre naheliegend, der Björn war nahezu ausgeblutet. Kein Deutscher würde das gute arische Blut einfach so in den Dreck fließen lassen, oder?«

Paula Hecht funkelte ihn durch den Zigarettenqualm an.

»Waren Sie mit Björn Kuchta … liiert?«

»Das geht dich einen Dreck an!«

»Darf ich das als Bejahung werten, Frau Hecht?«

»Ich sagte, das geht dich einen verdammten Scheißdreck an!«

»Herrje«, seufzte Zorn. »Ich wünschte, es wäre so.«

»Leck mich.«

Zorn lehnte das Angebot artig ab, da er leider in einer festen Beziehung sei.

Paula Hecht stieß den Rauch heftig durch die Nase aus. »Verpiss dich, Bulle.«

»Bulle?« Zorn tat, als müsste er nachdenken. »Richtig, das darfst du sagen.« Er duzte die junge Frau jetzt ebenfalls. »*Verpiss dich* allerdings nicht. Und duzen darfst du mich auch nicht. Beamtenbeleidigung kann ganz schön teuer werden. Umgekehrt gilt das übrigens auch, ich darf nämlich ebenfalls nicht alles aussprechen, was ich denke. Zum Beispiel könnte ich sagen, dass du ein verlogenes Miststück bist.«

Zorn grinste.

»Oder 'ne stinkende Nazikuh.«

Ihre Blicke trafen sich.

»Aber das mache ich ja nicht«, schmunzelte Zorn. »Weil ich clever bin. So wie der Björn, der wusste genau, was er sagen durfte.«

Paula Hecht zog schweigend an ihrer Zigarette.

»Da wäre noch was.« Zorns Tonfall wurde offiziell. »Vor zwei Wochen ist in diesem Hinterhof ein Mann zusammengeschlagen worden. Im Zuge der Ermittlungen wurden die Hausbewohner befragt. Darunter auch Sie.« Er zog ein gefaltetes A4-Blatt aus der Lederjacke, kniff kurzsichtig die Augen zusammen und las aus dem Protokoll vor. »Sie waren in der fraglichen Nacht hier?«

»Steht doch da drin.«

»Und Sie haben nichts mitbekommen?«

»Steht auch da drin.«

»Der Name des Geschädigten ist Jakob Fender.«

»Nie gehört.«

»Vielleicht haben Sie ja was an den Ohren?« Zorn faltete das Papier und steckte es wieder in die Innentasche. »Da hinten«, er deutete zur Wand mit dem Picasso-Plakat, »ist das Schlafzimmer?«

»Ja.«

»Die Nacht war ziemlich warm. Ich nehme an, Sie schlafen bei geöffnetem Fenster?«

»Das geht dich nichts …«

»Das Fenster geht in den Hof. Der Mann wurde fast totgeprügelt, ein paar Meter unter Ihnen. Und Sie haben *nichts* davon mitbekommen?«

»Ich habe alles gesagt.«

»Vielleicht sollten Sie's mal mit einem Hörgerät versuchen?«

»Raus hier.« Paula Hecht griff nach dem Aschenbecher und drückte die Zigarette so heftig aus, dass die Funken stoben. »Schickt mir 'ne Vorladung, wenn ihr was von mir wollt.«

»Machen wir«, lächelte Zorn. »Ist hiermit versprochen.«

Einundvierzig

Mona hatte recht gehabt. Der kleine Kommissar war tatsächlich nett, er sorgte sich ehrlich um mich. Hinter dieser mitfühlenden Schale schimmerte allerdings ein stahlharter Kern. Er hatte mich unablässig im Blick, fixierte mich aus stechend blauen Augen und registrierte jedes Wort, jede noch so kleine Geste. Ich hatte nichts zu verbergen, also glaubte er mir. Das war ein Glück; denn ungeachtet meines benebelten Verstandes ahnte ich, dass es unklug war, das Misstrauen dieses kleinen Mannes zu wecken.

Er erzählte von einer Verbindung zwischen dem Mord und dem Überfall, den ich nur knapp überlebt hatte. Ich versuchte verbissen, ihm zu folgen, mein Kopf fühlte sich an, als wäre er in einen Schraubstock gepresst. Jakob Fender war kein Junkie, doch ab und zu hatte er sich wohl einen kleinen Joint gegönnt. Drei davon waren in einem Plastiktütchen im Besteckkasten unter den Kuchengabeln versteckt. Ich hatte gehofft, mein Bewusstsein zu erweitern, etwas Licht in den Tunnel zu bringen, durch den ich seit Tagen orientierungslos irrte. Stattdessen hatte mich der Joint buchstäblich aus den Socken gehauen – was angesichts meiner Verfassung nicht weiter verwunderlich war.

»Diese Frau«, der Kommissar tippte auf das Foto, »kannte Björn Kuchta. Wie es aussieht, sogar sehr gut. Sie wohnt in dem Hinterhof, wo Sie angegriffen wurden. Und zwar mit einem Baseballschläger. Das alles können keine Zufälle sein. Hatten Sie jemals Kontakt mit der rechten Szene?«

Jakob Fender ein Nazi?

»Nein.«

Die Augen des Polizisten wurden schmal.

»Ich kann's mir jedenfalls nicht vorstellen.«

Das war die Wahrheit.

»Das ist der Innenhof.« Der Kommissar reichte mir ein weiteres Foto aus dem Umschlag. »Hier, zwischen den Mülltonnen, haben Sie gelegen.«

Der Traum war verwirrend gewesen, doch das Bild passte. Ich erinnerte mich an die Mülltonnen. Den Geruch feuchter Mauern. Das Klappern des Baseballschlägers auf den Steinen. Und an den …

»Es war ein Mann.«

Der Kommissar richtete sich auf. »Können Sie ihn …«

»Nein, beschreiben kann ich ihn nicht.«

Ich sah, wie der Verstand hinter der kahlen Stirn des kleinen Polizisten arbeitete. Doch er schwieg und wartete geduldig, dass ich fortfuhr. Was ich auch tat.

»Er sagte, ich hätte einen Fehler gemacht.«

»Was genau hat er gesagt?«

»Du hättest dich nicht mit mir anlegen sollen, Jacky.«

»*Das* waren seine Worte?«

»Ja.«

»Er kennt Sie also.«

»Wahrscheinlich.«

»Fällt Ihnen noch etwas ein?«

»Nein.«

»Lassen Sie sich Zeit, Herr Fender.«

»Das ist alles.«

Der Kommissar beugte sich über den Tisch und tippte auf ein Fenster auf dem Foto des Innenhofs. »Hier wohnt die alte Dame, die Sie gefunden hat.«

»Ich muss mich noch bei ihr bedanken.«

»Und hier«, sein Finger wanderte schräg nach oben, »wohnt Paula Hecht.«

»Ich verstehe nicht, was …«

»Der Innenhof liegt am anderen Ende der Stadt. Wir wissen nicht, wie Sie dort hingekommen sind. Wahrscheinlich zu Fuß, mitten in der Nacht. Und wir fragen uns, was Sie dort wollten.«

»Ich auch. Das ist nicht die einzige Frage, die ich mir stelle. Ich weiß gar nicht, wo ich anfangen soll. Es sind ziemlich viele.«

»Könnte es sein, dass Sie zu ihr wollten?«

Er schob mir das erste Foto zu.

»Tut mir leid.« Ich betrachtete die Frau mit der Sonnenbrille. »Aber ich weiß wirklich nicht …«

»Gut, ich habe Sie lange genug behelligt. Hier«, er reichte mir eine Visitenkarte, »auf der Handynummer bin ich immer erreichbar.«

Der Kommissar verstaute die Fotos wieder im Umschlag, stand auf und ging zur Tür. Auf der Schwelle stoppte er plötzlich, verharrte einen Moment, machte auf dem Absatz kehrt und kratzte sich an der Schläfe; eine wahrscheinlich unbewusste, aber perfekte Imitation der Geste, mit welcher der Hauptdarsteller in den alten *Columbo*-Filmen die letzte Frage stellte, bevor er den Verdächtigen hinter Schloss und Riegel brachte.

»Sie sind nicht nur mit dem Baseballschläger angegriffen worden.« Er wies auf meine verbundene Hand. »Sondern auch mit einer weiteren Waffe.«

Wieder dachte ich an den Traum. Hörte das Keuchen, das Poltern des Schlägers. Ich musste gewusst haben, was geschehen würde, denn als der Druck auf meinen Hals nachließ und das Metall direkt vor meinen Augen blitzte, hatte ich die Hand bereits gehoben, um meine Kehle zu schützen.

»Mona hat mir gesagt, dass Sie die Wunde untersuchen wollen.«

»Selbstverständlich unter ärztlicher Aufsicht.«

»Bei der Gelegenheit können Sie auch meine Fingerabdrücke …«

»Wissen Sie was?« Der Kommissar öffnete die Aktentasche und zog ein schwarzes Lederetui hervor. »Das machen wir gleich, dann haben wir's hinter uns.«

Sein Lächeln war herzlich und warm. Doch in den hellen Augen schimmerte wieder dieser stählerne Kern. Der kleine Mann duldete keinen Widerspruch.

Zum Glück glaubte er mir.

Ich konnte nur hoffen, dass es so blieb.

Zweiundvierzig

Claudius Zorn war ständig bemüht, den kantigen, unorthodoxen Außenseiter zu mimen, aber im Grunde genommen war er ein Spießer. Er lebte in einer Blase, zusammen mit den wenigen, die ihm wichtig waren, und konzentrierte seine Kräfte darauf, diese heile Welt zu schützen. Politik interessierte ihn kaum, doch Hass oder Fanatismus jeglicher Art waren ihm ein Gräuel. Menschen, die Angst verbreiteten, bedrohten sein kleines Universum, und wenn er mit ihnen in Kontakt kam, reagierte er mit Wut und Abscheu. So war es nur logisch, dass er den Tod von Björn Kuchta kaum bedauerte.

Als er den neuen Volvo, wie mittlerweile gewohnt, abseits hinter einem Mannschaftswagen parkte, bemerkte er mit einer gewissen Befriedigung, dass die ehemals strahlend weiße Karosse mehr und mehr unter einer Schmutzschicht verschwand. Waschen würde Zorn den Wagen freiwillig nicht, er mochte den

Volvo ebenso wenig wie Paula Hecht, die er mit ähnlichen Augen betrachtete wie Björn Kuchta.

Natürlich war sein Auftritt albern gewesen. Doch zum einen war Zorn ein Kindskopf, zum anderen hatte er gehofft, Paula Hecht so lange zu reizen, bis sie sich in ihrer Wut zu einer unbedachten Äußerung verleiten ließ. Dass dies nicht geschehen war, war schade.

Spaß, dachte er und betrat das Präsidium, hatte es trotzdem gemacht.

*

»Das ist doch wohl die Höhe!« Zorn baute sich vor dem Schreibtisch auf. »Kaum lässt man dich aus den Augen, kehrt hier wieder der Schlendrian ein!«

Schröder sah irritiert auf.

»Wir haben 'ne Menge Arbeit!«, empörte sich Zorn und wies zu den Ordnern auf den Rollwagen. »Und du hast nichts anderes zu tun, als in deiner Privatlektüre zu schmökern?«

Schröder gab zurück, es handele sich bei dem Hefter um den Obduktionsbericht über Björn Kuchta, Zorn könne sich gerne selbst überzeugen, dass der Inhalt alles andere als vergnüglich sei. Dieser überhörte die Spitze und erklärte gnädig, die Sache ausnahmsweise durchgehen zu lassen.

»Gracias«, sagte Schröder. »Wie war's bei Paula Hecht?«

Da Zorn seine Performance als verhinderter V-Mann verschwieg, fiel sein Bericht denkbar knapp aus. »Ermordet hat sie Kuchta jedenfalls nicht. Die ist so dünn, die könnte gerade mal 'ne Tüte Zucker von der Hochstraße über das Geländer schmeißen. Ganz zu schweigen von Kuchta, obwohl der ein Hänfling war.«

»Aber sie weiß etwas?«

»Mit Sicherheit. Sagen wird sie's nicht, die würde sich eher die Zunge abbeißen, als mit uns zusammenzuarbeiten.«

»Der Verfassungsschutz wird bestimmt eine Menge Material über sie gesammelt haben. Keine Angst«, beruhigte Schröder, der Zorns entsetzten Blick zu den Rollwagen bemerkte, »es dürfte deutlich weniger sein als bei Kuchta.«

Er wandte sich wieder dem Obduktionsbericht zu.

»Was steht da eigentlich drin?«, fragte Zorn.

»Kurz gesagt …«

»Reicht völlig aus.«

»… bestätigt sich, was wir vermutet haben. Es gibt keine Abwehrverletzungen, dafür eine Platzwunde am Hinterkopf. Er wurde betäubt und entkleidet, danach gefesselt und zur Hochstraße gebracht. Dort hat man ihm …«

»… die Kehle durchgeschnitten und ihn …«

»Nicht geschnitten.«

»Wie jetzt?«

»Durchtrennt.«

»Wo ist da der …«

»Womit wir bei Jakob Fender wären.«

»Was hat das mit Fender zu …«

»Hast du schon mal von einer *Garotte* gehört?«

»Nein, hab ich nicht!«

»Das wiederum bringt uns zur Mafia.«

»Schröder.« Zorn lief rot an. »Wenn du mir nicht augenblicklich erklärst, was du sagen willst …«

»Mache ich doch!«

»… versohle ich dir deinen dicken Hintern!«

»Ist doch ganz einfach.« Schröder schüttelte den Kopf, verwundert über Zorns Begriffsstutzigkeit. »Eine Garotte besteht aus einem Draht, ungefähr in dieser Länge.« Er deutete mit den Händen einen Abstand von zirka dreißig Zentimetern an. »An den Enden sind Griffe befestigt, wie bei einem kurzen Springseil. Man schlingt sie dem Opfer von hinten um den Hals und zieht. Wenn der Draht dicker ist, schnürt man dem Opfer sofort die Luftröhre zu und erdrosselt es. Bei Björn Kuchta wurde ein extrem dünner Draht verwendet, was deine Vermutung in Bezug auf Paula Hecht bestätigt.«

»Wie zum Teufel kommst du jetzt auf …«

»Kuchtas Hals wurde bis zur Wirbelsäule durchtrennt.«

»So genau wollte ich's gar nicht …«

»Doch«, unterbrach Schröder, »das wolltest du wissen. Die Garotte ist eine furchtbare Waffe. Selbst Paula Hecht hätte Kuchta damit innerhalb weniger Sekunden töten können, doch sie wäre wohl kaum imstande, ihn so schwer zu verletzen. Der Mörder muss kräftig sein.«

Schröder ließ eine Pause einfließen, um Zorn Gelegenheit zu geben, das Gehörte zu verarbeiten.

»Und jetzt zur Mafia«, sagte er. »Die Art, wie Kuchtas Leiche der Öffentlichkeit präsentiert wurde, hatte uns an das organisierte Verbrechen erinnert. Auch eine Garotte wird von diesen Menschen öfter benutzt.«

»Das kann 'ne bewusst falsch gelegte Spur sein.«

»Deshalb sollten wir uns nicht darauf versteifen«, stimmte Schröder zu. »Aber es ist ein Hinweis, und zwar auf Jakob Fender. *Capisce?*«

»Äh …« Zorn kratzte sich am Hinterkopf. »Ist der auch bei der Mafia?«

»Nicht, dass ich wüsste. Aber er hat sich erinnert, dass er von hinten angegriffen wurde. Die Verletzung an seiner Hand könnte daher stammen, dass er seinen Hals schützen wollte.«

»Vor einer … Garotte?«

»Das wäre denkbar«, sagte Schröder.

Dreiundvierzig

Allmählich klangen die Nachwirkungen des Joints ab. Das Dröhnen in meinem Schädel ließ nach, mit ein paar Gläsern Wasser hatte ich den pelzigen Geschmack im Mund heruntergespült. Ich hatte nicht vor, den Versuch zu wiederholen, obwohl die Aktion nicht komplett sinnlos gewesen war. Einige der Dinge, die unter dem Einfluss der Droge wie ein Gewitter durch meinen Verstand gejagt waren, hatten sich in meinem Gedächtnis verhakt.

Ich hatte meine Mutter gesehen. Den beleuchteten Globus neben meinem Kinderbett. Ich hatte ihre Stimme gehört. Das Lied, das sie mir zum Einschlafen vorsang. Und ich war meinem Angreifer begegnet. Ich konnte nicht sicher sein, ob ich mich später daran erinnern würde, also schrieb ich es auf:

Kennt mich

Riecht nach Pfefferminz

Ziemlich kräftig (Kampfsportler?)

Ungefähr meine Größe

Ein Rattern drang herauf. Ich sah aus dem Fenster. Der Mann mit dem Strohhut begann, den Rasen zwischen den Carports zu mähen. Ich setzte mich wieder an den Küchentisch.

Der Dicke heißt Dennis

Wohnt schräg gegenüber (Erdgeschoss rechts)

Ich aß einen der Cornflakes. Mein Blick wanderte durch die Küche, fiel auf den Kasten auf dem Fensterbrett. Das Design des handgefertigten Walnussgehäuses hatte mir sofort gefallen, trotz der kompakten Maße war der Klang überragend. Per Bluetooth oder WLAN konnte ein Smartphone oder Tablet vernetzt werden, die Helligkeit des Displays passte sich automatisch der Umgebung an. Als ich es kaufte (dreihundertneunundneunzig Euro) hatte mir der Händler zwei Prozent Rabatt gegeben. Erneut griff ich zum Stift:

Das Ding auf dem Fensterbrett ist ein RADIO!!!!!

Bisher war ich von zwei Möglichkeiten ausgegangen. Entweder ich erinnerte mich, oder ich tat es nicht. Doch es gab eine dritte: Was war, wenn die Aussetzer schlimmer wurden? So lange, bis ich irgendwann nicht nur ein Mann ohne Vergangenheit, sondern ein sabbernder Idiot war?

Ich konnte nur abwarten. Doch es gab Anlass zur Hoffnung. Zunächst war da Holm, mein Sohn, den ich am nächsten Tag besuchen würde. Außerdem gab es noch diesen Hagen, der mich seit Kindertagen kannte. Wenn auch er mir nicht half, blieb noch der Psychologe, laut Doktor Carlsson eine absolute Koryphäe. Der Gedanke, in Hypnose versetzt zu werden, gefiel mir nicht im Geringsten, doch mehr und mehr wurde mir klar, dass ich nach jedem Strohhalm greifen musste.

Ich griff in die Schüssel. Sie war leer, ich hatte die Cornflakes aufgegessen. Dass es mir nicht bewusst geworden war, führte ich auf den Joint zurück, der sich nun in einem weiteren Punkt als nützlich erwies.

Ich verspürte keinerlei Übelkeit. Im Gegenteil, ich hatte einen Bärenhunger.

Vierundvierzig

»Schröder?«

»Chef?«

»Liegst du noch im Bett?«

»Natürlich nicht, es ist gleich Mittag!«

»Störe ich?«

»Wobei?«

»Beim Sex?«

»Wieso …«

»Du keuchst so.«

»Ich hacke Holz!«

»Logisch. Was sonst?«

»Ich weiß nicht, was es da zu kichern gibt. Es ist meine Sache, wie ich meine Freizeit verbringe.«

»Deshalb rufe ich an, Schröder.«

»Weil heute Samstag ist?«

»Wegen deiner Freizeit. Was machst du, wenn du das Holz gehackt hast?«

»Ich staple es ein.«

»Und dann?«

»Fege ich die Späne weg.«

»Und dann?«

»Sag mal, was …«

»Irgendwann kriegst du bestimmt Hunger, oder?«

»Willst du mich zum Essen einladen?«

»War Edgars Idee.«

»Ach, das ist wirklich lieb, Chef!«

»Wie wär's am späten Nachmittag?«

»Perfekt. Ich komme dann um fünf zu euch.«

»Die Mühe musst du dir wirklich nicht machen.«

»Äh …«

»Hast du Bier im Haus?«

»Ich äh … trinke doch keinen …«

»Stimmt, du trinkst keinen Alkohol. Sorry, hatte ich vergessen. Dann kommen wir lieber 'n bisschen später. Gegen halb sechs, okay?«

»Aber warum …«

»Damit du in Ruhe einkaufen kannst.«

»Moment mal!«

»Für Frieda reicht ein Salat. Aber für mich bitte was Handfestes. Keine vegetarische Scheiße, ja?«

»Dürfte ich …«

»Fisch natürlich auch nicht.«

»… auch mal was sagen?«

»Du meinst den Nachtisch? Mach dir keinen Stress. Es reicht, wenn du ein paar von deinen Erdbeeren pflückst. Aber gut abwaschen, okay?«

»Also ich habe …«

»Wir haben dich auch lieb, Schröder. Bis nachher.«

Fünfundvierzig

Er saß auf dem Bettrand und wiegte sich langsam vor und zurück. Ich war Luft für ihn, seine gesamte Aufmerksamkeit galt einem Zauberwürfel in seinen Händen.

»Hallo Holm.«

Keine Reaktion, ganz zu schweigen von einem Zeichen des Erkennens. Selbst wenn ich gewollt hätte, einen Vorwurf konnte ich meinem Sohn wohl kaum machen. Seinem Vater ging es schließlich genauso.

Holms Zimmer war geräumig und hell. Wände und Teppich in klaren Pastelltönen gehalten, die Möbel aus lackiertem Kiefernholz, mit abgerundeten Ecken, damit er sich nicht verletzte. Vor dem Schreibtisch stand ein mit hellblauem Kunstleder bezogener Drehstuhl, in einer Ecke türmte sich ein großer, cremefarbener Sitzsack. Die Heimleitung versuchte, mit der

Einrichtung einen größtmöglichen Anschein von Normalität zu vermitteln. Nur die fehlenden Steckdosen, die gepolsterte Innenseite der Tür und natürlich das Gitter vor dem Fenster deuteten darauf hin, dass mein Sohn unter besonderen Umständen aufwuchs.

»Wie geht's dir?«

Er starrte durch die verspiegelten Gläser einer Sonnenbrille auf seinen klackernden Würfel, den er unablässig in den Fingern drehte. Das Ziel, alle Seiten farblich zu ordnen, schien ihn nicht zu interessieren.

»Wieland sagt, du hättest mich vermisst.«

Woher Holms Pfleger das wusste, war mir ein Rätsel. Er hatte mich wie einen alten Bekannten begrüßt, auch die Frau am Empfang wusste sofort, zu wem ich wollte. Zu meinem Glück trug das Heimpersonal Namensschilder am Hemdkragen. Auch der Umstand, dass der Pfleger mich durch die langen, verwinkelten Flure zu Holms Zimmer begleitete, hatte mir peinliche Nachfragen erspart. Dass ich meinen Sohn an den beiden vergangenen Samstagen nicht besucht hatte, erklärte ich dem Pfleger mit einem Verkehrsunfall.

»Entschuldige, Holm. Tut mir leid, dass ich nicht da war.«

Der wirbelnde Würfel kam zur Ruhe. Ansonsten bewegte sich Holm nicht, er saß einfach nur gebeugt auf der Bettkante, die Ellbogen auf die Knie gestützt.

Die hohen Wangenknochen und die leicht nach oben gebogene Nase erinnerten an Mona. Sein Haar war heller als meins, doch als ich Teenager war, hatte es dieselbe Farbe gehabt. Rasieren musste er sich noch nicht, aber der Flaum über den vollen Lippen zeichnete sich bereits ab. Die Sonnenbrille

er erträgt keine Helligkeit

war viel zu klein und am Bügel mit Heftpflaster geflickt. Er war barfuß, doch ungeachtet der spätsommerlichen Wärme trug er lange Adidashosen und ein Kapuzenshirt aus grünem Frotté, beides

das tut er immer

mit den Nähten nach außen.

weil es sonst kratzt

»Ich war krank.« Ich trat näher. Der dicke Teppich dämpfte meine Schritte. »Du siehst ja, ich bin ganz schön lädiert.«

Der Würfel setzte sich wieder in Bewegung.

klack klack klack

»Aber es geht mir schon besser.«

Am Abend zuvor war mir der Werbezettel des veganen Lieferdienstes in die Hände gefallen. Der Name – *HELDEN DES GUTEN GESCHMACKS* – war nicht nur bescheuert, er erzeugte auch einen diffusen Widerhall in meinem Kopf. Das Essen hatte geschmeckt, ich hatte alles bei mir behalten und später sogar zwei Stunden geschlafen.

»Kommt nie wieder vor. Ich versprech's.«

Holm leckte einen Krümel aus dem Mundwinkel.

Schokolade. Die liebt er, aber es muss Ritter Sport sein, und zwar die mit Marzipan. Am besten direkt aus dem Kühlschrank. Er mag das Knacken, wenn er reinbeißt.

Ich sah mich um. Mein Blick verharrte auf dem Sitzsack. Der Bezug war zerschlissen und speckig, die Nähte teilweise gerissen, so dass der Schaumstoff zu sehen war.

Wenn er einen Anfall hat, setze ich ihn da rein. Das hilft manchmal. Falls es schlimmer wird, schließe ich die Jalousien und mache die Lichterkette über dem Bett an. Das winzige Loch über dem Schreibtisch stammt von einer Reißzwecke. Dort hing früher ein Foto von Mona. Ich hatte ihm auch eins von mir mitgebracht, aber das hat er zerrissen.

Die Bettfedern knarrten, Holm bewegte sich schneller vor

und zurück. Der Würfel drehte sich mit atemberaubender Geschwindigkeit, die Farben verschwammen vor meinen Augen. Ich bemerkte die Narbe quer über seinem Handgelenk.

Ein Kronkorken. Er muss ihn draußen im Garten gefunden und hier reingeschmuggelt haben. Er war fast verblutet, als man ihn gefunden hat, doch er hat gelacht. Ich kenne noch jemanden mit so einer Narbe. Allerdings an der anderen Hand, es ist –

Der Junge stieß einen gutturalen Schrei aus. Sein Oberkörper schwankte wie ein Derwisch, der sich in Trance immer und immer wieder Richtung Mekka verneigt.

Er will, dass ich gehe.

»Ich muss jetzt los, Holm.«

Leise sprechen. Ruhig. Sonst regt er sich noch mehr auf.

»War schön, dich zu sehen.«

Er hielt abrupt inne, als hätte jemand die Stopptaste einer unsichtbaren Fernbedienung gedrückt.

»Bis nächsten Samstag. Wir könnten vielleicht eine Runde im Hof spazieren gehen oder …«

FASS IHN NICHT AN!

Ich trat zurück, ließ die Hand sinken. Holm saß wie versteinert auf dem Bett, in derselben Haltung, in der ich ihn angetroffen hatte. Eine Träne rann unter dem verspiegelten Glas hervor und lief über seine Wange.

»Bis bald, Holm.«

Auf dem Flur blieb ich noch eine Weile stehen und lauschte neben der angelehnten Tür. Lange, sehr lange hörte ich nichts. Dann knarrten die Bettfedern in Holms Zimmer, gefolgt von einem leisen, mittlerweile vertrauten Geräusch.

klack

Erst langsam.

klack klack klack

Dann immer schneller werdend.

klack klack klack klack klack klack

Der Besuch hatte keine größeren Impulse ausgelöst. Aber die Begegnung hatte einen anderen, nicht weniger wichtigen Zweck erfüllt. Natürlich hätte ich davon ausgehen müssen, schließlich war ich sein Vater. Doch erst als ich auf dem halbkreisförmigen Vorplatz in ein Taxi stieg, wurde mir bewusst, wie sehr ich ihn liebte.

Das erschien mir normal, also dachte ich nicht weiter darüber nach.

Es war nicht der letzte Fehler, den ich machen sollte. Sicherlich, im Nachhinein ist man immer klüger (ich werde versuchen, mir weitere Binsenweisheiten zu ersparen), und zu meiner Verteidigung ließe sich anbringen, dass das, was später geschehen sollte, nicht zu verhindern war.

Doch ich hätte zumindest damit rechnen können.

*

Als ich nach Hause kam, legte ich mich auf das Sofa, roch den Lederduft und ließ die letzten Stunden Revue passieren. In Bezug auf meine Vergangenheit hatte ich kaum etwas herausgefunden, trotzdem hatte ich einiges erfahren.

Auf der Rückfahrt vom Heim hatte ich mich noch eine Weile mit dem Taxi durch die Stadt chauffieren lassen, vorbei am Opernhaus, der alten Burg, dem Freibad und anderen Orten, die ich schon oft besucht haben musste. Bewirkt hatte das nichts, und da ich ein paar Lebensmittel einkaufen musste, bat ich den Fahrer, an einem Supermarkt anzuhalten und mich dann nach Hause zu bringen. Unterwegs ließ ich an einem EC-Automaten stoppen, die Rechnung des Lieferdienstes und die Hinfahrt hatten fast mein gesamtes Bargeld gekostet. Ich hob zweihundert Euro ab, und erst als ich die Geldscheine auf dem Rückweg zum Taxi in meiner Brieftasche verstaute, dämmerte mir, was soeben geschehen war.

Ich hatte die Geheimzahl ohne großes Nachdenken in die Tastatur getippt. Diese war zwar nur vierstellig, trotzdem ergab sich eine Frage. Die Zahlenfolge war im selben Hirnareal wie das Passwort meines Computers abgespeichert. Letzteres musste deutlich komplizierter sein, doch warum blieb mir der Zugang verwehrt? Die Amnesie war ein Schutzmechanismus, mein Verstand verweigerte den Dienst wie ein störrischer Esel und blockierte sämtliche Informationen, die mit dem Überfall zusammenhingen. Die Ahnung, dass mir der Zugang zu meinem Rechner aus einem bestimmten Grund verweigert wurde, war zur Gewissheit geworden. Die Lösung des Rätsels – zumindest eines Teils – befand sich auf meiner Festplatte. Dass sich mein Unterbewusstsein so hartnäckig sperrte, konnte nur eines bedeuten. Vielleicht war es tatsächlich besser, wenn ich die Wahrheit nie erfuhr?

Im Vergleich dazu erschien mir eine zweite Erkenntnis eher nebensächlich. Ein jeder kennt die Warnschilder, die an einem Geldautomaten in mehreren Sprachen darüber informieren, dass die Geldbestände bei Gewalteinwirkung durch explodierende Farbbeutel entwertet werden. Dass ich die englische Version *(EVERY ATTACK WILL RESULT IN THE DESTRUCTION OF THE CONTENTS!)* ohne Probleme verstand, war kaum bemerkenswert. Doch auch die kyrillischen Buchstaben konnte ich mühelos entziffern. Und so fügte sich dem Bild des spießigen, durchtrainierten Ordnungsfanatikers eine weitere Facette hinzu.

Jakob Fender sprach fließend Russisch.

Sechsundvierzig

»Jemand noch eine Kräuterkartoffel?« Schröder hob die Porzellanschüssel und sah sich fragend um. »Oder eine geröstete Tomate?«

Zorn verneinte kauend und schnappte sich stattdessen eine weitere Bratwurst vom Servierbrett. Edgar nickte mit vollem Mund, auch Frieda bat um Nachschlag. Nachdem die Teller wieder gefüllt waren, wurde es erneut still auf Schröders Terrasse, abgesehen vom Zwitschern der Vögel, dem Klappern des Bestecks und Zorns geräuschvollem Schmatzen. Schließlich griff Frieda nach der Serviette, lobte das Essen und entschuldigte sich noch einmal für die Verspätung.

»Kein Problem«, sagte Schröder.

Frieda hatte sich strikt geweigert, in den verdreckten Volvo zu steigen *(nur über meine Leiche!)*, also war Zorn zur Waschanlage gefahren, wo an einem Samstagnachmittag Hochbetrieb herrschte. Zunächst hatte er eine halbe Stunde in der Schlange gewartet und mit zusammengebissenen Zähnen beobachtet, wie Dutzende Männer aller erdenklichen Altersklassen mit geröteten Gesichtern im strahlenden Sonnenschein hingebungsvoll ihre Zierleisten polierten, Polster absaugten und Duftbäumchen wechselten. Nachdem der Wagen gewaschen war (Billigprogramm), hatte Zorn kurz die Fußmatten ausgeklopft und das Gelände fluchtartig verlassen. Jetzt stand der Volvo vor Schröders Grundstück, und zwar, wie Zorn beim Aussteigen mit grimmiger Befriedigung registriert hatte, beinahe wieder im ursprünglichen Zustand. Als Zorn den Wagen über die schlammige Zufahrt steuerte, hatte er keine einzige Pfütze verfehlt und so dicht wie möglich unter einer Blautanne geparkt, um das

Ergebnis durch herabrieselnde Nadeln und – falls er Glück hatte – die Verdauungsprodukte der in den Zweigen umhertollenden Eichhörnchen weiter zu verbessern.

»Wirklich lieb, dass du uns eingeladen hast.« Frieda tupfte die Mundwinkel mit der Serviette ab. »Eigentlich wollten wir ja mit Edgar in die Oper.«

Schröder, der im Begriff war, mit der Gabel eine Sojasprosse aufzuspießen, stutzte. Seine Augen wurden schmal, richteten sich über die weiße Tischdecke auf Zorn.

Ach, daher weht der Wind!

»Edgar hatte sowieso keine Lust«, behauptete Zorn.

»Stimmt gar nicht!«, widersprach Edgar kauend und erklärte, dass fast alle aus seiner Klasse das Stück schon gesehen und gesagt hätten, *Peter und der Wolf* sei ziemlich cool. Die Musik fanden ebenfalls alle gut, selbst Linus Hammelmann, der eigentlich auf *Die Ärzte* stand. »*Ich* wollte hingehen.« Er tunkte ein Stück Schwarzbrot in das Schälchen mit dem Ketchup. »*Du* hast heute Morgen gesagt, dass du keinen Bock hast, Papa!«

»Keine *Lust*«, korrigierte Zorn.

»Keinen *Bock*! Ich hab's genau gehört!«

»Ist ja jetzt egal!«

»Sogar zwei Mal! Als ich den Controller suchen wollte, da hattest du irgendwann auch keinen …«

»Mein *lieeeber* Mann, Schröder!« Zorn deutete auf einen Stapel frischer Holzscheite, der sich am Zaun unter einem Vordach türmte. »Da hast du ja ganz schön geackert!«

Schröder überhörte die Bemerkung. »Was war mit dem Controller?«

Zorn wollte das Gespräch in ungefährlichere Gefilde steuern, doch Edgar kam ihm zuvor und berichtete, der Controller sei wie vom Erdboden verschluckt. »Wir haben überall gesucht.

Papa hat sogar das Sofa weggeschoben. Aber das verdammte Mistding …«

»*Edgar!*«

»Das hast *du* gesagt, Papa!«

»Hab ich n–«

»Doch«, warf Frieda ein. »Hast du.«

Das Sonnensegel bauschte sich über ihren Köpfen.

»Wir haben ja noch drei Controller«, sagte Zorn.

»Aber der gelbe war am coolsten«, murrte Edgar kauend.

»Der taucht bestimmt wieder auf«, beschwichtigte Zorn. »Spätestens, wenn du dein Zimmer aufräumst. Wird sowieso langsam Zeit.«

Zorn, dem die Bedeutung des Wortes *auftauchen* erst im Nachhinein klarwurde, errötete bis unter den zunehmend ergrauenden Haaransatz. Er war ein erfahrener Lügner, und auch darin, die eigene Schuld auf andere abzuwälzen, hatte er sich im Laufe der Jahre zu einem routinierten Fachmann entwickelt. Seinen Sohn hatte er allerdings noch nie ernsthaft belogen, und da er's nun tat, schämte er sich sehr. Doch ihm blieb keine Wahl, denn das Geständnis, den Controller in den Fluss geworfen zu haben, wäre ihm freiwillig nie über die Lippen gekommen.

»Ich hab überall gesucht.« Edgar ließ nicht locker. »Sogar in den Legokisten, aber da ist er …«

»Du hast Kräuterdip am Kinn«, lenkte Zorn ab.

»Außerdem ist es *dein* Controller, Papa! Du hast immer mit dem gelben …«

»Also wirklich, Schröder«, unterbrach Zorn in höchster Not und wies erneut vorwurfsvoll hinüber zum Holzstapel, »die Schubkarre hättest du wenigstens wegräumen können. Und die Späne liegen auch noch überall …«

»Er hat die ganze Zeit am Herd gestanden!«, mischte sich Frieda ein. »An seinem freien Tag!«

»Genau das hab ich ihm auch gesagt!« Zorn hob scheinbar resigniert die Arme. »Er hat heute frei, da muss er nicht auch noch für uns kochen. Aber du kennst ihn ja, wenn er sich erst mal was in den Kopf gesetzt hat …«

Zorn verstummte unter Schröders Blick, streckte die Hand mit der Gabel aus, um eine weitere Bratwurst aufzuspießen. Das Holztablett war leer, die Gabel verharrte eine Weile über den auf dem Tisch verteilten Schälchen, Tellern und Servierplatten und senkte sich schließlich in eine Schüssel mit Kräuterbouletten.

Von der Badestelle am See wehte Kinderlachen herauf. Als Edgar verkündete, dass Ögi der *allerbeste Koch auf der ganzen Welt* sei, stimmte Frieda zu.

»Man tut, was man kann«, lächelte Schröder.

Edgar stieß einen Rülpser aus. Zorn schickte sich an, ein Kompliment über die beeindruckende Lautstärke zu machen, entschied sich aber im letzten Moment für einen strafenden Blick, der – wie immer – ignoriert wurde. Edgar verzog sich mit seinem neuen Harry-Potter-Buch auf die Schaukel, Schröder kochte Kaffee. Als er wiederkam, redeten sie über die Arbeit.

*

»Was ist, wenn Fender lügt?«, fragte Zorn.

»Du meinst, er täuscht die Amnesie vor?« Schröder schüttelte den frisch geschorenen Kopf. »Das glaube ich nicht.«

»Ich auch nicht«, stimmte Frieda zu. »Warum sollte er?«

Sie hatten die Stimmen gesenkt, obwohl Edgar knapp zwanzig Meter entfernt war. Er saß mit dem Buch auf dem Schoß unter den Kiefern auf der Schaukel und stieß sich ab und zu mit dem nackten Fuß an einem Stamm ab. Schmetterlinge tanzten über seinem Kopf, hinter ihm flimmerte der See in der Sonne.

»Das Labor hat Fenders Fingerabdrücke mit denen auf dem Baseballschläger verglichen«, sagte Schröder. »Ein Teil stammt tatsächlich von ihm. Die von der zweiten Person sind in keiner Datenbank gespeichert.«

»Wenn du recht hast, stammen die von Kuchtas Mörder«, überlegte Zorn.

Frieda blies in ihre dampfende Kaffeetasse. »Bist du sicher?«

»*Ich?* Nö«, Zorn deutete lachend auf Schröder. »*Er* ist hier das Superhirn.«

»Es ist eine Vermutung«, sagte Schröder. »Ich habe die Wunde an Fenders Hand nur kurz gesehen. Die Finger waren fast abgetrennt. Ebenso wie Björn Kuchtas Kopf. Fender meinte, Kuchtas Name würde etwas in ihm auslösen. Was genau, konnte er nicht sagen.«

»Wahrscheinlich kannten sie sich«, sagte Frieda.

»Möglich, aber ich kann's mir kaum vorstellen. Irgendwie …« Schröder dachte einen Moment nach. »Es passt einfach nicht zusammen. Auf der einen Seite ein Baseballschläger, ein ermordeter Neonazi und seine Komplizin, beide werden vom Verfassungsschutz überwacht. Auf der anderen Jakob Fender. Der taucht in den Berichten nicht auf, es gibt keinerlei Hinweise auf eine Verbindung, obwohl Kuchta ständig observiert wurde. Ich hab mit dem Verfassungsschutz telefoniert, Fender ist nie aktenkundig geworden. Keine Vorstrafen, nicht mal ein Strafzettel. Er arbeitet seit Jahren bei der Bank, ist bei seinen Kollegen beliebt. Und zwar ausnahmslos, alle sagen, er sei zwar ein Sonderling mit einem etwas übertriebenen Ordnungsdrang, aber fachlich mache ihm niemand was vor. Er war immer pünktlich auf die Minute, in all den Jahren nicht einen einzigen Tag krank. Kurz gesagt, ein …«

»Spießer«, warf Zorn ein.

»Zuverlässiger Angestellter«, korrigierte Schröder.

»Ich sehe da nicht den geringsten Unter–«

»Er passt jedenfalls nicht in dieses Milieu. Das sind völlig unterschiedliche Welten. *Falls* Fender und Kuchta sich kannten, frage ich mich, wie sie jemals aufeinandertreffen konnten.«

»Erzählen werden sie's uns jedenfalls nicht.« Die Sonne war weitergezogen, Zorn schob seinen Korbstuhl wieder in den Schatten des Sonnensegels. »Der eine ist tot und der andere …«, er ließ den verbliebenen Zeigefinger neben der Schläfe kreisen, »plemplem.«

Ein Klatschen ertönte unter den Kiefern. Edgar stieß einen Fluch aus und zerquetschte eine Mücke zwischen den Fingern. Hinter ihm steuerte ein übergewichtiger Stand-up-Paddler in pinkfarbenem Neoprenanzug sein Board durch die Seerosen.

»Tja«, seufzte Zorn, »wir können nur abwarten. Und Tee trinken. Beziehungsweise«, er prostete den beiden mit seiner Tasse zu, »Kaffee.«

Ein weiteres Klatschen drang herauf. Edgar beschwerte sich lautstark über *die verdammten Scheißviecher*, was Frieda zu der Bemerkung veranlasste, Zorn möge in Zukunft in Gegenwart seines Sohnes besser auf seine Wortwahl achten. Zorn vergewisserte sich mit einem Blick auf die Uhr, dass die Opernaufführung bereits angefangen hatte, schlug vor, den Heimweg anzutreten, und bat, vorher noch kurz *die Sanitärräume seines geschätzten Kollegen* aufsuchen zu dürfen. Auf dem Weg ins Bad entdeckte er die grün-gelb gestreiften Pappschachteln auf dem Küchentresen, entzifferte den Aufdruck *HELDEN DES GUTEN GESCHMACKS* und zitierte Schröder mit einem barschen Ruf herbei.

»Du hast also … *gekocht*?«

»Das habe ich nie behauptet«, verteidigte sich Schröder.

»Das ist doch wohl die Höhe!«, rief Zorn. »Nicht genug, dass du uns diesen Fertigfraß andrehst! Dann auch noch … *vegetarisch*!«

»Es hat dir doch geschmeckt. Hast du selbst …«

»Da dachte ich auch, ich würde Fleisch essen!« Zorns Stimme bebte vor Wut. »*Fleisch,* Schröder! Eine einfache Boulette, ’ne ehrliche, stinknormale Bratwurst! Und nicht irgendwelche zusammengekehrten Müslireste, die so aussehen!«

Schröder erwiderte, es handele sich keinesfalls um Müslireste, sondern um eine ausgewogene Mischung aus Räuchertofu, Süßlupinen und einer Vielzahl weiterer Zutaten, die entgegen Zorns Behauptung nicht zusammengekehrt, sondern sorgfältig zusammengestellt war. Zorn ließ das Argument nicht gelten, rief Frieda als Zeugin herbei, verkündete, nie wieder einen Fuß in das Haus dieses heuchlerischen Lügners zu setzen, und verschwand auf der Toilette. Als er das Bad wieder verließ, waren Frieda und Edgar bereit zum Aufbruch. Schröder warnte besorgt, jemand könne sich auf dem Weg zum Auto womöglich einen Splitter eintreten, drückte Zorn einen Besen in die Hand, mit dem dieser kurz darauf die Späne vor dem gestapelten Brennholz beseitigte und – da er einmal dabei war – gleich noch den Weg zum Gartentor *(bitte auch zwischen den Mülltonnen, ja?)* fegte.

Siebenundvierzig

»Ich hab ständig versucht, dich zu erreichen. Wie geht’s dir, Jacky?«

»Besser.«

Ich schaltete den Lautsprecher ein und legte das Handy neben die Tastatur des Macs. Erkannte, wie sinnlos es war, um den heißen Brei herumzureden, und korrigierte mich: »Eigentlich geht’s mir beschissen.«

»Keine Erinnerung?«

»Nee.«

»Auch nicht an mich?«

»Nee.«

»Krass.«

Die Stimme war die, welche mir bereits auf die Mailbox gesprochen hatte. Ich wusste, dass sie zu dem Mann auf dem Foto gehörte: Nerdbrille. Nasenpiercing. Zopf. Gestutzter Bart. Ich versuchte, beides in Einklang zu bringen. Zu einer Person zu verbinden. Zu Hagen, den ich seit meiner Kindheit kannte. Vergeblich.

»Du hast ordentlich was auf die Rübe gekriegt.« Er klang besorgt, gleichzeitig vertraut. Wie ein Freund, mit dem man intimste Geheimnisse teilt. »Im Krankenhaus wollten sie mich nicht zu dir lassen. Die meinten, du brauchst Ruhe. Ich … ich hatte keine Ahnung, dass es so schlimm ist.« Ich hörte ein Klicken, danach sein tiefes Einatmen, als er an einer Zigarette zog. »Was soll ich tun?«

»Hast du 'ne Ahnung, wer mich angegriffen hat?«

»Ich hab mir die ganze Zeit den Kopf zerbrochen, aber …«, Hagen blies den Rauch aus. »Nee. Ich hab keinen Schimmer.«

»Und warum …« Ich setzte zur nächsten Frage an. Einer, der unzählig viele folgen mussten, denn aus jeder Antwort würden sich zwei neue ergeben. Fragen, die ich nicht am Telefon stellen wollte. »Können wir uns treffen?«

»Klar, ich setze mich in den nächsten Flieger und …«

»Wo bist du?«

»In Stockholm, hab 'nen ziemlich großen Fisch an der Angel. Ich will den Schweden meine Software aufschwatzen, aber die zieren sich noch. Ich wollte dich damals als Partner, weißt du noch?«

Eine dämliche, *absolut* dämliche Frage, doch ich musste nicht darauf hinweisen, Hagen erkannte es selbst. Er erzählte von dem Informatikstudium, das wir zusammen nach der Schule begonnen hatten, und der Softwarefirma, die er danach gründete.

»Ich hab dich ewig bekniet«, sagte er, »aber du hast lieber bei der Bank angefangen.«

»Warum?«

»Weil du 'n Spießer bist.«

»Du wirst es nicht glauben, aber das hab ich bereits selbst rausgefunden.«

Er lachte. Ich nicht.

»Pass auf.« Hagen wurde ernst. »In zwei Stunden geht ein Flug nach Berlin, von dort brauche ich höchstens …«

»Wie groß ist der Fisch?«

»Riesig.«

»Dann zieh ihn an Land.«

»Das kann ich auch später.«

»Aber er könnte dir entwischen.«

»Wahrscheinlich. Aber …« Eine Frauenstimme erklang. Hagen schirmte das Telefon mit der Hand ab, sagte etwas – wahrscheinlich auf Schwedisch –, dann wurde seine Stimme wieder klar. »Das ist jetzt nicht wichtig.«

»Schnapp dir den Fisch. Bis dahin komme ich zurecht.«

»Das kann ein paar Tage …«

»Darauf kommt's jetzt auch nicht mehr an.«

»Sicher?«

»Nee.«

Ich sprach mit einem Unbekannten. Das traf allerdings nur auf mich zu, denn ich selbst war diesem Fremden alles andere als egal, er sorgte sich ehrlich um mich. Es widerstrebte mir, dass er das Geschäft seines Lebens verpasste für ein Treffen, von dem niemand sagen konnte, ob es überhaupt etwas bringen würde.

Hagen war hartnäckig. Erst nachdem ich mehrfach versichert hatte, mich sofort zu melden, wenn ich ihn brauchte, ließ er sich umstimmen. Als wir uns verabschiedeten, fiel mir das fehlende Passwort meines Computers ein.

»Kann es sein, dass ich das irgendwo aufgeschrieben habe?«

»Du hast dir jede Kleinigkeit gemerkt, Jacky. Niemand kann besser mit Zahlen umgehen als du. Ein Passwort würdest du niemals aufschreiben. So was hast du im Kopf.«

»*Hatte* ich.«

Hagen tröstete mich *(das wird schon wieder)*, versicherte noch einmal, rund um die Uhr erreichbar zu sein, und legte auf. Wie lange ich danach vor dem Rechner saß und die schemenhaften Umrisse meines Spiegelbildes im schwarz glänzenden Monitor betrachtete, kann ich nicht sagen. Irgendwann zerriss das Gellen der Klingel die dröhnende Stille in meinem Kopf, und als ich öffnete, stand Mona vor der Tür.

Ich fragte, was passiert sei.

Anstatt zu antworten, hob sie die Fäuste und schlug auf mich ein.

Achtundvierzig

Ein paar Minuten nachdem sie den ungepflasterten Weg zu Schröders Grundstück verlassen hatten, schlief Edgar auf dem Rücksitz ein. Zorn, der auch diesmal zielgenau durch sämtliche Pfützen in den Schlaglöchern gefahren war, steuerte den besudelten Volvo gemächlich über die Straße am Waldrand in Richtung Neustadt, und als sie auf die vierspurige Magistrale einbogen, gingen in den Wohnblocks die ersten Lichter an.

»Eins verstehe ich nicht«, seufzte Frieda, nachdem sie sich im Rückspiegel versichert hatte, dass Edgars Augen geschlossen waren. »Niemand will was gesehen haben. Es *muss* doch irgendwelche Zeugen geben.«

»Logisch, aber die sind entweder taub oder bekloppt. Diese Paula Hecht hat definitiv was mitbekommen, aber aus der kriegen wir nichts raus.«

»Ich meine nicht den Überfall auf Jakob Fender.«

»Sondern?«

»Den Mord an Björn Kuchta.« Frieda sah aus dem Beifahrerfenster. »Er muss auf dieser Strecke zur Hochstraße gebracht worden sein. Klar, es war mitten in der Nacht, aber … wir sind hier doch nicht auf dem Mond.«

»Bist du sicher?«

Zorn beugte sich über das Lenkrad und blickte ebenfalls hoch zu den links und rechts vorbeiziehenden Fassaden der Wohnblocks. Die Fenster reihten sich auf fünf Stockwerken kilometerweit aneinander, es mussten Hunderte, wenn nicht Tausende sein. Dunkle, anonyme Rechtecke, kaum ein Mensch war zu sehen. Man konnte nur ahnen, was dahinter geschah.

»Da guckt keiner raus«, sagte Zorn. »Warum auch? Außer 'ner asphaltierten Schnellstraße, verdreckten Mülltonnen und ein paar verkrüppelten Bäumen gibt's nichts zu sehen. Ab und zu mal 'ne Straßenbahn, morgens und abends der Stau. Da würde ich wahrscheinlich auch lieber in die Glotze gucken.«

»Trotzdem«, beharrte Frieda. »Es kann doch nicht sein, dass …«

»Bisher ist nur ein Bruchteil der Leute befragt. Wir haben den Zeitraum auf 'ne halbe Stunde beschränkt. Ein paar Taxis sind beobachtet worden, außerdem der Kleintransporter einer Reinigungsfirma. Das dürfte längst nicht alles sein, aber Brettschneider hat die Aussagen überprüft. Die Leute im Transporter wollten zur Nachtschicht im Kongresszentrum, die Taxis zum Bahnhof.«

»Das ist nicht viel.«

»Aber noch nicht alles. Da drüben«, Zorn deutete nach links auf eine riesige, betonierte Freifläche vor dem Multiplexkino, »hat jemand ein Raumschiff gesehen. Laut Protokoll ist es direkt vor dem McDonald's gestartet und über die Magistrale Richtung Innenstadt geflogen. Ob es vor der Hochstraße abgedreht ist, kann die Zeugin nicht sagen, aber sie ist sicher, dass David Bowie am Steuer saß.«

Er bremste an einer Ampel. Ein Pizzabote knatterte auf einem Moped über die Kreuzung, auf dem Fußweg näherte sich ein weißhaariger, gebeugter Mann und schob einen Rollator über den Zebrastreifen.

»Schröder hat das Gebiet eingegrenzt«, sagte Zorn und sah nach rechts in die Seitenstraße, die von ähnlich sterilen Wohnblöcken gesäumt wurde. »Aber das Auto mit Kuchta könnte auch von dort gekommen und hier eingebogen sein. Oder von links. Vielleicht auch von weiter vorn.«

Die Ampel sprang auf grün. Zorn wartete, bis der Alte vorbeigeschlichen war, und fuhr an. Die Sensoren des Volvos reagierten auf die zunehmende Dunkelheit, Scheinwerfer und Displaybeleuchtung schalteten sich ein. Der Verkehr war nicht dicht, trotzdem kamen sie nur schleppend voran. Als sie sich der Hochstraße näherten, hatten sie an über einem halben Dutzend Ampeln gestoppt, an denen weitere Seitenstraßen in exakt rechtem Winkel auf die Magistrale mündeten.

»Eigentlich«, seufzte Zorn, »müssen wir die komplette Neustadt befragen. Dann sind wir Weihnachten noch nicht fertig.«

»Wir gehen an die Presse. Suchen öffentlich nach Zeugen.«

Die Wohnblocks wichen dem geduckten Betonbau eines Einkaufszentrums, der Volvo erreichte die Hochstraße. Die Fahrspuren teilten sich, in der Mitte führten die Straßenbahnschienen zwischen den Betonpfeilern nach unten zum Kreisverkehr. Es ging bergauf, vorbei an der Einmündung des Autobahnzubringers über den Fluss. Rechts tauchten die Baumkronen vor der Pferderennbahn auf, links strahlten die Türme des Marktes im Scheinwerferlicht über der Altstadt.

Die Hochstraße war vor über sechzig Jahren errichtet worden, zu einer Zeit, als die sozialistischen Stadtplaner kaum Wert auf Ästhetik gelegt hatten. Fachwerkhäuser und Gründerzeitbauten wurden gesprengt, zwischen den Überresten erhob sich das Ungetüm auf seinen Stahlbetonstelzen wie ein versteinertes Urzeitmonster.

»Da vorn war das Seil festgebunden.« Zorn drosselte das Tempo. »Ein paar Meter hinter dem Laternenmast.«

Frieda lockerte den Sicherheitsgurt, beugte sich vor und sah an Zorn vorbei aus dem Seitenfenster. Nichts deutete mehr darauf hin, was hier geschehen war, nur ein Fetzen Absperrband flatterte noch am Geländer, das die Überholspur begrenzte.

»Kein Wunder, dass es keine Zeugen gibt.« Zorn warf einen Blick über die Schulter. Edgar schlief mit offenem Mund, das Buch auf dem Schoß fest umklammert. »Von unten kriegt sowieso keine Sau mit, was hier oben passiert. Nach links wird die Sicht durch die Gegenfahrbahn verdeckt, und die Häuser hinter der Bushaltestelle sind zu niedrig und ziemlich weit weg. Da hätte jemand mit dem Fernglas auf dem Dach stehen müssen. Und auf der anderen Seite«, er wies nach rechts, »sind alle befragt worden.«

Rechter Hand verlief die Hochstraße auf halber Höhe dicht entlang der ockerfarbenen Fassade des Stadtkrankenhauses. Nur die oberen beiden Stockwerke und das geziegelte Dach ragten über die Fahrbahnbegrenzung, kaum mehr als zehn Meter entfernt.

»Nicht nur das Personal«, sagte Zorn und bremste weiter ab. »Sogar alle Patienten, die theoretisch was beobachtet haben könnten. In der dritten Etage ist die Urologie, in der vierten die Entbindungsstation. Die hatten anderes zu tun, als mitten in der Nacht aus dem Fenster zu gucken.«

»Der Mörder ist gar kein so großes Risiko eingegangen, wie wir dachten«, überlegte Frieda. »Die größte Gefahr war, dass er hier oben von einem Auto aus beobachtet wird. Aber den Verkehr hatte er ja im Blick. Er hat die Stelle genau ausgewählt. Das heißt, er …«

Ihre Worte wurden von einem Sattelschlepper verschluckt, der mit dröhnender Hupe auf der Überholspur vorbeiraste.

»Arschloch! Schnarchlappiger Vollhonk! Dämliches, bekloppptes …«

»Claudius!«

»Was denn?«, rechtfertigte sich Zorn mit einem Blick in den Rückspiegel. »Er schläft doch!«

Edgar murmelte etwas, das Buch entglitt seinen Händen und rutschte auf die Fußmatte. Frieda öffnete den Mund, doch Zorn, der nicht die geringste Lust auf einen weiteren Vortrag über seine Verantwortung als väterliches Vorbild verspürte, kam ihr zuvor.

»Der Mörder kennt die Gegend. Das schließt zwar die Mafia nicht aus, aber wahrscheinlicher ist, dass er von hier kommt.«

Frieda begnügte sich mit einem zustimmenden Brummen. Sie war immer noch sauer.

»Ist wahrscheinlich auch besser«, sagte Zorn und beschleunigte. »Zumindest für Kuchta. Der war bestimmt froh, dass ihm kein Ausländer, sondern ein Arierkollege die Kehle durchge–«

»Bitte«, stöhnte Frieda. »Der Mann ist tot, also erspar mir die Witze.«

»Ach komm, du konntest den doch auch nicht leiden.«

»Na und?« Frieda platzte der Kragen. »Es geht hier nicht um *Gefühle*! Du bist Polizist, Claudius! Kannst du nicht *einmal* professionell ...«

»Professionell? Ich?«, lachte Zorn. »Ist ja was ganz Neues!«

»Du sollst ’nen Fall lösen! Deine persönliche Meinung interessiert da nicht!«

»Ach!« Zorns Finger krallten sich in das gepolsterte Lenkrad. »Das tut sie doch nie!«

»Hör auf mit deinem verdammten Selbstmitleid!«

Edgar regte sich hinter ihnen. Zorn warf Frieda einen Blick zu.

Na toll, jetzt hast du ihn geweckt!

Ihr Kopf sank gegen die Stütze. »Ich dachte«, seufzte sie gereizt, »ich hätte dir das ausgetrieben.«

»Was? Meine persönliche Meinung oder das Selbstmit–«

»Papa?«, meldete sich Edgar verschlafen. »Was ist ein *schnarchlappiger Vollhonk*?«

»Edgar, das ist jetzt wirklich nicht ...«

»Sag mal«, warf Frieda ein, »wo wollen wir eigentlich hin?«

»Was?!«

Zorn hatte die Ausfahrt am Kreisverkehr vor dem Bahnhof verpasst und stellte fest, dass er den Volvo in Richtung Autobahn steuerte. Er bremste unter einer Brücke, ignorierte die doppelte Sperrlinie und den nahenden Bus auf der Gegenfahrbahn, wendete mit quietschenden Reifen und würgte den Motor ab. Der Bus raste mit blinkender Lichthupe heran und kam erst im letzten Moment nur wenige Zentimeter hinter ihnen zum Stehen.

»Genau das hab ich gebraucht«, knurrte Zorn. »Diese dämliche Mistkarre ...«

»Claudius!«

»Ich meine …«, Zorn fummelte hektisch am Display, »da ist bestimmt was … äh, defekt.«

Edgars Kopf erschien zwischen den Vordersitzen. »Die Handbremse«, stellte er mit einem fachmännischen Blick auf die Armaturen fest, »ist's jedenfalls nicht.«

Ein gellendes Hupen ließ Zorn zusammenfahren, gefolgt von einem Dröhnen, als ein Zug über ihnen vorbeiraste. Im Rückspiegel sah Zorn, wie ihm der Busfahrer mit der einen Hand den Mittelfinger zeigte und mit der anderen auf die Hupe drückte.

»Darf ich, Schatz?«

Frieda beugte sich zur Seite und drückte den Startknopf. Der Motor sprang an.

»*Gracias*«, brummte Zorn und gab Gas.

»Keine Ursache«, flötete Frieda und straffte den Gurt über der Schulter, während Zorn den Volvo mit zusammengebissenen Zähnen in den Kreisverkehr einfädelte.

»Papa?«

Claudius Zorn liebte seinen Sohn über alles. Noch nie hatte er dem Jungen ein Haar gekrümmt, nicht einmal die Stimme hatte er gegen ihn erhoben. Doch jetzt stand er kurz vor einem Nervenzusammenbruch, und als Edgar, dessen Müdigkeit wie weggeblasen war, erneut wissen wollte, was denn nun ein *schnarchlappiger Vollhonk* sei, war Zorn kurz davor, seinem Sprössling an die Kehle zu gehen.

Wie so oft war es Schröder, der die Situation klärte. Allerdings unbewusst, denn diesmal war es ein Anruf, mit dem er Schlimmeres verhinderte. Als er bemerkte, dass die drei noch immer unterwegs waren, ließ er sich seine Verwunderung nicht anmerken und bat Zorn, die Freisprechanlage abzuschalten. Zorn weigerte sich ums Verrecken, auch nur einen einzigen Knopf oder Schalter zu drücken *(was ist, wenn ich diese Kiste in die Luft sprenge?)*, worauf Schröder eine Erklärung verschob und um ein sofortiges Treffen bat.

Und zwar bei Jakob Fender.

Neunundvierzig

»Das … das wird sich aufklären, Mona.«

Beruhigt hatte sie sich noch nicht, aber ich hatte sie immerhin so weit gebracht, mir zu erzählen, was passiert war.

»Das kann kein Zufall sein«, schluchzte sie.

»Mona, ich …«

»Fass mich nicht an!«

Sie entzog mir ihre Hand, rückte auf dem Sofa von mir weg und sah mich an, als würde sie im nächsten Moment noch einmal auf mich losgehen. Meine geprellten Rippen schmerzten noch immer, doch ich hatte sie gewähren lassen. Auf ihrer verzweifelten Suche nach einem Schuldigen hatte sich ihre Wut auf ihren Exmann gerichtet. Das mochte naheliegend sein, obwohl ich ebenso ratlos war wie sie.

»Du warst bei ihm«, presste sie hervor. »Ein paar Stunden später ruft das Heim an und sagt mir, dass er verschwunden ist! *Erklär mir das!*«

Ich weiß nicht mehr genau, was ich erwiderte. Dass Holm wie vom Erdboden verschluckt sein sollte, war verwirrend genug. Warum sein Verschwinden mit meinem Besuch zusammenhing, verstand ich erst recht nicht.

»Der Kommissar wird bald hier sein«, sagte ich. »Er weiß bestimmt mehr.«

Sie rieb die Tränen aus dem verweinten Gesicht. Ich sah ihr

Handgelenk und verstand nun, warum die strichförmigen, quer über Holms Pulsadern verlaufenden Narben etwas in mir ausgelöst hatten. Mona trug dieselben.

Es klingelte.

»Ich bin sicher, alles wird gut«, tröstete ich Mona und stand auf, um zu öffnen.

Die Worte kamen mir glatt über die Lippen. So glatt, dass ich meiner Vergangenheit ein weiteres Puzzleteil hinzufügen konnte:

Jakob Fender war ein hervorragender Lügner.

Fünfzig

»Die Heimleitung hatte unsere Kollegen schon alarmiert«, sagte Schröder. »Trotzdem war es richtig, dass Sie mich angerufen haben, Herr Fender.«

Zorn lehnte mit verschränkten Armen am Türrahmen. Zum einen, weil er sich wie immer im Hintergrund hielt, zum anderen hatte Schröder den einzigen Sessel in Beschlag genommen. Fender und seine Exfrau saßen mit größtmöglichem Abstand auf dem ausladenden Ledersofa, der Platz zwischen ihnen reichte bequem für mindestens zwei weitere Personen, doch Schröder hatte Zorn gebeten, die beiden im Auge zu behalten.

»Ihr Sohn war wie immer beim Abendessen«, fuhr Schröder fort. »Danach hat ihn ein Pfleger in sein Zimmer begleitet. Als zwei Stunden später das Licht gelöscht werden sollte, war er nicht mehr da.«

Die schlanke Frau schluchzte auf.

»Sie haben ihn vorher besucht.« Schröder wandte sich an Fender. »Ist Ihnen irgendwas aufgefallen?«

Fender saß gebeugt auf dem Sofa, den Blick zwischen den Knien zu Boden gerichtet. »Nein.«

»War etwas anders als sonst?«

»Anders?«, wiederholte Fender nachdenklich. »Das kann ich nicht beurteilen, dazu bräuchte ich einen Vergleich. Ich weiß, dass ich Holm schon oft besucht habe. Aber für mich war es das erste Mal.«

Er sah zu Zorn. Als ihre Blicke sich trafen, schlug er sofort die Augen nieder. Zu Schröder schien er Vertrauen gefasst zu haben, doch in Gegenwart Zorns sprach er nur widerwillig über seinen Zustand.

»Hat Ihr Sohn etwas gesagt?«, fragte Schröder.

»Nichts«, murmelte Fender. »Es war, als … wäre ich gar nicht da. Als hätte er mich nicht bemerkt.«

»Doch, das hat er«, widersprach die Frau am anderen Ende des Sofas. So leise, dass es kaum zu verstehen war.

Zorn unterdrückte ein Gähnen. Edgar schlief hoffentlich, es war fast halb elf. Bisher hatte Frieda ihn noch nie allein ins Bett gebracht, doch als Zorn die beiden zu Hause absetzte, hatte er kein bisschen protestiert.

»Was kann da passiert sein?«, fragte Fender.

»Das werden wir klären«, erwiderte Schröder. »Die Fahndung ist eingeleitet, wir werden den Jungen bald finden.«

Zorn verlagerte das Gewicht auf das andere Bein. Fender hatte seine Wohnung mit großer Sorgfalt eingerichtet, jedes Detail zeugte von stilvoller, unaufdringlicher Eleganz; gleichzeitig unpersönlich, wie im Präsentationsraum eines Designermöbelhändlers. Eine Sache allerdings fiel Zorn auf.

»Sie ordnen die alphabetisch?«

Fender hob fragend den Kopf.

»Hab ich früher auch gemacht.« Zorn deutete auf die CD-Sammlung im Regal. »Mit meinen Platten. Als ich noch welche hatte.«

Die Sammlung war groß gewesen. So groß, dass er lange gebraucht hatte, bis sämtliche Schallplatten zerstört waren. Damals hatte ihn die Trennung von Malina so sehr mitgenommen, dass er sich nicht nur mit seinen geliebten Platten begnügt, sondern auch die Möbel zertrümmert hatte, bis irgendwann Schröder bei ihm auftauchte, ihn zur Räson brachte und später half, die Wohnung zu renovieren.

»Nur Lindenberg nicht.« Zorn stand vor den aufgereihten CDs. »Den haben Sie nach Erscheinungsdatum …«

Mona Fender fiel ihm ins Wort.

»Holm ist entführt worden.«

Zorn wandte sich um. Schröders Reaktion konnte er nicht erkennen, er sah nur den spiegelglatten Hinterkopf, doch Fender war offensichtlich ebenso überrascht wie Zorn selbst. Seit Zorn ihn im Krankenhaus gesehen hatte, waren ein paar Tage vergangen. Die Schürfwunden in seinem Gesicht waren beinahe abgeheilt, er schien ein paar Kilo abgenommen zu haben. Blass und hohlwangig starrte er seine Exfrau verwirrt an. Diese ignorierte ihn, ihre Worte waren an Schröder gerichtet.

»Niemand kann genau sagen, woran Holm leidet«, sagte sie ruhig. »Die einen vermuten Autismus, obwohl er bis kurz vor seinem siebten Geburtstag völlig normal schien. Oder eine Art Lockdown-Syndrom, aber das müsste durch irgendetwas ausgelöst worden sein. Womöglich ist es auch ein seltener genetischer Defekt.« Ihr Blick flackerte zu Fender, der im nächsten Moment wieder Luft für sie war. »Fakt ist, dass Holm vor Jahren aufgehört hat, mit seiner Umwelt zu kommunizieren. Er teilt sich nicht mit. Man kann nur versuchen, die Zeichen zu deuten und so weit wie möglich auf ihn einzugehen. Das ist …«

Ihre Stimme versagte. Als Fender ihr am ausgestreckten Arm ein Taschentuch anbot, hob sie in stummer Abwehr die Hände und wich weiter zurück, als würde sie von einer Vogelspinne bedroht.

»Holm braucht seine gewohnte Umgebung«, fuhr sie fort, nachdem sie zitternd eingeatmet hatte. »Manchmal weigert er sich tagelang, sein Zimmer zu verlassen. Wenn er's tut, dann nur, wenn ihn jemand begleitet, dem er vertraut. Das sind nur drei Personen: ich, sein Vater und sein Pfleger.«

»Wieland Wichmann?«, fragte Schröder.

Sie neigte zustimmend das Kinn.

»Er hat sein Verschwinden entdeckt«, sagte Schröder.

Mona Fender knetete die Finger im Schoß. Ungeachtet ihres verquollenen Gesichts und der geröteten Augen fand Zorn sie sehr attraktiv – natürlich nicht zu vergleichen mit Frieda, doch es war durchaus vorstellbar, dass sie ihr Geld als Model auf dem Laufsteg verdiente.

»Das Heim ist auf Patienten wie Holm spezialisiert«, sagte sie. »Ich … nein, *wir* haben es damals ausgewählt, weil dort größtmögliche Freiheiten geboten werden. Holms Zimmer ist zum Beispiel nie abgeschlossen. Das war auch nicht nötig, weil er's freiwillig sowieso nie verlassen würde.«

»Sie glauben also nicht, dass er weggelaufen ist?«, fragte Schröder.

»Ich *weiß* es. Dazu wäre er gar nicht fähig.« Mona Fenders Stimme klang brüchig und felsenfest überzeugt zugleich. »Wenn weder mein Mann noch ich selbst oder der Pfleger ihn begleitet haben, muss es jemand anders gewesen sein. Und zwar gegen Holms Willen. Er wurde entführt.«

»Das klingt schlüssig«, nickte Schröder bedächtig. »Wenn man dieser Logik folgt, ergeben sich allerdings weitere Fragen. Aus welchem Grund sollte jemand Ihren Sohn entführen?«

»Ich weiß es nicht.«

Das Deckenlicht blitzte auf Schröders Glatze, er wandte sich Fender zu.

»Ich auch nicht«, murmelte dieser. »Glauben Sie mir, ich würde alles tun, damit Holm … Würden Sie das bitte lassen?«

Zorn, dem die letzten Worte gegolten hatten, blinzelte irritiert.

»Mein Sohn ist verschwunden!« Fender hob gereizt die Stimme. »Ich sitze hier wie ein debiler Idiot und versuche, mich irgendwie zu erinnern! Wie soll man sich konzentrieren, wenn Sie die ganze Zeit … Ich meine, hören Sie endlich auf«, er fuchtelte mit der verbundenen Hand in Zorns Richtung, »so rumzuzappeln! Wenn Sie sich schon nicht hinsetzen, halten Sie wenigstens *Ihre Füße still*!«

Zorn, der wieder am Türrahmen stand, sah nach unten. Erst jetzt wurde ihm das Knarren der Diele bewusst, auf der er seit einer geraumen Zeit vor- und zurückgewippt war. Achselzuckend trat er zur Seite.

»Sorry«, murmelte Fender. »Ich … ich bin völlig am Ende.«

»Sie müssen sich nicht entschuldigen«, sagte Schröder leise. »Sie haben Angst um Ihr Kind. Aber das wird sich aufklären. Wir werden den Jungen finden.«

Aus Schröders Mund klang selbst ein solches Klischee überzeugend. Und es verfehlte seine Wirkung nicht, die beiden auf dem Sofa schienen tatsächlich ein wenig Hoffnung zu schöpfen.

Zorn, der vor einigen Jahren Ähnliches durchgemacht hatte und auf der Jagd nach seinem entführten Sohn regelrecht Amok gelaufen war, verstand nur zu gut, was in den beiden vorging.

Es war der Job eines Polizisten, Zuversicht zu vermitteln. Zorn selbst wäre das wohl kaum gelungen, also war er froh, dass Schröder auch diese Aufgabe übernahm. Und das tat er überzeugend wie immer, obwohl er ebenso unsicher war. Doch

Schröder war aus vielerlei Gründen der bessere Polizist. Unter anderem auch, weil es ihm besser gelang, seine Zweifel zu verbergen.

Einundfünfzig

Als wir allein waren, saßen wir lange schweigend auf dem Sofa, Mona noch immer weitestmöglich entfernt, als hätte ich eine ansteckende Krankheit. Ich suchte vergeblich nach Worten, ging zum Fenster und sah die beiden Kommissare unten vor dem Haus auf einen weißen Volvo zulaufen – das neueste Modell, erst seit zwei Monaten auf dem Markt, trotzdem geradezu sträflich verwahrlost, wie im Licht der Laternen deutlich zu sehen war. Es überraschte mich nicht, dass der langhaarige Kommissar seine erst halb aufgerauchte Zigarette auf dem Bordstein zertrat, die verdreckte Fahrertür öffnete und sich schwerfällig hinter das Steuer hievte, während sein Kollege auf dem Beifahrersitz Platz nahm. Er hatte mir seine Dienstmarke gezeigt – *HAUPTKOMMISSAR CLAUDIUS ZORN* –, und als der Wagen holpernd anfuhr, sah ich seine Initialen auf dem Nummernschild. Es handelte sich also um sein Privatfahrzeug. Es war eine Schande, geradezu *empörend*, den Volvo in diesem jämmerlichen Zustand zu sehen, doch es passte zu diesem Polizisten, dem es in seiner Ignoranz gelungen war, den Wagen innerhalb kürzester Zeit herunterzuwirtschaften.

Hinter mir knarrten die Lederpolster des Sofas. Ich wandte mich um, Mona sah mich schweigend an. Als sie nach ihrer Handtasche griff, um aufzubrechen, redete ich einfach drauflos.

»Die Wohnung ist ziemlich groß.«

»Was du nicht sagst.«

»Es ist schon nach Mitternacht. Wenn du nicht allein sein willst …« Ich geriet ins Stocken. »Ich meine, Platz ist mehr als genug. Wenn du magst …«

»Was?«

»… kannst du auch hier schlafen.«

Ich schwöre, ich hatte keinerlei Hintergedanken. Sex war das Letzte, woran ich dachte. Mona muss das bewusst gewesen sein, trotzdem reagierte sie, als hätte ich vorgeschlagen, den Reichstag zu sprengen.

»Du spinnst.«

Sie lachte auf. Es klang metallisch und rau, wie das Krächzen einer alten Frau.

»Warst du schon mal hier?«, fragte ich.

»Klar.« Kopfschüttelnd stand sie auf. »Letzte Woche, als ich deine Klamotten abgeholt hab.«

»Ich meinte vorher. Bevor du mir die Sachen ins Krankenhaus …«

»Nein.« Sie schien verblüfft, der Gedanke war offensichtlich absurd. »Warum sollte ich?«

»Wir müssen uns doch abgesprochen haben. Wegen Holm.«

»Da gab's nicht viel zu besprechen. Er ist …« Sie wischte in einer fahrigen Bewegung mit dem Handrücken über die Augen. »Im Heim ging's ihm gut. Das war alles, was wir für ihn tun konnten.«

Ich bat sie, noch einen Moment Platz zu nehmen. Mona gehorchte widerwillig. Als ich wissen wollte, ob wir Holm manchmal gemeinsam besucht hatten, verneinte sie. Ich selbst war samstags bei ihm gewesen, Mona an den anderen Tagen.

»Immer?«, fragte ich.

»Jeden Nachmittag, zwei Stunden bis zum Abendbrot.«

»Was … was habt ihr gemacht? Entschuldige«, ich versuchte zu lächeln, »aber ich würde das wirklich gern wissen.«

»Ich hab ihm vorgelesen.« Sie saß steif auf der Sofakante, die Augen auf die Handtasche auf ihrem Schoß gerichtet. »Das liebt er. Janosch, Schulbücher, egal was. Und er mag Memoryspiele. Und Puzzles. Am besten mit der Rückseite nach oben, da ist er richtig gut.« Monas Gesicht hellte sich auf. »Und seinen Zauberwürfel, den liebt er auch.«

Im Bruchteil einer Sekunde war ihr Lächeln wieder verschwunden. Es mag albern klingen, aber es erinnerte an einen Sonnenstrahl, der durch einen düsteren Wolkenhimmel bricht und im nächsten Moment wieder verdeckt ist.

Ich nickte. »Mit dem Würfel hat er heute Vormittag gespielt.«

Wir schwiegen einen Moment.

»Und er hat nie was gesagt?«, fragte ich.

»Nie. Aber er war glücklich, wenn ich bei ihm war.«

»Woran hast du das …«

»Ich bin seine Mutter.«

»Klar. Sorry, war ’ne blöde Frage.«

»Ich muss jetzt wirklich …«

»Warte kurz. Bitte.«

Plötzlich tauchten die Fragen auf, eine ergab die nächste. Ich wusste nicht, wann ich wieder Gelegenheit bekommen würde, sie zu stellen.

»Wir beide hatten keinen Kontakt?«

»So gut wie nie.«

»Und ich hab nie versucht … du weißt schon.« Ich versuchte ein weiteres Lächeln. »Wieder was mit dir anzufangen? Wegen der alten Zeiten und …«

»Nein!«

Ihre Finger krallten sich in die Henkel der Handtasche.

»Bist du wieder …« Ich überlegte einen Moment. »Das geht

mich natürlich nichts an, aber … hast du 'ne neue Beziehung? Darauf musst du nicht …«

»Es gibt niemanden.«

»Und ich?«

»Du?« Sie schien mich nicht zu verstehen. »Woher soll *ich* das wissen?«

»Stimmt, die Frage war genauso dämlich.«

»Ich kann's mir jedenfalls nicht vorstellen.«

»Warum?«

Sie hob stumm die Schultern. Mein Hals war trocken, ich hatte furchtbaren Durst. Doch das war jetzt unwichtig.

»Wieso warst du bei mir im Krankenhaus, Mona?«

»Offiziell sind wir verheiratet. Es gab niemanden, den sie hätten anrufen können.«

»Hatte ich Freunde? Abgesehen von Hagen?«

»Nein.«

»Ich … ich scheine ein ziemlich einsamer Mensch zu sein, oder?«

Monas Antwort bestand in einem weiteren Achselzucken. Ruckartig stand sie auf, endgültig zum Aufbruch entschlossen.

»Nur noch eine Frage, okay?«

Sie versuchte nicht, ihre Ungeduld zu verbergen. »Was?«

»Glaubst du immer noch, dass ich was mit Holms Verschwinden zu tun habe?«

»Das war mein erster Gedanke.«

»Und jetzt?«

Ich sah zu ihr auf wie ein Angeklagter in Erwartung des Urteils. Sie ließ sich Zeit. Lange, sehr lange.

»Nein«, sagte sie schließlich.

Es war nur ein kleiner Trost, doch dass sie mir nicht mehr die Schuld gab, erleichterte mich ungemein.

»Die werden Holm bestimmt finden.« Die Behauptung entbehrte jeglicher Grundlage, doch in diesem Moment glaubte ich meinen eigenen Worten. »Und ich erinnere mich bestimmt irgendwann«, sprudelte ich hervor. »Als ich bei Holm war, hab ich das Loch über seinem Schreibtisch gesehen und gewusst, dass da dein Foto gehangen hat. Und dann ist mir eingefallen, dass er seine Schokolade nur isst, wenn sie vorher im Kühlschrank war. Das ist natürlich Kleinkram, aber es wird besser. Und wenn das so weitergeht, dann …«

»Du hast keine Ahnung.«

Sie machte kopfschüttelnd kehrt, murmelte etwas im Gehen.

»Mona?« Ich stand auf. »Was hast du gesagt?«

»Ich sagte«, sie wandte sich um, »dass ich dich beneide.«

»Ich verstehe nicht …«

»Nimm die Hände von mir!«

Ihre Stimme bebte vor Wut.

»Bitte, Mona.« Ich ließ hilflos den Arm sinken. »Erklär mir das.«

Das tat Mona nicht. Als die Tür hinter ihr ins Schloss fiel, war ich also kaum klüger als zuvor. Nur in einem Punkt hatte ich jetzt Gewissheit. Früher mochte mich Mona vielleicht geliebt haben. Jetzt, so viel war klar, hasste sie mich.

Zweiundfünfzig

Schröder schloss die Bürotür, lief zum Schreibtisch und ließ sich mit einem resignierten Seufzer in seinen Stuhl fallen: »Sie machen jetzt Schluss.«

Noch in der Nacht war das Heim buchstäblich vom Keller bis unter das Dach auf den Kopf gestellt worden. Zorn erkundigte sich nicht nach dem Ergebnis. Schröders Gesichtsausdruck war eindeutig.

»Irgendeine Nachricht?«, fragte er.

»Vom … Entführer?«

»Yep.«

»Du denkst …«

»Du nicht?«

Schröder vergrub müde das Gesicht in den Händen.

»Es gibt keinen Grund, Mona Fenders Aussage zu bezweifeln«, sagte Zorn. »Wenn der Junge alleine nicht in der Lage ist, sein Zimmer zu verlassen, und weder seine Mutter noch sein Vater oder der Pfleger ihn begleitet haben, läuft's auf 'ne Entführung hinaus.«

»Das Zimmer liegt im Erdgeschoss«, drang Schröders gedämpfte Stimme hinter den kurzen Fingern hervor. »Aber das Fenster ist vergittert.«

»Gibt's Überwachungskameras?«

»No.« Schröder ließ die Hände sinken. »Tagsüber kommt man kaum unerkannt hinein, aber abends ist deutlich weniger Personal unterwegs.«

»Und die Rezeption?«

»Die ist eigentlich rund um die Uhr besetzt. Trotzdem dürfte das kein großes Hindernis gewesen sein, der Abenddienst ist vor allem für das Telefon zuständig und muss auch andere Aufgaben übernehmen.«

»Was denn? Blumen gießen?«

»Was weiß ich?« Schröder klang gereizt. »Überall werden Kosten gespart. Wie's aussieht, kann man der Heimleitung keine Vorwürfe machen. Es ist ja nicht so, dass der Junge aus einem Hochsicherheitsgefängnis gekidnappt wurde.«

»Aber er muss sich doch gewehrt haben?«

»Vielleicht wurde er betäubt.«

»Oder er hat seinem Entführer vertraut.«

»Dann gibt's nur drei Verdächtige.«

»Den Pfleger?«

»Den müssen wir unter die Lupe nehmen.« Schröder öffnete den oberen Hemdknopf und lockerte den karierten Kragen. »Nicht nur ihn, sondern sämtliche Angestellten.«

»Mona Fender?«

»Die sagt die Wahrheit.«

»Glaub ich auch.«

»Ist dir gestern Abend sonst noch was an ihr aufgefallen?«

»Nur, dass sie ein fettes Problem mit ihrem Exmann hat«, sagte Zorn. »Die wäre am liebsten durch die Wand gekrochen, damit er ihr nicht zu nahe kommt. Als die sich getrennt haben, müssen ganz schön die Fetzen geflogen sein.«

»Bleibt noch Jakob Fender. Den schließen wir ebenfalls aus, oder?«

»Der ist völlig durch den Wind.« Zorns Antwort kam prompt. »Der tut nicht nur so, der hat wirklich keine Ahnung. Selbst der beste Schauspieler der Welt würde so 'ne überzeugende Nummer nicht hinkriegen. Nicht mal Bruce Willis.«

»Bruce Willis?« Schröder zog die Stirn in Falten. »*Der* soll der beste Schauspieler ...«

»Logisch!«

»Ich will hier keine unnütze Diskussion vom Zaun brechen, Chef. Ich weiß ja, was Bruce Willis dir bedeutet. Er verfügt zweifellos über Ausstrahlung, aber mit Verlaub: Findest du nicht, dass seine darstellerischen Fähigkeiten zumindest«, Schröder hob die Hände, »ein wenig überschätzt werden?«

»Überschätzt?«, blaffte Zorn. »Bruce Willis? Lachhaft!«

»Jedenfalls im Vergleich mit Größen wie Bruno Ganz, Spencer Tracy ...«

»Wer?«

»… oder Anthony Perkins.«

»*Der* ist wirklich nicht schlecht!« Zorn richtete sich auf. »Der hat in diesem Film mitgespielt … äh, wie hieß der noch?«

»*Psycho*?«

»Nee.« Zorn dachte angestrengt nach. »Ich hab's! *Das Schweigen der Lämmer*!«

»Dann meinst du nicht Anthony Perkins. Sondern …«

»Hannibal Lecter!«

»Hopkins. Anthony Hopkins.«

»Egal«, winkte Zorn ab, »ich weiß gar nicht, warum wir uns streiten. Wir sind uns sowieso einig.«

»*Sí, señor.* Jakob Fender sagt die Wahrheit.«

»Und Bruce Willis«, schloss Zorn die Diskussion, »ist der beste Schauspieler der Welt.«

*

»Danke. Halten Sie mich bitte auf dem Laufenden.« Schröder beendete das Telefonat mit der Spurensicherung und wandte sich an Zorn: »Im Zimmer des Jungen finden sich keine Hinweise auf ein gewaltsames Eindringen. Auch keine Kampfspuren. Eine Nachricht wurde nicht hinterlassen. Sie weiten die Suche jetzt aus. Bisher ohne Ergebnisse. Nur ein Rollstuhl scheint zu fehlen.«

Die Sonne war höher gestiegen, blitzte zwischen ihnen auf der Schreibtischplatte.

»Wer immer das war«, Zorn beugte sich schwerfällig zur Seite und schloss die Jalousien, »er wird sich melden. Entweder bei ihm oder bei ihr.«

Sie hatten Jakob und Mona Fender gebeten, ständig in Reichweite ihrer Handys zu bleiben.

»Wir hätten die beiden nach ihren Kontoständen fragen müssen, Schröder.«

»Das machen wir später. Sie waren durcheinander genug.«

»*Du* bist der Chef.« Zorn hob die Schultern. »Aber es geht hier um Kohle, oder?«

»Darum geht's in solchen Fällen fast immer.«

»Aber?«

»Was, *aber*?«

»Du guckst so. Irgendwie ...«, Zorn wedelte mit dem Armstumpf, »so, wie du immer guckst, wenn du was nicht glaubst.«

»Skeptisch?«

»Genau.«

Schröder rieb mit der flachen Hand über den rasierten Kopf, betrachtete seine Finger und zerrieb ein nicht vorhandenes Staubkörnchen.

»Was ist mit dir, Chef?«

»Ob *ich* skeptisch bin? Tja ...« Zorn kratzte sich im Nacken. »Arm scheint Jakob Fender jedenfalls nicht zu sein. Andererseits kann ich mir kaum vorstellen, dass er Millionen auf dem Konto hat. Seine Exfrau erst recht nicht. Und überhaupt ... ein behindertes Kind? Aus einem Heim? Auch wenn jemand da einfach durchspaziert ist, er ...«

»... oder *sie* ...«

»... ist ein extremes Risiko eingegangen. Nee, so viel Kohle *kann* Fender gar nicht haben. Ausschließen können wir's natürlich nicht. Trotzdem.« Zorn nickte bedächtig. »Ich denke, ich bin's auch.«

»Skeptisch?«

»Yes.«

»Dann sind wir uns einig.«

»Schon wieder!«, freute sich Zorn. »Krass, oder?«

»*Total* krass«, nickte Schröder ernst. »Jetzt müssen wir uns nur noch auf ein anderes Motiv einigen.«

Zorn straffte sich. »Kriegen wir hin!«

»Angenommen«, überlegte Schröder laut, »es geht bei der Entführung *nicht* um Geld. Dann könnte …«

»Leidenschaft?«, schlug Zorn vor. »Die meisten Verbrechen geschehen aus …«

»Richtig. Aber als Motiv etwas schwammig.«

»Verschmähte Liebe?«

»Glaube ich nicht.«

»Eifersucht?«

»Eher nicht.«

»Rache?«

»Besser.«

»Schröder!«, strahlte Zorn. »Wir sind uns …«

»… schon wieder einig. Ja, ich freu mich auch.«

Sie diskutierten noch eine Weile und stellten dann fest, dass sie in Bezug auf das Motiv erst Gewissheit haben würden, wenn sich der oder die Entführer meldeten. Auch in diesem Punkt war also schnell ein Konsens gefunden. Als Schröder die hervorragende Teamarbeit lobte und feststellte, dass man sich in Rekordzeit bereits fünfmal geeinigt habe, erhöhte Zorn nach kurzem Nachdenken auf sechs, da Schröder Bruce Willis vergessen hatte.

Dreiundfünfzig

Ich kam zu mir, geweckt von meinen eigenen Schreien und dem Dröhnen hämmernder Herzschläge. Grelles Licht blendete mich, ich schirmte die Augen mit dem Unterarm ab, wälzte mich auf dem Sofa auf die Seite. Spürte das Handy in den schweißnassen Fingern, schreckte abermals hoch und stierte auf das Display.

Kein Anruf.

Mühsam rappelte ich mich auf. Es war heller Tag, die Gardine bauschte sich vor der Balkontür. Fröstelnd verschränkte ich die Arme vor der nackten Brust, der Schweißfilm auf meiner Haut begann zu trocknen. Meine Zunge klebte am Gaumen wie ein mumifiziertes Nagetier, der Geschmack im Mund erinnerte an fauliges, gärendes Obst. Ich konnte mich nicht an den Traum erinnern, doch angenehm war er definitiv nicht gewesen.

Mona hatte die Wohnung kurz nach Mitternacht verlassen. Danach war ich durch die Zimmer geirrt wie ein Tier durch den Käfig; ich hatte gespürt, wie mir mein Verstand – das, was davon übrig war – zunehmend entglitt, sich verflüchtigte wie Luft aus einem undichten Reifen. Irgendwann fand ich mich auf dem Balkon wieder, betrachtete den glutroten Ball der aufgehenden Sonne über der Stadt, trat ans Geländer und spielte einen Moment mit dem Gedanken, das Elend durch einen Sprung zu beenden. Angst hatte ich nicht (im Gegenteil, die Vorstellung war äußerst verlockend), doch ich beschloss, einen letzten Versuch zu wagen, ging in die Küche und öffnete die Schublade mit dem Besteck.

Was danach geschah, lag – und liegt auch jetzt noch – völlig im Dunkeln. Doch ich fand Hinweise und kann zumindest vermuten, was ich danach tat.

Diesmal hatte ich den Joint fast vollständig aufgeraucht, wie der Untertasse mit den zerdrückten Überresten auf dem Schreibtisch zu entnehmen war. Dort musste ich eine Weile verbracht haben, Asche und Tabakkrümel verteilten sich auf der polierten Tischplatte und über die Tastatur, daneben stand ein halb geleertes Wasserglas. Die Suche nach dem Passwort war ohne Ergebnis geblieben und hatte mich, obwohl's zu erwarten gewesen war, erheblich frustriert. Ich hatte den Mac ziemlich heftig ausgeschaltet, der Monitor stand ein wenig schräg. Ein gelber Lappen hing über der Stuhllehne, ungeachtet meiner Wut hatte ich versucht, die Krümel vom Schreibtisch zu wischen; gelungen war mir das nicht, doch den Abdruck des Wasserglases hatte ich immerhin noch beseitigt.

Vor mir auf dem Couchtisch lag das aufgeklappte Fotoalbum. Ob ich das Foto meines verschwundenen Sohnes vor oder nach der Passwortsuche betrachtet hatte, war unmöglich zu sagen. Doch ich war ziemlich sicher, dass ich lange, sehr lange über das Bild gebeugt auf dem Sofa verbracht hatte. Dabei hatte ich Lindenberg gehört, die aufgeklappten CD-Hüllen verteilten sich vor der Stereoanlage auf den Dielen. Der Lautstärkeregler war fast bis zum Anschlag aufgedreht.

Ich wankte in die Küche, um meinen rasenden Durst zu löschen. Im Flur registrierte ich die offenstehende Tür zum Fitnessraum. Mein Hemd hing über einer Reckstange, die vorher schnurgerade aufgereihten Hanteln lagen verstreut neben dem Rudergerät. Durchdringender Schweißgeruch hing in der Luft. Meine Muskeln brannten, den pochenden Schmerzen unter meinem Verband zufolge hatte ich versucht, auch mit der verletzten Hand zu trainieren. Dies schien nicht sonderlich gut funktioniert zu haben; die Hantel, die ich wütend gegen die Wand geschleudert hatte, hatte eine tiefe Delle neben der Sprossenwand hinterlassen. Zu diesem Zeitpunkt muss mein Zustand so weit fortgeschritten gewesen sein, dass ich den herabgerieselten Putz auf dem Boden nicht mehr beachtete.

In der Küche trank ich das Wasser direkt aus dem Hahn, presste ein paar Orangen aus und leerte das Glas in einem Zug, ohne einen Gedanken an meinen empfindlichen Magen zu verschwenden. Mein Handy hatte ich die ganze Zeit bei mir, und als ich mich setzte, legte ich es griffbereit auf den Küchentisch, nachdem ich mich – wahrscheinlich zum hundertsten Mal – vergewissert hatte, dass der Rufton nicht stummgeschaltet war.

Das Wort *Entführung* hatte der kleine Kommissar sorgfältig vermieden. Doch als Mona es aussprach, hatte er nicht widersprochen. Jeder im Raum (selbst sein griesgrämiger Kollege mit dem vernarbten Gesicht) war sich der Lage bewusst gewesen. Warum sonst hätte Kommissar Schröder Mona und mich um die Einwilligung bitten sollen, unsere Telefone überwachen zu lassen?

Er hatte mir kaum eine Frage gestellt. Weil er wusste, dass ich nicht helfen konnte. Ich war noch immer ein Wrack, wenn auch etwas weniger hilflos, als ich's anfangs gewesen war. Zumindest körperlich machte ich Fortschritte, auch meinen Magen hatte ich unter Kontrolle bekommen. Noch immer trieb ich orientierungslos dahin, und zu behaupten, dass der Nebel sich lichtete, wäre eine lachhafte Übertreibung gewesen. Auszuschließen war das jedoch nicht. Bis dahin blieben mir andere Möglichkeiten, mein Gehirn mochte zwar kläglich dahintuckern wie ein halb abgesoffener Diesel, doch es gab zumindest funktionierende Areale.

Ich verstand nicht, was geschah, aber ich *sah* es. Konnte es einordnen und Verbindungen herstellen. Mein Erinnerungsvermögen war im Eimer, auf die Vergangenheit hatte ich keinen Zugriff. Doch meinen Instinkt konnte ich nutzen und versuchen, mich auf die Zukunft einzustellen.

Ich rief mir Holm in Erinnerung. Sah ihn auf dem Bett, vor und zurück schwankend, ganz und gar in einen bunten Plastikwürfel vertieft. Ich hörte das Geräusch *(klack klack)* und überlegte, welchen Sinn sein Verschwinden haben konnte. Wer von uns beiden getroffen werden sollte.

Mona? Oder ich?

Über Mona konnte ich nur spekulieren. Ich wusste nicht einmal, womit sie ihr Geld verdiente oder wo sie jetzt wohnte, geschweige denn, wieso jemand auf die Idee gekommen sein könnte, sie zu erpressen. Also konzentrierten sich meine Überlegungen notgedrungen auf mich, Jakob Fender.

Noch immer schien es, als hätte ich meinen Sohn vor ein paar Stunden zum ersten Mal in meinem Leben gesehen. Als mir klarwurde, wie sehr ich Holm liebte, hatte sich diese Erkenntnis mit einem seltsam bitteren Beigeschmack verbunden. Jetzt dämmerte mir auch der Grund, denn diese Liebe machte mich angreifbar.

Derjenige, der mich töten wollte, würde es weiter versuchen. Er kannte mich. War *er* es, der Holm entführt hatte? Hatte er meine Schwachstelle genutzt?

Das war eine Möglichkeit. Ich war sicher, Kommissar Schröder hatte sie schon ins Auge gefasst. Aber es gab eine weitere. Eine, mit der er momentan nicht rechnen konnte.

Auf der Uhr über dem Backofen war es Viertel nach elf. Abzüglich des ohnmachtähnlichen Schlafs auf dem Sofa (lange konnte er nicht gedauert haben) musste ich drei, vielleicht vier Stunden in der Wohnung unterwegs gewesen sein. Ich konnte nicht einmal vermuten, wie ich die restliche Zeit – außer an den Hanteln und vor dem Computer – verbracht hatte. Natürlich war dies auf die Wirkung des Joints zurückzuführen. Doch bereits bei meinem ersten Versuch hatte ich geahnt, dass die wahre Ursache tiefer lag. Nicht ohne Grund hatte ich mich schon öfter nach Stunden irgendwo in meiner Wohnung wiedergefunden, ohne zu wissen, wie ich dort hingekommen war.

Mein Verstand begnügte sich nicht nur mit der Auslöschung der Vergangenheit, sondern bescherte mir auch diese Aussetzer. Meist als kleine Nadelstiche wie ein verdammtes Küchenradio oder ein Rasierapparat, doch manchmal wurden die Hauptleitungen offensichtlich länger gekappt, so dass ich über mehrere

Stunden hinweg die Kontrolle verlor und jedem Zombie aus *The Walking Dead* Konkurrenz machen konnte.

Zu dem Gespräch mit Mona und den beiden Kommissaren hatte ich nicht viel beitragen können. Als ich erklärte, Holm nach Verlassen des Heimes mit Sicherheit nicht mehr gesehen zu haben, tat ich dies im Brustton tiefster Überzeugung. Es war weder eine Lüge – obwohl die Behauptung *mit Sicherheit* dem gefährlich nahe kam – noch die Wahrheit.

Was dann?

Wunschdenken trifft's wohl am besten. Das Taxi hatte mich kurz nach vierzehn Uhr zu Hause abgesetzt. Als Mona klingelte und mich über Holms Verschwinden informierte, waren knapp sieben Stunden vergangen. In dieser Zeit hatte ich die Wohnung nicht verlassen.

Hoffte ich zumindest.

Vierundfünfzig

»Glaubst du an Zufälle, Chef?«

»Komm mir jetzt nicht mit irgendwelchem metaphysischen Kram, Schröder. Erklär mir, was du meinst. Und am besten kurz, ich hab Hunger.«

Zorn sah Schröder gereizt an. Es ging auf Mittag zu, er hatte seit dem Morgen nichts gegessen und – viel schlimmer – keine einzige Zigarette geraucht.

»Zuerst wird Jakob Fender überfallen«, begann Schröder. »Dann wird Björn Kuchta ermordet. Wir wissen, dass beides zusammenhängt.«

»Wir *vermuten* es.«

»Und jetzt«, Schröder überhörte Zorns Einwurf, »verschwindet Fenders Sohn. Es muss einen Bezug geben.«

»Logisch«, nickte Zorn sarkastisch. »Sieht ja 'n Blinder. Wär trotzdem nett, wenn du mir erklärst, was das eine mit dem anderen zu tun hat. Da wäre ...« Er hob die verbliebene Hand und begann, an den Fingern abzuzählen. »Ein Typ ohne Gedächtnis, ein ausgebluteter Neonazi, die kolumbianische Mafia, ein Baseballschläger, der Verfassungsschutz ...«

Zorn spreizte den letzten Finger, hob den anderen Arm, musterte die Manschette über dem Stumpf und blinzelte irritiert.

»Du musst nicht abzählen«, lächelte Schröder.

»Stimmt. Also, wo waren wir?« Zorn öffnete den Mund, schloss ihn wieder. »Scheiße, ich hab den Faden verloren.«

»Fang einfach noch mal an.« Schröder rollte den Stuhl nach hinten zur Wand, streckte die Beine, faltete die Hände vor dem Kugelbauch und ließ die Daumen kreisen. »Übrigens, in Bezug auf die Mafia stimme ich dir grundsätzlich zu. Ob es tatsächlich die kolumbianische ist, wage ich ...«

»Schon gut«, winkte Zorn ab, atmete tief ein und begann noch einmal von vorn: »Typ ohne Gedächtnis, Neonazi, kolum..., nein, *nur* die Mafia, Baseballschläger, Verfassungsschutz, fast abgetrennte Finger, eine Garotte und ein verschwundener, geistig behinderter Teenager.«

»Fertig, Chef?«

»Moment.« Zorn starrte in höchster Konzentration zu Schröders Topfpflanzen auf dem Fensterbrett. »Das war's, glaub ich. Ach so, 'ne taube Faschistin noch.«

»Wer sollte das bitte sein?«

»Paula Hecht.«

»Aha.«

»Und jetzt«, Zorn musterte Schröder über den Brillenrand, »erklär mir bitte, was das alles miteinander zu tun hat.«

»Kann ich nicht.«

»Ha!«

»Aber es hängt zusammen.«

»Warum?«

»Weil ich's weiß.«

Fünfundfünfzig

Ich ordnete die CDs wieder im Regal ein, wischte den Schreibtisch ab und saugte den Fitnessraum, das Handy immer im Blick. All das geschah wie selbstverständlich; es gab keinen Bezug zu dieser Wohnung, doch ich fühlte mich hier ... *aufgehoben*. Mir gefiel die klar geordnete, durchdachte Struktur. Nichts war überflüssig, jede Kleinigkeit erfüllte einen Zweck. Dinge, die den früheren Jakob Fender mit dem heutigen verbanden.

Als ich den Lappen ausspülte, fiel mir etwas ein.

Dass sich so gut wie keine persönlichen Gegenstände in dieser Wohnung befanden, war mir aufgefallen, doch ich hatte es hingenommen. Die Trennung von Mona schien schmerzhaft gewesen zu sein, es war also nachvollziehbar, dass es weder Fotos noch Briefe aus dieser Beziehung gab. Niemand reißt gern alte Wunden auf.

Aber was war mit den Jahren davor? Was mit der Zeit danach? Gab es wirklich nichts, das es wert war, aufgehoben zu werden? Kein Mitbringsel aus dem Urlaub? Eine Muschel vom Ostseestrand oder eine Vase aus Venedig? Kindheitserinnerungen, Andenken an die Eltern? Möglich, dass derartige Dinge Jakob Fender egal gewesen waren.

Doch etwas passte nicht.

Holm.

Mein Sohn war mir wichtig. In seinen ersten Lebensjahren war er ein normales Kind gewesen, hatte gebastelt, gemalt. Wenn es schon keine Fotos gab, warum hatte ich sieben Jahre lang keine einzige Kinderzeichnung, keine Kritzelei meines Sohnes aufbewahrt? Jeder liebende Vater tut das. In einer Kiste oder – in meinem Falle wahrscheinlicher – einem Ordner, der möglicherweise im Laufe der Zeit in einer Ecke verstaubt, doch niemals weggeworfen wird.

Hatte sich Jakob Fender womöglich nicht erinnern *wollen*? Die logische Schlussfolgerung daraus war absurd, denn wenn das stimmte, hatte der jetzige Jakob Fender dieses Ziel erreicht und handelte nun gegen seine eigenen Interessen, indem er versuchte, sich an Dinge zu erinnern, die sein früheres Ich offensichtlich vergessen wollte.

Ich kippte die Überreste des Joints in den Mülleimer und spülte die Untertasse ab. Öffnete Küchenfenster und Balkontür, setzte mich mit dem Handy aufs Sofa. Während der Durchzug den Cannabisgeruch ins Freie wehte, öffnete ich die Anrufliste und betrachtete Monas Nummer.

Egal, wie sehr man sich auseinandergelebt haben mochte, es war natürlich, dass die Eltern eines entführten Kindes einander Trost spendeten. Aber ich rief Mona nicht an. Je öfter wir einander begegneten, desto schlechter wurde unser Verhältnis. Im Krankenhaus hatte ich ein deutliches Unbehagen gespürt, später wachsende Abneigung, die sich in der vergangenen Nacht zu unverhohlenem Hass gesteigert hatte.

Was hatte sie zum Abschied gesagt?

Ich beneide dich.

Das konnte nur eines bedeuten. Auch Mona wollte vergessen. Während ich bestrebt war, die Tür zu meiner Vergangenheit zu öffnen, versuchte sie mit aller Kraft, die ihre geschlossen zu halten. Im Gegensatz zu mir wusste Mona, was sich dahinter verbarg. Ich war ein Teil davon. Jedes Wort, jede Frage, selbst mein bloßes *Erscheinen* genügte, sie daran zu erinnern.

Daher also ihre Wut.

Die Gardine blähte sich im Luftzug, wehte knatternd nach draußen auf den Balkon. Eine Autotür fiel ins Schloss, ein Kofferradio plärrte auf. Der dicke Mann mit dem Strohhut (er hieß Dennis, fiel mir ein) begann offensichtlich, seinen Audi zu putzen.

Ich beugte mich über das Handy. Wartete. Wer auch immer Holm in seiner Gewalt haben mochte, irgendwann würde er sich melden. Entweder auf Monas Handy oder auf meinem. Inzwischen war ich sicher: auf meinem.

Keine Ahnung, woher ich diese Gewissheit nahm. Fakt ist, ich sollte recht behalten. Das schrille, rhythmische Piepen stammte jedoch nicht von meinem iPhone, sondern erklang irgendwo im Regal hinter den aufgereihten CDs. Ich musste nicht eine einzige Sekunde nachdenken, denn genauso, wie ich die Tüte mit den Joints sofort gefunden hatte, wusste ich diesmal, wo das Outdoor-Handy versteckt war (hinter *Green Day, Lady Gaga* und *Guns 'n Roses*).

Ich nahm den Anruf entgegen, die Nerven bis zum Zerreißen gespannt und gleichzeitig erleichtert, endlich etwas über Holms Verbleib zu erfahren. Das war auch der Fall, doch anstelle der verzerrten Stimme eines unbekannten Entführers meldete sich ein Mann, mit dem ich erst kürzlich gesprochen hatte.

»Ich werde mich nicht wiederholen«, sagte Hagen. »Also hör genau zu.«

Sechsundfünfzig

»Wie lange ist der Junge jetzt verschwunden?«, fragte Zorn.

Schröder rechnete nach. »Knapp zwanzig Stunden.«

Ihre Blicke trafen sich über dem Schreibtisch. Nach einigen Sekunden des Schweigens ergriff Zorn das Wort.

»Sieht nicht gut aus, oder?«

»Gar nicht gut.« Schröder massierte den verspannten Nacken. »Selbst wenn er das Heim irgendwie allein verlassen hätte, wäre er nicht weit gekommen. Ein Vierzehnjähriger, der orientierungslos durch die Gegend irrt, wäre längst aufgefallen.«

Holm Fenders Foto war überall in der Presse. Nach der erfolglosen Suche im Heim wurde jetzt die Umgebung durchkämmt. Abrisshäuser, ein Skaterpark und das nahegelegene Flussufer wurden abgesucht, selbst Taucher waren seit Stunden im Einsatz.

Sogar der amtierende Oberbürgermeister hatte es sich nicht nehmen lassen, die Bevölkerung in einem emotionalen Aufruf um Unterstützung zu bitten. Morten van der Graaf, seit kurzem offizieller Gegenkandidat bei den anstehenden Wahlen, hatte eine Pressekonferenz anberaumt. Nach seiner spektakulären Aktion auf dem Marktplatz war er nicht nur von Björn Kuchta, sondern auch von diversen rechtsgerichteten Gruppen bedroht worden und stand seitdem unter Polizeischutz. In einem Statement hatte er für die nächsten Tage sämtliche öffentlichen Auftritte abgesagt und gebeten, die zu seiner Sicherheit abgestellten Beamten bei der Fahndung einzusetzen. Ein vermisster Junge, hatte er den Journalisten erklärt, sei wichtiger als das Geplapper eines Lokalpolitikers. Zumindest in diesem Punkt musste Zorn ihm recht geben.

»Alle verfügbaren Kräfte sind unterwegs«, sagte Schröder. »Mehr können wir im Moment nicht tun.«

»Sicher?«, widersprach Zorn. »Warum zum Beispiel knöpfen wir uns Paula Hecht nicht noch mal vor?«

»Die ... *taube Faschistin*?«

»Wenn wirklich alles zusammenhängt – was du zwar nicht begründen kannst, aber auch gar nicht musst, weil du's ja ... *weißt* ...« Zorn ließ eine Pause einfließen, um den Sarkasmus wirken zu lassen. »Dann müsste die uns nicht nur über den Mordversuch an Fender was sagen können, sondern vielleicht auch über das Verschwinden seines Sohnes.«

»Möglich, aber sie wird nicht mit uns reden. Außerdem gibt es keine Hinweise auf irgendwelche anderen kriminellen Aktivitäten.«

Der Verfassungsschutzbericht über Paula Hecht war bei weitem nicht so umfangreich wie die Erkenntnisse über Björn Kuchta. Falls dieser tatsächlich in Drogengeschäfte verstrickt gewesen sein sollte, gab es keine Indizien, dass sie daran beteiligt war.

»Trotzdem«, beharrte Zorn. »Sie könnte was wissen.«

»Richtig. Aber du hast selbst gesagt, dass sie sich eher die Zunge ...«

»Dann setzen wir sie eben unter Druck. Foltern müssen wir sie ja nicht gleich ...«

»Aber du würdest gern.«

»Ich?«

»Du guckst so.«

»Bist du irre?«, rief Zorn entsetzt. »Ich kann nicht mal mein eigenes Blut sehen! Obwohl ...« Sein Blick wanderte über Schröders Schulter zur Wand, hinter der sich das Nachbarbüro verbarg. »Wir könnten Brettschneider fragen. Der sieht zwar ziemlich harmlos aus, aber wer weiß? Vielleicht ...«

»Bitte, Chef.«

»Hast ja recht«, seufzte Zorn. »Der hat schon genug um die Ohren.«

»Ich verstehe, dass du ungeduldig bist. Mir selbst geht diese Warterei ...«

»Was ist mit Fenders Hand?« Zorn gab sich noch nicht geschlagen. »Die Wunde ist immer noch nicht untersucht worden.«

»Das hat im Moment keine Priorität.«

»Weil ...?«

»Erstens, weil Jakob Fender an der Grenze seiner Belastbarkeit ist. Er müsste einbestellt werden, damit ein Forensiker die Verletzung ...«

»Okay, verstanden. Zweitens?«

»Der Verband wurde mehrfach gewechselt, die Wunde immer wieder gereinigt.« Schröder faltete die Hände unter dem Doppelkinn. »Metallspuren einer Garotte würden sich sowieso nicht mehr finden. Die Schnittverläufe könnte man zwar vergleichen, aber ...«

»Das hältst du nicht für nötig.«

»No, sir.«

»Weil du's *weißt.*«

»Yes.«

»Noch mal für mich«, vergewisserte sich Zorn. »Jakob Fender wurde mit derselben Waffe angegriffen, mit der Björn Kuchta die Kehle durchgeschnitten worden ist?«

Schröder senkte zustimmend den Kopf über den gefalteten Händen.

»Ich nehme an ...«

»Richtig«, unterbrach Schröder, »auch *das* kann ich nicht beweisen.« Die Finger der einen trommelten auf den Knöcheln der anderen Hand. »*Noch* nicht.«

Zorn dachte angestrengt nach. Da er zu keinem Ergebnis kam, widmete er sich dem Studium seiner verbliebenen Fingernägel, was – wie zu erwarten – ebenfalls nichts brachte.

»Okay, *Sherlock*.« Er lehnte sich mit verschränkten Armen zurück. »Und was jetzt?«

»Jetzt warten wir auf den Anruf«. Schröder nickte in Richtung des Festnetztelefons. »Und hoffen, dass es der richtige ist.«

»Welcher wäre denn … *falsch*?«

»Jemand von den Suchtrupps zum Beispiel, der uns sagt, dass Holm Fender gefunden wurde.« Schröder sah zum Fenster. Die Sonne näherte sich den Dachgiebeln hinter dem Supermarkt auf der anderen Seite des Parkplatzes. »Gestern Abend«, sagte er leise, »war eine Entführung das Schlimmste, was wir befürchtet haben. Jetzt können wir's nur hoffen. Denn wenn der Entführer sich meldet, besteht zumindest eine Chance, dass der Junge noch lebt.«

Siebenundfünfzig

»Dein Sohn wird mit Nahrung und Medikamenten versorgt. Gegenforderungen …«

»Hagen! Was soll …«

»… werden nicht akzeptiert. Es wird kein Lebenszeichen geben. Wenn die Polizei kontaktiert wird, ist er tot. Wenn andere Personen kontaktiert werden …«

»HAGEN!«

»… ist er tot.«

Ich hielt das Telefon so fest umklammert, dass die Finger schmerzten.

»Wir melden uns.«

»Bitte, du musst mir …«

Die Leitung war unterbrochen.

Das Zimmer drehte sich vor meinen Augen, ich ließ das Telefon fallen, ohne mir dessen bewusst zu werden. Als ich zum Sofa taumelte, gaben die Beine unter mir nach. Ich stieß mit den Schienbeinen gegen den Couchtisch und landete nach einer halben Drehung mit dem Hosenboden auf den Dielen. Dort saß ich und versuchte, das Geschehene zu verarbeiten. Vergeblich, denn ein Gedanke

Hagen hat Holm entführt

überlagerte alles.

Hagen hat Holm entführt

Raste durch meinen Kopf.

hagenhatholmentführt

Schneller, immer schneller.

hagenhatholmentführt hagenhatholmentführt hagenhat

STOPP!

Meine Zähne gruben sich in die Unterlippe. Ich spürte den kupfernen Blutgeschmack, atmete mehrmals tief durch. Das half.

Ich habe gestern mit ihm telefoniert. Er war in Stockholm. Hat's zumindest behauptet. Er kann sonst wo gewesen sein.

Die verletzte Hand begann zu jucken. Ich schob einen Finger unter den Verband. Kratzte, ohne mir dessen bewusst zu werden.

Er hat nicht mal versucht, seine Identität zu verbergen. Warum? Hagen ist Programmierer, für ihn wär's ein Klacks, eine Computerstimme zu generieren. Er hat nicht mal einen Verzerrer benutzt. Er klang …

Ich schloss die Augen. Rief mir Hagens Stimme ins Gedächtnis.

Gehetzt. Aufgeregt. Logisch, schließlich hat er mich nicht zum Kaffee einladen wollen. Er hat gedroht, den Sohn seines besten Freundes zu töten.

Unten im Hof prallte ein Ball dumpf gegen die Hauswand. Kinder johlten. Eine barsche Männerstimme erklang. Dennis, mein Nachbar, sorgte für Ordnung.

Ich stützte mich auf den Couchtisch und stemmte mich hoch. Als ich's geschafft hatte, bemerkte ich die verschmierten Handabdrücke auf der Glasplatte. Ich schätze, zum ersten Mal in meinem Erwachsenenleben griff ich nicht sofort zum Wischlappen. Im Gegenteil, ich vergrößerte das Chaos und räumte sämtliche CDs aus dem Regal in der Hoffnung, nicht nur das Handy dort versteckt zu haben. Tatsächlich, ich fand auch das Netzteil. Mehr allerdings nicht.

Das Telefon lag zwischen den CDs auf dem Boden. Ich ging in die Hocke, betrachtete das mattschwarze Gehäuse. Schlagfestes, nahezu unverwüstliches Karbon. Wasserdicht bis zehn Meter Tiefe.

Es war die ganze Zeit hinter den CDs versteckt gewesen. Ich hatte es gewusst, doch *be*wusst war es mir erst geworden, als das charakteristische Piepsen ertönte, genauso, wie es mit meinem iPhone geschehen war. Ähnlich wie bei der Espressomaschine und der Bang-&-Olufsen-Anlage waren mir sämtliche Funktionen sofort vertraut. Erstere hatte ich wegen des Geschmacks und der nahezu perfekten Crema angeschafft, letztere vor allem wegen der satten Bässe. Natürlich spielte das Design eine entscheidende Rolle, doch beim Erwerb des Handys hatte ich andere Maßstäbe angesetzt: Das klobige Kästchen hätte jedem Apple-Designer die Schamesröte ins Gesicht getrieben. Auch die Technik war zweitrangig gewesen – die Identifizierung erfolgte nicht über Gesichtserkennung, sondern noch per Fingerabdruck. Neben der robusten Verarbeitung hatte mich vor allem der leistungsfähige Akku mit über einem Monat Laufzeit im Standbymodus überzeugt. Und natürlich die Walkie-Talkie-Funktion, über die Hagen mich kontaktiert hatte. Nicht über das Mobilfunknetz also, sondern per sprachverschleiertem Funkgerät mit extremer Reichweite.

Die Prepaidkarte war unbenutzt und nicht registriert. Das Gerät war zwar nicht vollständig abhörsicher, doch im Gegensatz zu meinem iPhone extrem schwer zu überwachen.

All das wurde mir in weniger als einer Sekunde klar. Die Synapsen im funktionierenden Teil meines Verstandes spuckten diese Informationen brav aus, doch bei der nächsten Frage

WARUM?

gerieten die Räder knirschend ins Stocken.

Woher hat Hagen gewusst, dass ich mit diesem Ding kontaktiert werden kann?

Als ich mich aufrichtete, wurde mir wieder schwindlig. Auf dem Weg zum Sofa zertrat ich die Hülle einer Grönemeyer-CD *(LIVE IN BOCHUM).* Das hässliche Knacken registrierte ich nur am Rande, ließ mich in die Polster fallen und legte das Handy neben mein iPhone auf den Tisch.

Wozu, verdammt nochmal, brauche ich dieses Ding eigentlich?

Es war, als würden Scheinwerfer in meinem Kopf aufflammen. Sicher bin ich nicht, doch es ist durchaus denkbar, dass auch ein schmetternder Tusch erklang.

Herzlichen Glückwunsch, Sie haben die Millionenfrage erreicht! Leider sind Sie auf sich allein gestellt, denn das Publikum können Sie nicht befragen! Der Fifty-Fifty-Joker nutzt Ihnen nichts, und einen Telefonjoker haben Sie auch …

Doch, den hatte ich.

Ich langte nach dem iPhone, als eine weitere Stimme erklang. Vorher hatte sie exakt wie Günther Jauch geklungen, jetzt meldete sich Hagen zu Wort.

Wenn die Polizei kontaktiert wird, ist er tot.

So hatte er's formuliert. Ein Standardspruch, der ähnlich wie beim Tatort *Wo waren Sie gestern zwischen elf und zwölf Uhr?* zum Repertoire eines drittklassigen Kriminalfilms gehört.

Warum ich zögerte, kann ich nicht mehr genau sagen. Vielleicht, weil ich ahnte, dass es sich hier um alles andere als eine leere Drohung handelte.

Zu diesem Zeitpunkt hatte ich bereits einiges verbockt und hätte mit etwas Nachdenken schon wesentlich weiter sein können – mit der knarrenden Diele zum Beispiel oder dem Passwort des Macs, das ich jedes Mal, wenn ich mein iPhone betrachtete, direkt vor Augen hatte. Auch später sollte ich noch einige Fehler machen, doch als ich entschied, Kommissar Schröder vorerst nicht anzurufen, lag ich ausnahmsweise mal richtig.

Achtundfünfzig

»Machst du bitte das Licht an, Chef?«

»Sehr wohl. *Chef.*«

Zorn schlurfte zur Tür, kniff die Augen im Schein der aufflackernden Neonröhre zusammen, ging zurück an seinen Platz und ließ sich wieder in den gefederten Stuhl fallen. Schröder bedankte sich, die blauen Augen weiter auf einen imaginären Punkt an der Wand hinter Zorn gerichtet, den er seit einer Dreiviertelstunde schweigend anstarrte.

Während Schröder weiter nachdachte, griff Zorn nach einem Kugelschreiber und begann, die Mine heraus- und hereinschnipsen zu lassen. Minutenlang mischte sich das enervierende

Klackern mit dem Brummen der Neonröhre, bis Schröder das Schweigen schließlich brach.

»Du kannst auch ein paar Büroklammern verbiegen, falls dir …«

»Nein, Schröder, mir ist nicht langweilig.«

Obwohl es kurz nach zwanzig Uhr war, herrschte noch Hochbetrieb auf den Fluren. Schritte hasteten vorbei, gedämpfte Stimmen erklangen. In den Büros wurden Telefonate geführt, Anweisungen erteilt, Informationen ausgetauscht.

Auch Zorn hatte getan, was er konnte. Er sorgte sich um den verschwundenen Jungen. Seiner phlegmatischen Natur entsprechend war er ein Mensch, der das Nichtstun nach Kräften genoss, doch jetzt, da er dazu verurteilt war, ging es ihm auf die Nerven.

Er legte den Kugelschreiber auf den Schreibtisch. Schob ihn nach links. Ein paar Zentimeter nach rechts. Betrachtete die Gravur *(MIT BLAULICHT IN DIE ZUKUNFT)* neben dem sternförmigen Polizeilogo. Schröder hatte den Stift von einem seiner Kurse mitgebracht, die er auf der Landespolizeischule gab.

»Chef? Würdest du bitte …?«

Zorn, der begonnen hatte, mit den noch vorhandenen Fingern auf die Tischplatte zu trommeln, murmelte eine Entschuldigung.

»Willst du nicht Feierabend machen?«, schlug Schröder vor. »Du kannst ebenso gut zu Hause warten.«

»Aber …«

»Du könntest ein bisschen mit der Nintendo trainieren.«

»Echt, Schröder, dazu hab ich jetzt wirklich nicht die …«

»Vielleicht versuchst du's mal mit einem anderen Fahrer. *Luigi* zum Beispiel, der kommt viel besser um die Kurven.«

»Ach! Wer sagt das?«

»Geheimtipp«, lächelte Schröder.

»Na ja …«, murmelte Zorn nachdenklich. »Den hab ich wirklich noch nicht probiert. Vielleicht sollte ich … Moment mal.« Er furchte die Stirn über der Brille. »Du verarschst mich, stimmt's?«

»*Yes.*« Schröder wurde wieder ernst. »Fahr nach Hause, es bringt nichts, wenn wir uns beide hier die Nacht um die Ohren schlagen.«

»Was ist mit dir?«

»Bei mir ist's egal. Außerdem«, fügte Schröder etwas hastig hinzu, »kann ich dann schneller reagieren.«

Das, erkannte Zorn ausnahmsweise sofort, war eine Ausrede. Er selbst wurde daheim von Frieda erwartet. Und Schröder? Der war *immer* allein. Egal, ob er zu Hause oder im Büro war.

»Na gut.« Zorn stand auf, um seine Lederjacke von der Garderobe zu holen. »Soll ich dir …« Er blieb stehen. »Vielleicht noch 'nen Tee machen?«

Schröder lehnte dankend ab und versprach, sich sofort zu melden, wenn sich etwas Neues ergab. Das geschah schneller als erwartet, denn kurz darauf klingelte sein Telefon, und als er Zorn anrief, war dieser noch auf dem Heimweg.

*

»Und? Habt ihr den …«

»Nein, Chef. Es geht nicht um den Jungen.«

»Worum dann?«

»Du klingst frustriert. Musst du nicht sein, immerhin hast du den Anruf entgegengenommen, ohne einen Verkehrsunfall zu verursachen.«

»Wart's ab, Schröder. Ich fahre gerade am Bahnhof vorbei, hab also noch 'ne ziemliche Strecke vor mir. Da kann 'ne Menge passieren.«

»Der Tod von Björn Kuchta ist nicht der einzige ungeklärte Mord.«

»Ach! Es gibt *mehrere* ungeklärte Mordfälle? Herzlichen Glückwunsch zu dieser revolutionären Erkenntnis, Schröder! Das müssen wir *sofort* an die Presse geben! Die werden sich … VERDAMMTE SCHEISSE!«

»Äh … Chef?«

»Verfickte Straßenbahn! Hat mir voll die Vorfahrt geschnitten!«

»Straßenbahnen …«

»Ich dreh gleich durch!«

»… haben *immer* Vorfahrt.«

»Na und?! Ich bin BULLE!«

»Natürlich, Chef. Wir werden den Fahrer ermitteln und schnellstens zur Verantwortung ziehen. Schreib dir die Nummer der Bahn auf und …«

»Wie denn?! Mit *einer* Hand?«

»Willst du lieber rechts ranfahren?«

»Will ich NICHT!«

»Soll ich vielleicht später …«

»Erzähl schon!«

*

»Im Ernst?«, fragte Frieda, über einen brodelnden Topf gebeugt. »Es sind mehrere Morde?«

»Sieht so aus«, nickte Zorn. »Schröder sagt, dass …«

»Rutsch mal.«

Frieda schob ihn mit der Schulter beiseite, riss eine Schublade auf, kramte einen Holzlöffel hervor und begann, heftig zu rühren. Ihr Haar war noch feucht vom Duschen; anstelle des Businesskostüms trug sie eine graue Adidashose, ein weißes T-Shirt mit ausgeleiertem Kragen und darüber eine gepunktete, ärmellose Nylonschürze. Die hochhackigen Pumps hatte sie gegen ein Paar zertretener Pantoffeln ausgetauscht.

»Allein in Deutschland sind sechs Fälle registriert.« Zorn lehnte sich an den Geschirrspüler. »Vielleicht auch acht, weiß nicht mehr genau. Jedenfalls alle«, er fuhr sich mit der Handkante über die Kehle, »auf ein und dieselbe Art. Mit 'ner Garotte, genau wie bei Kuchta. Und das ist nicht alles.«

Er wedelte mit dem Armstumpf durch den dichten, in trägen Schwaden durch die Küche treibenden Dampf. Frieda schaltete die Abzugshaube auf die höchste Stufe.

»Insgesamt sind's über zwei Dutzend Morde.« Zorn hob die Stimme gegen das Rauschen des Lüfters. »Alle ungeklärt, überall in Europa. Bei Interpol gibt's 'ne Sonderkommission, die ...«

»Warum melden die sich erst jetzt?«

»Schröder sagt, die waren erst unsicher. Die haben keine Spur vom Täter. Keine Beschreibung, kein Phantombild, nichts. Die Opfer sind anscheinend willkürlich ausgewählt, die Abstände unregelmäßig. Manchmal zwei Morde innerhalb einer Woche, dann wieder monatelang nichts. Das Einzige, was man hat ...«

»Essig!«

»Nee, Frieda. Die Wunden.«

»Klar.« Sie sah ihn mit großen Augen an. »Haben *wir* Essig?«

»Ganz rechts.« Zorn deutete auf die Hängeschränke. »Neben dem Olivenöl.«

Frieda ging auf die Zehenspitzen, langte nach dem Essig und griff nach kurzem Zögern zu einem Fläschchen Maggi. »Die Wunden sind also ähnlich?«

»Nahezu identisch.«

Frieda schüttete ein paar Tropfen Maggi in den dampfenden Topf. Beugte sich schnuppernd vor und ließ die doppelte Menge folgen.

»Die haben so was wie ’ne forensische Datenbank angelegt«, sagte Zorn. »Es hat ’ne Weile gedauert, bis alles verglichen war. Kuchta passt hundertprozentig ins Bild.«

Ein Blubbern erklang. Im Topf stiegen Blasen auf und zerplatzten mit einem Geräusch, das Zorn zunächst an kochenden Teer, dann an einen der billigen Horrorfilme erinnerte, in denen mutierte Riesenalligatoren unter der schlammigen Oberfläche eines sumpfigen Nebenarms des Amazonas auf ihr nächstes Opfer lauern.

Frieda tauchte einen Löffel in den Topf. »Die Waffen sind also gleich?«

»Nee, es ist ein und dieselbe.«

»Wenn Schröder recht hat …«

»Hat der doch immer.«

»… sind Jakob Fender und Björn Kuchta von ein und derselben Person attackiert worden. Und zwar einer, die über zwanzig Menschen getötet hat«, überlegte Frieda und blies auf den dampfenden Löffel. Eine bräunliche Masse löste sich und klatschte zurück in den Topf.

»Wahrscheinlich viel mehr«, sagte Zorn. »Da gibt’s bestimmt einige Opfer, die nicht gefunden worden sind.«

Frieda spitzte die Lippen, kostete und ließ den Geschmack mit geschlossenen Augen wirken. Auch jetzt, im wabernden Dampf, in einer gepunkteten Nylonschürze mit gelben Rüschen an Ärmeln und Ausschnitt, war sie mit Abstand die schönste Frau der Welt.

»Der hat sich über zehn Jahre quer durch Europa gemordet«, sagte Zorn. »Warum er ausgerechnet jetzt ausgerechnet hier gelandet ist, müsste man …«

»Koste mal.« Frieda hielt ihm den Löffel entgegen.

Zorn gehorchte und stellte erleichtert fest, dass er mit seiner ersten Vermutung (kochender Teer) falsch gelegen hatte. Die zweite (sumpfiger Amazonas-Nebenarm) war allerdings nicht mit Sicherheit auszuschließen.

»Total lecker!«

»Rezept von Schröder«, erklärte Frieda, vor Stolz ein wenig errötend. »Deckst du den Tisch? Essig und Zucker brauchen wir auch.«

Das, hatte sie von Schröder erfahren, würde dem Gericht *den letzten Pfiff* geben. Zorn wagte nicht zu fragen, was genau Frieda da gekocht hatte, doch er folgte seinen kriminalistischen Instinkten, warf einen heimlichen Blick in den Mülleimer und löste das Rätsel tatsächlich, denn trotz der beschlagenen Brille war das Etikett auf der leeren Büchse *(Omis Linseneintopf)* deutlich zu entziffern.

Neunundfünfzig

»Ich kann das nicht allein entscheiden, Mona.«

Wir standen auf dem Balkon. Ich hatte sie angerufen und hergebeten. Da ich den genauen Grund nicht nennen konnte – schließlich wurden wir abgehört –, hatte sie erst nach einigem Zögern zugestimmt.

»Denkst du, dass er lebt?«

»Natürlich.« Ich versuchte, so überzeugt wie möglich zu klingen. Es gelang mir, glaube ich, ganz gut. »Wir dürfen …«

»… die Hoffnung nicht aufgeben, ich weiß.«

Mona sah über die Baumwipfel hinüber zur Altstadt. Der Abend war klar, über den Dächern flimmerten die ersten Sterne.

»Vertraust du Kommissar Schröder?«, fragte sie.

»Ja.«

»Dann sollten wir ihn anrufen.«

»Holm könnte sterben. Das war keine leere Drohung.«

»Was machen wir?«

»Ich weiß es nicht. Deshalb wollte ich mit dir sprechen.«

Aus einem der unteren Fenster plärrte die Titelmelodie von *Tatort*. Der dilettantische Klavierspieler verzichtete also ausnahmsweise darauf, sein Instrument zu malträtieren, und sah sich stattdessen eine Wiederholung in einem der dritten Programme an.

»Kennst du Hagen gut?«, fragte ich.

»Er ist *dein* Freund«, erwiderte sie spitz. »Ich habe ihn seit Ewigkeiten nicht gesehen.«

»Er muss uns doch besucht haben. Als wir beide noch zusammen …«

»Das ist Jahre her.«

Sie sah mich nicht an. Aber es war mehr als deutlich, dass sie nicht über unsere Beziehung reden wollte.

»Ich weiß nicht, ob er der Entführer ist«, sagte ich. »Oder ob man ihn zwingt.«

Am Nachmittag hatte ich mit dem iPhone Hagens Firma gegoogelt. Nach etlichen Versuchen hatte ich seine Sekretärin, laut Webseite die *Office Managerin*, erreicht und war zunächst abgewiesen worden; Hagen – man duzte sich – sei nicht zu sprechen. Erst als ich behauptete, als alter Schulfreund ein Klassentreffen zu organisieren, erfuhr ich immerhin, Hagen habe sich krank gemeldet.

»Also«, wiederholte ich. »Was machen wir, Mona?«

»Ich weiß es nicht!«

Ihre Finger umklammerten den Handlauf des Balkongeländers. So fest, dass die Knöchel weiß hervortraten.

»Wir warten bis morgen«, schlug ich vor. »Wenn sich bis dahin niemand meldet, reden wir mit Kommissar Schröder.«

Das sollte wesentlich früher geschehen, denn bevor Mona etwas erwidern konnte, klingelte ihr Handy.

*

»Schröder hier. Ist alles in Ordnung, Frau Fender?«

»Nein, *nichts* ist in Ordnung.«

»Natürlich nicht, Entschuldigung. Ich wollte Ihnen sagen ...«

»Sie tun alles, was Sie können, ich weiß.«

»Wie geht's Ihrem Mann?«

»*Ex*mann.«

»Richten Sie ihm meine Grüße aus.«

»Das werde ich, wenn ich ihn sehe.«

»Fein, dann können Sie's ja sofort tun.«

»Sie wissen, dass ich ...«

»Es ist ziemlich kalt, Frau Fender. Sie sollten lieber in die Wohnung gehen. Nicht, dass Sie sich erkälten.«

*

»Die überwachen uns«, murmelte Mona und verstaute das Handy im Mantel.

»War zu erwarten«, erwiderte ich. »Es gehört zu ihrem Job.«

Ich beugte mich über das Geländer. Dass der kleine Kommissar uns persönlich beobachtete, konnte ich mir nicht vorstellen. Doch irgendwo unter den Bäumen stand einer seiner Leute, von dem er über jeden unserer Schritte informiert wurde. Nicht aus Misstrauen. Wie gesagt, ich war überzeugt, dass er uns glaubte – *noch* glaubte, was mich betraf. Es war zwar mehr als unwahrscheinlich, dass einer der Entführer direkt bei uns auftauchte, doch völlig ausschließen konnte die Polizei das nicht.

Eine Windböe fegte heran. Es roch leicht nach Frost, ein

Anzeichen des nahenden Herbstes. Mona sagte, sie wolle nach Hause gehen, raffte den Jackenkragen vor der Brust und öffnete die Balkontür.

»Die wollen uns zappeln lassen.« Ich folgte ihr ins Wohnzimmer. »Aber die melden sich garantiert wieder. Ich rufe dich dann an, lade dich auf 'nen Kaffee ein oder so. Dann besprechen wir alles.«

Ihr Blick wanderte zweifelnd über die geweißten Wände. »Die Polizei ...«, sie senkte die Stimme. »Die werden doch nicht auch deine Wohnung verwanzt haben?«

»Dürfen die gar nicht. Außerdem – wenn, dann hätte es einer von den beiden Kommissaren machen müssen. Aber wo?« Ich deutete zur Decke. »In der Lampe jedenfalls nicht. Dazu ist der eine zu klein und der andere zu blöd.«

Falls ich gehofft hatte, Mona auch nur den Anflug eines Lächelns zu entlocken, sah ich mich getäuscht. Früher musste sie das öfter getan haben, und obwohl ich's vergessen hatte, war ich überzeugt, es war wunderschön gewesen. Meine einzige Chance bestand darin, mich irgendwann daran zu erinnern, denn in meinem Beisein würde sie's nie wieder tun.

»Mona?«

Sie war bereits auf dem Weg zur Tür, blieb mit dem Rücken zu mir stehen. »Was?«

»Warum hasst du mich?«

»Warum ich dich ... *hasse*?« Sie klang nachdenklich.

»Ich hab bestimmt 'ne Menge Mist gebaut. Aber bin ich wirklich so ein ... Monster?«

Sie wandte sich um.

»Wir beide sind Monster«, sagte sie.

Und ging.

Sechzig

Als Zorn am nächsten Morgen ins Büro kam, schlief Schröder. Vorsichtig schloss er die Tür hinter sich, schaltete das Neonlicht aus, schlich zum Schreibtisch und betrachtete den kleinen, zusammengesunkenen Mann.

Schröders Wange ruhte auf dem rechten Unterarm, die linke Hand lag neben dem Festnetztelefon, um sofort abnehmen zu können. Auf einem Teller lagen ein paar geschälte, bereits bräunlich werdende Apfelschnitze, daneben stand eine Teetasse. Schröder war erst kürzlich vom Schlaf übermannt worden, denn als Zorn die Tasse behutsam aus seiner Reichweite schob, stellte er fest, dass das Porzellan noch warm war.

Das Fenster war angekippt, kühle Morgenluft wehte herein. Draußen fielen Autotüren knallend ins Schloss, raue Männerstimmen erklangen. Aus einem Mannschaftswagen stiegen ein paar Uniformierte, zündeten sich fröstelnd Zigaretten an und liefen in ihren schweren Stiefeln zum Präsidium. Zorn unterdrückte den Impuls, das Fenster aufzureißen und die Störenfriede zur Ordnung zu rufen. Die Männer waren die ganze Nacht auf der Suche nach einem vermissten Kind auf den Beinen gewesen, und Zorns gebrüllte Aufforderung *(RUHE, VERDAMMT! IHR WECKT IHN SONST AUF!)* wäre nicht nur fehl am Platz, sondern aufgrund der Lautstärke eher kontraproduktiv gewesen.

Er ging auf Zehenspitzen zu seinem Platz. Als er sich setzte, quiekte die Wippmechanik unter seinem Gewicht wie ein erschrockenes Ferkel. Er erstarrte mit einem stummen Fluch, doch Schröder bewegte sich keinen Millimeter. Friedlich, mit halb geöffnetem Mund, schlief er weiter, nur die Pupillen bewegten sich unter den geschlossenen Lidern mit den langen rötlichen Wimpern. Das Morgenlicht spielte auf seinem rasierten Kopf und dem vollen, kindlichen Gesicht.

Zorn beugte sich vor, um seinen Rechner zu starten, erinnerte sich an den Signalton und das Rasseln der altersschwachen Festplatte und entschied sich dagegen. Eine Weile saß er einfach nur da. Auf die Idee, über die Arbeit nachzudenken, kam er nicht. Alleine machte das keinen Sinn, denn der Versuch, etwas wie Ordnung in das Chaos aus einem entführten Jungen, einem ermordeten Rechtsextremisten und dem halbtot geprügelten Netzwerkadministrator einer Sparkasse zu bringen, war von vornherein zum Scheitern verurteilt.

Zorn vertrieb sich die Zeit mit der Betrachtung einer Fliege, die zwischen Schröders Topfpflanzen umhersummte. Sein Magen rumorte, beim Abendessen hatte er seinen Teller nicht nur geleert, sondern wider besseres Wissen um Nachschlag gebeten. Er liebte Frieda und hätte ohne Zögern sein Leben für sie geopfert. Das war zum Glück nicht nötig gewesen, Zorn hatte nur seine Gesundheit aufs Spiel gesetzt, um ihr eine Freude zu machen. Allein das Funkeln in ihren Augen war die Sache wert gewesen, und was bedeuteten schon ein paar Blähungen, wenn man …

Schröder fuhr so abrupt hoch, dass auch Zorn gegenüber zusammenzuckte.

»Wie spät ist es?«

»Gleich halb acht.«

»Ist irgendwas …«

»Nein, Schröder. Nichts Neues.«

Schröder stützte die Ellbogen ab und bedeckte das Gesicht mit den Händen. Atmete tief durch und war in der nächsten Sekunde hellwach.

»Ich bin eingeschlafen.«

»Hab ich bemerkt. Hier.«

Zorn hielt eine Plastiktüte über den Schreibtisch. Schröder streckte die Hand aus. Seine linke Wange war etwas zerknittert, der karierte Hemdsärmel von Speichel dunkel gefärbt.

»Was ist das?«

»Frühstück.«

»Oh!«

Schröder öffnete die Tüte, betrachtete den Inhalt wie ein Kind sein Geburtstagsgeschenk und wickelte das Päckchen aus der Alufolie.

»Frisches Brot«, sagte Zorn. »Mit Gutsleberwurst und Honigsenf.«

»Und ein Salatblatt!«

»Yes.«

Schröder biss herzhaft ab, sein rundes Gesicht erstrahlte.

»Sogar Gürkchen!«, schwärmte er kauend. »Danke, wie lieb von dir!«

»Bedank dich bei Frieda«, log Zorn. »Die hat's geschmiert.«

*

»Der Mann wird seit Jahren weltweit gesucht.« Schröder schob den letzten Bissen in den Mund, leckte die Finger ab und kaute genüsslich. »Er steht auf sämtlichen Fahndungslisten.«

»Wieso ein Mann? Es könnte doch auch …«

»Eine Frau?« Schröder schüttelte den Kopf. »Es gibt nicht den geringsten Hinweis auf die Identität, doch eine Frau kann man ausschließen, aus körperlichen Gründen. Er tötet aus nächster Nähe, verschleppt seine Opfer und präsentiert sie, wie er's mit Björn Kuchta getan hat. In Italien hat er einen Investmentbanker an eine Eisenbahnbrücke gehängt, in Prag einen katholischen Priester an eine Stadtmauer. Er geht nicht immer so spektakulär vor, in der Bretagne zum Beispiel hat er eine Kunsthändlerin in ihrem Ferienhaus ermordet und an der holländischen Grenze …«

»Du hast Salat zwischen den Zähnen.«

»Ach.« Schröder fuhr mit der Zunge über die Schneidezähne. »Besser?«

»Yep.«

»Die Sonderkommission hat ein Profil erstellt.« Schröder zog eine Schublade auf und holte ein Taschentuch hervor. »Einiges davon erscheint mir reichlich spekulativ, doch dass es ein ziemlich kräftiger Mann ist, steht außer Frage. Wenn man bedenkt, dass der erste Mord vor über zehn Jahren geschah, ist er mindestens dreißig, könnte aber schon sechzig sein. Er ist mit unterschiedlichen Identitäten unterwegs. Die Annahme, dass er wahrscheinlich aus dem deutschsprachigen Raum stammt, erscheint mir nachvollziehbar, aber längst nicht gesichert.«

»Dann könnte es also vielleicht doch mit der …«

»Nein, Chef, die kolumbianische Mafia würde ich weiterhin ausschließen.« Schröder entfaltete das Taschentuch und wischte sich den Mund ab. »Fakt ist jedenfalls, dass er seit über einem Jahrzehnt unsichtbar bleibt. Er plant die Morde bis ins kleinste Detail, danach taucht er sofort ab. Manchmal monatelang, ab und zu gönnt er sich nur eine kurze Pause. Vorgestern ist sein wahrscheinlich letztes Opfer in einem Waldstück an der tschechischen Grenze gefunden worden.«

»Also gar nicht weit weg.«

»Die Identität ist noch nicht geklärt. Ich habe gebeten, uns auf dem Laufenden zu halten.«

»Da mordet sich also jemand seit Jahren fröhlich quer durch Europa«, überlegte Zorn. »Hinterlässt keine Spuren, bleibt unsichtbar. Warum die Garotte?«

»Vielleicht eine Art … Markenzeichen.«

»Er versucht nie, seine Opfer zu verstecken.«

»Das kann man so nicht behaupten. Womöglich lässt er auch einige verschwinden. Bei Björn Kuchta jedenfalls war es ein Zeichen. Als Warnung oder Abschreckung. Vielleicht gibt es einen weiteren Grund, warum er wollte, dass Kuchta gefunden wird.«

»Nämlich?«

»Als Beweis. Dass er seine Arbeit erledigt hat.«

»Ein Auftragskiller.«

»Sí, compañero.«

»Dann braucht Jakob Fender Polizeischutz«, sagte Zorn.

»Fender und seine Exfrau stehen sowieso unter Beobachtung. Die Kollegen sind schon gewarnt.«

»Die müssen vorsichtig sein.« Zorn öffnete den obersten Jeansknopf und rieb den geblähten Bauch. »Der Typ ist 'n Profi. Vielleicht hat er sein Berufsfeld erweitert und sich ein zweites Standbein geschaffen. Verdient jetzt ein bisschen dazu, zum Beispiel mit der Entführung geistig behinderter Kinder.«

»Das sollten wir prüfen«, stimmte Schröder zu. »Vor allem den zeitlichen Ablauf zwischen dem Mord an der tschechischen Grenze und der Entführung abgleichen und … *apropos* Entführung.«

Er verstummte stirnrunzelnd.

»Ja?«, hakte Zorn nach.

»Ich habe gestern Abend mit Mona Fender telefoniert. Und jetzt frage ich mich, warum sie … sag mal, riechst du das auch?« Schröder verzog angewidert das Gesicht. »Mein Gott, das stinkt ja infernalisch! Als ob …«

»Echt?« Zorn lief puterrot an. »Ich rieche nix.«

Das Geräusch hatte er zwar verhindern können, nicht jedoch das Entweichen der durch *Omis Linseneintopf* verursachten Gase, deren Gestank selbst ihm als Verursacher schier den Atem raubte.

»Das sind bestimmt deine Blumen.« Zorn deutete zu den Topfpflanzen. »Wenn man die zu oft gießt, faulen die Wurzeln.«

Schröder riss das Fenster auf und schnappte nach Luft. Zorn nutzte die Gelegenheit, um den Gestank hastig in eine andere Richtung zu fächeln.

So verging eine Weile. Erst nachdem Schröder sich durch mehrmaliges Schnuppern überzeugt hatte, dass die Luft wieder halbwegs atembar war, bedachte er Zorn mit einem kopfschüttelnden Blick

FERKEL!

und ging wieder an seinen Platz. Das Einzige, was Zorn zu seiner Verteidigung in den Sinn kam, war ein alberner Spruch aus seiner Kindheit *(Wer's zuerst gerochen, aus dem ist's gekrochen!)*, der nicht nur ausgesprochen dämlich war, sondern einem Geständnis gleichkam.

»Du hast also mit Mona Fender telefoniert«, sagte er stattdessen. »Und?«

»Ihr Kind wurde entführt«, erwiderte Schröder. »Sie ist verzweifelt und müsste wissen wollen, wie weit wir mit der Suche sind. Ob es einen Verdacht gibt oder eine Spur.«

»Aber?«

»Sie hat nicht ein einziges Mal danach gefragt.«

Einundsechzig

»Dein Sohn wird mit Nahrung und Medikamenten versorgt.«

Ich presste das klobige Handy ans Ohr. Beim ersten Anruf hatte ich versucht, Fragen zu stellen. Diesmal lauschte ich schweigend. Es war zwecklos, etwas zu sagen.

»Gegenforderungen werden nicht akzeptiert.«

Hagen wiederholte exakt denselben Text. Doch es war keine Aufzeichnung. Es klang, als würde er die Worte …

… *ablesen?*

»Es wird kein Lebenszeichen geben.«

Die Hintergrundgeräusche waren anders. Ich kannte den Wortlaut, also konzentrierte ich mich auf anderes. Den Nachhall seiner Stimme. Kurz, scheppernd. Ein Keller? Im Hintergrund ein Plätschern. Ein Wasserhahn?

»Wenn die Polizei kontaktiert wird, ist er tot.«

Etwas klapperte. Nein, eher ein Klicken. Als würden Zahnräder ineinandergreifen. Ich konnte es nicht zuordnen.

»Wenn andere Personen kontaktiert werden …«

Atemzüge. Nicht die von Hagen. Er war nicht allein.

»… ist er tot.«

Ich wusste, was folgte.

Wir melden uns.

Danach würde die Verbindung unterbrochen werden. Der Druck war erhöht, ich selbst weiter im Unklaren. Bis ich irgendwann so zermürbt war, dass ich am Boden lag.

Es kam anders.

»Die Forderung beträgt …«

Ich hörte die Summe. Ein weiterer Schalter legte sich in meinem Verstand um.

»Keinen Cent weniger. Wir wissen, dass du das Geld hast.«

Mir war sofort klar, dass die Behauptung korrekt war. Als die Verbindung in der nächsten Sekunde unterbrochen wurde, wusste ich bereits, wo ich suchen musste. Ich kam allerdings nicht dazu, darüber nachzudenken, denn kaum hatte ich mir Gewissheit verschafft, klingelte mein übergewichtiger Nachbar aus dem Haus schräg gegenüber, um sich einen Phasenprüfer zu borgen.

Wirklich, kein Witz.

Einen verdammten *Phasenprüfer*.

*

»Müsste die Werkstatt mal wieder aufräumen«, keuchte er mit einem entschuldigenden Grinsen. »Keine Ahnung, wo meiner ist.«

Mein Nachbar stand schwer atmend im Hausflur, das feiste Gesicht vom Treppensteigen gerötet. Anstelle der Latzhose trug er plumpe, formlose Jeans. Ein schwarzes, unter den Achseln von Schweiß durchnässtes T-Shirt mit dem verwaschenen Aufdruck *TRINKE BIER, SPARE WASSER* spannte über seinem Bauch.

»Sarah will, dass ich die Steckdose in der Küche repariere. Die funktioniert schon seit Monaten nicht. Aber nein«, er verdrehte die wässrigen Glubschaugen, »es muss unbedingt *jetzt* sein.«

Neulich hatte ich beobachtet, wie eine Frau in Kittelschürze und mit ähnlicher Statur wie mein Besucher (allerdings einen Kopf kleiner) drüben auf einem der Balkone im Erdgeschoss mit einer grünen Plastikgießkanne die Geranien in den Blumenkästen goss. Das musste seine Frau gewesen sein.

Sie hieß also Sarah. Nützlich war diese Erkenntnis nicht.

»Dass ich zu spät ins Büro komme, interessiert da nicht«, plapperte er weiter. »Na ja, Weiber. Du kennst das ja.«

Ich schob die Mundwinkel nach oben in der Hoffnung, sein Grinsen halbwegs glaubwürdig zu erwidern. Ich hatte ihn über ein Dutzend Mal klingeln lassen, doch er war hartnäckig geblieben, weil er wusste, dass ich da war. Es war kaum zu überhören gewesen. Ich hatte ziemlichen Lärm gemacht.

»Hast du zufällig einen, Jacky?«

Hatte ich. Der Werkzeugkasten stand weniger als anderthalb

Meter hinter mir. Doch wenn ich zurücktrat, gab ich den Blick auf die Schwelle zum Wohnzimmer frei. Der Typ war ein Trottel, doch selbst ein Trottel würde Fragen stellen.

»Tut mir leid«, sagte ich. »Ich hab kaum Werkzeug, höchstens 'nen Schraubenzieher. Du weißt doch«, schoss ich ins Blaue, »am Computer kenne ich mich aus, aber handwerklich bin ich 'ne Niete.«

»Schon klar.« Als er nickte, verschwand sein Kinn in den Speckfalten am Hals. »Und sonst?« Er reckte sich, um an mir vorbei einen Blick in die Wohnung zu werfen. »Alles okay?«

»Bestens.«

Ich lehnte mich in den Türrahmen und verdeckte ihm die Sicht. Er bemerkte mein verdrecktes Hemd, auch meine Hände starrten vor Schmutz. Die Finger der gesunden waren regelrecht schwarz, die Knöchel aufgeschürft, der Verband über der anderen von einer dicken Staubschicht bedeckt.

»Bin am Aufräumen«, kam ich seiner Frage zuvor. »Ich hab das Sofa zur Seite geschoben, da hat sich 'ne Menge angesammelt. Hab ja Zeit, bin noch 'ne Weile krank geschrieben.«

»Was ist eigentlich passiert?«

»Arbeitsunfall. Die Rechner in der Revisionsabteilung werden neu verkabelt. Da mussten etliche Leitungen gezogen werden. Eigentlich macht das die Haustechnik, aber die sind ewig nicht fertig geworden. Also bin ich selbst auf die Leiter gestiegen. War 'n Fehler. Du kennst mich ja.« Ich schätze, beim zweiten Versuch gelang mein Grinsen besser. »Wenn ich irgendwo anfasse, wird's schlimmer, als wenn zwei andere loslassen.«

Sein Lachen dröhnte durch das Treppenhaus wie der Brunftschrei eines asthmatischen Walrossbullen.

»Ich sag's immer wieder!« Er rieb die tränenden Augen. »Du hättest Komiker werden sollen!«

Ein Bild schoss durch meinen Kopf. Zwei Männer lümmeln

an einem lauen Sommerabend unten auf den Bänken der gemauerten Grillecke hinter den Carports. Der eine – ich – nippt an einem alkoholfreien Bier und erzählt einen Witz *(gibt 'ne Frau 'ne Kontaktanzeige auf: Suche Mann mit Pferdeschwanz, Frisur egal)*, worauf sich sein grölender Nachbar so heftig auf den dicken Schenkel klopft, dass das Hefeweizen aus der Flasche schäumt.

Jakob Fender war also ein Witzbold.

War *das* eine nützliche Information?

Auch darüber konnte ich mir nicht weiter den Kopf zerbrechen, denn der Dicke wiederholte kichernd, noch nie einen größeren Spaßvogel getroffen zu haben, ballte die behaarte Faust und gab mir einen Stups in den Bauch.

Zwei Dinge wurden mir klar. Erstens, dass meine Rippen verheilt waren, denn ich spürte keinerlei Schmerz. Zweitens wurde die Zeit immer knapper, denn es gelang mir nur noch mit allergrößter Mühe, die Fassade des leutseligen Kumpels aufrechtzuerhalten. Es war eine Frage von Sekunden, bis ich meinem ungebetenen Besucher kreischend an die Kehle springen würde.

»Also dann …« Ich nickte ihm zu. »Mach's mal gut.«

Pause.

»Dennis.«

Halleluja! Du erinnerst dich an seinen Namen!

»Alles klar. Bis dann, Jacky.«

Er wandte sich glucksend ab. Watschelte breitbeinig die Treppe hinab, die breiten Schultern bebten vor Lachen.

Ich schloss die Wohnungstür. Meine Knie wurden weich, ich sank mit dem Rücken am Türblatt nach unten und kam auf den polierten Dielen zum Sitzen.

Ich betrachtete den Spalt im Fußboden, direkt hinter der Schwelle zum Wohnzimmer. Das Dielenstück lehnte hochkant neben dem Werkzeugkasten an der Wand. Ich hatte nicht nach dem passenden Schraubenzieher suchen müssen, es war derselbe, mit dem ich die Schrauben befestigt hatte. Das Lösen war im Handumdrehen erledigt, doch die Diele war verhakt – was das ständige Knarren erklärte –, weshalb ich ein Stemmeisen benutzen musste. Nachdem das Päckchen zutage gefördert war, hatte ich mich auf den Bauch gelegt, den Hohlraum abgetastet und mir das Hemd eingesaut. Außer Staubflusen und uralten Dreck hatte ich nichts weiter gefunden.

Das Päckchen lag jetzt auf dem Couchtisch, in etwa so groß wie eine Stange Zigaretten. Fünfzig-Euro-Scheine, in Banderolen zu fünftausend Euro verpackt, das Ganze in Folie verschweißt und zusätzlich mit Klebeband umwickelt. Nachzählen musste ich nicht.

Einhundertzwölftausend Euro. Exakt das, was für Holms Freilassung gefordert wurde. Die Summe hatte das morsche Getriebe in Gang gesetzt. Einen Moment nur, denn nach einem kurzen Ruck hatte es sich wieder verhakt.

Wir wissen, dass du das Geld hast.

Tja. *Ich* wusste's jetzt auch. Woher ich's hatte und warum es unter der Diele versteckt war, blieb ein Rätsel. Ebenso wie die Frage, woher Holms Entführer diese Informationen hatten.

Zweiundsechzig

»Und?«, fragte Zorn.

Schröder, der gerade von einer Besprechung mit der Einsatzleitung zurückkam, ließ sich schnaufend in seinen Stuhl sinken. »Es gibt vielleicht eine Spur. Jemand hat beobachtet, wie ungefähr hundert Meter vom Heim entfernt eine Frau in ein Auto gestiegen ist.«

»Eine *Frau* ist in ein *Auto* gestiegen?« Zorn riss die Augen auf. »Krass!«

»In einer Seitenstraße. Dorthin gelangt man vom Haupteingang durch einen verwilderten Park neben der verlassenen Papiermühle. Das Risiko, unterwegs auf jemanden zu treffen, ist relativ gering. Es wäre der kürzeste Weg, um Holm Fender unbeobachtet in ein Auto zu verfrachten. Zeitlich passt es ebenfalls.«

»Dann müsste man auch den Jungen gesehen haben.«

»Der Zeuge ist ein Kunststudent, er war mit dem Fahrrad unterwegs. Er wollte Fotos vom alten Wehr machen. Das Auto hatte getönte Scheiben, er kann also nicht sagen, ob auf der Rückbank jemand gesessen hat.«

»Aber?«

»Er hat gesehen, wie die Frau einen zusammengeklappten Rollstuhl im Kofferraum verstaut hat, bevor sie losgefahren ist.«

»Im Heim fehlt ein Rollstuhl«, überlegte Zorn.

»Yes, Sir.«

Zorns Magen hatte sich wieder beruhigt. Nun, da es auf Mittag zuging, meldete er sich mit einem Knurren zurück.

»Wenn der Zeuge eine Kamera dabeihatte, dann …«

»Die war noch im Rucksack. Die Frau konnte er relativ gut beschreiben, beim Wagen ist er unsicher. Ein schwarzer Kombi, relativ neu. Die Marke kann er nicht nennen. Mercedes oder Audi vielleicht. Womöglich auch ein Passat.«

»Oder ’n Volvo«, knurrte Zorn. »Die Kisten sehen sowieso alle gleich aus.«

»Sie sind gerade dabei, ein Phantombild zu machen. Das sollte uns … sag mal«, Schröder reckte schnüffelnd den Hals, »hast du etwa schon wieder …«

»Nein, hab ich nicht!«, rief Zorn empört. Obwohl er diesmal die Wahrheit sagte, schoss ihm das Blut ins Gesicht. »Außerdem ist es *deine* Schuld!«

»Ach!«

»*Du* hast Frieda die Idee mit der Suppe in den Kopf gesetzt!«

»Sie hat mich um Rat gebeten«, gab Schröder zurück. »Es handelt sich zwar um ein Fertigprodukt, aber um eine hochwertige Marke, mit ein paar einfachen Zutaten leicht zu veredeln. Man kann da kaum etwas falsch …«

»Das sagst *du*!« Zorn lachte auf. »Du weißt genau, dass Frieda nicht mal 'n Frühstücksei kochen kann! Trotzdem hast du mir die Linsensuppe eingebrockt! Und wer musste sie wieder mal ausbaden?«

»Aus*löffeln*.«

»Ich!«

»Stimmt nicht!« Schröder stieß sich vom Schreibtisch ab, rollte mit dem Stuhl zur Seite und kippte demonstrativ das Fenster an. »Ich nämlich auch!«

Die Tür wurde geöffnet, ein junger Streifenbeamter erschien mit einem Stapel dünner Akten. Verdutzt starrte er auf die beiden Streithähne, murmelte eine Entschuldigung und wollte umgehend wieder verschwinden. Schröder hielt ihn zurück, ließ sich die Akten geben und bat, dem Kollegen Brettschneider auszurichten, er solle vier weitere Kollegen zur Überwachung von Mona und Jakob Fender abstellen.

»Warum das denn?«, wunderte sich Zorn, nachdem sie wieder allein waren. »Die hatten wir doch schon verdoppelt?«

»Da haben wir geglaubt, dass die beiden womöglich in Gefahr sind.«

»Aber das sind sie doch auch!«

»Ja, aber jetzt wissen wir mehr. Wir können die beiden warnen. Sie bitten, vorsichtig zu sein und zu Hause zu bleiben. Aber wir können ihnen nicht verbieten, die Wohnung zu verlassen. Wenn sie das tun, muss jeder Schritt überwacht werden.«

»Weil jemand aus dem Gebüsch springen und mit 'ner Garotte über einen von beiden herfallen könnte.«

»Zum einen.«

»Und zum anderen?«

»Es gibt nur eine Erklärung, warum Mona Fender mich gestern Abend nicht nach Neuigkeiten bei der Fahndung nach ihrem Sohn gefragt hat. Entweder, sie kennt das Versteck …«

»Glaube ich nicht.«

»Ich auch nicht. Als wir zuletzt mit ihnen gesprochen haben, hatten weder Mona noch Jakob Fender den Hauch einer Ahnung. Jetzt wissen sie mehr als wir. Woher sie die Informationen haben, ist klar. Der Junge selbst ist dazu nicht in der Lage, also bleibt nur eine einzige Quelle.«

»Der Entführer.«

»*Exactamente.* Er hat sich gemeldet.«

Dreiundsechzig

Ich rief Mona an. Die Einladung zum Kaffee ersparte ich mir und bat sie einfach, zu kommen. Ich unterdrückte den Impuls, die mithörenden Polizisten Kommissar Schröder von mir grüßen zu lassen – es hätte womöglich wie eine Verhöhnung geklungen.

Der Kommissar war klug. Doch auch er würde keine Erklärung für das Geldpaket haben. Stattdessen würde er sich fragen, woher ich das Geld hatte. Ich konnte nur hoffen, es selbst herauszufinden. Aber die Zeit wurde knapp.

Ich verstaute das Päckchen in der Schublade mit den Kontoauszügen und blieb eine Weile am Schreibtisch sitzen.

Wir wissen, dass du das Geld hast.

Wer war das?

Wir?

Die kannten meine Schwachstelle: Holm. Wussten nicht nur von dem Geld, sondern auch von dem Handy mit der Walkie-Talkie-Funktion. Sie wussten verdammt viel über mich. Mehr als Mona, mit der ich ein Kind hatte. Wer kam da eher in Frage als mein … *bester Freund*? War es nicht logisch, dass er mich besser kannte als jeder andere?

Du hättest dich nicht mit mir anlegen sollen, Jacky.

Die letzten Worte meines Angreifers, bevor er mich ins Koma prügelte. Unmöglich zu sagen, ob die zischende Stimme dicht an meinem Ohr dieselbe war, die ich zuerst auf meiner Mailbox, später beim Telefonat mit dem iPhone und schließlich aus dem Walkie-Talkie-Handy gehört hatte. Aber ich war mir sicher: der Mann, der mir im Hinterhof aufgelauert hatte, steckte auch hinter Holms Entführung.

Er trug einen Bart, Hagen ebenfalls. Ein weiteres Indiz. Andererseits … warum hatte Hagen nicht versucht, seine Identität zu verbergen? Ich hatte ihn klar und deutlich gehört. Beim zweiten Anruf hatte er den Text Wort für Wort wiederholt. Als würde er ihn vorlesen. Konnte es sein, dass …

Mein iPhone vibrierte auf dem Couchtisch. Doktor Carlsson wollte wissen, warum ich am Morgen nicht im Krankenhaus erschienen war. Auch beim Psychologen war ich nicht aufgetaucht. Der Anruf kam mir in etwa so gelegen wie der Besuch meines Nachbarn. Doch aus ärztlicher Sicht waren die Mahnungen mehr als berechtigt, und da Doktor Carlsson nicht anrief, um sich einen Phasenprüfer zu leihen (haha), entschuldigte ich mich höflich, versicherte wider besseres Wissen, ab sofort keinen einzigen Termin mehr zu verpassen, und beendete das Gespräch.

Die Ärztin hatte verärgert geklungen *(ich kann Sie nicht zwingen, Hilfe anzunehmen, Herr Fender!)*. Ich hatte ihre eiligen Schritte auf dem langen Krankenhausflur gehört, den Widerhall ihrer Stimme von den Wänden. Dies lenkte meine Gedanken wieder auf Hagen.

Beim letzten Anruf hatte ich mich auf die Umgebungsgeräusche konzentriert. Ich erinnerte mich an das Plätschern, das ich mit einem tropfenden Wasserhahn assoziierte. Den Klang seiner Stimme, der auf einen Keller schließen ließ. Und an ein Klappern. Leise nur, doch es hatte mich aufhorchen lassen.

klack klack

Ich hatte es erst kürzlich gehört. Und zwar, als ich …

klack klack klack

Ich schloss die Augen. Rief mir das Geräusch in Erinnerung. Sah ein helles, freundlich eingerichtetes Zimmer. Ein schmales Bett. Darauf ein blonder, vierzehnjähriger Junge, gänzlich abgeschottet von seiner Umwelt. Einzig und allein fokussiert auf das Ding, das sich unablässig in seinen Fingern drehte.

klack klack klack klack

Ein Zauberwürfel.

Ich sah mich blinzelnd um. Das Helmut-Newton-Foto mit der nackten Frau hing schief. Ich beugte mich über das Sofa und rückte das Bild gerade.

Es wird kein Lebenszeichen geben.

Doch, ich hatte es erhalten. Obwohl es nicht beabsichtigt gewesen war.

Holm war also am Leben. Und er hatte gute Chancen, denn wenn man ihn freiließ, würde er seine Entführer nicht beschreiben können. Egal, woher ich das Geld auch haben mochte, ich *hatte* es. Ich würde die Forderung erfüllen. Es gab keinen Grund, Holm etwas anzutun.

Und Hagen?

Erpresser bleiben anonym. Schicken andere vor, um selbst im Hintergrund zu bleiben. Ich hatte nicht nur den Wasserhahn und das Klappern gehört, auch den Atem einer zweiten Person. Entweder es handelte sich um einen Komplizen. Oder wenn nicht, hatte man Hagen gezwungen, die Nachricht vorzulesen. In diesem Fall war er so gut wie tot, denn im Gegensatz zu Holm würde Hagen der Polizei Hinweise geben können.

Mona klingelte, und ich entschied, nicht weiter darüber zu spekulieren. Es galt, wesentlich kompliziertere Entscheidungen zu treffen; zumindest was Hagen betraf, schien die Lage relativ klar. Es gab nur zwei Möglichkeiten, welche davon zutraf, würde sich bald zeigen. Entweder Hagen gehörte zu den Entführern. Oder man hatte ihn ebenfalls entführt.

Im Nachhinein klingt das absolut logisch. Zumindest in diesem Punkt habe ich mir nichts vorzuwerfen, denn selbst die größte Spürnase des Universums hätte wohl kaum geahnt, dass es noch eine dritte Möglichkeit gab.

Vierundsechzig

»Und Sie haben das Gelände im Blick?«, vergewisserte sich Schröder am Telefon. »Gut. Die beiden können ruhig merken, dass wir sie beobachten.« Er legte auf und wandte sich an Zorn. »Sie haben Fenders Wohnung verlassen und sind in den Park gegangen, oben auf den Felsen am Fluss. Die Kollegen lassen sie nicht aus den Augen.«

»Wie hat sich der Kidnapper überhaupt bei denen gemeldet?«, überlegte Zorn. »Wir überwachen die Handys. Hat er 'ne Kontaktanzeige aufgegeben? Oder 'ne Postkarte geschickt? Per Klopfzeichen? Oder …«

»Es gibt viele Möglichkeiten.«

»Wir wissen ja nicht mal, bei wem der beiden er sich gemeldet hat.«

»Bei ihm.«

»Woher willst du das …«

»Es ist das zweite Mal, dass Jakob Fender seine Exfrau anruft. Am Telefon kann er nicht reden, also bittet er sie, zu ihm zu kommen.«

»Wir sollten die beiden unter Druck setzen.«

»Und wie? Willst du sie ebenfalls …«

»Nein, foltern müssen wir sie nicht«, beschwichtigte Zorn. »Aber die sollten zumindest wissen, dass wir's ebenfalls wissen.«

»Und dann?«

»Ist doch logisch! Dann …«

Zorn kratzte die vernarbte Wange und verstummte.

»Beide vertrauen uns«, sagte Schröder. »Ihr Kind ist verschwunden, es bringt nichts, sie noch mehr zu bedrängen. Wir lassen ihnen noch etwas Zeit, schließlich haben die Kollegen sie ständig im Auge.«

»Nichts gegen die … *Kollegen.*« Zorn dehnte das letzte Wort. »Die passen bestimmt auf wie die, äh …«

»Luchse.«

»Genau, aber darf ich an letztes Jahr erinnern? Da ist ein Mann an die Rathaustür genagelt worden.«

»Ich erinnere mich. Dunkel.«

»Direkt neben einem Streifenwagen.«

»Ach komm, Chef. Er war schon ein Stückchen entfernt.«

»Fünfzig Meter.«

Schröders Computer gab einen Signalton von sich.

»Die beiden reden gerade miteinander«, sagte er und gab einen Tastaturbefehl ein. »Wenn sie uns nach dem Gespräch nicht ins Vertrauen ziehen, stellen wir sie zur Rede. Bis dahin … Na bitte.« Er sah auf den Monitor. »Der Kollege hat das Phantombild der Frau hochgeladen. Das ging ja ziemlich …« Die rötlichen Brauen senkten sich auf der kahlen Stirn. »Oha.«

»Was meinst du mit …«

»Hast du deine Lesebrille auf?«, fragte Schröder, ohne den Bildschirm aus den Augen zu lassen.

»Hab ich«, bestätigte Zorn nach einem Kontrollgriff an die Nasenwurzel.

»Würdest du dich kurz herbemühen, Chef?«

Zorn ging um den Schreibtisch, nahm hinter Schröder Aufstellung, beugte sich vor und betrachtete über Schröders Schulter das Phantombild auf dem Monitor.

»Und?«, fragte Schröder. »Was sagst du?«

»Ich würde sagen …«, murmelte Zorn, »dasselbe wie du.«

»Und das wäre?«

»Oha.«

Fünfundsechzig

Die Polizisten versuchten nicht, sich vor uns zu verbergen. Alle trugen Zivil, zwei folgten uns in einem Abstand von zwanzig Metern, zwei weitere schlenderten auf den Seitenwegen neben uns her. Sie hielten sich außer Hörweite, trotzdem sprachen wir mit gesenkten Stimmen.

»Und du weißt wirklich nicht …«

»Nein«, wiederholte Mona. »Ich habe keine Ahnung, woher du das Geld haben könntest.«

Wir erreichten die Wiese. Der Weg teilte sich, wir wandten uns nach rechts in Richtung der Felsen. Zwei weitere Beamte tauchten auf, einer saß breitbeinig auf dem Sockel einer Betonskulptur, der andere lehnte am Stamm einer dicken Ulme, die Hände in den Taschen einer pfirsichfarbenen Bundjacke vergraben. Auf dem Spielplatz ein paar Meter hinter ihm tobten zwei kleine Mädchen mit wehenden Zöpfen durch eine Sandkiste. Der junge Mann, der im Schatten der Bäume auf einer Bank saß, war offensichtlich kein Polizist, denn im Gegensatz zu den anderen beachtete er uns nicht, blätterte in einer Zeitschrift auf seinem Schoß und schob mit dem Fuß einen Kinderwagen hin und her.

»Holm *lebt*, Mona.« Ich sagte das jetzt zum vierten, vielleicht auch fünften Mal. »Wir müssen …«

»*Was* müssen wir?« Sie klang gereizt.

Rechts von uns teilte sich das Gebüsch, wir verließen den Hauptweg und gingen ein paar Stufen hinab zu dem Felsplateau. Frischer Wind wehte uns entgegen, wir folgten einem schmalen, parallel zur Felskante verlaufenden Weg, rechts flankiert von einem schmiedeeisernen Geländer, hinter dem es knapp zwanzig Meter schroff in die Tiefe ging, auf der anderen Seite begrenzt von dornigem, windzerzaustem Gebüsch.

»Die werden sich bald melden.« Meine Finger schlossen sich um das klobige Handy in der Hosentasche. »Wir werden exakt tun, was die verlangen.«

»Und dann?«

Schritte knirschten hinter uns auf dem Kies. Ich musste mich nicht umsehen, um zu wissen, wer uns folgte. Der Weg wurde breiter, Bänke standen in regelmäßigen Abständen unter den Büschen.

»Dann lassen sie ihn gehen, Mona.«

Ich schob ein paar Zweige beiseite, um ihr den Weg freizumachen. Auf einer Bank saß der Polizist in der pfirsichfarbenen Jacke und sah uns ausdruckslos an. Als ich ihm zunickte, senkte er kaum merklich das kantige Kinn. Mein Lächeln erwiderte er nicht.

Mona lief neben mir her, den Blick zu Boden gerichtet. Der Weg folgte der Felskante in einer scharfen Linkskurve, führte über zwei Stufen zu einem kleinen Plateau.

Sie blieb stehen. »Und wenn nicht?«

»Es gibt einfach keinen Grund, ihm etwas zu tun. Wir dürfen die …«

»Sag das noch *einmal.*« Monas Stimme klirrte vor Kälte. »Sag noch ein einziges Mal, dass wir die … *Hoffnung nicht aufgeben dürfen*, und ich breche dir sämtliche Rippen. Aber diesmal richtig.«

Sie machte ruckartig kehrt, ging mit hastigen Schritten zu einer Bank und nahm Platz. Ein paar Meter neben ihr teilte sich das Gebüsch, ein hochgewachsener Mann mit raspelkurzem Haar tauchte auf, wischte ein paar Zweige von den Ärmeln der Jeansjacke, schlenderte gemächlich vorbei und lehnte sich mit verschränkten Armen an das Geländer. Der fünfte Polizist, wenn ich richtig gezählt hatte.

Ich setzte mich zu Mona. Vom Imbiss unten an der Flusspromenade wehte der Duft gegrillter Würstchen herauf. Schritte klapperten auf der Treppe, der Beamte mit der pfirsichfarbenen Jacke nahm drei Bänke entfernt von uns Platz, wechselte einen stummen Blick mit seinem Kollegen und zündete sich eine Zigarette an.

Eine Taube landete neben dem kurzhaarigen Polizisten auf dem Geländer, sträubte das Gefieder im Wind, sah aus schwarzen Knopfaugen zu uns herüber und flatterte über den Fluss in

Richtung Neustadt davon. Von hier oben wirkten die aus dem wogenden Blättermeer ragenden Wohnblocks längst nicht so trostlos wie aus der Nähe, weit hinten am dunstigen Horizont schimmerten die gigantischen Abraumhalden zwischen den Windrädern wie altägyptische Pyramiden.

Ich warf Mona aus dem Augenwinkeln einen Blick zu. »Waren wir schon mal hier?«

»Wie kommst du darauf?«

»Weiß nicht. Kommt mir so vor.«

Sie strich eine dunkle Haarsträhne hinter das Ohr. »Nicht dass ich wüsste.«

»Trotzdem. Schön hier.«

»Was du nicht sagst.« Mona stieß heftig die Luft aus.

Klar, das war albern. Aber es stimmte. Tief unten zog der Fluss in einem eleganten Bogen am Fuße des Felsens entlang, Ausflugsdampfer und Motorboote tuckerten vorbei. Neben den majestätischen Trauerweiden am linken Ufer glitzerte der künstliche See in der Sonne, Menschen lagen auf ihren Decken, spielten Volleyball oder grillten Steaks vom Discounter. Fahrradfahrer und Skateboarder strömten über die alte Stahlbrücke hinüber zur Insel, von den Ausflugslokalen war entfernte Musik zu hören.

»Ich … ich weiß gar nicht, wo du wohnst, Mona.«

»Am alten Markt.« Sie sah hinunter zur Altstadt. »Direkt hinter dem Dom.«

»Und was machst du beruflich? Entschuldige, aber …«

»Ich hab ein Reisebüro, seit knapp sechs Jahren.«

»Ach, das funktioniert?« Ich schob mit der Schuhspitze ein paar Kieselsteine hin und her. »Ich dachte, jetzt buchen alle nur noch im Internet und …«

»Schluss jetzt.«

Mona richtete sich auf und öffnete ihre Handtasche. Auch mir wurde bewusst, wie absurd dieses Gespräch war.

»Was hast du vor?«

»Was schon?« Sie hatte das Handy bereits am Ohr. »Das, was wir schon längst hätten tun müssen.«

*

»Frau Fender?«

»Herr Kommissar, ich … nein, *wir* wollten Ihnen sagen, dass …«

»Ich weiß. Bei Ihnen oder Ihrem Exmann?«

»Ich verstehe nicht …«

»Frau Fender, ich stehe gerade unter enormem Druck. Wir haben neue Hinweise, denen wir umgehend nachgehen müssen, fassen Sie sich bitte kurz. Also, bei wem haben sich die Entführer gemeldet?«

»Bei Jakob.«

»Wie genau?«

»Auf einem Handy. Jakob hat noch ein anderes, er …«

»Ich erhalte gerade einen Anruf. Bleiben Sie, wo Sie sind. Ich komme zu Ihnen.«

*

»Er weiß Bescheid.«

Sie verstaute das Telefon in der Handtasche, ließ die verchromten Verschlüsse klicken.

»Woher …«

»Das wird er uns nachher erzählen. Wir sollen hier warten.«

Ein schlaksiger junger Mann in dreiviertellangen Cargohosen, ärmellosem T-Shirt und mit tätowierten Unterarmen schälte sich aus dem Gebüsch, ging zum Geländer und flüsterte dem Kurzhaarigen etwas zu. Während dieser wortlos verschwand, setzte sich der Tätowierte auf den Betonsockel eines Münzfernrohrs, holte ein Päckchen Tabak hervor und drehte sich eine Zigarette.

»Was wollen wir dem Kommissar sagen, Mona?«

»Alles, was wir wissen.«

»Das ist nicht viel.«

Der Tätowierte klappte ein Zippo auf, schirmte die Flamme mit der Hand gegen den Wind ab und entzündete die Zigarette.

»Mona, ich …«

»Was?«

»Ich kann mich nicht allein erinnern.«

Sie presste die Lippen so fest aufeinander, dass ein schmaler, farbloser Strich entstand. »Ich hab dir schon genug geholfen.«

»Ja«, nickte ich, »im Krankenhaus.«

»Die sagten, außer mir würde es niemanden geben. Also bin ich gekommen.«

»Aber es ging dir nicht um mich. Sondern um Holm. Ich sollte mich nicht an *mich* erinnern, sondern an ihn. Du wolltest, dass ich ihn weiter besuche. Weil er mich braucht.«

»Ja.«

»Und jetzt bist du ebenfalls …«

»Natürlich bin ich wegen Holm hier!« Sie hob die Stimme. »Warum sonst? Weil ich mit dir … *Händchen halten* will? Glaubst du, ich mache das freiwillig?«

Der Tätowierte sah zu uns herüber. Stieß den Rauch durch die Nase aus und ließ den Blick scheinbar gelangweilt umherschweifen. Doch es war klar, dass ihm nichts entging. Ebenso wie seinem Kollegen in der pfirsichfarbenen Bundjacke, der ein paar Bänke rechts von uns alles andere zu tun hatte, als den atemberaubenden Ausblick zu genießen.

»Es ist unfair.« Mona sah über das Geländer in die Ferne. »Du hast erreicht, was ich seit Jahren versuche. Und jetzt soll ich dir helfen, dich zu erinnern. An etwas, das ich vergessen will.«

Ein Windstoß fegte heran. Zweige raschelten über unseren Köpfen, Blätter rieselten herab.

»Du solltest froh sein«, murmelte sie. »Genieß es, solange du kannst.«

Eine Hummel brummte heran, krabbelte neben mir über die verwitterte Bank. *BENNY IST SCHWUHL* war mit einem Messer in das rissige Holz geritzt.

»Du hast gesagt, wir wären … Monster.«

»Das sind wir.«

»Warum, Mona?«

Keine Antwort. Irgendwo in der Altstadt jaulte eine Sirene auf.

»Ich … ich weiß nicht, was ich tun soll.«

Sie saß kerzengerade neben mir, die Handtasche wie haltsuchend auf dem Schoß umklammert. Die Schlagader an ihrem Hals pochte unter den vier kleinen Leberflecken, an ihrem Ohrläppchen funkelte ein grüner Edelstein. Auch diesmal antwortete sie nicht, legte die Handtasche neben sich auf die Bank, stand auf und sah zu mir hinab. Als sie den Arm hob und die Faust ballte, rechnete ich mit einem Schlag ins Gesicht, doch stattdessen klopfte sie mit den Knöcheln gegen meine Stirn. Langsam, sacht. Wie jemand, der vorsichtig an eine Tür klopft. Viermal insgesamt. Komisch, ich weiß es noch genau.

»Du willst dich erinnern?«

POCH

»Es ist da drin.«

POCH

»Na los.«

POCH

»Streng dich an.«

POCH

Lichter funkelten in Monas Pupillen. Ich sah die Narbe an ihrem Handgelenk.

Ein Knarren ertönte. Außer mir konnte es niemand hören. Es erklang in meinem Kopf.

Die Tür ging auf.

Sechsundsechzig

»Schröder? Du schnaufst wieder so. Störe ich beim …«

»Nein, Chef! Ich hacke weder Holz noch tue ich etwas anderes! Ich bin gerade vom Fahrrad gestiegen und auf der Treppe hoch zum Park auf den Felsen!«

»Da musst du mich nicht gleich so anblaffen, ich wollte nur …«

»Fasse dich gefälligst kurz!«

»Man wird doch wohl noch einen kleinen Scherz …«

»Chef! *Bitte!* Habt ihr Paula Hecht?«

»Das Vöglein ist ausgeflogen. Das SEK hat die Tür aufgebrochen, hier sieht's aus wie nach 'nem Bombenangriff. Ich hab Brettschneider angerufen, der kommt mit ein paar Leuten vorbei und durchsucht die Wohnung.«

»Wir müssen Paula Hecht …«

»Hab ich schon.«

»*Was* hast du …«

»Die *taube Faschistin* zur Fahndung ausschreiben lassen.«

»Dann fahr bitte sofort …«

»Krieg ich vielleicht mal 'n Lob, Schröder?«

»Jaja, toll gemacht, Chef! Ganz, ganz toll!«

»Pff!«

»Fahr jetzt ins Heim. Nimm das Phantombild und ein Foto aus ihrer Akte, da gibt's auch welche ohne Sonnenbrille. Lass das Personal einbestellen, jedenfalls alle, die Dienst hatten, als Holm Fender entführt wurde. Vielleicht erkennt sie jemand. Wenn Paula Hecht einen weißen Kittel anhatte, dürfte sie kaum aufgefallen sein. Dort laufen ständig Aushilfen rum, die von irgendwelchen Zeitarbeitsfirmen vermittelt werden. Sie hat Holm sediert …«

»… sich 'nen Rollstuhl geschnappt und den Jungen seelenruhig an der Rezeption vorbei durch den Park zum Auto gekarrt. Mir … mir ist 'n bisschen schlecht, Schröder.«

»Ach je.«

»Ich hab bei den Nachbarn geklingelt, weil ich fragen wollte, wann sie Paula Hecht zuletzt gesehen haben. Wenn sie Holm Fender entführt hat, dürfte sie ja seit ein paar Tagen nicht mehr in ihrer Wohnung gewesen sein, dort hat sie ihn wohl kaum versteckt.«

»Hervorragend kombiniert.«

»*Gracias*, Schröder. War jedenfalls niemand da, nur die Alte aus der Wohnung direkt gegenüber.

»Frau Tröbner?«

»Du kennst die?«

»Natürlich, sie hat Jakob Fender nach dem Überfall zwischen den Mülltonnen gefunden und den Krankenwagen gerufen. Nette alte Dame. Was hat sie ausgesagt?«

»Ich konnte sie kaum verstehen. Ihr Dackel wollte mir an die Gurgel.«

»Ach, der Herbert!«

»Sie hat ihn ins Bad gesperrt, der hat gekläfft wie 'n Irrer. Jedenfalls ist sie sicher, dass Paula Hecht mindestens drei Tage nicht in ihrer Wohnung war.«

»Das dürfte stimmen. Vom Überfall auf Jakob Fender hat Frau Tröbner zwar nichts mitbekommen, aber da hat sie geschlafen. Sie hört nicht mehr sonderlich gut, aber tagsüber …«

»… entgeht der nichts. Die hängt den ganzen Tag am Fenster.«

»Sie passt halt auf, die Frau Tröbner.«

»Schröder?«

»Ja?«

»Musstest du auch ihren Rührkuchen essen?«

»Yep.«

»Ist dir auch …«

»Nein, Chef, schlecht ist mir nicht geworden.«

»Aber der war … ganz schön trocken, oder?

»Allerdings. Furchtbar trocken.«

Siebenundsechzig

Wir sitzen bei ihr im Wohnzimmer. Mona und ich auf dem Sofa, Sybille, meine Mutter, schräg gegenüber im Sessel. Sie hat eine weiße Tischdecke über den Couchtisch gelegt und das gute Porzellan mit dem Rosenmuster aus der Schrankwand geholt.

»Die Torte ist super!«, lobt Mona mit vollem Mund.

Meine Mutter errötet ein wenig. »Willst du noch Sahne?«

»Nee«, wehrt Mona lachend ab und lehnt sich mit einem übertriebenen Seufzer zurück in die Polster. Das schwarze Kleid spannt über ihrem gewölbten Bauch.

»Noch Kaffee, Jakob?«

Ich nicke. Sybille füllt meine Tasse und streichelt sacht meine Hand. Eigentlich müsste sie sauer sein, schließlich habe ich mich – abgesehen von ein paar Anrufen – in den letzten Monaten kaum gemeldet. Jetzt sitze ich hier mit meiner hochschwangeren Braut, die sie eben erst kennengelernt hat, und erzähle, dass wir in zwei Wochen heiraten werden. Ja, sie hätte allen Grund, sauer zu sein. Aber auf den Gedanken würde meine Mutter nie kommen. Sie hat mich allein großgezogen, das war nicht einfach. Doch sie hat ihren Augenstern immer auf Händen getragen und würd's auch jetzt tun, wenn sie's könnte.

Zur Feier des Tages hat sie das mit Sternen gemusterte rosafarbene Kleid angezogen, das sie vor über einem Jahrzehnt bei meiner Einschulung getragen hat. Sie hat kein einziges Gramm zugenommen, noch immer ist sie zart, mädchenhaft wie eh und je. Beim Friseur war sie auch, der blonde Pagenschnitt ist frisch gefärbt, nur die Fältchen um die Augenwinkel weisen darauf hin, dass sie im Herbst vierzig wird.

»Habt ihr schon eine Wohnung?«, fragt sie mich.

O ja, übernimmt Mona sofort, und was für eine! Sanierter Altbau, direkt unter dem Dach, fast schon ein Loft! Sie erzählt von der freistehenden Küche und den bodentiefen Fenstern mit Blick auf den Bergzoo, und ich fühle mich ein wenig unwohl, schließlich sitzen wir in einer engen Neubauwohnung auf einer Couchgarnitur aus fliederfarbenem Kunstleder vor einer Schrankwand, die noch aus DDR-Zeiten stammt, umgeben von Kunstdrucken und Dutzenden Fotos des »Augensterns« in billigen Ikea-Rahmen. Nur der große Fernseher ist relativ neu, mit dem Gehalt, das meine Mutter an der Kasse der Rossmann-Filiale am Bahnhof verdient, wird es eine Weile dauern, bis die Raten abgestottert sind.

»Wisst ihr schon, was es wird?«, fragt Sybille.

»Allerdings!« Mona hat noch einen Rest Sahne im Mundwinkel. »Dein Enkel wird ein …« Sie lässt eine theatralische Pause verstreichen. »JUNGE!«

Ich liebe Mona abgöttisch. Nicht allein wegen ihrer makellosen Schönheit. Sie ist wie ein Kind – im besten Sinne des Wortes –, geht sofort auf andere zu, unbeschwert und neugierig wie sie ist. Im Handumdrehen war das Eis gebrochen, und obwohl wir kaum länger als eine Viertelstunde hier sind, scheint sie meine Mutter seit Jahren zu kennen.

Ich habe den Besuch so lange wie möglich hinausgezögert. So lange, bis Mona von meinen Ausflüchten genug hatte und fragte, ob ich mich für meine Mutter schämen würde.

Das habe ich natürlich abgestritten. Obwohl Mona nicht ganz unrecht hatte. Nicht umsonst habe ich mir bei der ersten Gelegenheit ein Zimmer im Studentenwohnheim genommen. Vorhin habe ich einen heimlichen Blick in mein altes Zimmer geworfen. Meine Mutter hat nichts verändert: die karierte Tagesdecke über dem Bett, die Gardinen mit den aufgedruckten Simpsons-Figuren, das Regal mit den »Die drei ???«-Büchern (akribisch von Folge hundert bis hundertfünfzig geordnet, danach hatte ich das Interesse verloren), der beleuchtete Globus, selbst das BVB-Poster (DEUTSCHER MEISTER 2002) hängt noch an der vergilbten Raufasertapete. Als wäre ich nur kurz aus dem Zimmer gegangen.

Ich liebe meine Mutter – logisch –, doch ich bin froh, dieser staubigen Enge entflohen zu sein. Nichts auf der Welt wird mich dazu bringen, wieder zurückzukehren.

Sybille bemerkt meinen leeren Teller, springt auf und tut mir ein neues Stück Torte auf. Als sie auch Mona eines anbietet, erklärt diese in gespieltem Entsetzen, dass ihr Kleid gleich aus allen Nähten platze, und bittet ihre zukünftige Schwiegermutter (»kann ich dich Bille nennen?«), ein oder besser zwei Stücke mitnehmen zu dürfen, da sie spätestens in einer Stunde wieder kurz vor dem Verhungern sein werde.

Das kann ich bestätigen.

Bevor wir hergekommen sind, hat Mona eine Büchse Brat-

hering, eine halbe Packung Chips und eine Tüte Marzipankartoffeln vertilgt. Gleichzeitig.

Ich stecke die Kuchengabel in den Mund. Erdbeertorte. Tiefgekühlt vom Discounter. Drei neunundneunzig, schätze ich. Höchstens.

Mona erzählt von unseren Plänen. Was sie selbst später beruflich machen wird, weiß sie noch nicht genau. Am Herd allerdings wird sie garantiert nicht enden. Sie hat das Studium unterbrochen, doch spätestens in anderthalb Jahren wird sie's wieder aufnehmen.

»Dann ist Jacky fertig und hat vielleicht schon eine eigene Firma.«

Vielleicht. Hagen nervt schon seit Monaten mit der Idee.

»Oder er ist irgendwo angestellt.«

Das ist wahrscheinlicher. Weil es sicherer ist.

»Auf jeden Fall«, strahlt Mona und nimmt meine Hand, »wird er ordentlich Kohle verdienen.«

Es geht gar nicht anders. Allein die Miete wird ein Heidengeld kosten. Aber Mona interessiert sich nicht für Geld. Sie hat sich sofort in die neue Wohnung verliebt, also was sollte ich machen? Ich werde mich kümmern. Das Geld für die Hochzeit im Kongresszentrum – Saalmiete, Buffet, DJ plus Anlage – werde ich mir von Hagen pumpen. Auch Monas Kleid kostet ein Vermögen. Gestern hat sie vorgeschlagen, eine Pferdekutsche zu mieten. Wahrscheinlich werde ich einen Kredit aufnehmen müssen.

»Um die Erziehung kümmern wir uns beide«, plappert Mona weiter. »Solange ich stille, schmeißt Jacky den Haushalt. Danach kriegt jeder seine Aufgaben. Bedienen werd ich ihn jedenfalls nicht.« Sie blinzelt ihrer zukünftigen Schwiegermutter verschwörerisch zu. »Wenn er 'n Bier will, holt er sich das alleine.«

»Ach.« Sybille sieht mich verwundert an. »Ich dachte, du trinkst keinen …«

»Alkoholfrei natürlich«, lacht Mona und stupst mich in die Seite.

Meine Mutter lacht ebenfalls auf. Sie hat mir stets jeden Wunsch von den Augen abgelesen. Ich habe das nie ausgenutzt, schließlich wusste ich immer, dass sie jeden Pfennig umdrehen muss. Aber ich müsste jetzt nur mit den Fingern schnipsen und sie würde sofort losrennen, in die nächste Straßenbahn springen und vom Supermarkt nicht nur eine Flasche, sondern einen kompletten Kasten alkoholfreies Bier heranschleppen.

Sie lächelt Mona ein wenig verunsichert an. »Schön«, sagt sie zu mir, »dass du eine so emanzipierte junge Frau gefunden hast.«

»Na ja«, wehrt Mona ab. »Seinen Nachnamen werde ich trotzdem annehmen.« Sie beugt sich vertraulich zu Sybille. Ich selbst bin bei diesem Gespräch unter Frauen offensichtlich fehl am Platz. »Mein eigener klingt wie 'n Verkehrsunfall, ich muss ihn ständig buchstabieren.«

Meine Mutter rührt verlegen in ihrer Kaffeetasse.

»Ka-Er-Tee-I-Tee-Es-Zee-Ha-Ka-A«, leiert Mona herunter. »Krtitschka.«

Die Augen meiner Mutter weiten sich.

»Kommt aus dem Slowakischen«, erklärt Mona. »Ein Doppelname würde noch bekloppter klingen. Fender-Krtitschka.« Sie zieht die Nase kraus. »Krtitschka-Fender. Ist beides bescheuert, oder?«

Sybille nickt stumm, greift mit zitternden Fingern nach ihrer Tasse.

»Nee, einfach nur Fender«, entscheidet Mona. »Jakob und Mona Fender! Klingt doch super!«

»Total super«, lächle ich.

Ein Klirren ertönt. Meine Mutter stellt den Kaffee neben der Untertasse ab und sieht aus leeren Augen an mir vorbei aus dem Fenster.

»Du musst uns ganz oft besuchen, ja?«

Monas Finger schließen sich um ihre Hand. Sie schreckt zusammen und betrachtet Mona, als sähe sie die Mutter ihres zukünftigen Enkels zum ersten Mal.

»Wir sind doch jetzt eine Familie!«, schwärmt Mona. »Du kannst auch bei uns übernachten. Wir haben ein Gästezimmer«, verkündet sie mit unüberhörbarem Stolz. »Direkt neben Holms Zimmer.«

Sybille blinzelt verwirrt.

»Ja, er heißt Holm.« Mona streichelt liebevoll ihren Bauch. »Wie mein Opa.«

Es ist nicht ihr leiblicher Großvater, sie wurde als Säugling adoptiert. Sie erzählt, dass ihre Stiefeltern Schauspieler sind und nach jahrelangem Tingeln am Stadttheater engagiert wurden, und bemerkt nicht, dass meine Mutter bei jedem ihrer Worte weiter erbleicht, bis ihr Gesicht die Farbe der Tischdecke angenommen hat.

»Weihnachten«, sprudelt Mona hervor, »feiern wir alle zusammen! Dann ist der Kleine ein halbes Jahr alt, wir machen Gänsebraten und am zweiten Feiertag …«, verkündet sie mit leuchtenden Augen, »feiern wir meinen Geburtstag!«

»Du hast …«

Sybilles Stimme versagt.

»Früher fand ich das doof«, grinst Mona. »Wegen der Geschenke. Aber …« Sie bemerkt ebenfalls, dass meine Mutter innerhalb von Minuten um Jahrzehnte gealtert ist. »Ist alles okay? Brauchst du vielleicht …«

Meine Mutter springt auf. Die Tasse entgleitet ihren Händen, Porzellan splittert. Während Mona mich ratlos ansieht, fällt die Wohnungstür krachend ins Schloss. Dann …

*

»Na? Kleine Reise in die Vergangenheit gemacht?«

Ich öffnete blinzelnd die Augen. Mona stand vor mir, sah auf mich herab. Äußerlich hatte sie sich kaum verändert, sie war immer noch wunderschön, doch aus dem unbeschwerten Mädchen war eine stahlharte, verbitterte Frau geworden.

»Erinnerst du dich?«, fragte sie.

»Ich …« Mir war schlecht. »Ja.«

»Gut«, nickte sie in grimmiger Befriedigung. »Sehr gut. Warum soll's dir besser gehen als mir?«

Mehr als ein paar Sekunden konnten nicht vergangen sein. Die Hummel krabbelte noch immer neben mir über die Bank, die Zigarette des Tätowierten war kaum weiter heruntergebrannt.

Die Tür hatte sich nur einen Moment geöffnet. Doch ich hatte genug erfahren, mehr als genug. Obwohl ich wusste, dass es die Wahrheit war, wehrte ich mich mit allen Kräften dagegen.

»Das kann nicht sein.« Wieder hob sich mein Magen. »Du …«

»Los«, zischte Mona. »Sprich's ruhig aus.«

Das musste ich nicht. *Noch* nicht.

Ein Schatten verdeckte die Sonne, und Kommissar Schröder erschien.

Achtundsechzig

»Es hat etwas länger gedauert, ich wurde aufgehalten.«

Schröders Atem ging etwas schwer, der grüne Fahrradhelm baumelte am Riemen in seiner Hand. Die Aktentasche hing an einem Ledergurt quer über seiner Schulter, Kletten klebten an den karierten Hemdsärmeln und den Socken unter den braunen Sandalen.

»Nach Ihnen.«

Schröder wartete höflich, bis Mona Fender wieder neben ihrem Exmann Platz genommen hatte, streifte den Gurt mit der Aktentasche über den kahlen Kopf und setzte sich zwischen die beiden auf die Bank. Nachdem er eben noch ein paar hastige Telefonate geführt und einem der Zivilfahnder hinter dem Gebüsch knappe, geflüsterte Instruktionen gegeben hatte, schien er plötzlich alle Zeit der Welt zu haben. Er bückte sich, löste umständlich das gelbe Reflektorband von der rechten Wade, hob die Aktentasche auf den Schoß, verstaute das Band und lehnte sich mit einem erleichterten Seufzer zurück; ein kleiner Mann mittleren Alters, der nach einem anstrengenden Aufstieg zunächst einmal Atem schöpfen muss.

Was natürlich nicht nötig war.

Ein kurzer Blick hatte genügt, und Schröder war klar gewesen, dass hier noch etwas anderes vorging. Jakob Fender musste gerade etwas Furchtbares erfahren haben; der Blick, mit dem er seine Exfrau ansah, hatte blankes Entsetzen ausgedrückt. Er saß links neben Schröder, noch immer leichenblass, strich mit den Fingern über die verbundene Hand und nagte an der farblosen Unterlippe, während Mona Fender ausdruckslos in die Ferne starrte.

Schröder ließ ein paar Sekunden verstreichen, um einem der beiden Gelegenheit zu geben, das Wort zu ergreifen. Als dies nicht geschah, öffnete er den zerkratzten Messingverschluss der Aktentasche, holte ein Foto hervor und hielt es Fender entgegen.

»Ich hatte es Ihnen bereits gezeigt«, sagte er. »Ich nehme an, Sie erinnern sich noch immer nicht?«

Keine Reaktion.

»Herr Fender?«

Langsam, wie in Zeitlupe, wandte Jakob Fender den Kopf. Wo immer auch seine Gedanken gewesen waren, es musste weit, *sehr* weit weg gewesen sein. Er sah Schröder aus trüben Augen ohne ein Zeichen des Erkennens an.

»Die Frau«, erinnerte Schröder ihn sanft.

Fender senkte den Blick. Die Sonne blitzte auf dem Foto.

»Nein.«

»Wer ist das?«, fragte Mona Fender.

»Sie heißt Paula Hecht.« Schröder reichte ihr das Foto. »Lassen Sie sich Zeit.«

Das tat Mona Fender.

»Nie gesehen«, sagte sie nach einer Weile. »Was hat diese …«

»Wir sind ziemlich sicher, dass diese Frau Ihren Sohn entführt hat.«

Mona Fender richtete sich auf. Auch ihr Exmann erwachte aus seiner Lethargie.

»Haben Sie …«

»Nein, wir haben keinen Hinweis, wo sie sich aufhält. Mehr kann ich im Moment nicht erklären.«

Schröder schob das Foto in die Aktentasche, klappte den Deckel zu und dachte nach. Seine kurzen Finger bewegten sich auf dem speckigen Leder,

dab dab dab dideldib dab dab

trommelten den Anfang einer Haydn-Symphonie

dab dab dab

und hielten inne. Er wechselte einen stummen Blick mit dem tätowierten Polizisten und hob die linke Hand in Fenders Gesichtsfeld. »Kann ich's sehen?«

»Was?«

Schröder wedelte mit den Fingern. »Das Handy.«

Jakob Fender griff mit der gesunden Hand in die Hosentasche, reichte Schröder das Telefon. Der Tätowierte zerdrückte die Kippe auf dem Betonsockel, spuckte einen Krümel Tabak aus und stand auf.

Schröder betrachtete das dick ummantelte Outdoor-Handy. »Sie sind also nicht über das Mobilfunknetz kontaktiert worden.«

Fender schüttelte stumm den Kopf.

»Sie haben bestimmt nichts dagegen, wenn wir's uns ein paar Minuten ausleihen.«

Der Tätowierte kam näher. Er war kaum älter als zwanzig, in seiner linken Augenbraue blitzte ein silbernes Piercing.

»Das ist Kollege Peymann«, sagte Schröder und drückte dem jungen Mann das Telefon in die Hand. »Der fähigste Kriminaltechniker, den wir haben.«

Der Polizist versuchte, sich die Freude über das Lob nicht anmerken zu lassen. Er nickte Schröder ernst zu, doch als er zwischen den Bänken im Gebüsch verschwand, waren seine glatten Wangen gerötet.

»Wir werden das Telefon abhören.« Schröders Stimme klang weich wie immer, doch er duldete nicht den geringsten Widerspruch. »Die nächste Kontaktaufnahme werden wir also mitschneiden. Was davor geschah, können wir nicht mehr rekonstruieren.«

»Herr Kommissar, wir …«

Fender kam ins Stocken. Beugte sich vor und sah hilfesuchend an Schröder vorbei zu seiner Exfrau.

»Es tut uns leid«, sagte Mona Fender. »Die haben gedroht, Holm zu töten. Wir wussten einfach nicht, was wir …«

»Entschuldigen können Sie sich später. Im Moment will ich nur wissen, was passiert ist, und zwar bis ins kleinste Detail. Wann Sie kontaktiert worden sind. Ich will die Uhrzeit, auf die Minute genau. Ich will wissen, was gesagt wurde. Jedes Wort. Und ich will wissen, ob Ihnen sonst etwas aufgefallen ist.«

Jakob Fender erzählte. Nachdem sein Bericht beendet war, schwieg Schröder eine Weile. In seinem karierten Hemd, der zerbeulten Cordhose und der Aktentasche auf dem Schoß wirkte er wie ein Buchhalter, der in den sechziger Jahren mit seinen Ledersandalen in ein Wurmloch getreten und in einer weit entfernten Zukunft gestrandet ist. Seine Finger hoben und senkten sich auf dem zerschlissenen Leder.

dab dab dab dideldib dab dab

»Sie wissen also nicht, woher dieses Handy stammt«, stellte er schließlich fest.

»Nein«, sagte Fender.

dab dab dab

»Auch nicht, wie Sie an das Geld gekommen sind.«

»Nein.«

dideldib dab dab

»Die Summe stimmt exakt mit der Forderung überein.«

»Ja.«

»Die Entführer verweigern ein Lebenszeichen. Trotzdem glauben Sie …«

»Ich *weiß,* dass Holm lebt!« Fender hob den Kopf. Winzige Funken glommen in seinen trüben Augen. »Ich hab's genau gehört! Das Klappern von diesem Würfel, mit dem er neulich gespielt hat! Wer sonst sollte so ein Ding …«

»Schon gut«, beschwichtigte ihn Schröder.

dab dab dab dideldib dab dab

»Und Sie sind sicher, dass Sie von Ihrem Schulfreund kontaktiert wurden?«

»Ich hab's doch gesagt, das war Hagen«, erwiderte Fender gereizt.

»Er hat Sie vorher angerufen? Aus Stockholm?«

»Ja.«

»War die Nummer unterdrückt?«

»Nein, es war Hagens Nummer. Dieselbe, die in meinem iPhone abgespeichert ist.«

»Bemerkenswert.«

Schröder rückte die Aktentasche auf dem Schoß zurecht.

dab dab dab

»Äußerst …«

dideldib

»… bemerkenswert.«

dab dab

»Sie glauben mir nicht«, presste Fender hervor. »Sie denken, ich erzähle Schwachsinn.«

»Nicht doch«, widersprach Schröder. »Sie sagen die Wahrheit. Ich weiß allerdings, dass Sie nicht *alles* sagen. Sie verschweigen mir etwas.«

Zweige raschelten. Der Mann in der fliederfarbenen Jacke erhob sich, sah Schröder an, nickte in Richtung der Treppe, um anzudeuten, dass er etwas mitzuteilen habe. Schröder stand auf, schwang den Riemen der Aktentasche über den Kopf und sah auf Mona und Jakob Fender hinab.

»Ich kann Ihnen nur helfen, wenn Sie mir vertrauen.«

»Das tun wir«, nickte Jakob Fender.

»Aber …?«

Er wechselte einen Blick mit seiner Exfrau.

»Helfen können Sie uns nicht.«

Schröders blaue Augen wanderten zwischen den beiden hin und her, verharrten auf Mona Fender. »Doch. Kann ich.«

»Ich wünschte, es wäre so. Aber …«, sie knetete die Finger im Schoß, »niemand kann das.«

Neunundsechzig

»Im Moment ist er ruhig«, sagte Paula Hecht. »Er pennt wahrscheinlich. Oder spielt mit seinem dämlichen Würfel.«

Sie lehnte neben der Stahltür an der Wand, einen Arm um den Bauch geschlungen, den anderen mit dem Handy am Ohr.

»Du musst regelmäßig nach ihm sehen, Paula«, mahnte die Stimme am anderen Ende der Leitung.

»Da drin stinkt's bestialisch.« Sie warf einen angewiderten Blick zur Tür. »Er hat vorhin eingeschissen.«

»Wasch ihn.«

»Vergiss es. Ich werde dem garantiert nicht den vollgekackten Arsch …«

»Wasch ihn!«

Sie atmete zischend aus.

»Paula?«

»Was?«

»Hast du mich verstanden?«

»Ja.«

»Gut. Hat er die Pizza gegessen?«

»Gegessen?« Paula Hechts Lachen schepperte zwischen den Betonwänden wie das Bellen einer Hyäne. »Nee. Aber der Idiot hat sich von oben bis unten eingeschmiert. Erst mit Scheiße, dann mit Pizza.«

»Aber er trinkt?«

»Ja.« Sie scharrte mit der Schuhspitze im Staub. Ihre Stimme, sonst kalt und metallisch, wurde dünn. »Wann kommst du?«

»So bald wie möglich. Ich muss vorsichtig sein.«

»*Wir* müssen …«

»Natürlich, Paula. Wir beide.«

»Ich hab langsam keinen Bock mehr.«

»Denk an das Geld. Hundertzwölftausend Euro, damit kannst du 'ne Menge anfangen.«

Sie lauschte der einschmeichelnden Stimme.

»Immer noch dein Ernst?«, fragte sie. »Ich kriege alles?«

»Jeden Cent. Wie abgemacht.«

»Und du?«

»Ich hab Spaß. Na ja, nicht nur – da ist noch was anderes.«

Ein Poltern ertönte hinter der Stahltür. Paula Hecht hob den Kopf, verzog das bleiche Gesicht.

»Er tickt wieder aus.«

»Sieh nach, was los ist.«

»Scheiße, ich hab echt keine ...«

»Es ist bald vorbei, Paula.«

Die Verbindung wurde getrennt.

»Hoffentlich.« Sie ließ das Handy sinken. »Sonst stopfe ich diesem sabbernden Wichser endgültig das Maul.«

Siebzig

Der kleine Kommissar lief mit eiligen Schritten davon. Kurz vor der Treppe begann er zu humpeln, bückte sich im Gehen und pulte einen Kieselstein aus der Sandale. Dann richtete er sich auf, rückte die Aktentasche zurecht und verschwand im Gebüsch. Der hagere Polizist mit der fliederfarbenen Bundjacke war vorausgegangen, um mit ihm zu sprechen. Doch Kommissar Schröder hatte uns aus einem weiteren Grund allein gelassen (natürlich nur scheinbar, eine Menge Augenpaare beobachtete uns). Er wusste, dass wir ihm etwas verschwiegen, und gab uns nun die Gelegenheit, darüber zu reden.

Über Holm.

Unseren Sohn.

Ich dachte an Sybille, meine Mutter. Nachdem sie Hals über Kopf aus ihrer Wohnung gestürmt war, hatte sie mich am nächsten Tag angerufen, sich mit Kreislaufproblemen entschuldigt und behauptet, eine Weile zur Kur zu fahren. Danach war sie monatelang abgetaucht. Wo genau, habe ich nie erfahren.

Bis hierhin hatte ich jetzt Klarheit.

»Warum«, fragte ich leise, »hat sie's nicht sofort gesagt?«

»Warum?« Mona lachte auf. Es klang, als würde jemand gegen einen Eimer mit rostigen Nägeln treten. »Weil die gute Sybille ihrem … *Augenstern* nicht weh tun wollte! Sie wollte ihn schützen, ihm die Wahrheit ersparen!«

Die Sonne war nach Westen gewandert, stand jetzt hoch über der Neustadt. Schwalben schossen über dem Fluss hin und her auf der Jagd nach den letzten Mücken des scheidenden Sommers.

»Sie wollte, dass du's nie erfährst.«

Mona sah mich an, aus dunklen, glänzenden Augen. Keine Tränen. Nur kalte, silbrig schimmernde Wut. Als sie sich das Haar aus der Stirn strich, sah ich die Narbe am Handgelenk.

»Ich … ich habe dich gefunden«, murmelte ich.

»Oh, wir machen Fortschritte!« Ein weiteres, klirrendes Lachen. »Du hast mir das Leben gerettet. Und? Glaubst du, ich bin dir dankbar?«

Ich sah die Badewanne. Darin Mona. Nackt, hochschwanger. Ich sah ihren zur Seite gesunkenen Kopf. Den geöffneten Mund. Das nasse Haar über ihrem Gesicht. Ihren Bauch, der aus dem spiegelglatten, rostfarbenen Wasser ragte wie ein praller, bis zum Bersten aufgepumpter Ball.

»Sybille hat mich angefleht«, sagte Mona neben mir. »Aber auch da hat sie sich nicht getraut, es mir ins Gesicht zu sagen.«

Monas Arm hatte halb über die Wanne gehangen. Das Blut floss noch aus dem klaffenden Schnitt unter dem Handgelenk, tropfte von den Fingern auf die Fliesen. Die Lache trocknete bereits an den Rändern.

»Sie hat mir einen *verdammten Brief* geschrieben!«

Er lag im Waschbecken, die steile Mädchenschrift meiner Mutter war stellenweise verwischt. Bevor ich den Notarzt rief, hatte ich die letzten Zeilen gelesen.

Geh, bevor das Kind auf der Welt ist. Ich habe kein Geld, aber ich flehe dich an. GEH! Es bringt nichts, wenn Jakob davon erfährt. Verschone ihn, ich bitte dich. Es sind schon genug Leben zerstört.

»Sie hat uns wochenlang weiter in einem Bett schlafen lassen.« Monas Stimme vibrierte wie ein bis zum Zerreißen gespanntes Drahtseil. »Sie hat zugelassen, dass wir … heiraten.«

Unsere Ehe dauerte exakt dreiundfünfzig Tage und endete, als Mona auf dem Heimweg vom Ultraschall den Brief meiner Mutter fand. Der Umschlag war mit durchsichtigem Klebeband an der Wohnungstür befestigt.

»Sie hat gewartet, weil sie sicher sein musste«, sagte Mona. »Hat mit meinen Stiefeltern gesprochen, die Urkunden geprüft. Es gab ja die Hoffnung, dass das alles nur ein unglaublicher Zufall war. Aber vor allem hat sie gewartet, weil sie feige war. So feige, dass sie's nicht gewagt hat, uns jemals wieder unter die Augen zu treten.«

Ich sah meine Mutter vor mir. Sie hing am Türrahmen auf der Schwelle zum Kinderzimmer. Die Schraube, an der sie die Papiergirlanden zu meinen Geburtstagen befestigt hatte, reichte aus, ihr Gewicht zu halten. Sie trug das Kleid mit dem Sternchenmuster und einen breiten Gürtel aus gelbem Kunstleder, die Füße schwebten kaum zehn Zentimeter über der abgetretenen Schwelle. Ihr Kopf war auf die linke Schulter gesunken, so dass ich die vier kleinen Leberflecken am Hals erkannte. Trapezförmig, wie bei Mona.

Sie war ins Bad gegangen, hatte den weißen Plastikhocker, auf dem ich mir als Kleinkind immer die Zähne geputzt hatte, unter dem Waschbecken hervorgeholt, in den Flur getragen und auf die Türschwelle gestellt. Dann war sie …

Etwas stimmte nicht.

Was?

Die Räder verhakten sich. Fast glaubte ich, den Rost in meinem Schädel herabrieseln zu hören.

»Wir werden es niemandem erzählen«, sagte Mona. »Auch nicht Kommissar Schröder.«

Nachdem sie den Brief meiner Mutter gelesen hatte, zögerte sie nicht lange. Als ich sie eine knappe Stunde später fand, war das Wasser noch warm. Bereits im Krankenwagen hatte man ihr literweise Bluttransfusionen verabreicht, dann hatten die Ärzte sie in ein künstliches Koma versetzt und unseren Sohn per Kaiserschnitt geholt.

Ich habe sie nur einmal im Krankenhaus besucht. Holm lag im Brutkasten, Mona war noch so schwach, dass sie kaum laufen konnte. Doch ihre Kraft reichte aus, bei meinem Erscheinen das Zimmer komplett zu verwüsten. Als ich später ins Taxi stieg, waren ihre Schreie bis auf den Parkplatz zu hören.

Unsere damalige Wohnung hat sie nie wieder betreten, auch ihre Sachen holte sie nicht ab. Anderthalb Jahre später rief sie Hagen an und ließ mir ausrichten, ich solle unseren Sohn zweimal pro Woche betreuen. Auch in der Folgezeit lief die Kommunikation fast ausschließlich über Hagen oder über Zettel mit kurzen Nachrichten *(er braucht vielleicht eine Brille, jemand sollte mit ihm zum Augenarzt)*. Offiziell waren wir noch immer verheiratet; nicht etwa, weil wir als *Freunde auseinandergegangen* waren (wie ich in meiner grenzenlosen Blödheit bis vor einer Stunde noch geglaubt hatte), sondern weil Mona selbst die flüchtigen Kontakte bei einer Scheidung – Briefwechsel, Telefonate, ganz zu schweigen von persönlichen Treffen – um jeden Preis hatte vermeiden wollen.

Niemand – *fast* niemand, denn eine Ausnahme gab es – wusste um unser Geheimnis. Wäre Holm nicht gewesen, wäre der eine aus dem Leben des anderen verschwunden. Doch wir liebten unseren Sohn. Und das Kind liebte seine … *Eltern*. Bis zu seinem siebten Lebensjahr war Holm ein fröhlicher, aufgeweckter Junge, der nicht ahnen konnte, dass …

»Du weißt es jetzt?«, fragte Mona.

Ich brachte kein Wort heraus, also nickte ich stumm.

»Ich will nur sichergehen, dass dir das klar ist«, sagte sie. »Du hast deine Schwester gefickt. Deine *eigene Schwester*. Ist dir das bewusst?«

»Ja.«

»Weißt du, was am schlimmsten ist?«

Kinderlachen drang von der Badestelle herauf. Am anderen Ufer ratterte die Inseleisenbahn unter den Baumkronen vorbei.

»Ich erinnere mich genau.« Sie senkte die Stimme. »An jedes *einzige verdammte Mal*.«

Die helle Stimme des Kommissars drang hinter uns durch das Gebüsch, gefolgt von seinen tippelnden Schritten.

»Wir werden's ihm nicht erzählen«, wiederholte Mona. »Was immer hier auch passiert, es hat nichts mit uns zu tun. Niemand außer uns weiß es. Glaubst du, denen geht's nur um das Geld?«

Ich musste nicht lange nachdenken: »Nein.«

»Die wollen mehr. Egal, was es ist, sie wollen's nicht von uns beiden. Auch nicht von mir. Sondern nur von dir, Jakob. Ich will meinen Sohn zurück. Mir ist egal, wie du's anstellst. Bring ihn einfach zurück.«

Kommissar Schröder erschien, nahm wieder zwischen uns Platz und reichte der schluchzenden Mona schweigend ein altmodisches, gebügeltes Taschentuch aus weißem Leinen.

Sie putzte sich geräuschvoll die Nase. Mona, meine Schwester, mit der ich noch immer verheiratet war. Das alles klang wie ein Groschenroman, doch es war mein Leben. *Unser* Leben. Dass sie im Grunde genommen »nur« meine Halbschwester war, tröstete kaum, aber mein gemartertes Hirn klammerte sich an jeden Strohhalm, so kurz er auch sein mochte.

Auch dieser Trost blieb mir nicht lange vergönnt.

Einundsiebzig

»Und?«, fragte Schröder.

»Wir haben Ihnen alles erzählt«, sagte Mona Fender.

Schröder musterte sie prüfend, wandte sich dann schweigend an ihren Exmann. Dieser saß gebeugt neben ihm, hatte die Ellbogen auf den Knien abgestützt und pulte mit den Fingern an der verbundenen Hand.

»Alles«, nickte Fender, ohne den Kopf zu heben.

»Wie Sie meinen«, seufzte Schröder, holte das klobige Handy aus der Aktentasche und gab es Fender. »Wenn die Entführer sich melden, hören wir mit. Man wird Ihnen Anweisungen geben, wie das Lösegeld übergeben werden soll. Alles Weitere werden wir dann telefonisch besprechen. Wir werden uns im Hintergrund halten und ...«

»So wie jetzt?«

Mona Fender deutete spöttisch auf den Polizisten in der fliederfarbenen Jacke, der kurz nach Schröder wieder aufgetaucht war und sich ein paar Bänke neben ihnen scheinbar in die Betrachtung der Kondensstreifen am Himmel über der Neustadt vertiefte.

»Wir *wollten*, dass Sie uns sehen«, lächelte Schröder. »Wenn wir's *nicht* wollen, wird es niemand bemerken. Weder Sie noch die Entführer. Wir werden in der Nähe sein. Und ich verspreche Ihnen«, er wurde ernst, »niemand wird etwas unternehmen, was Ihren Sohn gefährden könnte. Wir haben eine dringend Verdächtige, sind also nicht auf die Geldübergabe angewiesen. Falls auch nur das kleinste Risiko besteht, werden wir nicht eingreifen. Zumindest in diesem Punkt sollten Sie mir vertrauen.«

»Das tun wir.« Mona Fender rieb mit dem Handrücken über die Augen. »Wir haben Ihnen wirklich alles …«

»Schon gut«, winkte Schröder ab. »Ich kann Sie nicht zwingen.« Er lehnte sich zurück, schloss die Augen und hielt das Gesicht in die Sonne. »Und Sie sind wirklich absolut sicher, dass Sie mit Ihrem Schulfreund gesprochen …«

»Es *war* Hagen!«, unterbrach Fender gereizt. »Er ist entweder selbst der Erpresser oder ebenfalls entführt!«

»Weder noch.«

»Herr Kommissar.« Jakob Fender dehnte sarkastisch die Stimme. »Ich hab 'nen ziemlichen Dachschaden, also würden Sie mir bitte erklären, was sonst noch in Frage kommen sollte?«

Schröder langte in die Aktentasche und reichte ihm eine Klarsichthülle. »Ist er das?«

Fender starrte blinzelnd auf die Folie. »Hagens Ausweis?«

»Eine Kopie.«

»Woher …«

»Von Obermeister Adolphi.« Schröder deutete auf den hageren Polizisten. »Sie haben sicher bemerkt, dass er mich sprechen wollte.«

»Ich kapiere nicht, was …«

»Ist er das?«, hakte Schröder nach. »Ist das Ihr Schulfreund, Herr Fender?«

»Da steht eindeutig sein Name«, murmelte Fender, den Blick auf die Ausweiskopie gerichtet. Und was das Foto betrifft …«

»Darf ich?«

Mona Fender streckte den Arm aus. Während Schröder zuvorkommend auf der Bank nach hinten rutschte und – vergeblich – versuchte, den Kugelbauch einzuziehen, ließ sich die junge Frau von ihrem Exmann die Kopie reichen.

»Das ist er«, nickte sie nach einer Weile. »Das ist Hagen, hundertprozentig. Die Adresse kenne ich nicht, aber das Geburtsdatum stimmt auch. Wir waren damals mal eingeladen.«

»Tja«, seufzte Schröder. »Ich fürchte, wir haben ein Problem.«

»Ach.« Fender lachte auf. »Noch eins?«

Mona Fender reichte Schröder die Klarsichthülle, die dunklen Augen fragend geweitet.

»Vor ein paar Tagen wurde in einem Waldstück an der tschechischen Grenze eine Leiche entdeckt«, begann Schröder. »Das Opfer ist männlich und wurde mit an Sicherheit grenzender Wahrscheinlichkeit mit derselben Waffe ermordet, mit der zuerst Sie angegriffen wurden«, er deutete auf Fenders verbundene Hand, »und mit der später auch Björn Kuchta getötet wurde. Es gab Schwierigkeiten bei der Identifizierung, aber gestern wurde an einer Raststätte in der Nähe die Brieftasche des Opfers in einer Mülltonne gefunden. Heute Morgen habe ich mit den tschechischen Kollegen telefoniert und mir die Personalien geben lassen. Um sicherzugehen, bat ich um eine Ausweiskopie. Das hat ein bisschen gedauert, aber jetzt«, Schröder hob die Hand, die Folie blitzte in der Sonne, »ist sie ja da.«

»Hagen ist also …« Fender schüttelte fassungslos den Kopf. »Er ist …«

»Tut mir leid.« Schröder sah ihn ernst, beinahe mitleidig an. »Wie's aussieht, haben Sie die ganze Zeit mit einem Toten gesprochen.«

Zweiundsiebzig

Kommissar Schröder stand auf. Bevor er zu seinen Kollegen ging, schärfte er mir noch einmal ein, ständig in Reichweite des Handys zu bleiben, und schlug vor, Mona solle bei mir in der Wohnung warten. Sie lehnte brüsk ab, offensichtlich entschlossen, meine Gegenwart keine Sekunde länger als unbedingt nötig zu ertragen. Ich bot trotzdem an, sie hinunter zur Straßenbahn zu begleiten. Sie stimmte zu, ohne ihren Widerwillen zu verbergen.

Als wir durch den Park liefen, hatten sich die Polizisten zurückgezogen. Auf dem Spielplatz bauten die beiden blonden Mädchen eine Sandburg, der junge Mann mit der Zeitschrift schlief auf der Bank. Sein Kinn war auf die Brust gesackt, selbst im Schlaf schob sein Fuß den Kinderwagen hin und her.

Monas Absätze klapperten neben mir, Vögel zwitscherten über unseren Köpfen in den Kronen der uralten Bäume. Sonnenlicht fiel in flirrenden Streifen schräg durch die Blätter. Früher mussten wir oft spazieren gegangen sein, manchmal händchenhaltend, manchmal die Arme um unsere Hüften gelegt. Wie jetzt hatte ich den Duft ihres Haares gerochen. Wir waren ahnungslos gewesen, klar, aber vor allem glücklich.

Weil wir ahnungslos waren.

Auf den ersten Blick waren keine Polizisten zu entdecken. Der alte Herr, der uns entgegenschlurfte und im Vorbeigehen höflich den Hut lüftete, gehörte definitiv nicht dazu. Anders jedoch die rothaarige Frau, die uns eilig überholte und ein wenig zu betont auf ihr Handy starrte. Auch der schnauzbärtige Glatzkopf auf der Bank zwischen den Blumenbeeten erschien mir etwas zu konzentriert in den Sportteil seiner Zeitung vertieft, ebenso wie die blonde Joggerin, die am Sockel einer Statue ihre Dehnübungen machte, so heftig bemüht war, uns zu ignorieren, dass man es nicht übersehen konnte.

Entweder Kommissar Schröders Leute waren doch nicht so gut, wie er behauptete. Oder Jakob Fender hatte einen Blick dafür.

Ich vermutete Letzteres.

Kaum zwei Minuten später sollte sich meine Ahnung bestätigen, denn nach wochenlanger zermürbender Quälerei löste sich die Blockade, wir erreichten die Haltestelle und verabschiedeten uns. Ich versuchte nicht, Mona die Hand zu geben – immerhin *das* hatte ich begriffen –, wandte mich um und erkannte endlich, wer Jakob Fender war.

Wer *ich* war.

Es geschah längst nicht so spektakulär, wie man hätte erwarten sollen. Kein Blitzschlag. Kein weißbärtiger Mann in wallenden Gewändern, der mit tiefer, hallender Stimme die Wahrheit verkündete. Weder Pauken, Trompeten noch jubilierende Engel. Auch kein brennender Dornbusch. Keine flammende Schrift an den Wänden. Nicht mal ein erbärmlicher Tusch.

Der Auslöser war äußerst profan, doch plötzlich wusste ich alles.

Fast alles. Ich war jetzt zwar sicher, wer hinter Holms Entführung steckte. Ich kannte ihn. Auch das *Warum*. Allerdings hatte ich keine Ahnung, wo mein Sohn festgehalten wurde.

Doch ich wusste sofort, was jetzt zu tun war.

*

Zuerst kümmerte ich mich um das Handy.

Kommissar Schröder behielt recht, der tätowierte Kriminaltechniker war tatsächlich ein Profi. Er hatte sich nicht nur auf die Software verlassen und, nachdem er die App installiert hatte, zusätzlich eine Wanze und einen winzigen Peilsender eingesetzt. Die App hätte ich manipulieren können, aber die GSM-Wanze war mit dem Akku des Handys verdrahtet. Ich konnte sie nicht entfernen, ohne dass es die Überwacher bemerkten. Also ließ ich alles, wie es war. Es verkomplizierte die Sache zwar, doch es gab andere Möglichkeiten. In weniger als zwei Minuten hatte ich das Gehäuse wieder zusammengeschraubt. Ich konnte nur eine Hand benutzen, doch meine Finger zitterten nicht.

Doktor Carlsson hatte gesagt, die Blockade könne sich jederzeit lösen. Wie genau, hatte sie nicht voraussehen können, ich selbst natürlich noch weniger. Ich hatte keine Zeit, mir darüber den Kopf zu zerbrechen, wichtig war nur, *dass* es geschehen war. Jakob Fender war zurück, sein Verstand arbeitete kühl und präzise wie zuvor. Jetzt ging es darum, die Lage zu analysieren und die nächsten Schritte zu planen.

Hagen war tot. In den letzten Tagen war ich durch ein vernebeltes Chaos getaumelt, doch die Telefonate hatte ich mir nicht eingebildet. Eine Erklärung hatte ich nicht. Also nahm ich es als gegeben hin. Ich würde es später herausfinden, im Moment musste ich mich auf meinen entführten Sohn konzentrieren. Und was die Polizei betraf …

Nun ja, Kommissar Schröder war ein fähiger, hochintelligenter Mann. Aber selbst wenn ich gewollt hätte, von ihm *durfte* ich mir nicht helfen lassen. Ich war auf mich allein gestellt.

Mein Kopf funktionierte also wieder. Doch das nutzte nicht viel, wenn der Körper versagte. Schlimm genug, dass ich nur eine Hand zur Verfügung hatte; um den Rest kümmerte ich mich, so gut es eben möglich war.

Bevor ich unter die Dusche ging, verstaute ich die Schraubenzieher und das restliche Werkzeug wieder in dem kleinen Aluminiumkoffer und säuberte den Schreibtisch. Danach rasierte ich mich, gab die letzten Obstvorräte (drei Orangen, zwei Bananen und einen fleckigen Apfel) mit einem halben Joghurt in den Mixer und machte mir einen Smoothie. Ich trank langsam, Schluck für Schluck, kochte einen Espresso und ging mit der Tasse ins Wohnzimmer, um den Mac zu starten. (Wie erwähnt, hatte ich das Passwort oft genug auf dem Display des iPhones gelesen. Es bestand aus Monas Initialen, ihrer Handynummer und dem komplizierten Nachnamen ihrer tschechischen Stiefeltern, den sie vor unserer Hochzeit getragen hatte).

Auf dem Weg zum Schreibtisch fiel mein Blick auf das Sofa. Ich rückte die Kissen gerade, strich die Lederpolster glatt und bemerkte das Fotoalbum, das im Spalt zwischen Lehne und Wand steckte. Die Pergamentseiten waren zerknittert, einige Fotos herausgerissen. Während eines meiner nächtlichen Blackouts hatte ich das Album wutentbrannt gegen die Wand geschleudert.

Ich rückte das Sofa vor, klaubte die Fotos von den Dielen. Es waren drei, alle von meiner Mutter. Offensichtlich war ich *sehr* wütend gewesen, denn zwei der Bilder hatte ich in der Mitte zerrissen, das dritte in kleine Stücke zerfetzt.

Ich kannte jetzt auch den Grund.

Es war dieselbe Wut, die ich ein paar Tage nach Holms Geburt beim Verlassen des Krankenhauses gespürt hatte; während Monas Schreie über den Parkplatz gellten, war ich ins Taxi gestiegen und hatte mich nicht in meine – damals noch *unsere* – Wohnung, sondern zu meiner Mutter fahren lassen.

Dreiundsiebzig

Sybille hockt weinend in ihrem Sessel. Dort, wo sie gesessen hat, als Mona und ich sie damals besucht haben. Sogar dasselbe Kleid hat sie an. Beim Friseur war sie seitdem nicht, das blonde Haar ist zerzaust, die dunklen Ansätze müssten nachgefärbt werden. Wie lange ist das her? Nicht mehr als ein paar Wochen. Wir hockten auf dem hässlichen Sofa, tranken dünnen Kaffee, aßen aufgetaute Discountertorte und Sprühsahne. Aber wir haben gelacht. Jetzt liegt die Welt in Trümmern.

»Bitte«, schluchzt sie. »Bitte.«

Der große Fernseher läuft. Die Wiederholung einer alten Kochshow mit Alfred Biolek, zu Gast ist eine Frau mit wasserstoffblonder Igelfrisur, die ich noch nie gesehen habe. Der Ton ist stumm.

»Bitte.«

Ich erzähle, wie ich Mona gefunden habe. Zwei Stunden nachdem sie den Brief bekommen hat.

»Wie hast du's angestellt?« Meine Stimme ist ruhig. Kalt. »Du musstest sicher sein, dass ich den Brief nicht zufällig zuerst in die Hände kriege. Du hast gewartet, bis sie nach Hause gekommen ist. Wo hast du dich versteckt?«

»Jakob, bitte.«

»Im Treppenhaus? Oder im Keller?«

Ein Schluchzen schüttelt Sybilles schmalen Körper. Sie knetet ein Taschentuch in den Fingern. Die Nägel sind frisch lackiert. Meine Nackenhaare richten sich auf. Diese Frau hat mein Leben zerstört und hat nichts Besseres zu tun, als ihre verdammten Fingernägel anzumalen!

»Dein Enkel hat überlebt. Das interessiert dich vielleicht.«

Sie öffnet den Mund. Wenn sie jetzt wieder »Bitte« sagt, gehe ich ihr an die Gurgel. Das ist nicht nötig, denn sie faselt mit zitternder Stimme, dass sie mich schützen wollte.

»Es … es ist alles meine Schuld.«

»NATÜRLICH!«

Sie schreckt zusammen wie ein verängstigtes Kind. Ich zähle innerlich bis drei. Im Fernseher reicht Biolek der blondierten Frau ein Weinglas. Sie stoßen an. Die Frau trägt ein Nasenpiercing. Mona hatte auch eins. Sie hat es am selben Tag entfernt, an dem sie mir sagte, sie sei schwanger. »Jetzt«, hat sie lachend gesagt, »werde ich seriös.«

Dann hat sie mich geküsst.

»Ich … ich wusste nicht, was ich tun sollte«, stammelt meine Mutter. »Es war doch zu spät …«

»… für eine Abtreibung?«

Sybille hebt den Kopf. Ihr Gesicht ist nass, überzogen von Schlieren aus Tränen und Rotz. Sie beginnt, sich herauszureden. Erzählt, wie überfordert sie gewesen sei. Das Geld habe hinten und vorn nicht gereicht.

»Ich war noch so jung, Jakob. Ich hatte keinen festen Job. Du weißt, wie sehr ich dich liebe. Ich habe alles für dich getan, aber ein zweites Kind …«

Ich weiß nicht, was mich mehr anekelt. Der hündische Blick oder der verschmierte Lippenstift auf ihren Schneidezähnen.

»Mona ist nicht mal ein Jahr jünger als ich.« Ich sehe zum Flur,

die Tür zu meinem alten Kinderzimmer ist angelehnt. »Ich lag da drüben, kaum drei Monate alt. Mit wem hast du gefickt?«

»Jakob, ich …«

Ihr Blick flackert durch das stickige Zimmer zum Fernseher. Die blondierte Frau macht einen Witz, Biolek legt den Kopf in den Nacken und lacht so heftig, dass der Wein aus seinem Glas schwappt.

»Du hast mich noch gestillt«, sage ich. »Hast dieses Loch hier kaum verlassen.«

Ich kann mich nicht erinnern, sie jemals mit einem Mann gesehen zu haben. Keine Besuche, keine Telefonate. Warum auch? Sybille hatte alles, was sie brauchte. Mich. Jakob, ihren Augenstern.

»Der Postbote wird's wohl kaum gewesen sein. Auch nicht …« Plötzlich wird mir alles klar. »Er ist noch mal aufgetaucht, stimmt's?«

Ich habe meinen Vater nie kennengelernt. Wenn ich etwas über ihn wissen wollte, wich meine Mutter aus, redete von einem Herumtreiber, der endgültig aus unserem Leben verschwunden sei, bis ich irgendwann nicht mehr fragte.

»Wie hast du ihn immer genannt? Hallodri, nicht wahr?«

Meine Mutter streicht mit flatternden Fingern über das bestickte Tischtuch. Vor ihr liegt eine aufgeschlagene Fernsehzeitschrift mit einem angefangenen Kreuzworträtsel, daneben ein karierter Schreibblock, vollgekritzelt mit ihrer krakeligen Kinderschrift. Es ist das gleiche Papier, auf dem sie den Brief an Mona geschrieben hat, auch den Kugelschreiber mit der grünen Mine hat sie benutzt.

»Er wollte …« Sybille schluckt, sieht mich an wie ein zerzauster Vogel. »Er wollte dich sehen. Zuerst habe ich ihn abgewiesen, aber … ich konnte einem Vater doch nicht verweigern, den eigenen Sohn … und ich hab gehofft …«

»… dass er bleibt?«

Sie nickt.

»Wie lange war er hier?«

»Zwei Tage.«

»Aber erst, nachdem er dich gefickt hat.«

Ich lache auf. Ich kann nicht anders. Mein Kopf droht, jeden Moment zu explodieren.

Wir haben also nicht nur dieselbe Mutter.

Biolek rührt in einem dampfenden Topf, kostet mit gespitzten Lippen von seinem Löffel. Sein Gesicht strahlt vor Entzücken, die getönte Nickelbrille ist beschlagen.

»Jakob«, sagt Sybille, und dann tatsächlich noch einmal: »Bitte …«

Ich will aufspringen, doch meine Beine gehorchen nicht. Wieder fleht sie mich an, ihr zu verzeihen. Als sie zu mir kommt, will ich sie warnen, eine Berührung kann ich jetzt nicht ertragen, aber ich bringe nur ein Krächzen heraus.

Also nimmt meine weinende Mutter ihren Augenstern in den Arm.

Und der tut, was er tun muss.

*

Danach habe ich Hagen angerufen. Er brachte für jeden von uns Einweghandschuhe mit, und nachdem wir kurz beratschlagt hatten, arrangierten wir alles. Die Gardinenschnur, mit der ich meine Mutter erwürgt hatte, war schnell an der Schraube am Türrahmen befestigt, der Ikea-Hocker, auf dem ich mir früher die Zähne geputzt hatte, passte perfekt. Am längsten dauerte es, die Schlinge so um den Hals zu knüpfen, dass sie genau über den Striemen lag (ich hatte ziemlich fest zugezogen), danach waren wir eine Weile beschäftigt, meine Fingerabdrücke zu beseitigen.

Es war Hagens Idee, den karierten Schreibblock auf dem Couchtisch näher in Augenschein zu nehmen. Für den Brief an Mona hatte meine Mutter Stichpunkte notiert, wir brauchten nur eine Schere, um auf dem Küchentisch einen kurzen Abschiedsbrief *(mein Leben liegt in Trümmern, ich will nur noch das es vorbei ist)* zu drapieren, der zwar orthographisch nicht ganz korrekt, aber eindeutig war.

Wir redeten kaum, nach all den Jahren verstanden wir uns blind. Hagen machte mir weder Vorwürfe, noch verlangte er eine Erklärung. Er tat einfach nur das, wofür Freunde da sind.

Sie helfen einander.

Vierundsiebzig

Schröder, der seit über dreißig Stunden auf den Beinen war, schloss sein Rennrad unten an den Felsen an und ließ sich von einer Streife ins Präsidium bringen. Als der Wagen von der Flusspromenade auf die Hauptstraße einbog, sah er Mona Fender mit verweinten Augen neben dem Wartehäuschen an der Straßenbahnhaltestelle stehen, während ihr Exmann schräg hinter ihr auf dem Bürgersteig rückwärts gegen einen Papierkorb stolperte, sich aufrappelte und aus weit aufgerissenen Augen hinauf in den sommerlich strahlenden Himmel starrte. Schröder spielte mit dem Gedanken, noch einmal mit den beiden zu reden, entschied sich jedoch dagegen. Ungeachtet der furchtbaren Angst um ihr Kind hatten sie nur das Nötigste ausgesagt. Mehr würden sie freiwillig nicht preisgeben.

Schröder nutzte die kurze Fahrt für ein Nickerchen. Als er ins Büro kam, wurde er von Zorn erwartet, der mit unverhohlenem

Stolz verkündete, wieder einmal *den richtigen Riecher* gehabt zu haben: Paula Hecht war unzweifelhaft identifiziert worden, eine polnische Reinigungskraft hatte sie auf dem Foto eindeutig als die Krankenschwester erkannt, die am Abend von Holm Fenders Entführung einen Rollstuhl mit einem schlafenden Patienten aus dem Heim schob. Zeitlich passte alles zusammen, denn laut Aussage des Studenten hatte die Frau den Rollstuhl nur wenige Minuten darauf im Kofferraum eines Kombis verstaut und war davongefahren.

Als die beiden sich kurz darauf mit Frieda in der Kantine zum Mittagessen trafen (da es bereits nach vierzehn Uhr war, gab es nur noch Bockwurst und belegte Brötchen), wurde Frieda von Zorn wortreich über seinen ermittlungstechnischen Durchbruch informiert. Dass er auf Schröders Anweisung gehandelt hatte, war ihm offensichtlich nicht mehr bewusst. Schröder machte sich nicht die Mühe, darauf hinzuweisen.

Er hatte sich von Peymann, dem jungen Kriminaltechniker, einen Link schicken lassen, um die Überwachung von Fenders Handy im Büro auf seinem Computer verfolgen zu können. Zorn zeigte sich skeptisch *(ich dachte, dieser vollgemalte kleine Hippie wäre Praktikant in der Poststelle)*, doch um exakt fünfzehn Uhr kündigte ein Signalton auf Schröders Rechner den Aufbau einer Verbindung an, und Zorn stellte erstaunt fest, dass der *krasse Scheiß* tatsächlich funktionierte.

Fünfundsiebzig

Das Display des Outdoor-Handys leuchtete auf. Ich hörte das schrille Piepen und ignorierte es. Der iMac war gerade hochgefahren, ich klickte mich durch die Sicherungsprogramme, öffnete den verschlüsselten Messenger, wählte den letzten Kontakt und gab eine Nachricht ein.

handy wird überwacht

Nach einer Minute verstummte das Piepen.

Ich lehnte mich zurück. Und wartete.

Jedes Programm, jeder Ordner auf dem Mac wurde durch ein eigenes Passwort geschützt. Ich hatte die komplizierten Zeichenfolgen ohne Nachdenken eingetippt – ein wenig langsamer als früher, ich konnte zwar alle Finger der rechten Hand, links jedoch nur den Daumen benutzen –, war aber nach jahrelanger Routine immer noch schneller als jede Stenotypistin. Im Sekundentakt hatten sich die Fenster geöffnet und wieder geschlossen, jetzt füllte das grau gerahmte Chatprogramm den Bildschirm. Die Oberfläche war simpel und ohne graphische Mätzchen gestaltet, doch ich hatte den Messenger nicht programmiert, um einen Design-Award zu gewinnen.

Ich betrachtete den blinkenden Cursor. Die Kommunikation wurde durch einen Tor-Browser verlangsamt und durch diverse Verschlüsselungen und Knotenpunkte weiter verzögert. Es dauerte eine halbe Minute, bis ein leiser Signalton erklang und die Antwort erschien:

alles klar

Dann:

da bist du ja endlich jacky ☺

Mein iPhone vibrierte. Es lag exakt parallel neben dem Outdoor-Handy, welches wiederum genau zu Tastatur und Mousepad ausgerichtet war. Ich musste nicht nachsehen, wer da anrief. Die Polizei – wahrscheinlich Kommissar Schröder persönlich – wollte wissen, warum der Kontakt mit den Entführern nicht zustande gekommen war. Darum konnte ich mich im Moment nicht kümmern. Die nächste Nachricht erschien.

du fragst gar nicht, was ich will

Ich gab die Antwort ein.

ich weiß es

Ich fragte nach dem Treffpunkt. Während ich wartete, sprang irgendwo ein Rasenmäher an.

erfährst du bald

Pause.

will dich noch ein bisschen schmoren lassen

Pause.

☺

Ich gab vier Buchstaben ein. Und ein Fragezeichen.

holm?

Ein weiterer Signalton, eine neue Textzeile erschien. Ich spürte einen kupfrigen Geschmack im Mund. Als hätte ich ein Geldstück unter der Zunge.

dem geht's gut

Pause.

noch

Pause.

☺

Klaviergeklimper drang durch das Fenster. Ich wusste nun, woher es kam. Aus der Wohnung im Erdgeschoss links. Der Spieler hieß Armin, ein elfjähriger, magerer Junge mit roten, widerspenstigen Haaren und beginnender Akne. Lisa, seine Mutter, lebte seit Jahren allein. Vor anderthalb Jahren hatte sie mich unter einem Vorwand in ihre Wohnung gelockt – angeblich wegen eines Problems mit ihrem WLAN-Router. Danach hatte ich mit ihr geschlafen. Ihre Haut war blass wie die ihres Sohnes, die Brüste schwer, mit tellergroßen Warzen. Sie hatte ziemlichen Lärm gemacht und mich als ihren *versauten Ritter mit der geilen Lanze* bezeichnet. Ich war froh gewesen, als es vorbei war, und ging ihr danach aus dem Weg. Jetzt war es Dennis, der sie ab und zu vögelte. Die Vorstellung ihrer bleichen, einander verschwitzt umschlingenden Körper war alles andere als schön. Das war nun einmal der Preis für mein wiedererlangtes Erinnerungsvermögen und im Vergleich zu den anderen Einsichten ein harmloser Klacks.

Der Rasenmäher verstummte. Leider, denn umso deutlicher war das Geklimper zu hören. Meine Finger bewegten sich auf der Tastatur.

warum hagen?

Zunächst bestand die Antwort aus einer Gegenfrage.

warum nicht?

Gefolgt von

er hat's verdient

und dann, natürlich:

☺

Ich schluckte. Der Kupfergeschmack floss über meine Kehle hinab in den Magen. Ich hatte mir die Lippen blutig gebissen.

*

Nachdem ich aus dem Koma erwacht war, hatte ich mich vor allem auf Monas Informationen gestützt. Dass diese lückenhaft waren, konnte (und kann) ich ihr nicht zum Vorwurf machen. Meine Schwester – gleichzeitig größte Liebe und Exfrau – hatte mich nie belogen; einerseits weil sie über gewisse Dinge nicht reden *wollte*, andererseits hatte sie vieles schlicht nicht gewusst.

Das betraf auch meine Beziehung zu Hagen. Unsere Freundschaft war … nun ja, sie war anders. Tiefer. Nachdem ich meine Mutter getötet hatte, redeten wir lange. Nein, *ich* redete. Hagen hörte zu. Als ich fertig war, stellte er nur eine einzige Frage.

Geht's dir jetzt besser?

Darüber dachte ich lange nach. Nein, musste ich schließlich zugeben. Hagen, der mit dieser Antwort gerechnet hatte, nickte.

Weil du nicht fertig bist.

Nun, das war einleuchtend. Ich hatte etwas begonnen. Hagen kannte mich gut genug, um zu wissen, dass ich erst Ruhe finden würde, wenn es beendet war. Also machte ich mich umgehend ans Werk.

Ich musste nicht lange suchen. Meine Mutter hatte nicht nur sämtliche Erinnerungsstücke an ihren *Augenstern* aufgehoben, sondern auch einige Andenken seines Erzeugers. In einer Schublade des Schlafzimmerschrankes fand ich hinter ihrer Unterwäsche ein mit gelbem Geschenkband umwickeltes Bündel vergilbter Briefe an *die kleine Raubkatze*, deren Inhalte trotz schwülstiger Umschreibungen *(ich kann deine Auster noch schmecken)* ausschließlich unterhalb der Gürtellinie angesiedelt waren *(Salz und Honig – hhmmm!)*. Den Abschluss bildeten zwei hingekritzelte Zeilen auf einer Postkarte aus Lanzarote, mit denen der Absender ankündigte, der Empfängerin demnächst *den letzten Verstand aus dem Kopf zu vögeln*. Nun, dazu sollte es nie kommen, denn laut Poststempel war die Karte zwei Wochen, nachdem Mona gezeugt worden war, in den Briefkasten geworfen worden. Danach hatte sich unser Vater nie wieder bei seiner *wilden Tigerin* gemeldet.

Er hieß Adam Gleywitz. Auf einem der Briefe war eine Adresse als Absender vermerkt; dort wohnte er seit Jahren nicht mehr, doch ich kannte sein ungefähres Alter und fand schnell heraus, wo er jetzt lebte.

Das Dorf lag irgendwo im Niemandsland, knapp hundert Kilometer nördlich von Berlin. Ich kann bis heute nicht sagen, was genau ich erwartet hatte; dieser übergewichtige Mann, der vor einer baufälligen Scheune auf einer quietschenden Hollywoodschaukel vor einem Campingtisch saß und Erdbeeren in fleckige Bastkörbe sortierte, war es jedenfalls nicht. Er hielt mich für einen Touristen, der sich in der Einöde verfahren hatte, und bot mir seine Erdbeeren an *(Kosten Sie mal, hundert Prozent Bio, nur dreifuffzig das Körbchen!)*. Ein jovialer, vorzeitig ergrauter Einsiedler, der die letzten Strähnen im Nacken zu einem dünnen, rattenschwanzähnlichen Zopf gebunden hatte. Als ich ihm sagte, dass ich sein Sohn sei, war er nicht im Geringsten verlegen. Im Gegenteil, er sprang auf, wischte die verschmierten Hände an seinem fleckigen Overall ab, presste mich gegen seinen gewaltigen Bauch, bot mir einen klapprigen Campingstuhl an und verschwand in seiner windschiefen Scheune. Kurz darauf kehrte er mit zwei lauwarmen Bierbüchsen zurück, drückte mir eine in die Hand, als wäre es eisgekühlter Champagner, und begann zu erzählen.

Ich lauschte seinen Ausflüchten *(wollte mich längst schon mal melden, aber du kennst das ja, irgendwas kommt immer dazwischen, haha)*, nickte an den richtigen Stellen, während er wortreich von seinen Plänen berichtete. Ich wusste, dass mein Vater ein Spinner war, doch unsympathisch fand ich ihn nicht. Schließlich glaubte er seinem eigenen Geschwätz, und obwohl er nicht einmal in der Lage war, den stinkenden Müllberg neben dem Brunnen mit der rostenden Handpumpe zu beseitigen, war er fest davon überzeugt, das verwahrloste Gehöft in einen Reiterhof *(absolut öko, versteht sich)* zu verwandeln – inklusive Solaranlage, Fahrradverleih und einer Ferienwohnung, die unter dem löchrigen Scheunendach eingerichtet werden sollte.

Es war ein heißer, wolkenloser Sommertag. Schmeißfliegen schwirrten umher, Mücken tanzten über dem Unkraut, die Luft roch nach Pferdemist, fauligem Wasser und gemähtem Gras. Hinter einem verwitterten Zaun dösten ein paar magere Kühe, am Horizont pflügten Mähdrescher inmitten aufwirbelnder Staubwolken durch die wogenden Felder.

Er trank sein Bier aus, bemerkte, dass ich meine Büchse nicht angerührt hatte, und bot mir einen Joint an. *Erstklassiges Zeug*, verkündete er augenzwinkernd und deutete zu einem eingefallenen Schuppendach, hinter dem er das Gras selbst anbaute *(kriegt hier draußen keine Sau mit)*. Als ich ablehnte, schien ihm endlich aufzufallen, dass er seinem so unverhofft erschienenen Sohn bisher keine einzige Frage gestellt hatte, also holte er's nach *(und? Was machst du eigentlich so?)*. Nun, was mein Erzeuger konnte, das konnte ich auch, also log ich, dass sich die Balken bogen und erzählte, ich würde an der Frankfurter Börse arbeiten und mit Aktien und Derivaten handeln. Tja, mein Vater war wirklich beeindruckt, und da ich wusste, was er als Nächstes fragen würde, schlug ich selbst vor, in seinen Reiterhof zu investieren, und berichtete von einem weißrussischen Oligarchen, der sich gerade erst ganz in der Nähe mit zwei Millionen Euro an der Sanierung einer Schweinemastanlage beteiligt habe und noch immer auf der Suche nach einem sicheren Investment sei. Ich musste mir auf die Innenseite der Wange beißen, um ernst zu bleiben, doch der dicke, schwitzende Mann mit dem geröteten Säufergesicht und den geplatzten Äderchen um die Nase kaufte mir diesen Schwachsinn begeistert ab und war überzeugt, nicht nur einen Sohn, sondern auch einen potenten Geldgeber gefunden zu haben.

Warum er das tat?

Weil er dumm war. Wie gesagt, unsympathisch war er mir ganz und gar nicht, der *Hallodri*, wie meine Mutter ihn genannt hatte. Und als er dann wissen wollte, was *die gute alte Sybille* eigentlich so treibe, sagte ich ihm die Wahrheit.

Die Nachricht von ihrem Tod traf ihn zutiefst. Seine dunklen Augen weiteten sich bestürzt, und obwohl sie vom Alkohol getrübt und von tiefen Falten umgeben waren, erkannte ich Monas Augen.

Die nächste Frage lag auf der Hand. Ich wartete also, doch meine Geduld wurde auf eine harte Probe gestellt. Erst als ich nicht mehr damit rechnete, öffnete mein … *Vater* (auch jetzt noch fällt es mir schwer, ihn so zu bezeichnen) den Mund und fragte stammelnd, wie meine Mutter gestorben sei.

Auch jetzt sagte ich die Wahrheit.

Ich habe sie erwürgt.

Er hatte es verdient.

Ich weiß nicht genau, woran es lag. Am Alkohol, den Joints oder daran, dass er von Natur aus schwer von Begriff war? Wahrscheinlich eine Mischung aus allem. Er glotzte mich an, aus Monas Augen unter buschigen Brauen, in der widersinnigen Hoffnung, ich würde nach einem makabren Scherz ein befreiendes Gelächter anstimmen.

Was ich nicht tat. Es gab nicht den geringsten Anlass.

Natürlich hätte ich ihn aufklären können, dass er neben seinem Erstgeborenen auch eine entzückende, nur unwesentlich jüngere Tochter hatte und seit kurzem Großvater eines strammen Enkelkindes war, das seine Kinder gezeugt hatten. Auch *das* hatte er mehr als verdient, doch in seiner Begriffsstutzigkeit hätte er ewig gebraucht, das alles nur in Ansätzen zu verstehen. Dazu hatte ich weder Kraft noch Geduld.

Es gab keine Vorhänge, ganz zu schweigen von einer Gardinenschnur. Also benutzte ich ein Verlängerungskabel.

Sechsundsiebzig

»Schön, dass ich Sie endlich erreiche, Herr Fender.« Schröder schaltete den Lautsprecher seines Handys ein, damit Zorn mithören konnte. »Ich habe Sie hoffentlich nicht geweckt?«

Zorn hatte ihn noch nie schreien hören. Schröder schien sich immer unter Kontrolle zu haben; selbst in Extremsituationen wie damals, als er auf der Suche nach dem entführten Edgar einen Verdächtigen befragt hatte, war er nicht laut geworden (er hatte dem Mann dann das Knie zerschossen, aber auch in diesem Moment war ihm genau bewusst gewesen, was er tat). Jetzt war er wütend, *sehr* wütend, wie der tiefen Falte über der Nasenwurzel und den roten Flecken auf den pausbäckigen Wangen mehr als deutlich zu entnehmen war. Seine Stimme jedoch blieb ruhig, auch wenn der sarkastische Unterton nicht zu überhören war.

»Ich habe eben gesehen, dass Sie angerufen haben«, erwiderte Fender. »Ich war unter der Dusche und wollte Sie gerade …«

»Ach.« Die Röte breitete sich aus und ließ Schröders Glatze regelrecht aufflammen. »Dann haben Sie also deshalb nicht reagiert, als die Entführer sich gemeldet haben? Wir hatten Sie dringend gebeten, immer in Reichweite des Handys zu bleiben. Ich kann sehr gut nachvollziehen, dass Ihnen Körperpflege wichtig ist. Wenn Sie also das nächste Mal duschen, behalten Sie das Telefon bitte im Auge. Vielleicht ist es Ihnen entgangen, aber es handelt sich um ein Outdoor-Gerät. Sie können es sogar mit in die Badewanne nehmen. Wenn ich mich nicht irre, ist es bis zu einer Tiefe von zehn Metern wasserdicht. Womöglich etwas weniger, aber für Ihre Wanne reicht's auf jeden …«

»Ich habe den Anruf nicht verpasst«, unterbrach Fender.

»Sondern?«

Ein Knarren drang aus dem Lautsprecher, als Fender sein Gewicht auf dem Stuhl verlagerte und etwas zurückrollte. Zorn erinnerte sich an das verchromte Untergestell, die ergonomische Nackenstütze und das cognacfarbene, farblich perfekt auf die Couch abgestimmte Leder.

»Ich wollte denen ein Zeichen geben«, sagte Fender. »Die sollen wissen, dass ich nicht nach ihrer Pfeife tanze. Die haben mich warten lassen. Was die können, kann ich auch.«

»Herr Fender.« Schröder holte scharf Luft. »Das war nicht abgesprochen.«

»Ich hab's so entschieden.«

»Dann ersuche ich hiermit höflich, solcherlei … *Entscheidungen* nicht allein zu treffen.« Schröder nahm einen Bleistift, drehte ihn zwischen Daumen und Zeigefinger. »Habe ich mich klar ausgedrückt?«

Jeder andere Mensch wurde mit steigender Wut lauter. Bei Schröder verhielt es sich umgekehrt. Obwohl er Zorn weniger als anderthalb Meter entfernt am Schreibtisch gegenübersaß, hatte dieser die letzten Worte nur mit Mühe mitbekommen.

»Herr Fender?«

»Ja doch, ich hab verstanden.«

»Fein.« Schröder umfasste die Enden des Bleistiftes. »Es gibt mindestens zwei Entführer. Eine Frau, nach der wir auf Hochtouren fahnden. Und den Mann, der Sie kontaktiert hat. Wir wissen absolut nichts über ihn, außer, dass es sich *nicht* um Ihren alten Schulfreund handelt. Das ist äußerst wenig, Herr Fender. Seine Stimme würde uns extrem helfen, dann könnten wir Aussagen über sein Alter machen, die Ausdrucksweise analysieren, den Dialekt oder vielleicht einen Akzent. Das sind sehr wertvolle Informationen. Die bekommen wir allerdings nur …«

Gleich, dachte Zorn, explodiert er.

»… wenn unsere Experten diese Stimme *hören*.«

»Ich wollte doch nur …«

»Ich habe verstanden, was Sie wollten. Und habe Ihnen jetzt deutlich erklärt …«

KNACK

»… was *ich* will.«

Der Bleistift war zwischen Schröders Fingern zerbrochen.

»Sorry«, murmelte Fender. »Ich hab Mist gebaut.«

Sein Atem drang aus dem Lautsprecher. Im Hintergrund erklang Vogelgezwitscher, ein Fenster stand offen, vielleicht auch die Balkontür. Zorn bemerkte noch etwas anderes. Etwas, das ihn aufhorchen ließ.

Fender wiederholte seine Entschuldigung. »Sie tun alles, um Holm zu finden. Ich wünschte, ich würde meinen verdammten Schädel endlich wieder unter Kontrolle kriegen, aber …«

Zorn öffnete den Mund, doch Schröders abwehrend gehobene Hand ließ ihn verstummen. Schröder schärfte Fender ein, das Gespräch mit dem Entführer so weit wie möglich in die Länge zu ziehen, wünschte einen angenehmen Nachmittag und unterbrach die Verbindung. Dann saß er eine Weile stumm da, die Ellbogen auf den Schreibtisch gestützt, die Hände unter dem Doppelkinn gefaltet und den Blick nachdenklich auf sein Handy gerichtet.

»Hier stimmt was nicht«, murmelte er schließlich.

»Der verarscht uns«, sagte Zorn.

»Ach. Tut er das?«

Schröder war noch immer gereizt, also legte sich Zorn seine Worte sorgfältig zurecht. »Die Hintergrundgeräusche«, sagte er. »Da war Vogelgezwitscher.«

»Ist mir nicht entgangen.« Schröder deutete durch das Fenster auf ein paar Spatzen, die im Schein der tiefstehenden Sonne über den Streifenwagen umherflatterten. »Ich halte das nicht für ungewöhnlich.«

»Da war noch was, du hast's bestimmt auch gehört.«

»Nein, habe ich *nicht*!«

Soweit Zorn es beurteilen konnte, war er der Einzige, gegenüber dem Schröder seine Gefühle zeigte und Frust oder Unsicherheit nicht verbarg. Selten, *sehr* selten, doch es war – obwohl er's nie aussprach – sowohl Vertrauensbeweis als auch Zeichen tiefer Zuneigung. Zorn hatte das erst sehr spät erkannt und zu schätzen gelernt, im Moment allerdings hätte er gern darauf verzichtet.

»So was wie 'n *Pling*«, begann Zorn vorsichtig. »Du hattest was anderes zu tun«, wiegelte er ab, als Schröder irritiert die Stirn runzelte. »Du musstest dich auf das Gespräch konzentrieren, da achtet man natürlich nicht …«

»Was für ein … *Pling*?«

»Wie gesagt, du warst abgelenkt. Außerdem warst du sauer, deshalb …«

»Chef!«

»Ein Signalton«, erklärte Zorn hastig. »Ich kenne den von Friedas MacBook, wenn sie 'ne Nachricht kriegt. Und außerdem war da 'n Klappern, als hätte Fender was in die Tastatur getippt.«

Schröder bewegte die Hände unter dem Kinn. Die Finger der rechten schlossen sich um die geballte linke, trommelten ein paarmal auf und ab.

»Möglich«, nickte er schließlich. »Ich glaube, ich hab's auch gehört.«

»Klar«, versicherte Zorn. »Wenn *ich's* mitgekriegt hab, dann hast du's natürlich erst recht …«

»Aber was sagt uns das?«

»Ist doch logisch.« Zorn breitete die Arme aus. »Fender lügt.«

»Warum?«

»Äh … ich verstehe nicht, was du …«

»Ich habe eine einfache Frage gestellt«, blaffte Schröder. »Was ist daran nicht zu verstehen?«

»Nichts. Ich meine«, stammelte Zorn, »alles. Beziehungsweise …«

»Warum?«

Zorn traute seinen Ohren nicht. Sollte er, Claudius Zorn, etwas sehen, das Schröder *nicht* sah?

»Du bist immer noch genervt«, sagte er. »Von deinen … äh, Emotionen abgelenkt. Wer wütend ist, kann nicht klar denken. Ich kenne das«, er stieß ein gekünsteltes Lachen aus, »da kann ich 'n Liedchen von singen. Wenn du dich ein bisschen beruhigt hast, kommst du garantiert selbst …«

»Erklär's mir!«

Das tat Zorn.

Siebenundsiebzig

Das Display des iPhones wurde schwarz. Ich streckte den verspannten Rücken, rieb die geröteten Augen und dachte nach.

Kommissar Schröder war stinksauer. Dazu hatte er allen Grund, aber es sah so aus, als hätte er mir meine Ausrede abgekauft. Sonderlich stolz war ich nicht, schließlich hatte ich sie mir vorher zurechtgelegt. Die Behauptung, Holms Entführer zappeln lassen zu wollen, war zwar nicht originell, aber zumindest halbwegs plausibel. Was mich überrascht hatte, war die Entdeckung einer neuen, gänzlich unerwarteten Begabung: Jakob Fender war ein verdammt guter Schauspieler. Sowohl mein anfänglicher naiver Trotz *(was die können, kann ich auch!)* als auch die spätere Zerknirschung *(sorry, ich hab Mist gebaut)* waren sicherlich keine oscarreifen Leistungen, doch wichtig war nur, dass Kommissar Schröder mir glaubte. Das hatte er getan, sonst wäre er nicht so wütend geworden. Damit konnte ich umgehen, es war jedenfalls besser, als sein Misstrauen zu wecken.

Ein Signalton kündigte die nächste Nachricht an.

treffpunkt?

Ich tippte die Antwort ein

schlag was vor

und stand auf. Die Sonne spiegelte sich auf dem Monitor, ich zog die Gardine zu und ging noch einmal meine Optionen durch. Das dauerte nicht lange, denn es gab nur eine.

Mit der nächsten Nachricht erhielt ich Treffpunkt und Uhrzeit (Mitternacht). Ich schrieb zurück, dass ich versuchen würde, pünktlich zu sein, allerdings die Polizei abschütteln müsse. Nachdem ich die Antwort erhalten hatte *(du kriegst das hin* J*)*, schaltete ich den Rechner aus, holte den Werkzeugkoffer und schraubte die Diele wieder ab. Diesmal wusste ich natürlich genau, was ich tat, breitete wegen des Drecks eine Decke am Boden aus, holte eine Gardinenstange und zog die restlichen Sachen, die ich außer Reichweite unter den Dielen versteckt hatte, hervor.

Danach ging ich in den Kraftraum. Mir blieben noch ein paar Stunden, die ich nutzen würde, um zu trainieren.

Ich mochte Kommissar Schröder und schämte mich (wirklich, das tat ich), ihn täuschen zu müssen. Unter anderen Umständen wäre ich froh gewesen, ihn an meiner Seite zu wissen, doch mir blieb keine Wahl. Auf den ersten Blick schien die Sache einfach, ein simpler Tausch: Geld gegen meinen Sohn. Doch so war es natürlich nicht. Es ging nicht nur um Holms Leben, sondern auch um mein eigenes.

Achtundsiebzig

»Da kannst du halten.«

Schröder deutete durch die Windschutzscheibe zur Haltestelle. Zorn zog ruckartig nach rechts, der Volvo holperte über die Bordsteinkante auf den Fußweg, zuckelte an einer Eisdiele vorbei und kam neben dem Wartehäuschen zum Stehen. Vor ihnen führte die Straße bergab weiter in Richtung Stadtzentrum, flankiert von hohen Mauern und schmiedeeisernen Zäunen, hinter denen die Dächer aufwendig sanierter Fabrikantenvillen über die gestutzten Hecken lugten.

»Ich meinte eigentlich dort.« Schröder wies nach vorn auf die Parkplätze, die hinter der Einmündung der Flusspromenade eingerichtet waren. »Da ist noch was frei.«

Vor dem Eisladen waren Liegestühle aufgestellt, auf dem Treppenabsatz zum Eingang saßen eine dunkelhaarige Frau und ein kleiner Junge und leckten an ihren Eiswaffeln.

»Das sind mindestens zwanzig Meter, Schröder.«

Zorn neigte skeptisch den Kopf. Er schwamm auf einer Welle der Euphorie, schließlich hatte er nicht nur mitbekommen, dass Jakob Fender seinen Computer benutzte, sondern messerscharf kombiniert. Fender selbst hatte ausgesagt, den Rechner wegen des vergessenen Passworts nicht starten zu können. Wenn er's jetzt wusste, hatte er die Amnesie überwunden. Den Auslöser kannten sie nicht, doch wenn Schröder richtig beobachtet hatte, war es vor ein paar Stunden direkt an der Haltestelle passiert.

»Vielleicht sogar dreißig.« Zorn, der gewiefte Spürhund, taxierte die Entfernung. »Und dann noch bergauf.«

»Na ja.« Schröder lockerte den Sicherheitsgurt über dem

Kugelbauch. »Ich würde das jetzt nicht unbedingt als absolut unüberbrückbar …«

»Aber *ich.*« Zorn stieß schwungvoll die Fahrertür auf. »Warum laufen, wenn man auch fahren …«

Ein Fahrradfahrer schoss um Haaresbreite an der geöffneten Tür vorbei, kam zwischen den Schienen ins Schlingern und raste auf ein entgegenkommendes Taxi zu. »VOLLIDIOT!«, hallte seine Stimme über die Straße, nachdem er sein Gefährt im letzten Moment wieder unter Kontrolle gebracht hatte.

»ICH DARF DAS!«, rief Zorn ihm nach. »ICH BIN NÄMLICH BULLE!«

Er stemmte sich aus dem Sitz, knallte die Tür energisch zu und zog die Jeans am Gürtel hoch.

»Mama?«, fragte eine helle Kinderstimme. »Was ist ein Bulle?«

Der Kleine auf dem Treppenabsatz sah seine Mutter an. Eis tropfte aus der Waffel auf sein T-Shirt, das Gesicht verschwand bis unter die Augen unter einer bräunlichen Masse.

»Ein Polizist«, erklärte Zorn mit wichtiger Miene. »Ich jage Verbrecher. Der da«, er wies auf Schröder, der ebenfalls aus dem Volvo gestiegen war, »übrigens auch. Obwohl man's ihm nicht ansieht.«

Die junge Frau blickte stirnrunzelnd zu Zorn auf. Sie war hübsch, trug ein leichtes, gepunktetes Sommerkleid und hatte auffällig grüne Augen. Obwohl sie Zorns Tochter hätte sein können, zog dieser unwillkürlich den Bauch ein und begann aus einem alten, tief verankerten Reflex, sich wie ein Gockel aufzuspielen.

»Dann wollen wir mal«, brummte er, stolzierte mit geschwellter Brust zu dem verwaisten Wartehäuschen und zitierte Schröder mit einer knappen Kopfbewegung herbei. »Fender ist also von dort gekommen!« Er deutete auf die breiten Granitstufen, die ein paar Meter links von ihnen hoch zum Park auf den Felsen führten. »Und du«, sein Finger schwenkte die Straße hinab, »warst im Streifenwagen an der Kreuzung zur Promenade und hast ihn von dort aus beobachtet, richtig?«

Schröder warf ihm einen irritierten Blick zu. Zorn sprach lauter als eigentlich nötig und übertrieben betont wie ein – sehr, sehr dilettantischer – Darsteller in einer Laientheatergruppe.

»Wo war seine Exfrau?«, fragte Zorn streng und schielte über Schröders geschorenen Kopf hinüber zur Eisdiele, wo die junge Frau zu seiner Enttäuschung damit beschäftigt war, ihrem Sohn das verschmierte Gesicht abzuwischen.

»Mona Fender stand dort«, erwiderte Schröder, noch immer sichtlich verwirrt, und wies auf die zerkratzte, mit Graffiti überzogene Glaswand des Wartehäuschens.

»Aha!«, stellte Zorn gedehnt fest. »Draußen!«

»Aber das ist doch völlig …«

»Nicht drinnen?«

»Das ist nebensächlich!«

»*Nichts* ist hier nebensächlich!«, rief Zorn, bemerkte, dass die junge Frau zu ihnen hinübersah, und hob die Stimme, angespornt von dem Glauben, endlich die längst verdiente Aufmerksamkeit zu bekommen. »Wir ermitteln in einem äußerst komplizierten Verbrechen! Um weiteres Unheil zu vermeiden, müssen wir jede, wirklich *jede* Spur …«

Die Worte gingen im Lärm einer auf der Gegenspur herandonnernden Straßenbahn unter. Der Fahrtwind wehte Zorn das strähnige Haar aus dem Gesicht, dann verschwand die Bahn in einer Staubwolke hinter der Hügelkuppe stadtauswärts.

»Also! Wir …«

Zorn stutzte.

Schröder hatte sich abgewandt, stand am Bordstein, wippte in den Sandalen vor und zurück und sah die Straße hinab zur Innenstadt.

»Irgendwas«, sagte er halblaut und blickte in die Gegenrichtung, »hat er gesehen.«

»Genau!«, rief Zorn. »Irgendwas hat er gesehen. Nur … *was*?« Er stemmte die Hände in die Hüften und ließ den Blick bedeutungsschwer zur gegenüberliegenden Straßenseite schweifen. Eine geschwungene Treppe führte zu einem verwilderten Garten, weiter hinten erhob sich auf einem Hügel die mächtige Jugendstilfassade des früheren Volksparks. Das goldene Licht der untergehenden Sonne spiegelte sich in den hohen Rundbogenfenstern, hinter denen die riesigen Ballsäle seit Jahrzehnten dem Verfall preisgegeben waren.

»Er stand also direkt hier!«, deklamierte Zorn, stützte die Hände auf den Oberschenkeln ab und beugte sich über einen Papierkorb, um den Inhalt in Augenschein zu nehmen. »Vielleicht war's ja hier drin!« Er inspizierte die zerknüllten Zeitungsreste, Pappbecher und leeren Bierbüchsen, entdeckte eine leere Zigarettenschachtel, holte instinktiv seine eigenen aus der Lederjacke und zündete eine an.

»Wo hat er denn hingeguckt?« Zorn richtete sich auf. »Du musst dich konzentrieren, Schröder«, mahnte er und wedelte mit der Zigarette. »Ruf's dir noch mal genau ins Gedächtnis, du weißt, wie wichtig …«

»Du kannst aufhören, Chef.«

»Wie jetzt …?«

Schröder nickte in Richtung Eisdiele. Die junge Frau und ihr Sohn waren verschwunden. Stattdessen stand der Eisverkäufer, ein sehniger Mann mit Dreitagebart und blondierten Strähnchen, auf der Treppe. Offensichtlich war er im Begriff, das Geschäft zu schließen, ein zusammengeklappter Liegestuhl klemmte unter seinem Arm. Er deutete mit der freien Hand vor dem Gesicht einen Scheibenwischer an und verschwand kopfschüttelnd im Laden.

»Dein Publikum hat die Vorstellung verlassen«, stellte Schröder lapidar fest. »Vielleicht solltest du noch ein wenig an deiner … *Performance* feilen.«

»Keine Ahnung, was du meinst.«

Zorn sog heftig an seiner Kippe. Die Erkenntnis, sich einmal mehr bis auf die Knochen blamiert zu haben, verpasste seiner Laune einen erheblichen Dämpfer.

»Ich dachte, er wäre nur gestolpert«, murmelte Schröder nachdenklich. »Aber er sah aus, als hätte er ein Gespenst gesehen und …«

Ein alarmierendes Klingeln ließ beide zusammenzucken. Eine Straßenbahn näherte sich und bremste hinter dem direkt an der Bordsteinkante parkenden Volvo.

»Fahr schon!«, rief Zorn genervt und wedelte mit dem Armstumpf. »Da kommst du locker vorbei!«

»Bist du sicher?« Schröder reckte zweifelnd den Hals. »Das wird ganz schön knapp. Nicht, dass er dir den Außenspiegel …«

»Scheiß drauf«, knurrte Zorn. »Da guck ich sowieso nie rein.«

Es wurde tatsächlich knapp. Ein paar Zentimeter fehlten jedoch, und Zorns Hoffnung, der verhasste Volvo würde wenigstens einen Kratzer davontragen, erfüllte sich nicht.

Die Bahn hielt und fuhr wieder an, ohne dass jemand ein- oder ausstieg. Zorn nahm einen letzten, gierigen Zug, schnippte die Kippe in Richtung Papierkorb, verfehlte sein Ziel um knapp anderthalb Meter und wandte sich achselzuckend ab.

»Fender stand genau da, wo ich jetzt stehe«, sagte Schröder.

Er hatte die Hände auf dem Rücken verschränkt, den Kopf in den Nacken gelegt und sah nach oben. Zorn folgte seinem Blick an einem Laternenmast in die Höhe und verharrte auf einem drei Meter über ihren Köpfen mit Kabelbindern befestigten Plakat.

»Und er hat nach oben geguckt?«, fragte Zorn. »Genau dorthin?«

»Yep.«

»Ich wusste gar nicht, dass die schon ihre Wahlplakate hängen dürfen.«

»Seit heute.«

KEIN GELD FÜR KRIMINELLE AUSLÄNDER!, stand über dem Konterfei eines pausbäckigen Säuglings, darunter: *JEDER CENT FÜR UNSERE KINDER!* Zorn erkannte das rot-blaue Parteilogo mit dem gebogenen Pfeil und verkniff den Mund.

»Du meintest, Fender hat geguckt, als hätte er ein Gespenst gesehen«, sagte er. »Ich kann diese *Wichs*… äh, Blödmänner auch nicht ab, aber findest du nicht, er hat ein bisschen überreagiert? Und ist es nicht komisch, dass ausgerechnet diese Vollpfosten Fenders Blockade lösen? Müsste es nicht umgedreht sein? Dass man das Gedächtnis sofort *verliert*? Aus Selbstschutz? Damit man …«

»Das andere, Chef. Direkt darüber.«

Das zweite Plakat hing ein wenig verdreht. Schröder trat beiseite, Zorn nahm seinen Platz ein, ging auf die Zehenspitzen und stierte blinzelnd nach oben.

»Ich glaub, ich muss mal wieder zum Optiker.« Er rückte die Brille auf der Nase zurecht. »Frieda nervt mich schon ständig, dass ich … Ach du Scheiße.«

Zorns Kinnlade klappte herab. Von der anderen Straßenseite dröhnte ein monotoner, stampfender Beat herüber. Ein paar Halbwüchsige in übergroßen T-Shirts und weiten Jeans saßen neben einer Bluetooth-Box auf der Freitreppe zum alten Volkspark und ließen eine Weinflasche kreisen.

Zorn sah kopfschüttelnd nach oben. »Du weißt, dass ich den nicht leiden kann. Aber …«

UNABHÄNGIG – PARTEILOS – KOMPETENT war über dem Konterfei des Wahlkandidaten zu lesen.

Zorn musterte das gebräunte Gesicht. Den kurzen Bart, das sorgfältig gestutzte Haar und das professionelle Lächeln. Den blauen Seidenschal, der unkonventionell und gleichzeitig seriös wirken sollte, in Zorns Augen jedoch einfach nur albern war.

Es gibt Menschen, bei denen die Amnesie ein Leben lang bleibt«, sagte Schröder. »Bei anderen genügt ein Geruch. Der Klang einer Stimme oder ein Musikstück. Bei Jakob Fender«, er sah in die Höhe, »war es ein Foto.«

MORTEN VAN DER GRAAF, stand unter dem Bild. *UNSERE NEUE STIMME IM RATHAUS!*

»Aber … was sollte dieser Müsliverkäufer mit der ganzen Scheiße zu tun haben?«, murmelte Zorn. »Kapierst du das?«

»Nein«, erwiderte Schröder. »Nicht im Geringsten.«

*

»Ein *Wahlplakat*?«, wunderte sich Frieda.

»Klingt bekloppt, ich weiß.« Zorn, der sich zum Pinkeln in ein Gebüsch schräg hinter der Straßenbahnhaltestelle verzogen hatte, klemmte das Handy zwischen Ohr und Schulter und knöpfte den Hosenstall wieder zu. »Aber Schröder ist sicher. Du kennst den ja, wenn der sich was in seinen kahlen Schädel gesetzt hat, dann …«

»Wann kommst du nach Hause?«

»Weiß noch nicht. Schröder will mit van der Graaf sprechen.«

»Jetzt? Es ist gleich neun.«

»Der ist angeblich noch in seinem Wahlbüro.« Zorn zog den Kopf ein und zwängte sich durch das Gebüsch zurück auf den

Bürgersteig. »Wir fahren gleich hin. Schröder wollte unbedingt, dass ich dabei bin.«

»Toll.«

Zorn, der den sarkastischen Unterton nach jahrelanger Erfahrung nun auch am Telefon identifizieren konnte, verkniff sich eine beleidigte Erwiderung und berichtete stattdessen von seiner bahnbrechenden Erkenntnis.

»Wenn Jakob Fender seinen Computer benutzt«, antwortete Frieda, »dann kann er damit auch an euch vorbei kommunizieren. Sein Handy wird überwacht, der Rechner nicht.«

»Hab ich auch schon überlegt«, schwindelte Zorn.

Die Straßenlaternen flackerten auf. Schröder lehnte, ebenfalls telefonierend, an der Motorhaube des Volvos.

»Ihr müsst die Kriminaltechnik informieren, Claudius.«

»Schröder ist grad dabei«, versicherte Zorn wider besseres Wissen, heilfroh, dass Frieda ihn nicht sehen konnte, denn das Blut schoss ihm heiß ins Gesicht.

»Und du?«, fragte er so beiläufig wie möglich. »Was machst du grad?«

»Ich erledige meine hausfraulichen Pflichten.«

Das Plätschern eines Wasserhahns drang aus dem Hörer.

»Kochst du, Frieda?«

»Nein, Schatz. Ich gieße die Blumen.«

»Ein Glück«, entfuhr es Zorn.

»Bitte?!«

»Weil, äh …« Er biss sich auf die Lippen. »Die vertrocknen doch sonst.«

Hinter ihm näherten sich Schritte. Eine kleine, gebeugte Frau in weiten Kleidern und schwarzem Kopftuch schleppte zwei prallgefüllte Plastiktüten zum Wartehäuschen und setzte sich auf die Bank.

»Verarsch mich nicht, Freundchen«, knurrte Frieda.

Eine der Tüten kippte um, die Einkäufe verteilten sich auf dem Boden. Schröder bemerkte es, beendete sein Telefonat und eilte der Frau zu Hilfe.

»Wenn du was an meinen Kochkünsten auszusetzen hast …«

»*Niiiieeee* im Leben, Frieda!«

»… dann sag das gefälligst!«

Schröder kniete halb unter der zerkratzten Bank und klaubte ein paar Äpfel von den Betonplatten. Der Gummizug der mintfarbenen Boxershorts lugte über den Saum seiner Cordhose.

»Ich, äh … muss jetzt Schluss machen«, stammelte Zorn. »Schröder will los. Der sitzt schon im Auto.«

Er trennte die Verbindung in dem Bewusstsein, innerhalb weniger Sekunden zum dritten Mal gelogen zu haben. Doch auf eine Lüge mehr oder weniger kam's jetzt auch nicht mehr an.

Neunundsiebzig

Alles, was ich brauchte, passte in einen schwarzen Lederrucksack. Ich schrieb den Brief an Mona, frankierte den Umschlag und verstaute ihn ebenfalls im Rucksack. Dann setzte ich mich aufs Sofa und sah mich noch einmal um.

Mein Kopf war klar. Ich fühlte weder Aufregung noch Angst. Nur eine gewisse Wehmut. Ein leises Bedauern. Schließlich würde ich nicht wiederkommen. Wenn ich die Wohnungstür hinter mir schloss, geschah es zum letzten Mal.

Ich hatte mich hier immer wohlgefühlt: weit oben auf den Felsen, an einem der höchsten Punkte der Stadt. Die Möbel waren nicht wichtig, ebenso wenig Fernseher, Bücher, Musikanlage und Espressomaschine. Teurer Schnickschnack, der sich ersetzen ließ. Das traf auch auf die CD-Sammlung zu, doch wer hörte heutzutage noch CDs? Ich selbst hatte es kaum noch getan. Es war wohl mehr der Anblick der exakt ausgerichteten, alphabetisch geordneten Cover gewesen, der mich beruhigt hatte. Ich hatte kein Problem, mich von dem alten Kram zu trennen. Es wurde sowieso Zeit.

Ich ging noch einmal auf den Balkon. Ein leichter Wind wehte mir über die Baumwipfel entgegen, weiter hinten flimmerten die ersten Lichter in den Häusern der Altstadt wie tanzende Glühwürmchen. Die Sonne verschwand hinter dem Horizont, ihre letzten Strahlen funkelten auf den vergoldeten Spitzen der schlanken Kirchtürme.

Alles ließ sich ersetzen, dieser Anblick allerdings nicht. *Das* war's, was mich am meisten schmerzte, doch es ließ sich nicht ändern. Es ergab auch gar keinen Sinn, weiter darüber nachzudenken. Wenn ich tot war, würde ich die Aussicht wohl kaum noch genießen können.

Ich beugte mich über das Geländer. Der Innenhof war leer, auch den dicken Dennis sah ich nicht. Wie dem Flimmern aus dem Fenster im Erdgeschoss schräg gegenüber zu entnehmen war, saß er mit einem Bier vor dem Fernseher und sah sich irgendeine Quizshow an. Sarah, seine Frau, stand auf dem Balkon und hängte Wäsche auf. Sie trug die übliche Kittelschürze und auf dem Kopf eine Plastikhaube, wahrscheinlich hatte sie sich gerade die Haare getönt.

Alles war also wie immer. Mit ein paar kleinen Ausnahmen, wie dem dunkelblauen Passat gegenüber vom Hauseingang. Aus einem Spalt im Fenster der Beifahrertür wehte ein dünner Faden Zigarettenrauch. Ein weiterer Wagen – ein schwarzer BMW – parkte weiter links neben dem überdachten Platz für die Mülltonnen. Den Mann hinter dem Steuer kannte ich nicht. Den anderen, der auf dem Beifahrersitz in eine Banane biss, allerdings schon, obwohl er die fliederfarbene Jacke gegen ein graues Sakko getauscht hatte.

Ich schloss die Balkontür, bemerkte meinen Handabdruck auf der Scheibe, holte einen Lappen und polierte das Glas. Da ich einmal dabei war, wischte ich auch Schreibtisch und iMac noch einmal ab. Äußerlich schien der Rechner unversehrt, ich hatte es nicht über das Herz gebracht, das Gehäuse zu beschädigen. Nachdem die wichtigsten Daten und Programme auf eine kleine externe Festplatte überspielt waren, hatte ich den Computer aufgeschraubt, Platinen und Festplatten entfernt und im Rucksack verstaut, um sie später zu entsorgen.

Mir blieben noch über drei Stunden Zeit. Ich hatte vor, deutlich früher am Treffpunkt zu sein, musste allerdings noch warten, bis es vollständig dunkel war. Als ich den Lappen zurück ins Bad bringen wollte, fiel mein Blick auf das Helmut-Newton-Foto mit der nackten Frau am Fenster des Wolkenkratzers. Ich ging zum Sofa, löste das Bild aus dem Rahmen, rollte es zusammen und verstaute es bei den anderen Sachen im Rucksack. Ging noch einmal durch die Wohnung und schaltete in allen Zimmern das Licht ein. Schulterte den Rucksack, atmete tief durch und machte mich auf den Weg. Als ich die Tür vorsichtig hinter mir ins Schloss zog, tat ich dies mit einem unguten Gefühl. Nicht etwa aus Zweifel oder gar Angst, sondern aus anderen Gründen.

Zum einen, weil überall Licht brannte. Jeder halbwegs vernünftige Mensch *löscht* das Licht, wenn er seine Wohnung verlässt. Ich hasste es, Energie zu vergeuden, die Vorstellung, dass sich der Stromzähler im Sicherungskasten neben der Flurgarderobe noch immer drehte, versetzte mir einen Stich, doch anders konnte ich meine Bewacher nicht täuschen. Daraus ergab sich der zweite Punkt: Diese Männer taten ihr Bestes, um mir zu helfen. Anstatt ihnen zu danken, hinterging ich sie. Sie würden wohl ziemlichen Ärger bekommen, wenn Kommissar Schröder erfuhr, dass ich entwischt war. Ein Gedanke, der mir großes Unbehagen bereitete. Doch auch damit musste ich leben.

Achtzig

»Das alles ist ziemlich verwirrend«, begann van der Graaf, nachdem Schröder geendet hatte. »Ich weiß gar nicht, wo ich anfangen soll.«

»Von vorn vielleicht?«, schlug Zorn vor.

Morten van der Graaf stützte das Kinn in die Hände und sah nachdenklich auf die rissige Tischplatte. Das Wahlbüro befand sich in einem erst kürzlich aufgegebenen Dönerimbiss im Erdgeschoss eines der Gründerzeithäuser, die den unteren Teil des Marktes auf zwei Seiten begrenzten. Ein Hauch von Frittierfett lag noch in der Luft, die Einrichtung verströmte eine Aura des Provisorischen. Der große Besprechungstisch und die Holzstühle schienen aus dem ausgemusterten Bestand einer Behörde zu stammen, an den Wänden und in einem gefliesten Kabuff hinter dem ehemaligen Verkaufstresen türmten sich Kartons mit Flyern und Prospekten, die noch nach Farbe rochen. Eine Tür führte zu weiteren Räumen, doch van der Graaf schien sich hauptsächlich hier vorn aufzuhalten, seine dunkle, gefütterte Regenjacke hing an einem schiefen Garderobenständer neben der Eingangstür.

»Zunächst sollten Sie wissen, dass ich alles tun werde, um Sie zu unterstützen. Ich weiß zwar nicht wie, aber ich gebe mein Bestes.«

Van der Graafs Lächeln glich dem auf dem Wahlplakat, Zorn

fragte sich unwillkürlich, wie lange er vor dem Spiegel geübt hatte. Als sie vor zehn Minuten aus dem Volvo gestiegen waren, hatten sie van der Graaf schon von weitem hinter dem Schaufenster gesehen, in seinem weißen, an den Ärmeln hochgekrempelten Hemd und dem obligatorischen Seidenschal, einsam im grellen Neonlicht an einem mit Papierbergen überhäuften Schreibtisch sitzend. Die Botschaft war klar (ich arbeite Tag und Nacht), eine weitere (ich bin immer für meine Wähler erreichbar) wurde durch die unverschlossene Ladentür vermittelt.

Van der Graaf beugte sich über die drei Fotos, die Schröder mitgebracht hatte. »Beginnen wir mit Jakob Fender.« Er tippte auf das linke. »Das war doch der Name, oder?«

»Richtig«, nickte Schröder.

»Ich habe natürlich von dem Überfall gehört. Aber persönlich ...«, van der Graaf runzelte die Stirn, »kenne ich ihn nicht. Absolut sicher bin ich natürlich nicht, ich treffe eine Menge Leute. Aber ich habe ein Faible für Gesichter. Die vergesse ich so gut wie nie. Sie zum Beispiel«, er wandte sich lächelnd an Zorn, »habe ich schon mal gesehen.«

Zorn wollte antworten.

»Warten Sie.« Van der Graaf hob die Hand. »Ich komme selbst drauf.«

Es war schwer, sich der Ausstrahlung dieses Mannes zu entziehen. Van der Graaf war höchstens Anfang vierzig, doch der warme Bariton seiner Stimme erinnerte an einen gereiften, lebenserfahrenen Patriarchen. Obwohl er den größten Teil seiner Zeit hinter dem Schreibtisch verbrachte, bewegte er sich mit der Geschmeidigkeit eines Leichtathleten. Er hatte das Talent, seinem Gegenüber das Gefühl der ungeteilten Aufmerksamkeit zu vermitteln, verströmte Autorität und Empathie zugleich.

»Auf dem Markt, richtig?« Das bärtige Gesicht hellte sich auf.

»Ich saß im Transporter, Sie sind über die Schienen zum Kaufhaus gelaufen. Mit einem kleinen Jungen. Und Oberstaatsanwältin Borck.«

Er merkt sich nicht nur Gesichter, dachte Zorn. Namen auch.

»Grüßen Sie sie von mir«, sagte van der Graaf. »Wir haben noch nicht miteinander gesprochen. Ich hoffe, das wird sich bald ändern. Aber das ist jetzt nicht unser Thema. Also«, er wandte sich wieder den Fotos zu, »dann machen wir mal weiter.«

Krass, überlegte Zorn. Er wird von zwei Bullen befragt, und doch übernimmt er sofort das Kommando, als würde er 'ne Stadtratssitzung leiten.

»Björn Kuchta ist mir natürlich bekannt.« Van der Graaf tippte auf das mittlere Bild. »Ich kann wirklich nicht behaupten, dass er mir sympathisch war. Aber ich hoffe natürlich, dass Sie den Mörder schnellstmöglich finden.«

»Deshalb sind wir hier.« Schröder schlug die kurzen Beine übereinander. »Haben Sie Björn Kuchta öfter getroffen?«

»Nur auf dem Markt. Als *Treffen* würde ich das nicht unbedingt bezeichnen.«

»Hat er Sie danach bedroht?«

»Deswegen stand ich ja unter Polizeischutz.« Van der Graaf zuckte die Achseln. »Ich hatte ihn in aller Öffentlichkeit blamiert. Am meisten wird ihn gewurmt haben, dass ich allein war. Und dass ich ihn nicht durch Rumschreien, sondern mit alten Schlagern zum Schweigen gebracht habe. Er hat mich beschimpft, die üblichen Hetzereien auf Facebook und Instagram. Persönlich ist er mir nie wieder begegnet.«

Ein herb-süßlicher Duft wehte Zorn entgegen. Entweder Rasierwasser oder das Gel, das auf van der Graafs akkurat gestutzten Haarspitzen im Schein der doppelten Neonröhre schimmerte.

»Sie sagten, ihr Name ist Paula Hecht«, stellte van der Graaf fest, den Blick aufmerksam auf das dritte Foto gerichtet. »Den Namen habe ich noch nie gehört, aber ich erkenne die Frau. Sie gehörte zu Kuchtas Leuten, auf dem Markt stand sie hinter ihm auf dem Pritschenwagen. Näher ist sie mir nie gekommen, weder davor noch danach.« Ein Seufzen. »Ich fürchte, das war alles. Mehr kann ich Ihnen nicht sagen.«

Er lehnte sich mit verschränkten Armen zurück. Seine gepflegten Finger trommelten auf den Ellbogen, die Sehnen der kräftigen Unterarme vibrierten unter der gebräunten Haut. Obwohl Morten van der Graaf offensichtlich bis zum Hals in Arbeit steckte, waren seine dunklen Augen hoch konzentriert und hellwach, er sah erst Schröder, dann Zorn abwartend an. Dieser rutschte unbehaglich auf seinem harten Stuhl hin und her, wandte den Kopf zum Schaufenster und lenkte sich ab, indem er die Klebebuchstaben unter dem oberen Rand – *UNSERE NEUE STIMME IM RATHAUS* – entzifferte. Draußen hatte es zu nieseln begonnen, ein silbriger Schleier lag auf dem verwaisten Platz unterhalb der Marktkirche, schimmerte auf den Pflastersteinen, den Bronzeskulpturen auf ihren Sockeln um den großen Brunnen und dem Volvo, der schräg gegenüber im schwefligen Lichtkegel einer Laterne parkte. Vor den geschlossenen Rollläden eines Gemüseladens wühlte ein zerlumpter, weißhaariger Mann in einem Papierkorb, ansonsten war kein Mensch zu sehen. Trotzdem fühlte sich Zorn im grellen Neonlicht wie auf einem Präsentierteller, er warf Schröder aus den Augenwinkeln einen Blick zu in der Erwartung, dieser würde wie gewohnt das Wort ergreifen. Doch Schröder ließ sich Zeit. Verdammt viel Zeit, fand Zorn.

»Ich verstehe den Zusammenhang nicht«, gab van der Graaf zu und strich den dünnen Schal über dem Hemd glatt. »Ich erwarte auch nicht, dass Sie's mir erklären, die Polizei bestimmt selbst, welche Informationen an die Öffentlichkeit gehen und welche nicht.«

»Allerdings«, sagte Schröder.

Mehr nicht.

Zorn war verunsichert. Erwartete Schröder etwa, dass er, Claudius Zorn, die Befragung übernahm? Warum, wenn er's selbst tun konnte? Vielleicht als Zeichen der Anerkennung? Nach dem Telefonat mit Frieda hatte Zorn darauf hingewiesen, dass Jakob Fender nun auch über seinen Computer kommunizieren könne. Zu seiner Erleichterung war Schröder tatsächlich bereits auf diesen Gedanken gekommen und hatte längst mit Peymann, dem tätowierten Kriminaltechniker gesprochen, womit Zorn zumindest eine seiner Lügen von der Liste hatte streichen können.

Er schielte aus den Augenwinkeln zu Schröder. Dieser saß entspannt neben ihm, die Hände im Schoß gefaltet, die blauen Augen ruhig auf van der Graaf gerichtet. Kein stummer Blick, keine Geste, dass Zorn übernehmen solle. Das hätte auch keinen Sinn ergeben. Wer schickte schon einen hinkenden Maulesel ins Rennen, wenn er ein Rennpferd im Stall hatte?

Van der Graaf nahm einen silbernen Kugelschreiber. »Ich werde natürlich versuchen, Ihre Fragen so gut wie möglich zu beantworten«, sagte er und ließ die Mine heraus und wieder hereinspringen.

»Davon gehen wir aus«, nickte Schröder.

Und schwieg.

Es *gab* Fragen, eine Menge sogar. Van der Graaf hatte sich öffentlich für das entführte Kind eingesetzt und seine Wahlkampftermine abgesagt, um die Fahndung zu unterstützen. Er wusste nicht, dass es sich um den Sohn von Jakob Fender handelte, auch nicht von dem Schock, den der Anblick seines Wahlplakats bei Fender ausgelöst hatte. Dinge, nach denen gefragt werden musste, auch nach Paula Hecht, die Björn Kuchta gekannt und Fenders Sohn höchstwahrscheinlich entführt hatte.

Van der Graafs Handy vibrierte auf dem Schreibtisch.

»Mein Geschäftsführer«, sagte er, nachdem er die Nummer auf dem Display abgelesen hatte. »Er ist in Prag, wahrscheinlich gibt's Probleme mit der neuen Filiale. Ich kann später mit ihm sprechen.«

Herrje, die armen Tschechen, dachte Zorn. Nicht genug, dass sie von einem populistischen Arschloch regiert werden. Jetzt will man sie auch noch zu Vegetariern machen.

Das Handy verstummte.

»Ich muss Ihnen wohl nicht versichern, dass alles, was ich erfahre, vertraulich bleibt.« Van der Graaf strich mit dem manikürten Daumennagel über die linke Augenbraue. »Also, meine Herren, ich …«

Erneut brummte sein Handy.

»Scheint wichtig zu sein, ich sollte wohl rangehen.« Er stand mit einem halb resignierten, halb entschuldigenden Lächeln auf, wandte sich ab und nahm das Gespräch an.

Zorn beugte sich zu Schröder. »Was soll das?«, zischelte er ihm aus dem Mundwinkel zu. »Wir müssen den fragen, warum er … Sag mal, *hast du sie noch alle*?«

Schröder hatte sich aufgerichtet, beugte sich über den Schreibtisch, nahm das Ende des Kugelschreibers zwischen Daumen und Zeigefinger und ließ den Stift blitzschnell in der Hosentasche verschwinden.

»Spinnst du?«, presste Zorn tonlos hervor. »Hast du jetzt völlig den Verstand …«

»Es gibt ein Problem mit dem Bestellsystem«, sagte van der Graaf und schirmte das Mikrophon mit der Hand ab. »Einen Moment noch, ich bin gleich …«

»Wir sind sowieso fertig«, lächelte Schröder, zog den perplexen Zorn am Arm in die Höhe, schob ihn zum Eingang und strich mit der Hand scheinbar abwesend über die Jacke am Garderobenständer. »Danke für Ihre Zeit, Sie haben uns sehr geholfen.«

»Hoffentlich«, winkte van der Graaf ab und wandte sich wieder an den Anrufer. »Liegt bestimmt an der Software«, sagte er ins Telefon. »Ihr müsst das komplette System …«

Einundachtzig

»… runterfahren, danach sollte es wieder funktionieren. Wenn nicht …«

»Was soll die Scheiße, Morten?«

»Gute Frage. Du hast recht, dann müssen wir die Präsentation verschieben. Versucht es trotzdem, wir haben schon …«

»Hör auf mit dem Mist!«

»… genug Zeit verloren. Aber es bringt nichts, wenn die Software … Okay, sie sind weg.«

»*Wer* ist weg?«

»Die Polizei.«

»Haben die …«

»Nein, Paula, die haben *keine* Ahnung. Also, was ist los? Gibt's ein Problem mit dem Jungen?«

Paula Hecht lehnte mit dem Handy am Ohr neben der Stahltür an der gekalkten Wand. Eine Zigarette wippte beim Sprechen in ihrem Mundwinkel.

»Nein.«

»Warum rufst du dann an?«

»Weil ich *Bock dazu hatte*!« Ihre Stimme klirrte vor Wut.

»Und du hast gefälligst ranzugehen! So kannst du mit deinen Angestellten umspringen, aber nicht mit mir!«

»Wir hatten eine Absprache. Du erwartest meinen Anruf und meldest dich nur im absoluten Notfall. Ist es einer?«

»*Niemand* lässt mich warten!«

»Das ist keine Antwort.«

»Fick dich! Du hast mir nicht vorzuschreiben, wie ich …«

»Ist das jetzt ein Notfall?«

Die Stimme am anderen Ende der Leitung wurde nicht lauter – im Gegenteil –, doch der Tonfall ließ Paula Hecht augenblicklich verstummen. Sie duckte sich unter den verstaubten Heizungsrohren, schlang den freien Arm um den Bauch, als wollte sie sich vor einem Schlag schützen, und murmelte etwas.

»Ich habe dich nicht verstanden, Paula.«

»Nein«, wiederholte sie widerwillig. »Kein Notfall.«

»Gott sei Dank.«

Ein erleichtertes Seufzen drang aus dem Hörer. Paula Hecht inhalierte den Rauch und entspannte sich. Ein wenig nur, denn als sie die Asche abklopfte, zitterte die Zigarette in ihren Fingern.

»Du fehlst mir auch.« Der warme Bariton floss aus dem Handy wie klebriger Honig. »Aber du weißt, dass wir aufpassen müssen. Der kleinste Fehler und wir sind geliefert. Wir haben's bald geschafft, Liebling.«

Das Kosewort ließ Paula Hechts bleiche Wangen einen Moment in zartem Rosa erblühen, ansonsten blieb das maskenhafte Gesicht unbewegt.

»Du hast gut reden«, murrte sie. »Ich hab seit Tagen kaum gepennt, hocke in 'nem stinkenden Kellerloch und hab diesen Idioten an der Backe.«

»Was macht er?«

»Pennt immer noch.« Sie rückte von der Stahltür ab, den Mund zu einer Grimasse verzogen.

»Sieh bitte noch mal nach ihm.«

»Ich hab aber keine Lust …«

»Hör zu, Paula. Bisher ist alles perfekt gelaufen. Zwei, höchstens drei Stunden noch, dann ist es vorbei. So lange müssen wir durchhalten. Das kriegen wir hin, schließlich sind wir ein Team. Wir haben's zusammen angefangen und werden's zusammen beenden. Solange sich einer auf den anderen verlassen kann, wird …«

»Spar dir das Gelaber! Wir sind hier nicht in einem von deinen Meetings. Du redest hier nicht mit deinen hippen Geschäftsführern, einem von deinen Köchen oder den Pennern, die den Fraß für dich ausfahren! Oder mit einer von den Dumpfbacken in der Stadtverwaltung, die du …«

»Ich weiß genau, mit wem ich rede. Mit jemandem, dem ich vertraue. *Blind* vertraue. Was ist mit dir?«

Paula Hecht musterte die bis auf den Filter heruntergebrannte Zigarette, nahm einen letzten Zug. »Was soll mit mir sein?«

»Vertraust du mir?«

»Klar«, murmelte sie achselzuckend und blies den Qualm in die modrige Kellerluft.

»Wie bitte?«

»Ja doch!«

Mörtelreste knirschten unter einer Stiefelsohle, eine weitere zertretene Zigarette gesellte sich zu den Kippen, die den fleckigen Beton bereits zu Dutzenden übersäten.

»Im ganzen Satz: Ich vertraue …«

»Wo sind wir hier? Im Kindergarten?«

»Sag schon: *Ich. Vertraue. Dir.*«

Paula Hecht verdrehte die Augen. Doch auch jetzt tat sie, was sie bisher immer getan hatte – und gehorchte.

Zweiundachtzig

»Was war 'n das eben für 'ne Nummer?« Zorn zwängte sich in den Volvo und zog die Tür so heftig zu, dass die Münzen in der Ablage der Mittelkonsole klirrten. »Wäre wirklich lieb, wenn du's mir erklärst! Ich kapier nämlich nur …«

Er stellte fest, dass er allein war, sah sich suchend um und entdeckte Schröder im Außenspiegel, mit verschränkten Armen am hinteren Kotflügel lehnend, den Blick über den verwaisten Platz auf das hell erleuchtete Schaufenster gerichtet, hinter dem Morten van der Graaf telefonierend am Schreibtisch saß.

Die Scheibe der Fahrertür surrte herab, Zorn streckte den Kopf heraus. »Was machst du?«

»Nachdenken.«

»Aha.«

Sprühregen wehte Zorn entgegen, trieb in spinnwebartigen Fäden schräg durch die Lichtkegel der hohen Laternen, rann über die stuckverzierten Fassaden der Gründerzeithäuser und tropfte von den Plakaten, die jetzt überall an den Laternenmasten hingen. Die mächtigen Granitmauern der Westtürme der Marktkirche glänzten wie frisch lackiert, die Spitzen verschwanden im nächtlichen Dunst.

»Es regnet, Schröder.«

»Ich weiß.«

»Da wird man nass.«

Schröder antwortete nicht. Grübelnd sah er am Brunnen vorbei hinüber zu van der Graaf, der sein Telefonat soeben beendete. Das Büro lag zwischen den verdunkelten Räumen der Stadtbibliothek und einem seit Monaten geschlossenen Bäcker. Auch in den anderen Geschäften der gegenüberliegenden Häuserzeile brannte kein Licht, nur in den oberen Stockwerken flimmerte bläuliches Fernsehergeflacker hinter den Gardinen.

»Sagst du mir Bescheid, wenn du …«, Zorn räusperte sich, »fertig bist? Mit Nachdenken, meine ich. Ich hätte da ein paar Fragen. Aber lass dir ruhig Zeit«, versicherte er, als Schröder nicht reagierte. »Ich kann warten.«

Aus einem geöffneten Fenster drang orientalische Musik. Ansonsten war es merkwürdig still, hier, im Herzen der Stadt, so still, dass das Plätschern des Brunnens in der Mitte des Platzes umso deutlicher zu hören war. Das Wasser rann wie flüssiges Silber über den geschliffenen Sandstein, die Statuen auf den Sockeln spiegelten sich im nassen Kopfsteinpflaster.

»Du könntest auch im Auto nachdenken.« Zorn beugte sich weiter aus dem Fenster, so dass er Gefahr lief, sich den Hals zu verrenken. »Nicht, dass du dir 'nen Schnupfen …«

»Jaja«, brummte Schröder, lief um den Kofferraum, zwängte sich neben Zorn auf den Beifahrersitz und murmelte etwas.

»Wenn du so nuschelst«, sagte Zorn, »verstehe ich kein Wort.«

»Dieser Wagen«, wiederholte Schröder, »könnte eine Wäsche vertragen.«

»Ach, *darüber* hast du nachgedacht?«

»Nein.«

»Bist du jetzt eigentlich fertig?«

»Nein.«

»Darf ich trotzdem …«

»Mach schon.«

Schröder klang gereizt. Regentropfen blitzten wie Edelsteine auf seiner Glatze und in den Maschen des braunen Wollpullunders.

»Ich bin nicht sicher«, begann Zorn, nachdem er sich geräuspert hatte, »aber wenn ich das richtig gesehen habe, hast du dem 'nen Kuli geklaut.«

»Yep.«

»Der sah ziemlich teuer aus.«

»Ist er auch. Ein Montblanc.«

»Das ist Diebstahl.«

»Yep.«

»Ich verstehe ja, dass dir das Ding gefallen hat. Aber du hast selbst genug Stifte, da musst du doch nicht …«

»War's das? Oder gibt's weitere Fragen?«

Der Regen wurde stärker, trommelte auf das Dach und wehte durch das Fenster herein.

»Allerdings.« Zorn fummelte an den Knöpfen in der Fahrertür. »Ich würde gern wissen, warum … *Fuck!*« Sein Sitz schob sich surrend nach vorn, doch im zweiten Anlauf gelang es ihm, die Scheibe zu schließen. »Du hast nicht ein einziges Mal nachgehakt. Es gibt Tausende Fragen, die …«

»Zum Beispiel?«

»Das Wahlplakat. Fender kennt van der Graaf. Und der wiederum muss auch Fender kennen, das ist absolut …«

»Van der Graaf hat das bestritten.«

»Du hast nicht mal nachgefragt, Schröder. Wir hätten den in die Mangel nehmen müssen.«

»Den?« Schröder sah kopfschüttelnd an Zorn vorbei durch das beschlagene Seitenfenster. »Das wäre vergeudete Zeit.«

Der Regen trieb jetzt in dichten Schleiern über den Platz. Van der Graaf war nur noch undeutlich zu erkennen, ein Schemen, einsam im kalten Neonlicht an einem Schreibtisch in die Arbeit vertieft. Das Bild erinnerte an die verlorenen Gestalten auf einem Gemälde von Edward Hopper.

»Trotzdem«, beharrte Zorn. »Du hast dem nicht mal richtig zugehört.«

»Das war auch nicht wichtig.«

»Ach!«

»Wichtig ist, was ich *gesehen* habe.«

»Und was genau war das?« Zorn blinzelte hinter den beschlagenen Brillengläsern. »Ich bin blind wie ’n Maulwurf, erinnerst du dich? Warum hast du mich überhaupt mitgenommen? Würdest du mir das …«

Schröder hob abwehrend die Hand, streckte sich und fischte sein vibrierendes Handy aus der Gesäßtasche. Während er telefonierte, studierte Zorn die verzweigten Rinnsale des herabströmenden Regens auf der Windschutzscheibe und lauschte der dünnen Stimme des Anrufers, den er zwar nicht verstand, doch wegen des singenden, sächsischen Tonfalls eindeutig als Kollegen Brettschneider identifizierte.

»Keine Spur von dem Jungen«, sagte Schröder, nachdem das Gespräch beendet war. »Auch nicht von Paula Hecht.«

»Warum ruft Brettschneider dann an?«

»Wegen Jakob Fender.«

»Und?« Zorns verbliebene Finger trommelten auf dem Lenkrad. »Geht’s ein bisschen konkreter?«

»Naturalmente.«

Die beiden sahen sich an. Wie so oft entwickelte sich ihr Stimmungsverlauf umgekehrt proportional. Je gelassener Schröder erschien, desto wütender wurde Zorn.

»Also?«, fragte er. »Was ist mit Fender?«

»Er ist verschwunden.«

»*Was?* Sag das noch mal!«

»Jakob Fender ist …«

»Das hab ich verstanden!«

»Warum soll ich’s dann …«

»Schröder!« Zorns Gemütslage näherte sich dem Siedepunkt. »*Was ist passiert?* Hat der sich in Luft aufgelöst, oder wie?«

Das, entgegnete Schröder, war nicht der Fall. Es gab zwar

eine Genehmigung, Fenders Computer zu überwachen, doch das würde eine Weile dauern. Selbst dann war nicht auszuschließen, dass er womöglich verschlüsselt mit der Außenwelt kommunizierte.

»Ich wollte wissen, was er treibt. Also habe ich einen der Zivilfahnder gebeten, bei Fender in der Wohnung zu bleiben. Das konnte Fender zwar verweigern, aber dann hätte er uns misstrauisch gemacht. Als der Kollege geklingelt hat, wurde nicht geöffnet. Also hat er die Tür aufbrechen lassen. Fender ist verschwunden, höchstwahrscheinlich durch ein Fenster im Fahrradkeller.«

»Wieso haben die nicht …«

»Natürlich, die Kollegen *hätten* das Fenster im Auge behalten müssen.«

»Wie kannst du da so ruhig bleiben?«, schnaubte Zorn. »Der Kerl spaziert einfach davon, und …«

»Es macht keinen Sinn, sich jetzt darüber zu echauffieren.« Schröder zuckte die Achseln. »Fender ist weg. Nur das zählt im Moment.«

»Du hast das gewusst«, sagte Zorn. »Stimmt's?«

»*Gewusst* nicht. Aber damit gerechnet.«

»Okay«, seufzte Zorn. »Es gibt jetzt zwei Möglichkeiten. Entweder du erklärst mir, was hier abgeht. Ich will wissen, was du vorhast. Und zwar *sofort.*«

»Oder?«

»Ich schmeiße dich raus. Scheiß drauf, ob du dir den Tod holst oder nicht.«

»Ich denke«, Schröder sah durch das Beifahrerfenster in den Regen, »ich sollte mich für die erste Variante entscheiden.«

»Fein.«

»Darf ich vorher was fragen?«

»Aber sicher, Schröder.«

»Hast du in den nächsten Stunden etwas vor?«

»Du meinst …« Zorn warf Schröder einen scheelen Blick zu. »Ich soll ’ne Nachtschicht machen?«

»Darauf läuft’s hinaus.«

»Hm.« Zorn rieb sich das Kinn. »Kann ich die Überstunden abbummeln?«

»Lässt sich einrichten.«

»Aber nicht länger als bis morgen Mittag. Um zwei hole ich Edgar aus der Schule ab. Keine Minute später. Wir wollen ins Kino, den neuen *Spiderman* gucken.«

»Versprechen kann ich’s natürlich nicht. Aber bis dahin sollten wir fertig sein.«

»Okay. Und jetzt erklär mir, warum du den Kuli geklaut hast. Und warum du gewusst … nee, damit *gerechnet* hast, dass Fender die Mücke macht. Du hast ’nen Plan, sonst würdest du nicht so ruhig hier sitzen und …«

»Kann ich mitkommen, Chef?«

»Wohin?«

»Ins Kino.«

»Tja …« Zorn musterte Schröder abschätzend. »Von mir aus. Aber deine Karte bezahlst du selbst. Das Popcorn auch.«

»Ich esse kein …«

»Jaja. Jetzt schieß endlich los.«

»Apropos schießen«, sagte Schröder. »Deine Dienstwaffe liegt wie immer im Tresor, richtig?«

»Klar.« Zorn zog eine Grimasse. »Und da soll die auch bleiben, so lange, bis sie verschimmelt. Warum fragst du überhaupt? Du weißt doch, wie sehr ich das Scheißding …« Er verstummte, bis unter den zunehmend zurückgehenden Haaransatz erbleichend. »Nee, Schröder.«

»Doch, Chef.«

»Ich soll die Knarre …«

»Ich hätte dir das gern erspart.« Schröder tätschelte mitfühlend Zorns Knie. »Aber ich fürchte, heute Nacht wirst du sie brauchen.«

Dreiundachtzig

Er war pünktlich.

Wir waren um Mitternacht verabredet. In dem Moment, als der erste Glockenschlag vom Markt heranwehte, tauchten in der Ferne Lichter auf. Ein Auto bog von der Hauptstraße auf den asphaltierten Weg und näherte sich über die Wiese mit dem künstlichen See der Stahlbrücke, die über den Fluss zur Insel führte.

Ich stand am Ufer, verborgen hinter den bis zum Boden hängenden Zweigen einer großen Trauerweide. Der Regen prasselte durch das Geäst, tropfte von der Kapuze und den Ärmeln meiner Regenjacke. Ich stand in einer Pfütze, doch die hohen Schnürstiefel schützten mich vor der Nässe. Meine Jeans waren bis zu den Waden durchweicht; damit konnte ich leben, nur der Riss über dem linken Knie störte mich. Als ich aus dem Kellerfenster geklettert war, hatte ich einen herausstehenden Nagel übersehen. Das war ärgerlich, *sehr* ärgerlich, und die Tatsache, dass meine Flucht unbemerkt geblieben war, tröstete zwar, allerdings nur ein wenig.

Unter normalen Umständen (aber was war hier schon *normal*?) dauerte der Weg von meiner Wohnung hierher nicht länger als eine Viertelstunde. Bereits im Keller hatte ich einen meiner Verfolger direkt hinter dem Haus entdeckt und mich im Schutz einer Hecke vorbeigeschlichen. Er war nicht der Einzige, doch in welchem Umkreis seine Kollegen postiert waren, hatte ich nicht wissen können. Also hatte ich immer wieder Pausen eingelegt und war über Umwege nach zwei Stunden hier eingetroffen; unterwegs hatte ich die Festplatte des iMacs im Fluss entsorgt und den Brief an Mona eingeworfen.

Die Glockenschläge hallten aus der Altstadt herüber. Ich schob die Äste beiseite und beobachtete durch den Spalt die näherkommenden Scheinwerfer. Das Auto fuhr über die alte Steinbrücke an der verfallenen Mühle vorbei, tauchte in die Lichtkegel der Laternen, und ich erkannte, dass es sich um einen gestreiften Kleinbus handelte. Auf Motorhaube und Kotflügeln klebten Folien mit einer stilisierten Salatschüssel auf Rädern und dem Schriftzug *HELDEN DES GUTEN GESCHMACKS*. Die Farben wurden durch das schwefelfarbene Laternenlicht verfälscht, doch ich wusste, dass die Streifen in Grün und Gelb gehalten waren, schließlich gehörten sie mittlerweile zum Stadtbild. Alle Fahrzeuge – Elektroroller, Mopeds, Lieferwagen und LKWs – sahen so aus, kaum jemand achtete noch darauf. Die Wiese rund um den künstlichen See war ein beliebtes Ausflugsziel, doch jetzt, mitten in der Nacht, war kein Mensch zu sehen. Selbst wenn, hätte sich niemand über den auffälligen VW-Bus gewundert.

Pfützen spritzten unter den breiten Reifen. *Wir bringen's – trau dich, lebe gesund!*, stand etwas kleiner unter dem Firmenlogo. Man könnte das amüsant finden, schließlich hatte ich keinen veganen Mitternachtssnack bestellt, sondern erwartete den Entführer meines einzigen Sohnes. Mir selbst war also nicht im Geringsten nach Lachen zumute (der Riss in der Hose trug nicht unbedingt dazu bei, meine Stimmung zu heben).

Der Bus bremste vor dem rot-weißen Geländer, das den Weg über die Brücke versperrte. Ich schulterte den Rucksack und trat unter den Zweigen hervor. Die Beifahrertür glitt auf.

»Bin ich zu spät?«, fragte der Mann hinter dem Steuer.

Der letzte Glockenschlag verklang in der Nacht.

»Nein«, sagte ich und stieg ein.

*

Van der Graaf wartete schweigend, bis ich den Rucksack zwischen meinen Füßen verstaut und den Gurt angelegt hatte, wendete und steuerte den Bus zurück. Er trug einen schwarzen Rollkragenpullover und darüber ebenso wie ich eine dunkle Regenjacke, deren Nylonstoff bei jeder Bewegung raschelte. Erst als wir die Kreuzung zur Hauptstraße erreichten, ergriff er das Wort.

»Wie ist das eigentlich?« Sein Zeigefinger kreiste neben der Schläfe. »So 'ne Amnesie? Man vergisst ja nicht alles, oder?«

Er beugte sich über das Lenkrad, sah erst nach rechts, dann nach links. Von dort näherte sich ein heller Kombi, langsam, mehr als hundert Meter entfernt und damit weit genug, um vorher problemlos einbiegen zu können. Van der Graaf wartete trotzdem geduldig, bis der Wagen in einer Gischtwolke vorbeigerauscht war. Er hatte keinen Grund zur Eile.

»Ich hab dich neulich beim Einkaufen beobachtet«, sagte er und fuhr an. Er klang völlig entspannt. Als würde er mit einem Schulfreund über die alten Zeiten reden, nachdem er ihn nach Jahren zufällig wiedergetroffen hat. »Sah nicht so aus, als ob du Probleme hättest. Trotzdem hast du die ganze Zeit geglaubt, du würdest mit deinem Kumpel Hagen telefonieren.«

Ja, das war dumm gewesen. Aber wie hätte ich ahnen sollen, dass van der Graaf Hagens Handy hatte? Es brachte nichts, sich den Kopf zu zerbrechen, denn *jetzt* wusste ich schließlich, mit wem ich gesprochen hatte. Er saß direkt neben mir.

»Du dachtest, ich wäre in Stockholm.« Van der Graaf schüttelte amüsiert den Kopf. »Was hab ich noch mal gesagt? *Wenn du willst*«, er hob die Stimme, als würde er ein Gedicht rezitieren, »*setze ich mich in den nächsten Flieger und bin in ein paar Stunden da.* Dabei stand ich direkt hinter den Mülltonnen vor deinem Haus. Entschuldige«, gluckste er, »ich will mich wirklich nicht über dich lustig machen, aber …«

Er verstummte kichernd.

Wir fuhren über die kurvige Straße am Flussufer entlang Richtung Innenstadt. Der Regen prasselte gegen die Windschutzscheibe, van der Graaf schaltete die Scheibenwischer eine Stufe höher.

Ich fragte nicht nach dem Ziel. Auch nicht nach meinem Sohn. Fragen waren Zeichen der Schwäche. Also überließ ich van der Graaf das Wort. Was dieser sichtlich genoss.

»Und plötzlich war alles wieder da?« Er schnipste mit den Fingern, sah kurz zu mir herüber. »Einfach so?«

Die Neugier war echt, es interessierte ihn wirklich.

Wir fuhren über eine kleine Brücke und dann weiter am Fluss entlang, der nun links von uns lag, vorbei an den Resten der Stadtmauer und der mächtigen Fassade des alten Doms. Vor uns schimmerten die Lichter des Marktes durch die Regenschleier, van der Graaf blinkte und bog nach rechts in eine enge, mit Kopfstein gepflasterte Seitenstraße. Der Transporter holperte zwischen grauen, fünfstöckigen Mietshäusern Richtung Neustadt.

»Sag schon, wie hast du dich erinnert?«

Er würde nicht lockerlassen, bis er eine Antwort erhielt.

»Ich hab dich gesehen«, sagte ich deshalb.

»Echt? Wo?«

»Da.« Ich deutete durch die Scheibe auf die Wahlplakate an den Laternenmasten, die mittlerweile überall in der Stadt verteilt waren.

»Wirklich?« Van der Graafs Augen weiteten sich verblüfft, im nächsten Moment brach er in schallendes Gelächter aus. »Hätte nicht gedacht, wofür die PR-Scheiße gut ist!«

Er verstummte kopfschüttelnd, lenkte den Bus auf die Auffahrt zur Hochstraße, fädelte sich in die rechte Spur ein und drosselte das Tempo, als wir an einer Tankstelle vorbeifuhren.

»Da vorn kommt ein Blitzer. Wäre bescheuert, wenn wir erwischt werden.«

Noch immer klang er entspannt. Das täuschte, denn seine Augen waren unablässig in Bewegung, er hatte die Außenspiegel, die Fahrbahn und auch mich ständig im Blick. Wir näherten uns den Wohntürmen der Neustadt. Van der Graaf zog nach links, wendete an einer Ampel und steuerte auf der Gegenspur zurück in Richtung Zentrum. Wir fuhren im Kreis.

»Wir haben keine Eile.« Er schien meine Gedanken zu erraten. »Es gibt ein bisschen was zu besprechen. Wenn wir uns einig sind, reden wir über deinen Sohn.«

Er hatte mich nicht nach eventuellen Waffen durchsucht. Das würde er noch tun, doch solange wir unterwegs waren, stellte ich keine Gefahr dar. Er ließ sich Zeit, um mich zu zermürben. Und um sicherzugehen, dass wir nicht verfolgt wurden.

»Ich hab noch was von dir.« Van der Graaf deutete auf das Handschuhfach vor dem Beifahrersitz. »Guck mal rein.«

Wir sind schnell! Wir sind freundlich! Wir sind die BESTEN!, stand in knallroten Großbuchstaben auf einem Aufkleber mit dem Firmenlogo auf der Klappe. Darunter, deutlich kleiner und in schwarzer Schrift: *Fahrzeug nach Dienstschluss GRÜNDLICH reinigen! Schäden sind UMGEHEND zu melden! JEDE Privatfahrt ist ein Kündigungsgrund!*

»Du willst es wahrscheinlich zurück«, sagte van der Graaf.

Ich beugte mich vor, um die Klappe zu öffnen. Der Sicherheitsgurt blockierte vor meinem Brustkorb, ich lockerte den

Gurt mit der rechten und drückte den Knopf mit der linken, verbundenen Hand. Es gelang mir erst beim zweiten Versuch.

Ich bin Rechtshänder, und doch hatte ich die ganze Zeit über gewusst, dass die linke genauso wichtig war. Warum, hatte ich mir nicht erklären können.

Die Antwort befand sich in der Ablage.

Man braucht *beide* Hände, damit sie funktioniert.

Eine Garotte.

Vierundachtzig

Niemand tötet ohne Grund. Das ist das Schlimmste, was ein Mensch einem anderen antun kann. Furchtbarer, *viel* furchtbarer sollte es sein, die eigenen Eltern zu ermorden, und selbst wenn es im Affekt geschah, wird man sich irgendwann der Tragweite seines Handelns bewusst. Spätestens dann sollte eine wie auch immer geartete Reaktion erfolgen, doch ich spürte damals weder Trauer noch Schuldgefühle. Ich musste mir nicht einmal einreden, im Affekt gehandelt zu haben (was ich – jedenfalls, was meine Mutter betraf – durchaus hätte tun können). Es war nur gerecht, auch meinen Vater zur Rechenschaft zu ziehen, schließlich waren beide verantwortlich. Ansonsten fühlte ich …

… nichts.

Hagen bemerkte das. Er erkannte auch, dass es sich nicht um ein Defizit handelte, sondern im Gegenteil um eine seltene Gabe. Eine Chance. Er wusste ebenfalls, wie diese gewinnbringend einzusetzen war.

Seine Firma lief nicht sonderlich gut. *Beschissen*, wie er's ein Jahr nach der Gründung ausdrückte. Hagen hatte eine Überwachungssoftware entwickelt, doch er schaffte es nicht, das Programm an den Mann zu bringen. Er versuchte es beim Staatsschutz, beim Militär und bei anderen Behörden, doch die Kontakte fehlten. Also streckte er seine Fühler in andere Richtungen aus. Wie genau er's angestellt hat, habe ich nie erfahren, irgendwann jedenfalls verhandelte er mit einer albanischen Sicherheitsfirma, die ihm einen Deal mit dem serbischen Geheimdienst vermittelte. In den Monaten danach wurden Dutzende Oppositionelle überwacht und landeten hinter Gittern, die Software funktionierte also hervorragend. Doch Hagen wurde nie bezahlt. Verständlich, dass er sauer war.

Und so kam ich ins Spiel.

Hagen forderte sein Geld ein, doch der Chef der albanischen Sicherheitsfirma hielt es nicht einmal für nötig, zu reagieren. Ich fuhr in den Kosovo. Tötete einen seiner Neffen. Hagen stellte ein Ultimatum. Erst als ein weiterer Neffe starb (es gab insgesamt vier), wurde das Geld an Hagen überwiesen.

Wir teilten brüderlich.

Genau genommen war mein erster Job also der eines Geldeintreibers. Das änderte sich später. Hagen entließ die meisten seiner Angestellten, stellte eine Sekretärin ein und mietete ein kleines Büro. Die Firma existierte also weiter, offiziell als Softwareentwickler und *professioneller Dienstleister* (soweit ich weiß, steht die Webseite noch immer im Netz). Dies entsprach durchaus der Wahrheit, allerdings versuchte Hagen nicht mehr, die Software zu verkaufen, sondern nutzte sie selbst, tauchte immer tiefer ins Darknet ein und baute ein florierendes Geschäft auf, dessen *Dienstleistung* nicht nur verdammt *professionell*, sondern absolut einmalig war.

Wir bildeten das ideale Team. Nicht nur, dass sich einer bedingungslos auf den anderen verlassen konnte, wir ergänzten einander perfekt. Hagen stellte den Kontakt zu den Auftraggebern her, regelte die Modalitäten und kümmerte sich um die Zahlungsabwicklung.

Den Rest erledigte ich.

Um eines klarzustellen: Ich bin kein seelenloses Monster. Ich hatte Gefühle, war – und bin – empathisch, empfand Zuneigung zu meinen Arbeitskollegen oder einigen Nachbarn, beispielsweise dem dicken Dennis. Dass ich auch fähig zu lieben war, muss ich nicht weiter ausführen. Die Liebe zu Mona war schließlich der Grund für den Mord an unseren Eltern, und die Gefühle für unseren Sohn dürften wohl über jeden Zweifel erhaben sein.

Natürlich gab es Prinzipien. Keine Kinder zum Beispiel oder kranke, wehrlose Menschen. Ebenfalls niemand aus meinem persönlichen Umfeld. Darauf legte ich Wert, selbst Dennis hätte ich nie etwas angetan, obwohl der wirklich, *wirklich* nerven konnte.

Ich kannte weder die Auftraggeber – Hagen bezeichnete sie als Mandanten – noch den Grund. Unsere Geschäftsbereiche waren strikt voneinander getrennt, Hagen versorgte mich mit allen Informationen und den nötigen gefälschten Papieren, ich aktualisierte die Software, schrieb neue Codes, kümmerte mich um das verschlüsselte Netzwerk und natürlich um die Erledigung des Auftrags.

Intern war also alles streng geregelt. Doch es gab ein Problem bei der Akquise, schließlich war Hagen nicht in der Lage, potenzielle Kunden mit einer Produktpräsentation von der Qualität seines Angebots zu überzeugen. Als cleverer Geschäftsmann fand er eine Alternative und schlug mir vor, als Alleinstellungsmerkmal eine seltene Waffe zu benutzen. Nach einer Gardinenschnur (bei meiner Mutter) und einem Elektrokabel (beim Vater) erschien mir nach langem Überlegen der Einsatz einer Garotte als logische Weiterentwicklung. Eine Entscheidung, die sich als absolut richtig erweisen sollte, denn so ergab sich im Laufe der Zeit eine Referenzliste, die Hagen nicht einmal präsentieren musste; jeder Interessent konnte sich selbst durch eine einfache Google-Suche mit den Schlagworten *Mord ungeklärt Garotte* überzeugen, dass sämtliche Aufträge zuverlässig und diskret abgewickelt wurden, und zwar von einer Firma, deren Kundschaft sich kontinuierlich vergrößerte, wie an der stetig steigenden Trefferzahl abzulesen war.

Mit der Ausbreitung des Darknets schossen die Mitbewerber wie Pilze aus dem Boden, parallel dazu wuchsen die Dumpingangebote. Trotzdem hatte es Hagen bald nicht mehr nötig, das Honorar zu verhandeln.

Qualität hat nun mal ihren Preis.

Es war ein Job. Lukrativ, gut bezahlt, doch nicht mehr als ein Job. Sechsunddreißig Aufträge in über zehn Jahren. Ich war überall in Europa unterwegs. Nie mit dem Flugzeug, meist mit einem unter falschem Namen gemieteten Kleinwagen, manchmal auch mit dem Zug. Jeder Schritt war akribisch geplant, und erst wenn ich absolut sicher war, schlug ich zu. Und tauchte ab, als wäre ich nie dagewesen. Sechsunddreißig Mal. Nie wurde eine Spur gefunden.

Kein Wunder, denn ich räumte hinter mir auf. Und zwar äußerst penibel, wie man sich denken kann. Es mochte zwar nicht so aussehen, doch selbst das größte Chaos war bis ins Detail arrangiert. Jakob Fender hinterließ eine Leiche. Aber Unordnung? Niemals!

Kein Mensch wusste es. Außer Hagen natürlich und … aber dazu später. In den Augen meiner Kollegen war ich der nette, ein wenig nerdige *Herr Fender*, zurückhaltend, doch kompetent und absolut zuverlässig. Niemand ahnte, was ich im Urlaub und manchmal auch an den Wochenenden trieb. Ich musste mich nicht verstellen, keine Rolle spielen, denn ich fühlte mich in der

Bank wohl. Auf das Gehalt war ich nicht angewiesen, es sicherte mich auf einer anderen Ebene ab. Falls jemand auf die Idee kam, meine Finanzen zu prüfen, würde es keinerlei Auffälligkeiten geben: das Konto eines braven, gutsituierten Angestellten, der eine Eigentumswohnung abstotterte, seinen Lebensunterhalt mit dem Gehalt bestritt und größere Ausgaben über Kredite finanzierte. Ich achtete strikt darauf, mein offizielles Einkommen und die *Nebeneinkünfte* voneinander zu trennen. Ab und zu gönnte ich mir einen Zuschuss – die Espressomaschine zum Beispiel oder das Newton-Foto –, den größten Teil allerdings deponierte ich entweder unter den Wohnzimmerdielen oder auf Schweizer Nummernkonten, später investierte ich auch in Bitcoins.

Ich ging also gern in die Bank. Das Arbeitsklima war höflich und oberflächlich, ich mochte die sterile, unpersönliche Umgebung.

Jeder hatte zu funktionieren. Und das tat ich. In all den Jahren lief das IT-System unter meiner Leitung reibungslos, die Software war immer auf dem neuesten Stand, und wenn jemand ein Problem mit seinem Computer hatte, dann löste ich es. Erledigte meine Arbeit.

So, wie ich's immer tat. Egal, ob ich unter dem Schreibtisch der Chefsekretärin lag und mit dem Prüfgerät nach einem schadhaften Netzwerkkabel suchte oder mit einem Käsebaguette in einem südfranzösischen Bistro saß und überlegte, die ahnungslos am Nebentisch in eine Zeitung vertiefte Zielperson entweder beim nächsten Toilettengang oder bei der abendlichen Joggingrunde zu stellen.

Ich war ein Dienstleister. Zuverlässig, kompetent und professionell.

Eine Sache ist mir noch wichtig: Es ging mir nie um das Geld.

Ich konnte sowieso nur einen Bruchteil benutzen, gebe allerdings zu, dass allein das Gefühl, es zu *besitzen*, mir Sicherheit gab. Doch es ging weniger um mich. Ich hatte vorgesorgt; wenn mir etwas geschehen sollte, würde das Geld an Holm gehen.

Ich tötete also nicht aus Gier.

Warum dann?

Darüber habe ich lange nachgedacht. Wenn ich ehrlich bin, lautet die Antwort: Ich weiß es nicht. Jedenfalls nicht genau.

Vielleicht, weil ich's konnte?

Das kommt der Sache wohl am nächsten, denn ich *konnte* es, besser als jeder andere. Jeder hat eine Bestimmung, Mozart komponierte Symphonien, Rembrandt malte Bilder. Nein, ich bin nicht so verrückt, mich mit diesen Künstlern zu vergleichen, obwohl ... doch, ich war ebenfalls ein Genie. Eine perfekte Maschine.

Doch nichts funktioniert ewig.

Leider.

Fünfundachtzig

»Du bist hoffentlich nicht sauer, weil ich sie ausgeborgt habe.«

Van der Graaf zog die Garotte aus dem Handschuhfach, ohne den Blick von der Fahrbahn zu lassen. Die Spuren teilten sich, führten auf den Betonstelzen der Hochstraße weiter Richtung Zentrum. Die ersten Häuser der Altstadt tauchten auf, links erhoben sich die Türme der Marktkirche in einer dunstigen Lichtglocke über den nassen Dächern.

»Eine gute Waffe.« Er nickte und schob anerkennend die Unterlippe vor. Seine linke Hand ruhte entspannt zwischen den gespreizten Knien auf dem Lenkrad, in den Fingern der anderen baumelte die Garotte. Ich hätte sie ihm mit einem raschen Griff entwinden können. Er wusste natürlich, dass ich's nicht versuchen würde. Nicht, solange er meinen Sohn hatte.

»Bei Kuchta war's einfach, der war schon gefesselt«, sagte van der Graaf. »Aber du …« Er warf mir einen Blick zu, den ich unter anderen Umständen als respektvoll empfunden hätte. »Du musstest dich jedes Mal anschleichen, bist ein Risiko eingegangen. Das erfordert 'ne Menge Mut. Man tötet nicht aus der Ferne. Das hat was … Archaisches.«

Die Garotte pendelte kaum dreißig Zentimeter von meiner Nase entfernt wie die Wurst vor der Hundeschnauze. Ich hatte sie selbst aus den gedrechselten Holzgriffen eines alten Springseils angefertigt. Für den hauchdünnen, im Widerschein der Armaturen blitzenden Draht hatte ich die unterschiedlichsten Materialien getestet und mich nach diversen Versuchen für eine Cembalosaite aus bleifreiem Messing entschieden.

»Kuchta hat genau da gesessen, wo du jetzt sitzt.« Van der Graaf drosselte das Tempo. »Er war geknebelt, trotzdem hat er gequiekt wie 'n Schwein.«

Der Regen trieb durch die Kegel der Scheinwerfer, wirbelte über dem Asphalt. Die Hochstraße führte über den großen Kreisverkehr, rechts von uns zogen die beiden oberen Etagen des Stadtkrankenhauses vorbei.

»Da hat er gehangen«, sagte van der Graaf und deutete nach links auf das Geländer neben der Überholspur. »Ich musste ihn …«

Ein Laster raste von hinten heran, die Worte wurden vom Dröhnen des Motors verschluckt. Eine Flutwelle ergoss sich über die Windschutzscheibe, spritzte in schäumenden Fontänen gegen die Geländer links und rechts neben der Fahrbahn, dann verschwand der LKW in einer schmutzigen Gischtwolke.

»Du kriegst sie wieder.« Van der Graaf verstaute die Garotte neben sich in einem Fach in der Fahrertür, schaltete die Scheibenwischer eine Stufe höher und zwinkerte mir zu. »Vorausgesetzt, wir werden uns einig.«

Er schwieg einen Moment. Wartete, dass ich nachfragte.

Ich tat ihm den Gefallen nicht.

»Heilt verdammt langsam«, sagte er schließlich, reckte das bärtige Kinn und lockerte mit dem Zeigefinger den Rollkragen seines Pullovers, der den Verband um seinen Hals verbarg. »Bei dir auch, wie's aussieht«, fügte er mit einem Blick auf meine verbundene Hand hinzu.

Die Scheibenwischer quietschten auf der beschlagenen Scheibe. Als van der Graaf sich vorbeugte, um das Gebläse höher zu schalten, roch ich sein Parfüm. Zimt, Zitrone und Wildleder. Meine Nackenhärchen richteten sich auf. Es war dieser Duft, der mir im Hinterhof das Leben gerettet hatte, denn …

*

… er greift von hinten an. Lautlos und schnell. Ich kann ihn weder sehen noch hören. Doch ich rieche *ihn. Ducke mich instinktiv. Der Baseballschläger saust seitlich heran und verfehlt meinen Kopf so knapp, dass ich den Luftzug spüre. Ich wirbele herum. Es gelingt mir, ihm die Garotte um den Hals zu legen, aber er hat damit gerechnet. Bevor ich kräftig genug ziehen kann, stößt er mir den Ellbogen in die Magengrube, lässt sich fallen und reißt mich mit zu Boden. Zu den wichtigsten Grundlagen meiner Arbeit gehört das Überraschungsmoment, doch diesmal bin* ich *es, der überrascht wird. Die Rollen sind vertauscht, Jakob Fender wird selbst zum Opfer, und so ist es nur folgerichtig, dass sich die Garotte irgendwann um meinen eigenen Hals schlingt. Ich schaffe es zwar, meine Kehle mit der Hand zu schützen, und obwohl meine Finger fast abgetrennt werden, gelingt es mir auch,*

ihm die Garotte wieder zu entwinden. Doch sie ist nutzlos, gegen einen Baseballschläger kann ich damit nichts ausrichten, und als …

*

»Du konntest nicht ahnen, dass ich auf dich warte.« Es klang, als wollte van der Graaf mich trösten. Fast rechnete ich damit, dass er mir aufmunternd das Knie tätschelte. Gewundert hätte es mich jedenfalls nicht. »War trotzdem verdammt knapp, du hattest mich fast.«

Wir verließen den Kreisverkehr am Bahnhof und fuhren auf der Ausfallstraße zwischen maroden Mietskasernen und den geduckten Backsteinhallen des Güterbahnhofs Richtung Norden.

»Willst du nicht fragen, woher ich's wusste?«

O ja, *das* interessierte mich. Sehr sogar. Trotzdem starrte ich schweigend nach vorn, während die Scheinwerfer des Gegenverkehrs auf der Frontscheibe flimmerten. Van der Graaf würde es mir sowieso erzählen. Er *brannte* regelrecht darauf.

»Dein Kumpel Hagen war 'n ziemlich harter Hund«, begann er dann auch. »Hat ganz schön gedauert, bis ich alles aus ihm … herausgekitzelt hatte. Zum Beispiel, warum er dieses Walkie-Talkie-Handy dabeihatte. Und über welche Frequenz ihr kommuniziert habt.«

Das hatten wir nur im Notfall getan. Oder in Situationen, in denen einer von uns seinen Computer nicht nutzen konnte. Ich war davon ausgegangen, dass van der Graaf nicht nur Zugriff auf Hagens Handys, sondern auch auf seinen Rechner hatte. Damit lag ich richtig, schließlich hatte er auf meine Nachricht prompt reagiert. Es stimmte, Hagen konnte tatsächlich eine Menge einstecken und es hatte wahrscheinlich eine Weile gedauert, bis van der Graaf die komplizierten Zugangsdaten und Passwörter von Hagens Computer … *herausgekitzelt* hatte.

»Als ich mich bei dir gemeldet habe, hast du immer noch geglaubt, du würdest mit Hagen …« Erneut wurde van der Graaf von einem Kichern geschüttelt. »Sorry, ich …« Er biss sich auf die Lippen. »Ich bin der Letzte, der dich damit aufziehen sollte, schließlich hab ich dir den Schädel eingeschlagen und den ganzen Mist eingebrockt.« Er wurde ernst, obwohl es ihm sichtlich schwerfiel. »Stimmt es, dass er dein einziger Freund war? Hat er jedenfalls behauptet.«

Ich lockerte den Sicherheitsgurt über der Schulter.

»Herrje.« Van der Graaf, der mein Schweigen als Zustimmung wertete, seufzte übertrieben. »Ich fürchte, was ich dir jetzt erzählen werde, wird dir nicht gefallen.«

Es gefiel mir tatsächlich nicht. Nicht im Geringsten.

Hatte ich erwähnt, dass ich Hagen blind vertraute? Allerdings war ich *zu* blind gewesen, denn nach sechsunddreißig reibungslos abgewickelten Aufträgen hatte Hagen beschlossen, beim siebenunddreißigsten doppelt zu kassieren. Wie immer hatte er die Verhandlungen mit den Auftraggebern übernommen und die Informationen über das Ziel besorgt. Ich war skeptisch gewesen, quasi direkt vor der eigenen Haustür agieren zu müssen. Das hatte ich schon einmal getan und …

Dazu später mehr.

Hagen hatte argumentiert, der Job sei vergleichsweise simpel. So schien es auch, denn es gab eine Geliebte, bei der die Zielperson zweimal pro Woche – Dienstag und Freitag – übernachtete. Die Treffen waren geheim, das Ziel erschien allein, immer zwischen einundzwanzig und zweiundzwanzig Uhr, um die Wohnung vor Sonnenaufgang wieder zu verlassen. Nachdem ich den Hinterhof inspiziert hatte, waren meine Zweifel zerstreut. Aus den Fenstern des Hinterhauses drang kaum

Licht, die beiden Lampen mit den Bewegungsmeldern waren im Handumdrehen deaktiviert, womit der Hof in beinahe völliger Dunkelheit lag. Die Wohnungen der beiden unteren Etagen standen leer. Es schien tatsächlich ein Kinderspiel zu sein, ich musste nur warten.

Eigentlich.

Als das Geld der Auftraggeber eingegangen war, hatte Hagen van der Graaf kontaktiert, vage gewarnt und für konkrete Informationen das dreifache Honorar gefordert. Van der Graaf war zum Schein darauf eingegangen, doch als Hagen einen Tag vor dem Anschlag zu einem Treffen erschien, erwartete ihn dieser nicht mit einem Geldkoffer, sondern einem Baseballschläger in der Hand.

»Er hat mir trotzdem alles erzählt«, lächelte van der Graaf. »Hat ein paar Stunden gedauert, aber als er einmal angefangen hatte, wollte er gar nicht mehr aufhören.«

Hagen hatte mich also ans Messer geliefert. So sehr ich mich auch gegen den Gedanken wehrte, ich musste mich damit abfinden. Van der Graaf sagte die Wahrheit, es gab keinen Grund, mich in diesem Punkt zu belügen. Außerdem war es die einzig logische Erklärung.

»Dass man 'nen Geschäftspartner über's Ohr haut, kann ich ja noch verstehen, aber …« Van der Graaf schnalzte scheinbar empört mit der Zunge. »Den besten Freund? Den *einzigen* Freund? Wer macht so was?« Er steuerte den Bus durch eine riesige Pfütze, eine ölige Bugwelle spritzte unter den Reifen auf. »Klar, ich hätte ihn am Leben lassen können. Aber ich finde, er hat's verdient, oder?«

Das stimmte. Wäre Hagens Plan aufgegangen, hätte ich ihn irgendwann gefunden und zur Rede gestellt. Gesagt hätte ich wenig, ich hätte die Garotte sprechen lassen. Dass van der Graaf dies bereits erledigt hatte, bedeutete nicht, dass er mir einen

Gefallen tun wollte. Er hatte es genossen. Ebenso wie er's jetzt genoss, mich wie einen Ochsen am Nasenring durch die Arena zu führen, indem er mich in einem dämlichen, grün-gelb gestreiften VW-Bus wie ziellos durch die verregnete Nacht kutschierte, während mein Sohn entweder tot oder in irgendeinem Kellerloch eingesperrt war.

Wir fuhren über eine langgezogene Brücke weiter nach Norden. Die Umrisse des Wasserturms schälten sich aus dem Dunst, rechts über der Fahrbahn erschien van der Graafs Konterfei auf einer monströsen Werbetafel. Der Spruch *(UNSERE NEUE STIMME IM RATHAUS)* war derselbe wie auf den Plakaten, das Foto allerdings zeigte ihn mit ernstem Blick und hochgekrempelten Hemdsärmeln an einem von Papierbergen übersäten Schreibtisch und war offensichtlich vor unserer … kleinen Auseinandersetzung im Hinterhof aufgenommen worden, denn der Seidenschal fehlte, so dass das dichte Brusthaar über dem geöffneten Kragenknopf zu sehen war. Er hatte eine Menge in seinen Wahlkampf investiert, trotzdem schenkte er seinem meterhohen, schräg über der Fahrbahn flimmernden Ebenbild scheinbar keine Beachtung. *Scheinba*r nur, denn im Vorbeifahren warf er einen prüfenden Blick in den Rückspiegel und strich mit einem Finger über die dichten Augenbrauen. Sein Aussehen war ihm alles andere als egal.

»Ich verstehe, dass du dich ärgerst.« Seine Stimme triefte vor Mitgefühl. »Mir würd's genauso gehen. Aber niemand ist perfekt, jeder macht Fehler. Ich nehme mich da gar nicht aus. Ich dachte zum Beispiel, du wärst tot. Du hast geblutet wie 'n Schwein, und dein Gesicht …«

Die Federung ächzte, der Bus holperte durch ein Schlagloch. Wir wurden durchgeschüttelt, der Rucksack kippte zwischen meinen Beinen um. Als ich mich vorbeugte, straffte sich van der Graaf hinter dem Steuer. Ich öffnete die Schlaufen – langsam, damit er jede Bewegung verfolgen konnte – und holte das eingeschweißte Päckchen hervor.

»Das Geld?«

»Ja«, sagte ich.

»Sonst ist nichts weiter drin?«

»Nein.«

»Ich glaube dir, aber …« Van der Graaf wies mit dem Daumen über die Schulter. »Wärst du trotzdem so freundlich?«

Ich warf den leeren Rucksack nach hinten.

»Die Kohle auch«, sagte er.

Ich gehorchte.

»Willst du nicht …«

»Nachzählen?« Er lachte auf. »Ich wette, dass kein einziger Euro fehlt. Es ist das, was du für mein Leben gefordert hast. Du hast es gekriegt, aber ich lebe noch. Ich finde, es steht mir zu.«

Ich hätte das Geld irgendwo deponieren und erst im Austausch gegen Holm herausgeben können. Gebracht hätte das nichts. Geld interessierte van der Graaf einen Dreck.

Wir folgten der vierspurigen, von Lärmschutzwänden flankierten Schnellstraße zwischen bewaldeten Hügeln stadtauswärts. Vom Regen glänzende Hausdächer schimmerten zwischen den Bäumen, weit oben strahlte der Aussichtsturm des Bergzoos im Scheinwerferlicht wie eine mittelalterliche Festung.

»Hunderttausend Euro«, sagte van der Graaf. »Plus zwölftausend Spesen. Ganz schön happig. Andererseits … es ist ein Geschäft. Man braucht ein Image. Egal, ob man vegetarisches Essen verkauft oder Menschen umbringt. Qualität hat nun mal ihren Preis.«

Das waren exakt Hagens Worte.

»Und du warst jeden Cent wert. Du hast …«

»Wo ist mein Sohn?«

Van der Graaf warf mir einen stirnrunzelnden Blick zu. Es gefiel ihm nicht, unterbrochen zu werden.

»Es geht ihm gut.« Er klang verschnupft.

Wir hatten den Stadtrand erreicht. Tankstellen zogen vorbei, Großmärkte und langgestreckte Lagerhallen.

»Lust auf einen Kaffee?« Van der Graaf deutete auf den gelb oszillierenden Doppelbogen einer Imbisskette, der hinter dem Flachdach eines Autohauses in den Nachthimmel ragte. »Ich jedenfalls könnte 'ne kleine Stärkung …«

»Wo ist Holm?«

Ein weiterer missmutiger Blick. »Wie du meinst.«

Er strich seufzend mit dem Handrücken über den Bart, blinkte und bog hinter einem Baumarkt auf einen Parkplatz ab. Auch jetzt sah er immer wieder in die Außenspiegel, parkte den Bus mit dem Heck an einer niedrigen Mauer, so dass er das Gelände genau im Blick hatte, holte sein Handy aus der Jacke, rief eine Nummer über Facetime an und schaltete den Lautsprecher ein.

»Wo bist du?« Die mürrische Frauenstimme meldete sich, bevor der erste Rufton verklungen war. »Ich warte hier seit …«

»Er will wissen, wie's ihm geht«, unterbrach van der Graaf. »Bist du so lieb, und zeigst ihn uns?«

Er hielt das Handy so, dass ich das Display betrachten konnte. Zunächst sah ich nur eine schmale Pritsche, darauf ein Knäuel unter einer grauen Armeedecke. Eine Hand schob sich ins Bild, hob die Decke an, und ich erkannte das Gesicht meines schlafenden Kindes.

Wie bereits angedeutet: Hagen war nicht der Einzige, der gewusst hatte, was ich sonst noch so trieb. Mona war (und blieb) ahnungslos, ebenso meine Nachbarn und Arbeitskollegen. Es geschah in meinen Anfangsjahren, als ich noch in einer Erdgeschosswohnung am Stadtrand lebte und längst nicht so erfahren war, wie ich es später werden sollte.

Es war Holm, der es kurz vor seinem siebten Geburtstag erfuhr.

Er hatte entsprechend reagiert.

Sechsundachtzig

Ich warte hinter dem Gebüsch neben dem Trafohäuschen. Es ist noch Zeit, das Ziel wird bis einundzwanzig Uhr trainieren, sich umziehen, das Fitnessstudio vier Minuten später verlassen und weitere drei Minuten danach hier erscheinen. Sein Heimweg führt direkt hier am Wehr vorbei, seine Villa liegt ein paar hundert Meter flussaufwärts am Ufer. Er trainiert dreimal pro Woche, auch diesmal wird er pünktlich auf die Minute sein. So hat es Hagen recherchiert, und Hagen irrt sich nie.

Es ist dunkel, die Stelle liegt genau zwischen zwei Laternen. Er wird dicht an mir vorbeigehen, ich muss nur einen Schritt vortreten und ihn vom Kiesweg seitlich ins Gebüsch ziehen. Das wird in zwei Sekunden erledigt sein. Jedes Geräusch wird vom Rauschen des Wehrs verschluckt, aber die Garotte wird ihn sowieso augenblicklich zum Schweigen bringen.

Der Ort passt also perfekt. Ich habe trotzdem kein gutes Gefühl.

Es ist wegen Holm. Am Nachmittag hat Hagen angerufen und von Mona ausrichten lassen, dass er bei mir schlafen wird. Holm hat sein eigenes Zimmer, in dem er jeden Montag und Donnerstag übernachtet. Manchmal muss ich kurzfristig einspringen, einen Grund erfahre ich nie. Ich frage auch nicht nach, Mona und ich beschränken unseren Kontakt seit Jahren auf das Nö-

tigste, der größte Teil läuft über Hagen. Bisher hat das ganz gut funktioniert, aber wenn Holm in ein paar Wochen eingeschult wird, dürfte es komplizierter werden. Elternabende, Gespräche mit den Lehrern, Hausaufgaben. Das alles muss abgesprochen werden. Einfach wird das nicht.

Bisher habe ich mich nie geweigert, wenn ich mich außer der Reihe um Holm kümmern soll. Diesmal war ich kurz davor. Der Job kann nicht verschoben werden, es ist die letzte Gelegenheit, bevor das Ziel für anderthalb Monate in die Schweiz fliegt.

Wir haben also beschlossen, dass Hagen auf Holm aufpasst, solange ich unterwegs bin. Wie immer hat Hagen den Jungen zu mir gebracht. Wir haben gegessen, und als Holm im Bett lag, habe ich ihm seine Geschichte vorgelesen. Er hatte seinen Teddy in Hagens Auto vergessen und wollte, dass ich ihn hole. Ich habe abgelehnt – der Junge muss lernen, selbst auf seine Sachen aufzupassen, und ist außerdem mittlerweile zu alt für ein Kuscheltier. Holm ist ein kluges Kind, er hat das verstanden. Trotzdem hat es länger als sonst gedauert, bis er eingeschlafen ist. Als ich ins Wohnzimmer kam, saß Hagen mit einem Bier auf dem Sofa und teilte mir mit, das Auftragsvolumen sei eine Kleinigkeit höher als üblich.

Ich war anderer Meinung.

Was ich ihm deutlich zu verstehen gab, schließlich ist die Entsorgung einer Leiche alles andere als eine »Kleinigkeit«. Hagen hat zwar einen ordentlichen Aufschlag ausgehandelt, aber er hätte mich vorher fragen müssen. Wenn eine Entsorgung vereinbart ist, beinhaltet dies das endgültige Verschwinden. Hagen ist davon ausgegangen, ich würde die Leiche einfach in den Fluss werfen. Mit einem Stein würde das vielleicht funktionieren, aber ich habe es mit einem menschlichen Körper zu tun. Ein solcher taucht naturgemäß über kurz oder lang wieder auf.

Wir haben einen Ruf zu verteidigen. Hagen weiß, wie sehr ich schlampige Arbeit hasse. Auch das habe ich ihm deutlich gesagt.

Jeder von uns hat eine Aufgabe. Hagen übernimmt die Akquise, aber bevor er eine zusätzliche Leistung vereinbart, hat er das gefälligst mit mir zu besprechen. Schließlich bin ich *es, der für die Umsetzung zuständig ist. Ich fürchte, ich bin ziemlich laut geworden.*

Er musste mir (natürlich) recht geben und hat vorgeschlagen, dass ich seinen Passat benutze. Ich bin mit dem Wagen bis zum Ende der Sackgasse gefahren und habe ihn dort geparkt. Er steht zwanzig Meter entfernt schräg gegenüber neben der Friedhofsmauer. Dort dürfte er kaum jemandem auffallen.

Nebel steigt vom Fluss auf, treibt über die Wiese. Kein Mensch ist unterwegs. Falls einer kommen sollte – ein Jogger oder jemand, der seinen Hund ausführt –, werde ich es rechtzeitig sehen und die Aktion abbrechen.

Jakob Fender geht keine unnötigen Risiken ein. Heute allerdings bin ich dazu gezwungen, denn wenn ich die Leiche nachher zum Auto trage, muss ich ein Stück über die Wiese und werde zehn, vielleicht sogar zwanzig Sekunden vom Laternenlicht erfasst sein. Das Risiko ist überschaubar, doch es ist *ein Risiko. Ebenso wie die Tatsache, dass ich Hagens Auto nutze. Er meinte vorhin, wir müssten »improvisieren«. Ich sehe das anders. Es ist unprofessionell.*

Aber nicht mehr zu ändern. Ich werde mit der Leiche im Kofferraum nach Hause fahren, danach übernimmt Hagen. Wie genau er's anstellt, ist sein Problem. Er hat uns den Mist eingebrockt, also soll er's auch …

Reifen knirschen auf dem Kies. Ein Radfahrer nähert sich und fährt so dicht am Gebüsch vorbei, dass ich ihn mit ausgestrecktem Arm berühren könnte. Ich höre sein Keuchen und beobachte durch das dichte Geäst, wie er auf die schmale, mit Kopfstein gepflasterte Gasse einbiegt und um die Ecke verschwindet.

Ich sehe auf die Armbanduhr. Noch fünf Minuten, Zeit, sich zu konzentrieren. Ich bin immer noch wütend, doch es wird langsam besser. Als ich vorhin aus meiner Wohnung gegangen bin, war ich so sauer, dass ich nicht einmal nachgesehen habe, ob Holm richtig zugedeckt ist.

Ich mache mir unentwegt Sorgen, obwohl es keinen Grund dazu gibt. In den ersten Jahren habe ich ihn ständig beobachtet aus Angst, irgendwelche Anzeichen einer Beeinträchtigung zu entdecken. Bei Kindern, die durch Inzest gezeugt werden, ist das häufig der Fall, doch Holms Entwicklung verläuft völlig normal. Im Gegenteil, vor zwei Jahren hat er schon angefangen, seine ersten Comics zu lesen, und er spielt mit Legobausätzen, für die er eigentlich noch zu klein ist. Ein aufgeweckter, sensibler Junge mit Eigenschaften, die keinen Anlass zur Sorge geben, sondern zeigen, dass er etwas Besonderes ist (zum Beispiel seine Schokolade; er isst sie am liebsten, wenn sie vorher im Tiefkühlfach lag).

Holm wird nie erfahren, was seine Eltern verbindet. Dass sie getrennt sind, ist schwer genug für ihn. Wenn er bei mir ist, vermisst er seine Mutter. Auch jetzt weint er manchmal, dann tröste ich ihn, so gut ich kann. Wir werden nie eine Familie sein, doch ich versuche alles, um …

Das Ziel erscheint.

Ein schlanker, hochgewachsener Mann, ungefähr meine Größe. Er nähert sich zügig, mit gesenktem Kopf, die Hände in den Taschen des dunklen Wollmantels vergraben. Das schüttere Haar ist streng nach hinten gekämmt, wenn er durch den Lichtkegel einer Laterne geht, schimmert die Kopfhaut hindurch. Sein Atem kondensiert in weißen Wölkchen, über der Schulter hängt eine schwarze Sporttasche. Das Hallen seiner Schritte geht in ein Knirschen über, als er das Kopfsteinpflaster verlässt und den Kiesweg betritt.

Ich halte die Garotte griffbereit. Spähe durch das Geäst. Wir sind allein. Das Ziel geht vorbei. Ich trete vor. Erledige meine

Arbeit in einer Sekunde und ziehe das Ziel in der nächsten ins Gebüsch.

Ich kann nicht warten, bis die Leiche vollständig ausgeblutet ist. Doch ein Großteil versickert in der weichen Erde. Ich bedecke die Lache mit Ästen und abgestorbenem Laub, ebenso die Furchen der Schuhabsätze, die sich in den letzten Zuckungen des Todeskampfes in die weiche Erde gegraben haben.

Mein Pulsschlag hat sich nur minimal erhöht. Ich greife die Sporttasche, hieve mir die Leiche über die Schulter. Taxiere durch die Zweige das Gelände. Laufe gebückt los.

Feuchtes Gras streift meine Beine. Ich beschließe, die Leiche selbst zu entsorgen. Ich bin sauer auf Hagen, doch das ist keine Rechtfertigung für meine kindische Reaktion. Ich muss sicher sein, dass der Auftrag ordentlich erledigt wird. Das geht nur, wenn ich's persönlich übernehme. Mit Säure vielleicht. Oder in einem der Steinbrüche nördlich der Stadt. Das hat Zeit bis morgen, bis dahin wird mir was einfallen.

Ich nähere mich Hagens Passat. Ein Kombi, zwei Jahre alt. Im Laufen öffne ich die Heckklappe mit der Fernbedienung, nehme die Leiche von der Schulter und trage sie auf den letzten Metern in den Armen. Der Kopf wird nur noch von ein paar Fasern gehalten und baumelt bei jedem Schritt hin und her. Aus Ärger über Hagens unprofessionelles Verhalten habe ich wesentlich stärker als sonst an der Garotte gezogen.

Während die Klappe sich öffnet, überlege ich, was aus dem Passat werden soll. Ich habe den Heckraum mit Folie ausgelegt, doch die Spuren lassen sich nicht vollständig entfernen. Eventuell werden wir den Wagen verbrennen, dann müsste ihn Hagen als gestohlen melden, ein weiteres Risiko, das –

Zuerst sehe ich die nackten Füße. Dann das Muster – bunte Rennwagen – auf den Hosenbeinen des Schlafanzugs. Schließlich die unnatürlich geweiteten Augen meines Sohnes, der mit sei-

nem Teddy im Arm im Heckraum sitzt, den glasigen Blick auf die Zielperson gerichtet, deren Kopf sich nun endgültig löst und zu Boden fällt. Zeitgleich mit dem dumpfen Aufprall höre ich Holms Stimme ein letztes Mal. Ein Wort nur, bevor er für immer verstummt. Er sagt …

Siebenundachtzig

»… Papa.«

»Was?«

Van der Graaf sah mich fragend an, das Handy noch immer so in den Fingern, dass ich mein schlafendes Kind auf dem Display erkennen konnte.

»Nichts«, murmelte ich.

Bis heute kann ich mir nicht erklären, was genau damals passiert ist. Am logischsten erscheint mir, dass Holm von unseren streitenden Stimmen geweckt wurde, sein Kuscheltier vermisste und aus der Wohnung zu Hagens Passat schlich, um den Teddy zu holen. Vielleicht ist er auf dem Rücksitz wieder eingeschlafen. Vielleicht bin ich kurz nach ihm in den Wagen gestiegen, und er hat sich aus Angst, ausgeschimpft zu werden, im Fußraum versteckt. Ich habe ihn jedenfalls nicht bemerkt. Erst als ich mit einer kopflosen Leiche in den Armen vor ihm stand.

Ob er den Mord beobachtet hat, kann ich nicht sagen. Es ist auch nicht wichtig. Er hatte genug gesehen, um vor seinem Vater in ein anderes Universum zu flüchten. An einen Ort, wo ihn niemand mehr erreichen sollte.

»Mit dem Kleinen ist doch alles okay?«, fragte van der Graaf.

Seine Fürsorge wirkte in etwa so echt wie eine Rolex am Handgelenk eines Türstehers im Rotlichtviertel hinter dem Bahnhof.

»Klar«, erwiderte die mürrische Frauenstimme.

Holm lag in Embryonalstellung schlafend auf der Seite. Sein Mund war halb geöffnet, das blonde Haar klebte in verschwitzten Strähnen auf dem Gesicht. Ich sah Schokoladenreste in seinem Mundwinkel. Kekskrümel auf der Decke. Den Zauberwürfel in seiner rechten Hand. Ich sah, wie sich die Pupillen unter den geschlossenen Lidern bewegten. Holm musste ein ziemlich starkes Schlafmittel verabreicht bekommen haben, sonst hätte er sich geweigert, die kratzige, ölverschmierte Decke auch nur anzufassen.

Die Frau fragte genervt, *wann die Scheiße endlich vorbei* sei.

»Nicht mehr lange«, besänftigte van der Graaf. »Wir müssen nur noch was klären. Ich denke«, er blinzelte mir zu, »wir werden uns schnell einig, Paula.«

»Hoffen wir's.«

Das Bild wackelte, das Handy wurde bewegt. Die Kamera streifte über eine fensterlose Wand, huschte über Stapel mit Kartons, Transportkisten und Thermoboxen in den Farben des Lieferdienstes. Vor einer schweren Isoliertür mit großen, hebelartigen Stahlgriffen erschien ein bleiches Gesicht auf dem Display. Es war die Frau von dem Foto, das Kommissar Schröder mir gezeigt hatte. Die Frau, die van der Graaf in der Hinterhofwohnung hatte besuchen wollen.

»Wir sind in zwanzig Minuten da«, versprach van der Graaf und legte auf.

Der Diesel brummte im Leerlauf. Van der Graaf hatte den Bus in einer hinteren Ecke des Parkplatzes im Schatten einer großen Ulme geparkt. Der Regen hatte nachgelassen, er schaltete die Scheibenwischer aus, stützte die Unterarme auf das Lenkrad und ließ seinen Blick über den Parkplatz schweifen.

Ein paar Mietanhänger mit dem Logo des Baumarkts *(ES GIBT IMMER WAS ZU TUN)* auf den Planen standen zwischen den Pfützen, Regenwasser tropfte von den überdachten Stellplätzen der Einkaufswagen. Abgesehen von einem Wachmann, der mit hängenden Schultern vor einem Stapel Betonsteine am Absperrzaun lehnte, war niemand zu sehen.

»Ich glaube nicht, dass uns jemand gefolgt ist«, sagte van der Graaf. »Du?«

Ich schwieg.

»Die Polizei war vorhin bei mir.« Er umfasste das Lenkrad, beugte sich weiter vor und ließ seinen Blick aus schmalen Augen über den Parkplatz schweifen. »Komisches Pärchen, ein Langer und ein Dünner, wie … Don Quichotte und Sancho Pansa. Kennst du die?«

»Ja.«

»Was hältst du von denen?«

Ich schwieg.

»Die sind nicht so trottelig, wie sie tun«, überlegte van der Graaf. »Zumindest der eine. Es sah nicht so aus, als würde er mehr wissen, als er sollte. Kann er ja auch nicht.« Er sah mich an. »Oder?«

»Er weiß nichts. Jedenfalls nicht von mir.«

»Du hast nicht noch mal mit ihm gesprochen? Nachdem du mich auf dem Plakat …«, seine Augen funkelten amüsiert, »erkannt hast?«

»Nein.«

Ein Windstoß fuhr über den Parkplatz. Aus der Baumkrone prasselte ein Regenschauer auf das Blechdach über unseren Köpfen.

»Der hat mir ’nen Kuli geklaut.« Van der Graaf klang nachdenklich, wie im Selbstgespräch. »Gesehen hab ich’s nicht, aber als die beiden weg waren, war er verschwunden. Das Ding war verdammt teuer, doch … Nee, ist bestimmt runtergefallen. So blöd kann der nicht sein.«

Nun, *blöd* war Kommissar Schröder definitiv nicht. Er tat nichts ohne Grund.

»Und du?«, fragte van der Graaf.

»Was soll mit mir sein?«

»Bist du sicher, dass du sie abgehängt hast?«

»Ja.«

Niemand hatte bemerkt, dass ich die Wohnung verlassen hatte.

Es war einfach gewesen.

Womöglich, ging mir plötzlich durch den Kopf, *zu* einfach?

Der Baumarkt-Wachmann lief mit gesenktem Kopf am Haupteingang vorbei und verschwand um die Ecke, um seinen Rundgang fortzusetzen. Hinten auf der Hauptstraße preschte ein Müllwagen in einer Gischtwolke stadtauswärts, in der Gegenrichtung fuhr ein Volvo vorbei.

»Auch einen?« Van der Graaf hielt mir eine Kaugummipackung entgegen. »Die sind zuckerfrei. Nicht nur gesund, sondern auch …«

»Was willst du?«

»Ich sag's dir gleich.« Van der Graaf löste das Alupapier und steckte einen Kaugummistreifen in den Mund. »Vorher kurz noch zu Paula. Sie ist ziemlich genervt. Sie …« Er suchte kauend nach den richtigen Worten. »Na ja, sie kann deinen Sohn nicht leiden«, sagte er mit einem entschuldigenden, fast verlegenen Seitenblick. »Er war 'ne Zeitlang ziemlich unruhig. Sie war kurz davor, den Jungen in den Kühlraum zu sperren.«

Ich dachte an die Isoliertür mit den Stahlgriffen.

»Wahrscheinlich hat sie ihre Tage.« Van der Graaf hob scheinbar ratlos die Achseln. »Ich glaube nicht, dass es dazu kommt, aber falls wir uns *nicht* einigen, müsste ich sie anrufen. Und dann …« Ein weiterer Blick aus dunklen, traurigen Augen. »Paula würde nicht eine Sekunde zögern.«

Er musste es nicht aussprechen.

Van der Graaf wollte wissen, ob ich verstanden hätte. Ich bejahte. Er legte den Gang ein, steuerte den Bus auf die Hauptstraße wieder stadteinwärts. Als wir an der Tankstelle vorbeifuhren, sah ich den Volvo an einer Zapfsäule. Die weiße Karosse und die getönten Scheiben waren über und über mit Schlammspritzern bedeckt.

Der Mond brach durch die Wolken, spiegelte sich in den Pfützen auf dem Asphalt und verschwand wieder.

Morten van der Graaf bot mir einen Deal an.

Achtundachtzig

»Und jetzt, Schröder? Was mach ich jetzt?«

»Du musst ihnen folgen.«

»Es ist kaum Verkehr, die kriegen doch sofort mit, wenn ihnen jemand …«

»Halte einfach genug Abstand.«

»Sehr witzig! Ich bin fast blind! Wie soll ich da …«

»Du kriegst das schon hin, Chef.«

»*Du* hast gut reden! Du sitzt gemütlich in der warmen Bude und …«

»Ich muss jetzt Schluss machen.«

»Ich bin müde! Ich hab Hunger! Ich … Schröder? Hallo? Bist du … *FUCK!*«

Neunundachtzig

Ich hatte mit allem gerechnet. Nicht jedoch mit dem, was van der Graaf anbot. Er redete von meinem *Talent*. Von meinen *Fähigkeiten*. Wie schade es sei, das alles zu vergeuden. Von den Chancen, die sich mir durch einen neuen Auftraggeber eröffnen würden. Durch ihn, Morten van der Graaf.

»Ich biete dir einen Job an.«

Er bremste an einem Zebrastreifen, wies durch die Windschutzscheibe auf die Plakate, die sich links und rechts der Straße schier endlos an den Laternen reihten.

»Wenn ich Bürgermeister bin, habe ich die Kontrolle über das Rathaus. Aber das reicht nicht. Ich will die Kontrolle über die *Stadt*.«

Er schien nicht die geringsten Zweifel zu haben, die Wahl zu gewinnen. Nun, die hatte ich auch nicht. Die halbe Stadt lag ihm zu Füßen. Die Verwaltung würde er innerhalb kürzester Zeit um den Finger wickeln, aber es gab andere, die ihm im Weg standen. Dazu brauchte er mich.

»Es liegt an dir«, sagte er. »Dein Sohn kommt frei, und euer Leben geht weiter wie früher. Du arbeitest für mich, präzise und zuverlässig wie vorher. Vielleicht sogar *noch* zuverlässiger. Du hast erlebt, wie einfach es war, den Jungen aus dem Heim zu holen. Du kannst ihn nicht schützen, jedenfalls nicht auf die Dauer.«

Ich hatte gewusst, dass er Holm nicht wegen des Geldes entführt hatte. Jetzt kannte ich den Grund. Es war eine Demonstration.

»Du könntest natürlich abhauen«, fuhr van der Graaf fort. »Ein Profi wie du hat garantiert vorgesorgt. Finden würde ich dich dann wohl nie, oder?«

Die Frage erübrigte sich. Niemand würde das.

»Du würdest trotzdem von mir hören. Beziehungsweise lesen. Und zwar die Todesanzeige deines Sohnes. Wer weiß?« Er schien einen Moment nachzudenken. »Vielleicht auch die seiner … *Mutter*?«

Van der Graaf ließ die Scheibe der Beifahrertür ein Stück herunterfahren, spuckte das Kaugummi durch den Spalt und schloss das Fenster. Als er mich ansah, war sein vergnügtes Gesicht vom Fahrtwind gerötet. Die Frisur allerdings saß noch perfekt, jede Strähne des kurzen, gegelten Haars genau dort, wo sie hingehörte.

»Tja, mein Freund.« Er gab mir einen Stups an die Schulter. »Ich fürchte, ich habe dich an den Eiern.«

Die Digitaluhr auf dem Armaturenbrett stand auf kurz nach halb zwei. Die Straßen waren wie leergefegt, ab und zu kam uns ein Taxi entgegen oder ein orangefarbener Laster der Stadtwerke. Auch hinter uns herrschte kaum Verkehr, im Außenspiegel sah ich nur die Scheinwerfer eines Wagens, der mehr als fünfzig Meter entfernt Richtung Innenstadt fuhr.

Van der Graaf setzte seinen Monolog fort: »Wir könnten das offiziell machen. Was hältst du davon, wenn ich dich einstelle? Als meinen …«, er überlegte kurz, »persönlichen Referenten?« Der Gedanke schien ihm zu gefallen. »Klingt gut, oder? Du würdest natürlich einige Freiheiten einbüßen, und über das Honorar müssten wir auch reden. Aber du müsstest das Geld nicht mehr waschen, und bei der Bank kannst du auch kündigen.«

Er redete von der entfallenden Doppelbelastung und begann, die Vorteile einer Festanstellung aufzuzählen. Es klang wie ein Einstellungsgespräch, allerdings mit besonderen Konditionen, denn mein zukünftiger Arbeitgeber bot mir zwar einen krisensicheren Job mit regelmäßigem, sogar versteuertem Einkommen, gleichzeitig allerdings hatte ich beim geringsten Verstoß nicht mit den üblichen Disziplinarmaßnahmen wie einer Abmahnung zu rechnen, sondern mit dem Tod der beiden Menschen, die mir am wichtigsten waren.

»Du wolltest mich aus dem Weg räumen.« Sein Lächeln entblößte perfekte, im Gegenlicht blitzende Zähne. »Ich hätt's dir heimzahlen können, aber ich bin Geschäftsmann. Ich habe verdammt fähige Leute in meinem Team, ich arbeite nur mit den Besten. Allerdings ist niemand besser als du.«

Wie gesagt, ich hatte Prinzipien: Ich tötete niemanden, der sich nicht wehren konnte. Keine Kinder, weder alte noch kranke Menschen. Der Mann neben mir hatte kein Problem, einen vierzehnjährigen Jungen umzubringen. Und doch war es schwer, sich seinem … nennen wir's *Charisma* zu entziehen. Van der Graaf redete Unsinn, doch er tat das sehr überzeugend. Er war jemand, der nicht nur sich selbst, sondern *alles* verkaufen konnte und sogar in der Lage war, einem Zeugen Jehovas ein Maschinengewehr aufzuschwatzen.

Van der Graaf hatte mich jedenfalls an den Eiern – ein geschmackloser Ausdruck, aber es waren nicht *meine*, sondern *seine* Worte. Er redete weiter auf mich ein, doch ich hörte kaum zu. Meine Gedanken waren mit anderen Dingen beschäftigt.

Der Bus stoppte hinter einer Straßenbahn an einer Haltestelle. Niemand stieg ein oder aus; der obdachlose Mann, der im Wartehäuschen vor dem Regen Schutz gesucht hatte und unter einem fleckigen Wintermantel auf der Bank lag, schlief seelenruhig weiter. Als die Straßenbahn wieder anfuhr, klingelte van der Graafs Handy. Er las die Nummer vom Display ab, seufzte und lehnte den Anruf ab.

»Paula.« Das Handy landete wieder in der Ablage. »Sie wird langsam ungeduldig.« Van der Graaf legte den Gang ein und gab Gas. »Nach außen hin wirkt sie eiskalt, aber wenn man die erst mal geknackt hat …«, er griente mich verschwörerisch an.

»Die geht ab wie ’ne Rakete. Man sieht’s ihr nicht an, aber im Grunde genommen ist sie ’n armes, einsames Ding. Sie ist wegen Kuchta bei den Nazis gelandet. Fünf Jahre war sie mit dem Wichser zusammen. Dann hat er ’ne andere gefickt. Das war ’n Fehler, denn wenn Paula sauer wird, ist sie *richtig* sauer.«

Kurz darauf hatte sie van der Graaf kennengelernt. Dieser hatte keinerlei Interesse daran gehabt, ihr Verhältnis öffentlich zu machen, und Paula Hecht nur heimlich besucht.

Hagen – Gott hab ihn selig – hatte es trotzdem herausgefunden. Er hatte eine Menge Informationen über Paula Hecht zusammengetragen und somit auch über ihr Verhältnis zu Björn Kuchta. Ich habe diesen Menschen nie getroffen, aber seinen Namen gehört, Hagen hat ihn ein paarmal bei der Planung des Auftrags erwähnt. Warum mich der Klang dieses Wortes so heftig aus der Bahn warf, weiß ich bis heute nicht. Ich suche auch nicht nach einer Erklärung, denn wer eine Zeitlang nicht fähig war, einen Rasierapparat oder ein Küchenradio korrekt zu bezeichnen, sollte froh sein, sich wieder daran zu erinnern und seine Zeit nicht mit Spekulationen über den Nachnamen eines toten Neonazis vergeuden.

»Paula hat mich auf die Idee für die Aktion auf dem Markt gebracht«, erzählte van der Graaf. »Sie wusste, wie man Kuchta aus dem Konzept bringt. Hat auch hervorragend geklappt, aber es hat ihr nicht gereicht. Wie gesagt, sie war stinksauer. Und verdammt hartnäckig ist sie auch.«

Als die blasse Frau Kuchtas Tod forderte, hatte van der Graaf nicht ablehnen können, denn von ihrem Fenster aus hatte sie unser kurzes, dafür umso blutigeres Zusammentreffen im Hinterhof genau beobachtet. Damit hatte sie ihn – ebenso wie er mich – an den …

Ich will’s jetzt nicht zum dritten Mal wiederholen.

Van der Graaf hatte meine Garotte benutzt, genau wie er’s

bei Hagen getan hatte. Was clever war, denn irgendwann würde die Polizei bei ihren Ermittlungen auf den geheimnisvollen Serienmörder stoßen und der Liste mit den ungeklärten Morden zwei weitere hinzufügen.

»Paula ist ziemlich impulsiv. Ich hab ihr die Kohle versprochen«, er deutete über die Schulter nach hinten, »aber man kann nie sicher sein. Sie ist unberechenbar, heute so und morgen so. Ein falsches Wort und … *zack!*«, ein Fingerschnipsen, »bin ich geliefert. Sie würde mich sofort verpfeifen. Und ich würde wahrscheinlich nicht mal wissen, was ich falsch gemacht habe. Tja«, seufzte er mit einem resignierten Blick, »Weiber.«

Kennste eine, kennste alle.

Es mochte zwar klingen wie eines dieser trivialen Männergespräche, in denen einer dem anderen sein Herz über die üblichen Beziehungsprobleme ausschüttet. Doch Morten van der Graaf hatte etwas anderes im Sinn. Nachdem er mir einen Job angeboten hatte, informierte er mich nun über meinen ersten Auftrag.

Wir fuhren an der langgestreckten Granitmauer am Hintereingang des Zoos vorbei und näherten uns der Brücke an der alten Burg.

»Und?«, fragte er. »Was meinst du?«

Ich tat, als müsste ich nachdenken. Nein, ich *tat* nicht nur so, die ganze Zeit dachte ich schon angestrengt nach. Allerdings über etwas völlig anderes.

»Ach ja«, fiel ihm ein, »eine Sache wäre noch wichtig.«

Ich würde nicht der Einzige sein, der für ihn die Drecksarbeit erledigte. In Anbetracht meiner Qualifikationen stand mir zwar eine Sonderstellung in seinem Team zu, doch falls ich vorhatte, van der Graaf umzubringen, würden meine zukünftigen »Kollegen« mit Sicherheit eine Möglichkeit finden, die angedrohten Konsequenzen in die Tat umzusetzen.

»Wir wissen beide, dass du …«

Van der Graaf stutzte, sah misstrauisch in den Außenspiegel. Scheinwerfer näherten sich, ein Taxi kam hinter uns zum Stehen.

»Wir wissen beide«, wiederholte er sichtlich entspannter, »dass du mich locker aus dem Weg räumen und auf Nimmerwiedersehen verschwinden könntest. Ruhe hättest du trotzdem nicht. Entweder sie finden dich irgendwann. Oder …«

Van der Graaf musste es nicht wiederholen.

Es gab ja noch Holm. Oder Mona.

Die ich beide tatsächlich nicht schützen konnte.

Der Bus stoppte an der Kreuzung unterhalb der alten Burg. Drei Männer in den orangefarbenen Overalls der Stadtwerke hockten in einem Funkenregen mit einem Schweißgerät auf den Straßenbahnschienen und reparierten eine Weiche.

»Und? Ich will nicht drängeln«, versicherte van der Graaf, als ich noch immer schwieg. »Aber wir sind in zehn … nein«, verbesserte er sich mit einem Blick auf die Uhr neben dem Drehzahlmesser, »sieben Minuten mit Paula verabredet. Wir sollten pünktlich sein. Sie wartet nicht gern.«

Sieben Minuten. Van der Graaf hatte den Blinker nach rechts, über die Brücke stadtauswärts gesetzt. Ich überschlug die Entfernung. Es passte.

»Also?«

»Ich habe wohl keine Wahl.«

Ein knappes Nicken, er hatte mit dieser Antwort gerechnet. Warum auch nicht? Es gab keine andere. Jedenfalls aus seiner Sicht.

Funken sprühten auf der Kreuzung, ein Trennschleifer heulte durch die Nacht. Einer der Arbeiter hob den Arm und gab zu verstehen, wir könnten gleich weiterfahren. Van der Graaf nutzte die Zeit, mich mit meinem zweiten Job vertraut zu machen.

»Du hast dich nie um deine Auftraggeber gekümmert. Das wird sich ändern, zumindest, was deinen letzten Job betrifft. Es sind schließlich die Typen, die mich ausschalten wollten.«

Schräg hinter uns wurde eine schwere Holztür aufgerissen. Ein dumpfer Beat hallte aus dem Club neben der Burg über die Straße, zwei Betrunkene torkelten heraus und wankten gestikulierend auf das Taxi zu.

»Die tschechische Mafia«, sagte van der Graaf. »Die sind sauer, weil ich ihnen ins Geschäft pfuschen will.«

»Drogen?«

»Keine Sorge, mit dem Zeug wirst du nie was zu tun kriegen. Das erledigt das Fußvolk. Du musst nur nach Prag fahren und ein bisschen aufräumen. Dürfte in ein paar Tagen erledigt ...« Er verstummte, den Blick argwöhnisch in den Außenspiegel gerichtet. »Der folgt uns.«

Ich sah ebenfalls in den Spiegel. Einer der beiden Betrunkenen kniete lallend in einer Pfütze, der andere stieg umständlich in das Taxi. Dahinter stand der verdreckte Volvo.

»Ich hab den vorhin gesehen«, murmelte van der Graaf. »An der Tankstelle.«

Ich dachte an den Kugelschreiber. An Kommissar Schröder, der nie etwas ohne Grund tat.

»Der stand an der Tankstelle«, wiederholte van der Graaf.

Ich zuckte die Achseln. »Kann sein.«

Wer hinter dem Steuer saß, war nicht zu erkennen, das Laternenlicht spiegelte sich auf der verschmierten Frontscheibe. Aus einem Fensterspalt in der Fahrertür wehte der Rauch einer Zigarette.

Der Mann im orangefarbenen Overall winkte uns zu. Van der Graaf hob im Vorbeifahren grüßend die Hand. Von den sieben Minuten blieben noch vier, doch er schien keine Eile zu haben. Weit konnte es nicht mehr sein.

»Das war ziemlich clever«, sagte ich.

»Was?«

Wir fuhren bergab zur Brücke. Das Taxi bog hinter uns in Richtung Innenstadt ab, der Volvo folgte uns. Ich entzifferte das Kennzeichen. Die üblichen Anfangsbuchstaben der Stadt, danach ein C und ein Z.

»Selbst, wenn man dich verdächtigen würde«, fuhr ich fort, »niemand käme auf die Idee, du wärst so kaltschnäuzig und versteckst Holm in einem deiner Läden.«

Seine Miene verdüsterte sich. »Woher weißt du …«

»In der Filiale hinter der Brücke, direkt neben der Sparkasse.« Ich hob die Stimme, jede Silbe betonend. »Im Keller neben dem Kühlraum, stimmt's?«

Unsere Blicke trafen sich.

Ich erkannte, dass ich richtig lag. Löste den Sicherheitsgurt und warf mich mit aller Kraft nach links. Stieß van der Graaf mit der Schulter gegen die Fahrertür. Entwand ihm das Lenkrad.

Und gab Vollgas.

Neunzig

Zorn sah, wie der gestreifte Transporter plötzlich beschleunigte, kurz vor der Brücke über die Straßenbahnschienen auf die Gegenspur schoss, weiter nach links auf die Einmündung der Uferpromenade zog und halb auf dem Bürgersteig hinunter zum Fluss raste. Metall kreischte, der VW-Bus schrammte funkenstiebend an einer Hauswand entlang. Zorn zog ebenfalls nach links, griff mit einem Schmerzschrei in den Schritt und tastete zappelnd nach der brennenden Zigarette, die ihm aus dem Mundwinkel gefallen war. Der Volvo kam ins Schlingern, verfehlte um Haaresbreite einen Papierkorb und touchierte stattdessen das Eisengestell eines Fahrradständers. Die Stoßstange splitterte unter dem Aufprall, riss halb aus der Verschraubung und schliff mit einem hässlichen Quietschen zwischen den Vorderrädern über den Asphalt. Weiter vorn ertönte ein ohrenbetäubendes Krachen, Plastikteile flogen wie Geschosse durch die Luft, der Bus streifte einen Laternenmast, preschte schräg über den gegenüberliegenden Bordstein, prallte mit der Flanke gegen die Brückenmauer und raste mit aufheulendem Motor auf eine scharfe Linkskurve zu. Während Zorn verzweifelt versuchte, den Volvo unter Kontrolle zu bringen, fuhr der Bus zehn Meter vor ihm in einer Wolke aus Dieselqualm, Metallsplittern und aufwirbelndem Schlamm weiter geradeaus, hob kurz ab und holperte über die breite Steintreppe neben der Brücke hinab zum Fluss. Der Auspuff schabte knirschend über die Stufen, eine Radkappe löste sich. Zorn trat mit aller Kraft auf die Bremse, und als der Volvo mit quietschenden Reifen am Treppenabsatz zum Stehen kam, krachte der Bus weiter unten über die letzte Stufe und schoss mit unvermindertem Tempo über den gekiesten Uferweg knapp am Betonsockel der mächtigen Pferdeskulptur am Fuße des Brückenbogens vorbei in den aufschäumenden Fluss.

Zorn saß mit offenem Mund hinter dem Steuer und beobachtete, wie die Radkappe über die Stufen hüpfte, gemächlich über den Uferweg rollte und scheppernd umkippte. Rufe erklangen hinter ihm, schwere Stiefel platschten durch die Pfützen, die Gleisarbeiter kamen mit fuchtelnden Armen herbeigerannt. Zorn besann sich, taste über den leeren Beifahrersitz nach seiner Pistole, fand sie im Fußraum, zwängte sich fluchend aus dem Wagen und stolperte mit weichen Knien die Treppe hinab.

Splitter knirschten unter seinen Schuhen, es roch nach heißem Metall, Diesel und verbranntem Plastik. Er erreichte die letzte Stufe, lief zögernd weiter und blieb an der gemauerten Böschung stehen.

Das Heck des Transporters ragte ein paar Meter entfernt schräg aus dem schlammigen Wasser, umgeben von konzentrischen Kreisen, die zu Zorns Füßen ans Ufer schwappten. Die Heckscheibe war teilweise gesplittert, schartige Risse zogen sich über die Kotflügel und die Aufkleber mit dem Firmenlogo. Zorn las den Werbespruch über dem halb abgerissenen Nummernschild *(TRAU DICH – LEBE GESUND)*, lauschte dem Gurgeln, mit dem sich das Wrack mit Wasser füllte, und glaubte, gedämpfte Schreie aus dem Inneren zu hören. Er wollte nach den Zigaretten in seiner Lederjacke greifen, zog stattdessen die Pistole hervor, verzog das Gesicht zu einer Grimasse und ließ die Waffe fallen. Jemand rief seinen Namen, er hob den Kopf und bemerkte einen Uniformierten, der sich oben über das Brückengeländer beugte und herabrief, Kommissar Schröder sei mit den Kollegen unterwegs zu dem entführten Jungen. Blaulichter flackerten auf der Brücke, die Einsatzwagen rasten im Sekundentakt stadtauswärts. Zorn öffnete den Mund, doch anstelle einer barschen Forderung nach Unterstützung *(ich hab keinen Bock, mir die Füße nasszumachen!)* brachte er nur ein heiseres Krächzen heraus. Ein weiterer Versuch war nicht nötig, denn auch flussaufwärts zuckten bereits die ersten Blaulichter hinter den Bäumen der Uferpromenade.

Ein Glucksen erklang, der Transporter drehte sich halb um die eigene Achse, wurde von der Strömung erfasst und trieb gemächlich davon. Rauch quoll aus dem verbeulten Auspuff, die Rücklichter waren zersplittert, doch auf der rechten Seite flackerte eine Glühlampe in der Fassung. Auch die Hinterräder drehten sich noch. Zorn beobachtete fasziniert, wie erst das rechte, dann das linke zur Ruhe kam, und als das Wrack unter die Brücke trieb, war er sicher, den Schrei eines Mannes zu hören, vielfach verstärkt unter dem mächtigen, steinernen Bogen.

*

Es war Morten van der Graaf, der da schrie. Ein letzter, verzweifelter Schrei, der plötzlich abbrach und von einem Röcheln erstickt wurde, bevor erst sein Mund, dann der Kopf im steigenden Wasser verschwand. Auf der Höllenfahrt hinunter zum Fluss hatte er sich beide Beine gebrochen, eine Schulter war ausgerenkt, das rechte Ohr abgetrennt. Trotzdem hatte er sich verzweifelt gewehrt, doch Fender, der auf den Aufprall vorbereitet gewesen und nahezu unverletzt geblieben war, hatte den verbissenen Kampf nach einer knappen Minute zu seinen Gunsten entschieden.

Trübes Wasser schoss gurgelnd in den Innenraum. Fender rang keuchend nach Atem, tauchte ab und ertastete die Garotte zwischen van der Graafs Füßen. Dieser hing, den Kopf bereits unter Wasser, erschlafft über dem Lenkrad. Sein Tod war nur noch eine Frage von Sekunden. Man hätte es dabei belassen können, doch es gab einen Fehler zu korrigieren.

Jakob Fender legte die Schlinge um den Hals der Zielperson und brachte seinen siebenunddreißigsten Auftrag zwar deutlich verspätet, doch gewissenhaft wie immer zu Ende.

Einundneunzig

Knapp neunundzwanzig Stunden später

»Ach komm.« Zorn deutete auf das Brötchen auf dem Porzellanteller. »Beiß wenigstens mal ab, ja?«

Edgar schüttelte verschlafen den Kopf. Die Cornflakes waren alle, Nutella ebenfalls. Also hatte Zorn Himbeermarmelade auf das Frühstücksbrötchen geschmiert. Sein Sohn mochte keine Marmelade. Himbeeren auch nicht.

»Noch einen Kakao?«, fragte Frieda.

Edgar kratzte sich gähnend im Nacken. Frieda wertete dies als Zustimmung, fuhr dem Jungen mit der Hand durch das ohnehin noch zerzauste Haar, stand auf und ging in die Küche.

»Heute klappt's bestimmt mit dem Kino«, versprach Zorn. »Ich hab's gestern einfach nicht geschafft. Du weißt ja, wir haben einen Verbrecher geschnappt, da musste ich …«

»… arbeiten«, wehrte Edgar ab. »Schon klar.«

Wie immer hatte Schröder das meiste erledigt, doch auch Zorn seinen Anteil geleistet. Zunächst unten am Fluss, wo ihm in Schröders Abwesenheit die Einsatzleitung zugefallen war – was sich zu seinem Glück als relativ einfach erwies, denn die Bergungskräfte waren nicht nur schnell, sondern bestanden aus eingespielten Teams, und Zorn war ausnahmsweise klug genug, sich zurückzuhalten. Stattdessen hatte er vom Ufer aus beobachtet, wie Jakob Fender neben dem Wrack aus den Fluten tauchte, herbeigeschwommen kam und mit ausgestreckten Armen an Land watete, um das Anlegen der Handschellen zu erleichtern. Den beiden Bergungstauchern riet er freundlich, es sei am einfachsten, durch das Fenster der Beifahrertür in das Wrack zu gelangen, und bat sie im Interesse ihrer eigenen

Sicherheit, nicht überhastet zu agieren. Eile sei sowieso nicht geboten, da die im Wrack verbliebene Person definitiv nicht wiederzubeleben sei.

Danach hatte er sich bei Zorn nach seinem Sohn erkundigt. Die Nachricht, dass Hauptkommissar Schröder persönlich die Befreiungsaktion leitete, nahm er mit sichtlicher Erleichterung auf. Als der VW-Bus wenig später am Haken eines Bergungskrans im grellen Licht der mobilen Scheinwerfer tropfend über dem Fluss schwebte, hatte Schröder angerufen und Zorn mitgeteilt, der Junge sei wohlauf. Fender schien mit diesem Ergebnis gerechnet zu haben, er bat, Kommissar Schröder die besten Grüße auszurichten, und ließ sich dann widerstandslos abführen. Zorn, übernächtigt, frierend und hungrig, hatte Fender ein wenig beneidet, doch für ihn lag der Feierabend in weiter Ferne, es gab noch eine Menge zu tun.

»Ich verstehe ja, dass du sauer bist, Edgar.« Zorn trank einen Schluck Kaffee, die Augen über den Tassenrand auf seinen Sohn gerichtet, der in seinem schief geknöpften *Star-Wars*-Schlafanzug mürrisch auf das Brötchen starrte. »An deiner Stelle wäre ich's auch, aber …«

»Ich bin nicht sauer.«

Edgar war einfach nur müde. Äußerlich hatte ihm Zorn – abgesehen von dem Grübchen am Kinn und dem Höcker auf dem Nasenrücken – nur wenig vererbt, charakterlich dafür umso mehr. Ebenso wie sein Vater war Edgar ein Morgenmuffel und gab sich – eine weitere Gemeinsamkeit – nicht die geringste Mühe, seine Launen zu verbergen.

Frieda brachte den Kakao, gab Edgar einen Kuss und eilte ins Bad, um ihre Morgentoilette zu beenden. Der Junge nippte an seinem Porzellanbecher und zog einen Flunsch.

»Was ist denn?«, fragte Zorn.

»Zu heiß.«

»Na ja, *kalt* kann man einen Kakao wohl kaum kochen. Oder meinst du, dass …«

Zorn verkniff sich eine weitere Zurechtweisung. Er hatte noch immer ein schlechtes Gewissen, seinen Sohn gestern versetzt zu haben.

Im Morgengrauen war er mit dem Volvo ins Präsidium gefahren, nachdem ein hilfsbereiter Feuerwehrmann die Stoßstange provisorisch mit Kabelbindern befestigt hatte. Während Schröder Jakob Fender im Untersuchungsgefängnis vernahm, hatte Zorn Protokolle ausgefüllt, unzählige Telefonate geführt und sogar einen vorläufigen Bericht verfasst. Als Schröder im Büro erschien, war es bereits vierzehn Uhr gewesen und somit höchste Zeit, Edgar von der Schule abzuholen. Zunächst hatte sich Schröder geweigert, in den demolierten Volvo zu steigen *(das Fahrzeug ist NICHT verkehrssicher!)*, und Zorns Einwand *(wir sind Bullen, wir dürfen das!)* nicht gelten lassen. Doch Claudius Zorn kannte Schröders Schwachstelle und brachte Edgar ins Spiel *(ich hätte nicht gedacht, dass du den Jungen so einfach im Stich lassen kannst!)*, worauf der so perfide überrumpelte Schröder – wenn auch unter Protest – hatte einwilligen müssen. Weit kamen sie allerdings nicht, denn nach wenigen Metern löste sich die notdürftig befestigte Stoßstange endgültig, verkeilte sich unter dem Kotflügel und blockierte das rechte Vorderrad. Während Zorn lamentierend seinem Ärger über den freundlichen, aber völlig unfähigen Helfer Luft machte *(Scheiß Feuerwehrtypen! Kein Wunder, dass es ständig brennt!)*, rief Schröder zunächst einen Abschleppwagen und danach ein Taxi, das den genervten Zorn schließlich zur Schule chauffierte, allerdings mit knapp einstündiger Verspätung. Im Nachhinein betrachtet hatte das auch sein Gutes, denn der übernächtigte Zorn wäre im Kino mit Sicherheit schon während des Vorspanns eingeschlafen.

»Heute«, versicherte er zum zweiten Mal, »bin ich pünktlich. Egal, was passiert, versprochen!«

»Kommt Ögi mit?«

»Logisch! Was denkst *du* denn?«, rief Zorn. »Der hat sich genauso geärgert wie ich! Er *liebt* Superman über alles, das kannst du mir …«

»Spiderman.«

»Äh … was?!«

»Nicht Superman.« Edgar verdrehte die Augen. »*Spiderman.*«

»Jaja«, wehrte Zorn ab. »Den liebt er auch.«

Frieda rief aus dem Badezimmer herüber, ob jemand ihre Ohrringe gesehen habe, die silbernen mit den kleinen Korallen. Hatte natürlich niemand.

»Ögi kommt also mit?«, vergewisserte sich Edgar.

»Klar.«

Die Miene des Jungen hellte sich auf. Die Aussicht, den Nachmittag mit Schröder zu verbringen, ließ ihn sogar nach dem Marmeladebrötchen greifen. Letztendlich biss er zwar nicht ab, doch in Zorn keimte der leise Verdacht, dass es Edgar weniger um den neuesten Superheldenfilm als um das Treffen mit seinem geliebten Ögi ging.

Zorn trank seinen Kaffee aus und schielte zur Balkontür. Der Morgen war herbstlich grau, die aufgehende Sonne hinter der dichten Wolkendecke als trübe Funzel kaum zu erahnen. Zorn nahm es nicht wahr, seine Gedanken kreisten um den Porzellanaschenbecher draußen auf dem Korbtisch. Er frühstückte nie, doch in Edgars Gesellschaft war er gezwungen, mit gutem Beispiel voranzugehen. Nachdem es ihm gelungen war, ein halbes Butterbrötchen hinunterzuwürgen, war es nun Zeit für die längst überfällige Zigarette.

Er fragte, ob Edgar sein Schulzeug gepackt habe. Dieser

nuschelte etwas, das mit etwas gutem Willen als Bejahung zu interpretieren war. Zorn nahm sein Handy und erinnerte seinen Sohn daran, sich die Zähne zu putzen.

»Wen rufst du an?« Frieda stand in der Tür und knöpfte ihre Seidenbluse zu.

»Ein Taxi«, sagte Zorn und rief die Anrufliste auf.

»Warum?«

»Wir müssen zur Schule.«

»Warum fahrt ihr nicht mit dem Fahrrad?«

»Mit dem …?« Zorn sah Frieda verdattert an.

Edgars Mountainbike stand im Keller. Zorn hatte ebenfalls ein Rad. Er konnte sich nicht erinnern, wann er zuletzt darauf gesessen hatte. Selbst die Farbe hatte er vergessen.

»Es, äh … regnet«, sagte er.

»Echt?« Frieda sah zur Balkontür. »Ich sehe nix.«

»Ich auch nicht«, stimmte Edgar zu.

»Aber gleich«, behauptete Zorn.

»Macht mir nichts aus«, sagte Edgar.

»Aber …« Zorn geriet ins Schwimmen. »Mein Vorderrad ist platt.«

Edgar wischte die Lüge im Handumdrehen beiseite: »Wir haben 'ne Luftpumpe.«

»Nee, haben wir ni–«

»Doch«, grinste Frieda und deutete über die Schulter in den Flur. »Im Schuhschrank.«

»Genau«, nickte Edgar. »Die oberste Schublade. Da liegen sogar zwei. Eine Ballpumpe und …«

»*Du* putzt dir jetzt endlich die Zähne!«, unterbrach Zorn, deutlich lauter als beabsichtigt. »Abmarsch, Freundchen!«

Edgar rutschte vom Stuhl und schlurfte schmollend davon. Im Vorbeigehen murmelte er etwas, das wie *der ist bloß wieder zu faul* klang.

»Bin ich *nicht*!«, rief Zorn ihm nach, durchforstete seinen Verstand nach einem weiteren Argument und wurde tatsächlich fündig. »Es geht mir nur um deine Sicherheit! Du brauchst einen Helm, und deiner ist bei Mama!«

Im Badezimmer wurde der Wasserhahn aufgedreht. Edgar rief zurück, er habe *sehr wohl* einen Helm, nämlich den grünen, den Ögi ihm zu Ostern geschenkt habe. Und dieser lag *nicht* bei Mama, sondern hing da, wo er hingehörte. Am Fahrradlenker nämlich. Zorn erwiderte barsch, dass es sowieso viel zu spät sei, wenn Edgar weiter so trödele, würden sie selbst mit dem Taxi nicht pünktlich zur Schule kommen. »Also beeil dich gefälligst! Und wisch dir die Kakaoschnute ab, sonst …«

Die Badezimmertür fiel krachend ins Schloss, Edgar beendete die Diskussion mit einem Knall, den sein Erzeuger kaum effektvoller hinbekommen hätte.

Frieda lehnte neben dem Türrahmen. Sie verstand Zorns Blick *(sag jetzt nichts, ja?)*, kam herbeigeschlendert, setzte sich neben ihn an den Tisch und bat ihn, die Knöpfe an ihren Blusenärmeln zu schließen. Zorn gehorchte, roch ihr Parfüm, den Duft frischer Seife und wurde augenblicklich lammfromm.

Am Vortag hatten sie sich mehrmals im Präsidium gesehen. Als zuständige Staatsanwältin hatte Frieda sich fortlaufend über die aktuellen Ermittlungsergebnisse informieren lassen, ein halbes Dutzend Pressemitteilungen verfasst und bereits am Nachmittag begonnen, die ersten Vorbereitungen für die Anklage im Prozess gegen Jakob Fender zu treffen. Privat hatten sie kein einziges Wort gewechselt, auch am Abend nicht, denn als Frieda nach Hause kam, saß Zorn mit einem aufgeschlagenen Harry-Potter-Buch auf dem Schoß schnarchend im Sessel neben dem Bett seines ebenfalls (allerdings deutlich leiser) schnarchenden Sohnes. Nachdem Frieda ihn vorsichtig geweckt hatte, war Zorn ins Bad getorkelt, hatte gepinkelt (im Stehen, was Frieda angesichts seines Zustandes hatte durchgehen lassen) und war ins Bett gefallen, ohne überhaupt wach geworden zu sein.

»Du musst dich nicht mehr bei Edgar entschuldigen«, sagte Frieda. »Er weiß genau, dass du ihn niemals ohne Grund versetzen würdest.«

»Klar«, nickte Zorn, noch immer von Selbstvorwürfen geplagt. Nicht mehr so schlimm wie gestern, als er Edgar in einem verzweifelten Akt der Wiedergutmachung vor dem Schlafengehen zu einem Match auf der Nintendo herausgefordert hatte. Edgar lehnte ab, zum einen natürlich, weil sein Vater alles andere als ein ernstzunehmender Gegner war. Zum anderen hatte die Konsole deutlich an Reiz eingebüßt. Nicht jedoch für Zorn, der ungeachtet seines eklatanten Unvermögens ungebrochen fasziniert war, allerdings auf eine dunkle, ungesunde Weise. Die Konsole stellte eine Gefahr dar, auch jetzt noch, nachdem er einen der Controller in den Fluss geworfen hatte. Es gab schließlich zwei weitere und die Nintendo selbst, die wohl kaum auf die gleiche Weise zu entsorgen war. Jedenfalls nicht, ohne Fragen aufzuwerfen, und da Zorn sich fest vorgenommen hatte, weder Frieda noch Edgar – zumindest in diesem Punkt – ein weiteres Mal zu belügen, würde er sich etwas anderes einfallen lassen müssen. Eine Möglichkeit war, die Konsole zu spenden. Edgar würde das bestimmt gutheißen, es blieb allerdings die Frage, ob man einem Flüchtlingsheim oder der Kindernothilfe so ein Ding überhaupt andrehen konnte.

»Ich muss zur Pressekonferenz«, seufzte Frieda mit einem Blick auf die Uhr. »Die werden mich ganz schön löchern. Hoffentlich krieg ich das …«

»Klar kriegst du das hin.« Zorn nahm ihre Hand. »Außerdem hast du Schröder dabei.«

Früher hätte er sich bei diesen Worten ein hämisches Grinsen nicht verkneifen können. Beide hassten das Rampenlicht, Schröder wahrscheinlich noch mehr. Doch die jahrelangen Kabbeleien um den ungeliebten Chefposten hatten sie mittlerweile eingestellt. Zorn aus der einfachen Erkenntnis, dass der Bessere auf diesen Posten gehörte, und Schröder – vermutlich – in einer Mischung aus Pflichtgefühl und Resignation.

Zorns Handy vibrierte.

»Paula Hecht ist bei Bewusstsein«, sagte er, nachdem er Schröders Nachricht gelesen hatte.

»Du solltest ins Krankenhaus fahren.«

»Muss ich sogar. Obwohl's völlig sinnlos ist.«

Das Einsatzkommando war schnell gewesen, doch nicht schnell genug, um Paula Hecht zu überrumpeln. Sie hatte Holm Fender mit einem Messer bedroht und war mit einem Schuss in die Schulter außer Gefecht gesetzt worden.

»Die wird nicht reden«, seufzte Zorn. »Kein einziges Wort.«

»Dafür redet Jakob Fender umso mehr«, sagte Frieda.

Schritte tippelten über den Flur, Edgar verschwand in seinem Zimmer. Diesmal, ohne die Tür hinter sich zuzuknallen, seine Wut war offensichtlich verraucht.

»Na dann …« Frieda gab sich einen Ruck und stand auf.

»Viel Erfolg, Frau Staatsanwältin.«

»*Ober*staatsanwältin, so viel Zeit muss …«

»Oha!« Zorn reckte den Hals, verengte die Augen hinter der Brille und musterte Friedas Bluse. »In diesem Zustand will die Frau … *Ober*staatsanwältin also zu einem öffentlichen Termin?«

Frieda senkte den Kopf, erkannte den Fleck auf dem bestickten Kragen und erbleichte.

»Blut«, stellte Zorn fachmännisch fest, »ist das nicht.«

»Nee.«

»Ketchup?«

»Nee.«

»Dann vielleicht …«

»Lippenstift«, knurrte Frieda. *»Fuck.«*

Sie machte ruckartig kehrt, um sich umzuziehen. Als sie zum Flur rannte, wäre sie um ein Haar mit Edgar zusammengeprallt, der mit seinem Schulrucksack über der Schulter in der Wohnzimmertür stand.

»Ging aber schnell«, lobte Zorn.

Edgar wandte sich ab, um seine Turnschuhe anzuziehen.

»Eine Frage.« Zorn hielt ihn zurück. »Wegen deiner Hose.«

»Was soll mit der sein?«

»Das ist 'ne *kurze* Hose.«

»Klar.«

»Eine *Sommer*hose.«

»Na und?«

Edgar schob trotzig das Kinn vor in einer unbewussten, doch beängstigend identischen Kopie seines Vaters. Die Hose war ein paar Nummern zu groß, seine dünnen Beinchen ragten wie Streichhölzer aus dem orangefarbenen, mit neongrünen Sternen bedruckten Stoff.

»Es ist Herbst, Edgar.«

»Aber die Hose hat mir Ögi geschenkt!«

Ein Argument, dem Zorn im Normalfall wenig entgegenzusetzen hatte. Heute allerdings schon. »Die kannst du zum Baden anziehen. Nicht in der Schule.«

»Aber die hatte ich schon in der Schule an!«

»Im Sommer.«

»Aber …«

»Jetzt ist Herbst.«

»Aber …«

»Umziehen.«

»Nö!«

»*Umziehen*«, wiederholte Zorn sanft. »Du hast fünf Minuten.«

Edgar verschwand wieder in seinem Zimmer und schaffte es, die Tür deutlich lauter hinter sich zuzuknallen als beim ersten Mal. So laut, dass das Rumoren, mit dem Frieda im Schlafzimmer ihre Schubladen durchwühlte, übertönt wurde.

Zorn rief die Taxizentrale an, bestellte einen Wagen und ging auf den Balkon. Dichter Nebel hing über dem Fluss und mischte sich mit den tiefhängenden Wolken zu einem schmutzig grauen Schleier.

Als Zorn die Zigarette in den Mund steckte, begann es zu regnen. Ein wenig nur, eher ein Nieseln, doch das war egal.

»Ich hatte mal wieder recht.« Er grinste und ließ das Feuerzeug klicken. »Wie immer.«

Zweiundneunzig

Er war bereits seit über zwei Stunden im Büro, als Schröder von der Pressekonferenz kam. Sichtlich gereizt – logisch, es gab Wichtigeres zu tun, als die Fragen einer Herde aufgescheuchter Journalisten aus allen Landesteilen zu beantworten. Und Fragen hatte es gegeben, sehr viele sogar. Nach dem Zustand des entführten Jungen, der sich nach seiner Befreiung an einem unbekannten Ort in psychologischer Betreuung befand (stabil). Nach Paula Hecht (ebenfalls stabil) und natürlich dem zweiten Entführer, dem mutmaßlichen Drahtzieher, dessen Identität bisher unter Verschluss gehalten worden war. Die Nachricht, dass es sich um Morten van der Graaf handelte, schlug erwartungsgemäß wie eine Bombe ein.

»Die Plakate hängen immer noch überall.« Zorn deutete durch das Fenster in den regenverhangenen Morgen. »Bin gespannt, wie lange noch. Unsere …«, er hob sarkastisch die Stimme, *»neue Stimme im Rathaus.* Ich hab von Anfang an gewusst, dass mit dem was nicht …«

»Du konntest ihn nicht leiden«, unterbrach Schröder. »Ich würde das weniger als Vorahnung oder gar kriminalistisches Gespür bezeichnen, sondern eher als Ergebnis einer – mit Verlaub – kindischen Abneigung.«

Er hievte seine Aktentasche auf den Schoß und reichte Zorn ein mehrseitiges Formular über den Schreibtisch. »Ein Antrag auf Kostenübernahme«, erklärte er und fügte auf Zorns fragenden Blick hinzu, dieser habe sein Privatfahrzeug in heroischer Ausübung der Dienstpflichten beschädigt und somit Anspruch auf Erstattung der Reparaturkosten.

»Aha«, brummte Zorn.

Der Volvo würde einige Zeit in der Werkstatt sein. Was Zorn betraf, konnte er dort bis zum Sankt-Nimmerleins-Tag bleiben. Die Blechschäden wurden natürlich repariert, aber irgendwann würde Frieda den Brandfleck auf dem Fahrersitz entdecken. Das Rauchen gestattete sie zwar, doch Wohnung und Auto waren tabu, und die Rechtfertigung, Zorn habe sich während der nächtlichen Verfolgungsfahrt in einem mentalen Ausnahmezustand befunden, würde sie wohl kaum akzeptieren.

Obwohl es der Wahrheit entsprach. Nachdem Schröder klargeworden war, dass das Wahlplakat etwas bei Jakob Fender ausgelöst hatte, war er mit Zorn nicht zu einer Befragung in van der Graafs Wahlbüro gefahren. Er hatte den auffälligen Seidenschal unter die Lupe nehmen wollen, seinen Verdacht bestätigt gesehen, als er den Verband unter dem Schal bemerkte, und einen Peilsender in van der Graafs Jacke deponiert. Als sie im Volvo saßen, hatte er Peymann, den jungen Kriminaltechniker angerufen, sich vergewissert, dass sowohl das Signal als auch das Mikrophon funktionierten, und war mit Zorn ins Präsidium gefahren, wo sie bereits von einem Labortechniker erwartet wurden. Dieser hatte die Fingerabdrücke auf dem Kugelschreiber mit denen auf dem Baseballschläger verglichen, festgestellt, dass sie von ein und derselben Person stammten, und Schröders letzte Zweifel beseitigt.

Und dann war Zorn ins Spiel gekommen. Während Schröder neben dem Kriminaltechniker im Präsidium saß und sowohl das Gespräch zwischen van der Graaf und Fender als auch die Fahrt des Kleintransporters über einen Monitor verfolgte, war Zorn im Volvo unterwegs. Als Joker, hatte Schröder gesagt, der die Einsatzwagen der SEK-Kollegen per Funk koordinierte und dafür sorgte, dass diese zwar ständig in der Nähe des Transporters, doch außer Sichtweite blieben. Da er sich nicht gänzlich auf die Technik verlassen wollte, dirigierte er Zorn ebenfalls durch die Stadt, und als klarwurde, dass sich die Fahrt ihrem Ziel näherte, war Zorn in gebührendem Abstand gefolgt, um im Falle eines Signalverlustes sofort zu übernehmen. Die Pistole, die er auf Schröders Anweisung mitnehmen musste, war natürlich nicht zu seiner Verteidigung, sondern als Anreiz gedacht. Ähnlich wie bei einem Kind, dem man bei der Nachtwanderung eine Taschenlampe in die Hand drückt, um Spannung und Motivation zu erhöhen.

Zorn beugte sich über das Formular und schob es nach einem kurzen Blick missmutig beiseite.

Das Festnetztelefon schrillte. Der Anruf kam aus der Rechtsmedizin. Laut vorläufigem Obduktionsergebnis war Morten van der Graaf weder ertrunken noch an den Folgen des Unfalls gestorben, sondern ermordet worden. Und zwar mit der Garotte, die man im Wrack sichergestellt hatte.

»Fender hat also die Wahrheit erzählt«, sagte Zorn.

»*Naturalmente.*« Schröder hob die Schultern. »Warum sollte er lügen?«

So paradox es auch klang, Jakob Fender schien seine Verhaftung als eine Art Befreiung zu empfinden und legte mit seinem Geständnis zugleich eine Beichte ab – was auch erklärte, warum er ausschließlich mit Schröder sprach. Alles, was er erzählte, passte zu dem abgehörten Gespräch und fügte sich mit den bisherigen Erkenntnissen nach und nach zu einem einheitlichen Bild.

»Er wusste, dass wir den VW-Bus überwachen«, sagte Schröder. »Van der Graaf hat nicht verstanden, warum wir bei ihm waren, Fender irgendwann schon. Als er dein Auto erkannt hat …«

»Dreckskarre.«

»… war er sicher. Dass wir auch mitgehört haben, konnte er nur hoffen. Aber er ist davon ausgegangen, deshalb hat er auch so laut gesprochen, als er über das Versteck seines Sohnes geredet hat.«

»Aber …« Zorn legte die Stirn in Falten. »Was sollte der Unfall? Wenn Fender wusste, dass *wir* wussten …« Er verhedderte sich in den eigenen Gedanken und setzte noch einmal an: »Fender glaubte also, wir hätten mitgehört, wo der Junge versteckt war.«

»Womit er richtig lag.«

»Warum hat er sich nicht hinfahren lassen und auf uns gewartet?«

»Tja.« Schröder kratzte sich am Doppelkinn. »Seine Prioritäten sind ein wenig … anders gelagert.«

»Und wo genau, wenn man fragen darf?«

»Jakob Fender legt Wert auf Ordnung.«

»Ach.«

»Hätte er auf unser Eingreifen gewartet, wäre van der Graaf

höchstwahrscheinlich noch am Leben. Jakob Fender hatte allerdings einen Auftrag zu erledigen.«

»Was er auch getan hat.«

»Er hätte nie im Leben für van der Graaf gearbeitet. Das Geschäft ist ihm zu unsauber, er verabscheut harte Drogen.«

»Echt?« Zorn lachte auf. »Ich weiß nicht, was schlimmer ist. Ob man nun Koks verscherbelt oder diesen veganen Drecksfraß, läuft das nicht auf das Gleiche …«

»Bitte, Chef.«

»Schon gut. Van der Graaf hat jedenfalls nicht nur … *Essen* ausliefern lassen, sondern auch Drogen. Wie haben die das angestellt? In der Kompottschachtel? In der Sojatüte? Als Nachtisch gegen einen kleinen Aufschlag?«

»Das ist nicht unser Problem.«

»Sondern?«

»Das des Drogendezernates.«

»Gott sei Dank!«, entfuhr es Zorn.

»Jedenfalls haben wir jetzt eine Erklärung für den Mord an Björn Kuchta«, sagte Schröder. »Van der Graaf war dabei, nach Tschechien zu expandieren. Er hat zwar behauptet, Paula Hecht zufällig getroffen zu haben, aber das kann ich mir kaum vorstellen. Es ging ihm von Anfang an darum, an Kuchta heranzukommen. Der wurde in Prag observiert, als er sich mit der Drogenmafia getroffen hat. Nachgewiesen hat man ihm nichts, doch ich wette, er wollte dort ins Geschäft einsteigen. Vielleicht hat Paula Hecht tatsächlich seinen Tod gefordert, aber vor allem hat van der Graaf einen Konkurrenten ausgeschaltet.«

»Dann«, stellte Zorn fest, »habe ich also richtiggelegen.«

»Womit?«

»Mit der Mafia.«

Grundsätzlich schon, stimmte Schröder zu. Abgesehen vom geographischen Unterschied, der angesichts der Entfernung zwischen Kolumbien und der Tschechischen Republik nicht unerheblich sei.

»Mafia bleibt Mafia.« Zorn wischte den Einwand mit einer energischen Handbewegung vom Tisch. »Van der Graaf hat einen Gegner aus dem Weg geräumt und seine anderen Konkurrenten gewarnt. Mit Fenders Garotte hat er uns auf 'ne völlig falsche Spur gelockt. Und dass er in einem seiner Transporter durch die Gegend gekurvt ist, war besonders clever. Die bunten Kisten sind dermaßen auffällig, dass sie eben *nicht* auffallen. Kein Mensch würde damit rechnen, dass da jemand irgendwelche Drogen durch die Gegend kutschiert. Oder einen gefesselten Neonazi. Und mit dem Baseballschläger wollte er *noch* cleverer sein und 'ne Spur zu irgendwelchen Rechtsextremisten legen. Aber seine Fingerabdrücke …« Zorn verstummte stirnrunzelnd. »Warum haben wir die eigentlich gefunden? Van der Graaf hätte doch Handschuhe tragen oder das Ding wenigstens abwischen können.«

»Das hat er getan. Aber nicht sorgfältig genug.«

»Der war doch nicht blöd, oder …«

»Das nicht, aber überheblich«, sagte Schröder. »Er war felsenfest überzeugt, wir würden ihm nie auf die Schliche kommen.«

»Er hat sich für clever gehalten.«

»Hat er.«

»*Zu* clever.«

»Yep.«

»Er hat was vergessen. Denn *wir*«, Zorn lehnte sich zurück, »sind *auch* clever.«

»Sind wir.«

»Nicht nur clever«, überlegte Zorn, »sondern cleverer.«

»Cleverer?«

»Als van der Graaf. Sonst hätten wir ihn nicht überführt.«

»Das«, nickte Schröder, »ist richtig.«

»Tja«, seufzte Zorn, »er hätte sich nicht mit uns anlegen sollen.«

»Niemand sollte das, Chef.«

»Wir sind einfach die Cleversten.«

Die Mittagspause ließen sie ausfallen und arbeiteten durch – Zorn verzichtete sogar auf die zwei üblichen, hastig auf der Bank unter der alten Kastanie inhalierten Zigaretten. Kurz bevor es Zeit wurde, Edgar abzuholen, erinnerte ihn Schröder an das Antragsformular.

»Die Reparatur wird bestimmt nicht billig, Chef.«

Zorn streifte das engbedruckte Deckblatt mit einem angewiderten Blick durch die dicken Gläser der Lesebrille.

»Scheiß drauf.«

Er zerknüllte das Formular und warf es in den Papierkorb. Bevor er sich die restlichen Finger wundschreibe, teilte er auf Schröders Nachfrage mit, werde er den Mist lieber selbst zahlen.

*

Der Saal war beinahe leer, außer ihnen hatte sich kaum eine Handvoll Zuschauer in die Nachmittagsvorstellung verirrt. Edgar hockte mit einer Popcorntüte auf dem Schoß in seinem gepolsterten Stuhl und plapperte mit vollem Mund unentwegt auf Schröder ein. Als das Licht ausging, steckten die beiden noch immer kichernd die Köpfe zusammen, und Zorns Ahnung, dass es Edgar nicht um den Film, sondern um das Zusammensein mit Schröder ging, bestätigte sich.

Was, wie Zorn feststellte, einer gewissen Logik nicht entbehrte. Warum sollte der Junge auch auf einen Schauspieler vorn auf der Leinwand starren, wenn ein *echter* Superheld direkt neben ihm saß? Schröder trug zwar weder Strumpfhose, flatterndes Cape noch Maske, aber mit der zerbeulten Cordhose, dem karierten Baumwollhemd und den braunen Sandalen war sein Outfit nicht weniger schräg. Auch Schröder hatte eine dunkle Seite (eine *sehr* dunkle), doch er flog nicht an Seilen durch die Gegend und hatte es auch nicht nötig, sich von einer mutierten Spinne beißen zu lassen. Irgendwelchen Blödsinn wie Röntgenblick, Zauberschwert oder Hightechwaffen brauchte er nicht. Auch kein Batmobil, ein altes Rennrad reichte völlig aus, um gegen das Böse zu kämpfen.

Superman, Spiderman und wie sie sonst noch so heißen mochten – dieser kleine, kahlköpfige Mann mit dem Kugelbauch stach alle aus.

Alle.

Weil er Schröder war.

Einfach nur Schröder.

Epilog

Nun, ich denke, wir sind am Ende.

Vielleicht sollte ich noch erwähnen, dass ich mich hier wohlfühle? Doch, so ist es. Auch jetzt noch, vier Wochen nachdem ich diese Zelle zum ersten Mal betreten habe. Die schmale, an der Wand verschraubte Pritsche ist natürlich nicht vergleichbar mit dem handgefertigten Ledersofa in meiner Wohnung, ebenso wenig wie die Aussicht aus dem schmalen, vergitterten Fenster mit dem Blick vom Balkon. Wenn ich mich auf die Zehenspitzen stelle, sehe ich die Stacheldrahtrollen auf der Mauerkrone am Ende des Gefängnishofs, dahinter ein paar Bäume und zwischen den Kronen das Dach des großen Gewächshauses im botanischen Garten. Ich kann sogar einen Blick auf die beiden Westtürme der Marktkirche werfen, allerdings nur kurz, denn dazu muss ich mir ziemlich den Hals verrenken.

Es hätte schlimmer kommen können, obwohl nicht alles nach Plan gelaufen ist. Kann man's überhaupt so bezeichnen? Als *Plan*? Wenn ja, stand er von Anfang an auf tönernen Füßen.

Van der Graaf hatte vermutet, ich hätte für meine Flucht vorgesorgt. Damit lag er verdammt richtig, denn bevor ich zu ihm in den Bus stieg, hatte ich den Rucksack mit Ausnahme des Geldpäckchens geleert. Die Überreste der Festplatte meines Macs lagen im Fluss, alles andere war wasserdicht verpackt in einem Mauerspalt des Brückenbogens versteckt. Wie zum Beispiel der hervorragend gefälschte russische Pass, mit dem Jakob Fender als Igor Kapelnikov am nächsten Vormittag in ein Flugzeug nach Moskau steigen sollte, nachdem er seinen Sohn in Sicherheit gebracht hatte.

Ich hatte erwartet, van der Graaf würde als Preis für Holms Freiheit mein Leben fordern, und war bereit – wirklich, ich schwör's – darauf einzugehen. Dass er mir diesen albernen Deal anbot, beleidigte nicht nur meine Intelligenz, sondern kam völlig überraschend. Van der Graaf wusste genau, wie sehr ich ihn hasste. Ebenso musste ihm klar sein, dass ich meine Aufträge immer – wirklich *immer* – erledigte, und selbst wenn ich diesmal eine Ausnahme gemacht und ihn nicht getötet hätte, kannte ich seine Machenschaften und hätte ihn jederzeit anzeigen können. Ich stellte eine Gefahr dar, er *konnte* mich gar nicht am Leben lassen. Dieses Angebot war der blanke Hohn, ich kann es mir nur durch Sadismus erklären. Eine gehörige Portion, denn er genoss es, spielte mit mir wie die Katze mit der Maus, bevor sie ihr endgültig das Genick bricht.

Ich war also darauf eingestellt, für Holm zu sterben. Aber es sah nach einem nutzlosen Tod aus. Van der Graafs Spiel lief nicht darauf hinaus, mich vor eine Wahl zu stellen – das Leben des Vaters gegen die Freiheit des Sohnes. Nein, er würde mich zu Holm bringen, eine Weile zappeln lassen und schließlich grinsend mit der Wahrheit herausrücken. Er würde Holm ebenfalls töten. Und zwar zuerst, damit ich's mit ansehen musste.

So oder so ähnlich muss er's geplant haben. Was mich betraf, sahen meine Karten (mit Verlaub gesagt) beschissen aus, doch ich hatte auch Vorteile. Drei, um genau zu sein.

Zunächst natürlich, weil van der Graaf mich, obwohl er wusste, wozu ich fähig war, für einen Dummkopf hielt. Daraus ergab sich Vorteil Nummer zwei, denn ich lief nicht unvorbereitet ins offene Messer und sah mich durchaus in der Lage, van der Graaf und seine Komplizin außer Gefecht zu setzen. Doch es blieb äußerst riskant, abgesehen von meiner verletzten Hand kannte ich die Örtlichkeiten nicht und würde improvisieren müssen.

Was mir schon immer verhasst war.

Aber mir blieb ein weiterer, dritter Vorteil: *Ich* wusste, dass wir verfolgt wurden, van der Graaf nicht. Kommissar Schröder hat mir bestätigt, den Kugelschreiber wegen eines Spurenvergleichs entwendet zu haben – was nur bedeuten konnte, dass er van der Graaf dringend verdächtigte und somit ständig im Auge behielt. Das ließ auf einen Peilsender schließen, den ich, nachdem mir meine auffällig problemlose Flucht bewusst geworden war, zunächst irgendwo bei mir vermutete. Als ich den verwahrlosten Volvo des langhaarigen Ermittlers bemerkte, hatte ich Gewissheit, legte Holms Schicksal in die Hände von Kommissar Schröder, riss das Steuer – beziehungsweise das Lenkrad – herum und übernahm das Kommando.

Die Entscheidung erwies sich als richtig. Morten van der Graaf ist tot. Holm lebt. Okay, eigentlich sollte ich jetzt nicht auf dieser Pritsche, sondern mit einem alkoholfreien Drink in einer Hotelbar an der Schwarzmeerküste sitzen. Trotzdem, ich habe das Beste aus der Situation gemacht.

Gestern war Kommissar Schröder wieder hier. In den letzten Wochen habe ich seine Gesellschaft immer genossen, obwohl mir natürlich bewusst ist, dass er in seiner Eigenschaft als Polizist kam. Als er sich verabschiedete, wünschte er mir alles Gute. Das war keine Floskel, er meinte es ernst. Der kleine Kommissar hat's nicht ausgesprochen, aber ich fürchte, es war sein letzter Besuch. Ich habe ihm alles erzählt – *fast* alles, mein Verhältnis zu Mona habe ich verschwiegen, ebenso das Versteck unter der Brücke.

Als ich Mona den Brief schrieb, wusste ich nicht, wie die Sache enden würde. Falls mir die Flucht geglückt wäre, hätte ich das Bargeld, die Visa-Karte des Schweizer Bankkontos, die Papprolle mit dem Helmut-Newton-Bild und natürlich auch den russischen Pass aus dem Versteck geholt. Dann wäre ihr »nur« der Stick mit den Bitcoins geblieben. Ich verwende die Anführungszeichen bewusst, denn auf Hagens Anraten habe ich früh in Kryptowährungen investiert. Der Stick ist knapp siebeneinhalb Millionen Euro wert und sollte Mona finanziell absichern – Holm natürlich ebenfalls. Mit dem Bargeld und dem Konto in der Schweiz erhöht sich die Summe um weitere drei Millionen, die ich, falls ich entkommen wäre, für mich selbst eingeplant hatte. Das hat sich erübrigt, ist allerdings nicht schlimm. Bei Mona ist das Geld sowieso besser aufgehoben.

Der Brief war kurz, ich sparte mir irgendwelche Erklärungen, die Mona sowieso von der Polizei oder aus der Presse erfahren würde (im Moment nennen mich die Boulevardblätter *DAS STILLE MONSTER MIT DER DRAHTSCHLINGE*). Außer einer detaillierten Beschreibung des Verstecks und dem Passwort für den Stick enthielt der Brief nur die Bitte, mir im Falle einer Verhaftung irgendwann das Newton-Bild zukommen zu lassen. Ich habe es vor drei Tagen von meinem Pflichtverteidiger bekommen und somit auch die Bestätigung, dass Mona das Versteck gefunden hat.

Die Zelle ist eng, geradezu winzig, doch wie gesagt, ich fühle mich wohl. Pritsche, Toilette, Klapptisch und Stuhl. Fliesenspiegel und Waschbecken. Mehr nicht. Ich verlasse diesen Raum nur ungern und bin froh, wenn sich die massive Stahltür nach einem Gespräch mit dem Anwalt, einem der Psychologen oder einer ärztlichen Untersuchung wieder hinter mir schließt.

Klare Strukturen, strenggeregelte Abläufe. Die Versorgung ist einfach – Filterkaffee statt italienischer Espresso –, doch das ist zu verschmerzen, denn jede Mahlzeit erfolgt auf die Minute genau. Ebenso die Schlafenszeit. Licht aus. Licht an. Keine Überraschungen.

Keine *Improvisationen*.

Alles Dinge, die mir schon immer wichtig waren. Insofern habe ich also keinen Grund zur Beschwerde und gehe davon aus, dass es so bleiben wird, denn wenn der Prozess irgendwann beendet ist, wird man mich zwar in ein anderes Gefängnis verlegen, doch ändern dürfte sich kaum etwas. Angesichts meines Rufes wird es ein Kinderspiel sein, mir Respekt zu verschaffen. Die Einrichtung meiner Unterkunft dürfte sich kaum von der jetzigen unterscheiden, so dass ich den Rest meines Lebens in einer ähnlichen Zelle verbringen werde.

Selbst wenn ich wollte, ich kann niemandem einen Vorwurf machen. Außer mir selbst, denn ich habe zwar die ganze Welt an der Nase herumgeführt, war aber dumm genug, mich von einem siebenjährigen Jungen mit einer kopflosen Leiche auf den Armen ertappen zu lassen. Insofern ist diese Strafe (falls es denn eine ist) wegen meiner Unachtsamkeit mehr als verdient, denn ich trage die Schuld an Holms Zustand.

Bei Mona kann ich nicht nachfragen, wie es ihm geht. Aber mein Anwalt hat Erkundigungen eingezogen und sagt, Holm kommuniziere wieder mit seiner Umwelt. Erste Anzeichen nur, doch es bestätigt sich die Ahnung, dass meine Gegenwart alles nur schlimmer machte. Natürlich, ich habe den Jungen im Heim besucht, weil ich ihn liebe. Doch nicht aus selbstloser, sondern egoistischer Liebe. Ich hätte schon vor Jahren aus seinem Leben verschwinden müssen; solange ich in seiner Nähe blieb, würde sich nichts ändern. Was das betrifft, hat mir Morten van der Graaf sogar einen Gefallen getan, denn unser gemeinsames Spiel lief zwangsläufig darauf hinaus, dass ich Holm nie mehr wiedersehe – egal, ob es mit meiner Flucht, meinem Tod oder in einer Gefängniszelle endete.

Nun, Letzteres ist eingetreten. Ich hätte es schlimmer treffen können. Nein, ich rede mir das nicht ein, denn so eintönig, wie es scheint, ist es hier nicht.

Kurz nach Mittag zum Beispiel scheint die Sonne direkt durch das vergitterte Zellenfenster. Dann beobachte ich, wie das kleine, gleißende Lichtviereck am hellbraunen Ölsockel der rechten Zellenwand hinab über den grauen Linoleumboden zur gegenüberliegenden Seite wandert, das Foto erstrahlen lässt und nach einer knappen halben Stunde wieder verschwindet.

Ich habe das Bild neben dem Fliesenspiegel mit Klebeband an der Wand befestigt (Reißzwecken sind nicht erlaubt, ich werde wohl nie wieder etwas Ähnliches in die Finger bekommen). Stundenlang habe ich versucht, die geknickten Ecken zu glätten. Das ist mir halbwegs gelungen, doch gegen die eingerissenen Ränder war ich machtlos. Irgendwann werde ich hoffentlich einen Rahmen bekommen. Wichtig ist, dass ich es habe. Ich kann die nackte Frau in hochhackigen Pumps ansehen, wann immer ich will.

Sie steht mit dem Rücken zur Kamera an der verglasten Fensterfront eines Wolkenkratzers und betrachtet mit geneigtem Kopf die verschwommenen Lichter des nächtlichen Manhattan. Ihr Gesicht ist hinter dem wallenden Haar verborgen, mit der einen Hand stützt sie sich an die Scheibe, unter dem angewinkelten Arm zeichnet sich das Profil einer Brust ab.

Das Bild ist signiert. Ich habe es mir damals vom Honorar meines ersten Auftrags gegönnt, ein perfekt arrangiertes Schwarz-Weiß-Foto mit der typischen, sterilen erotischen Ausstrahlung. Newton hat wesentlich bessere Fotografien veröffentlicht, trotzdem habe ich mich sofort für das Bild dieser hochgewachsenen Frau mit den langen Beinen, der schmalen Taille und dem schlanken Hals entschieden. In den Augen anderer Betrachter mag es sich um ein anonymes Modell handeln. Ich habe von der ersten Sekunde an mehr gesehen. Viel mehr.

Jedes Detail stimmt: die Neigung des Kopfes, die grazil gespreizten Finger der erhobenen Hand, die anmutig geknickte Hüfte, das lange, in sorgfältig arrangierten Wellen über den Rücken fließende Haar.

Der Hintergrund ist anders. Das Hotel stand nicht in New York, sondern am Hafen von Nizza, so dass sich hinter dem Fenster anstelle Manhattans die französische Riviera abzeichnen müsste.

Es war unsere erste Reise, drei Wochen nachdem wir uns kennengelernt hatten. Ich weiß nicht, was mich in der ersten Nacht geweckt hat – ein bellender Hund vielleicht oder die Fehlzündung einer vorbeiknatternden Vespa; als ich den Kopf hob, war das Bett neben mir jedenfalls leer. Ich bekam einen furchtbaren Schreck, doch im nächsten Moment sah ich Mona im Licht der verschnörkelten Stehlampe am Fenster, drehte mich um und schlief in der nächsten Sekunde beruhigt weiter, ohne überhaupt richtig wach geworden zu sein. Trotzdem hat sich dieser Augenblick in mein Gedächtnis gebrannt, und wenn ich das Foto betrachte, erlebe ich ihn immer wieder aufs Neue. Ich sehe mehr als das Bild. Ich höre das Rauschen der Brandung, rieche den Duft nach Algen und Thymian und spüre den Geschmack von Rotwein und gebratenem Fisch, den wir am Abend zuvor in dem kleinen Restaurant an der Uferpromenade gegessen haben. Und bin glücklich.

In all den Jahren, die wir nicht miteinander gesprochen haben, war Mona bei mir. Jedes Mal, wenn ich vom Joggen, nach der Arbeit oder einem erledigten Auftrag in meine Wohnung kam, hat sie auf mich gewartet.

Alles, was ich brauche, hängt über dem Ölsockel an der Wand. Manchmal habe ich das Gefühl, sie würde sich bewegen. Vielleicht dreht sie sich irgendwann um und lächelt mir zu? Die vier trapezförmigen Leberflecke am Hals sind unter dem Haar verborgen, aber ich weiß, dass sie da sind. Früher oder später werde ich sie erkennen. Ich muss nur lange genug hinschauen. Zeit habe ich ja. Mehr als genug.

Bei unserem letzten Gespräch meinte Mona, sie würde mich beneiden. Den Sinn dieser Worte habe ich erst später verstanden und überlege seitdem, ob sie womöglich recht hatte. Ich war zwar ein idiotischer Trottel, der weder über sich noch die Welt etwas wusste, doch diese Ahnungslosigkeit ließ immerhin auf die Zukunft hoffen. Die Tür in meinem Kopf wäre wohl besser geschlossen geblieben, denn sie verbarg neben meiner Vergangenheit auch die Erkenntnis, dass es für Jakob Fender weder Hoffnung noch eine Zukunft gab.

Es ist müßig, sich darüber den Kopf zu zerbrechen. Selbst wenn mir die Vergangenheit verborgen geblieben wäre, *eingeholt* hätte sie mich irgendwann trotzdem. Wie heißt es so schön? Niemand kann seinem Schicksal entgehen.

Herrje, was für eine Plattitüde. Ich sollte zum Schluss kommen, bevor ich noch weitere Binsenweisheiten absondere. Eine Sache fällt mir noch ein.

Es geht um die Morde.

Ich bereue keinen einzigen und werde mich auch nicht rechtfertigen, denn im selben Moment, in dem Hagen von einem Auftraggeber kontaktiert wurde, war das Ziel bereits so gut wie tot. Wenn ich's nicht tat, hätte es ein anderer getan. Nein, das sind keine billigen Ausflüchte, denn ich habe eine Menge Leid erspart. Ich will mich hier nicht mit meinen Fähigkeiten brüsten, doch es passierte immer schmerzlos und schnell. So schnell, dass die meisten nicht einmal merkten, wie ihnen geschah.

Ich erwarte nicht, dass jemand dieser Argumentation folgt. Selbst Kommissar Schröder konnte das nicht. Er hat mich nur lange angesehen und leise gesagt, ich wäre ein *sehr, sehr armer Mensch*.

Das glaube ich nicht. Ich habe alles, was ich brauche – wie

kann ich dann *arm* sein? Meine Welt ist auf kaum zehn Quadratmeter geschrumpft. Klar, das ist verdammt klein, aber es ist eine *übersichtliche* Welt. Das macht es leichter, für Ordnung zu sorgen. Und genau das werde ich tun, wie ich's schon immer gemacht habe. Im Prinzip wird sich nicht viel ändern, denn ebenso sorgfältig, wie ich früher nach einem Mord meine Spuren beseitigt habe, kümmere ich mich jetzt um die Reinigung der Edelstahltoilette und die exakte Ausrichtung der akkurat gefalteten Decke am Fußende der Pritsche. Das erfordert einige Zeit, allein mit dem täglichen Putzen der Fliesenfugen über dem Waschbecken bin ich eine knappe Stunde beschäftigt. Egal, ob man sich nach getaner Arbeit das Blut eines Opfers oder die Reste des Urinsteinentferners von den Händen wäscht – wichtig ist nur, was man erreicht hat. Es ist ein tolles Gefühl, wenn jedes Ding an seinem Platz steht, blitzblank und sauber.

Mona und Holm sind außer Gefahr. Beide sind finanziell abgesichert. Es gibt sogar Hoffnung, dass Holm wieder gesund wird.

Und ich?

Langweilen werde ich mich jedenfalls nicht. Jakob Fender hat noch eine Menge zu tun. Er sorgt weiter für das, was ihm am wichtigsten ist. Und zwar für … nein, nicht für Gerechtigkeit. Es ging auch nie um Geld, Rache, Liebe oder ähnliche Gefühle. Sondern um …

Sie wissen schon.

Ordnung eben.

Stephan Ludwig

Zorn – Lodernder Hass

Thriller

Band 29775

Nach einer Verletzung im Einsatz arbeitet Hauptkommissar Zorn im Innendienst. Verändert hat sich wenig – sein Vorgesetzter Schröder macht die Arbeit, Zorn raucht. Als eine Frau, die Mitglied einer Therapiegruppe war, zu Tode kommt, und weitere Gruppenteilnehmer bedroht werden, nimmt Schröder undercover an den Sitzungen teil. Doch bald ist auch Schröder nicht mehr sicher, und Zorn muss blitzschnell handeln …

»Gewohnt schweißtreibend und knisternd vor Spannung.«
General-Anzeiger

Der siebte Fall für Hauptkommissar Claudius Zorn
und den dicken Schröder

fi 29775 / 1

Stephan Ludwig

ZORN 8 -

Blut und Strafe

Thriller

Als Hauptkommissar Zorn seinen wöchentlichen Besuch bei einem älteren Herrn machen will, findet er sich plötzlich mitten in einem Tatort wieder. Der alte Mann wurde brutal ermordet, und Zorn muss nun der einzigen Angehörigen die traurige Nachricht überbringen. Wovor er sich lieber drücken würde, denn diese Frau bedeutet ihm viel.
Zorn und Schröder arbeiten auf Hochtouren daran, den Täter zu finden. Aber bald geschieht ein weiterer Mord. Beiden Opfern wurde eine Zahlenfolge in die Haut gebrannt, doch ansonsten scheint es keinerlei Zusammenhang zu geben. Und dann gerät der wichtigste Mensch in Zorns Leben in Gefahr, und er ist kurz davor, den Verstand zu verlieren ...

432 Seiten, broschiert

Weitere Informationen finden Sie auf
www.fischerverlage.de

AZ 596-70139/1

Stephan Ludwig

ZORN 9 -

Tod um Tod

Thriller

An einem Sommerabend findet Donald Piral einen qualvollen Tod. Er wird in seinem Auto gefesselt und mit Löschkalk übergossen. Dann wird die Heizung voll aufgedreht. Als Piral zu schwitzen beginnt, entfaltet der Kalk seine tödliche Wirkung. Hauptkommissar Claudius Zorn ist wenig erfreut, als er zum Tatort gerufen wird. Und noch weniger, als er feststellt, dass er das Mordopfer kannte. Die Umstände, unter denen Zorn Piral vor über 25 Jahren in Venedig traf, waren alles andere als angenehm. Aber wer hasste Piral so sehr, dass er ihn förmlich hinrichtete? Eine erste Spur schließlich wird zum Prüfstein für Zorn und Schröders langjährige Freundschaft ...

416 Seiten, broschiert

Weitere Informationen finden Sie auf
www.fischerverlage.de

AZ 596-70387/1

Stephan Ludwig

ZORN 10 -

Zahltag

Thriller

Endlich! Hauptkommissar Claudius Zorn und seine Freundin, Oberstaatsanwältin Frieda Borck, sind zusammengezogen. Trautes Heim, Glück allein. Doch ein heikler Fall verlangt Frieda vor Gericht alles ab. Und auch Zorn und Schröder werden ins Landgericht gerufen, zur Leiche einer Frau, die seit drei Tagen in einer Toilettenkabine lag. Wie konnte ihr Tod so lange unbemerkt bleiben? Noch dazu, da die Frau eine wichtige Zeugin in Friedas Prozess war? Als sich die Anzeichen häufen, dass es sich um Mord handeln könnte, werden Zorn und Schröder hellhörig. Doch noch bevor sie die Ermittlung aufnehmen können, kommt Zorn unter Lebensgefahr ins Krankenhaus ...

384 Seiten, broschiert

Weitere Informationen finden Sie auf
www.fischerverlage.de

AZ 596-70501/1

Stephan Ludwig
ZORN 11 -
Opferlamm
Thriller

Ein nackter Mann läuft mit einem Holzkreuz auf der Schulter durch die Stadt. Als die Polizei ihn aufgreift, reicht er einen Timer an Hauptkommissar Zorn und Schröder weiter. Noch elfeinhalb Stunden. Doch was passiert dann? Am nächsten Morgen wissen die Ermittler es: Der Mann ist tot, er wurde gekreuzigt, neben der Leiche ist ein umgedrehtes A aufgemalt.
Während Zorn und Schröder sich den Kopf zerbrechen, ob ihnen der Mörder eine Botschaft senden will, wird ihnen erneut ein Timer zugespielt. Sie haben genau zwölf Stunden. Zwölf Stunden, bis wieder ein Mensch sterben wird.

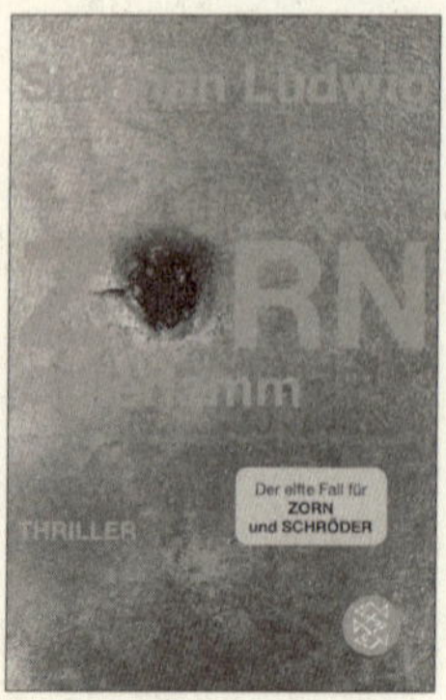

400 Seiten, broschiert

Weitere Informationen finden Sie auf
www.fischerverlage.de

AZ 596-70583/1